KNAUR

Im Knaur Taschenbuch ist
von dem Autor bereits erschienen:
Todesblau
Eisesgrün

Über den Autor:
Felix Leibrock ist Polizeiseelsorger bei der Bayerischen Bereitschaftspolizei, leitet das Evangelische Bildungswerk München und ist Mitglied der Evangelischen Redaktion bei Antenne Bayern. Früher war er u. a. Buchhändler, Stadtkulturdirektor von Weimar und Pfarrer in Thüringen. Er lebt in München und Weimar.

Felix Leibrock

SCHATTEN ROT

Kriminalroman

KNAUR

Besuchen Sie uns im Internet:
www.knaur.de

FSC
www.fsc.org
MIX
Papier aus verantwortungsvollen Quellen
FSC® C083411

Originalausgabe September 2017

Ein Imprint der Verlagsgruppe
Droemer Knaur GmbH & Co. KG, München

Redaktion: Dr. Heike Fischer
Covergestaltung: ZERO Werbeagentur, München
Coverabbildung: FinePic®, München / shutterstock
Satz: Adobe InDesign im Verlag
Druck und Bindung: CPI books GmbH, Leck
ISBN 978-3-426-52051-2

2 4 5 3 1

Unter der Oberfläche sind wir alle Tiere.

Simon Beckett, *Der Hof*

PROLOG

Was für ein schöner Sonntag!

Glaub ja nicht, dass ich lockerlasse.

Irgendwann wirst du unvorsichtig. Ich bleibe an dir dran. Ich stöbere dich auf, wo du dich am sichersten fühlst. Ich finde dich.

Du hast mir das Blut aus den Adern gesaugt. Dafür büßt du jetzt. Ich will dein Blut spritzen sehen.

Zappel mal ein bisschen. So ist es schön. Hier, in der Sonne. Der Sonnenstrahl brennt dir dein kleines Hirn weg!

Ach, du willst abhauen? Vergiss es! Du hast keine Chance. Wie du hin und her springst! Du kleines Miststück!

So! Genug! Auch die Katze spielt nicht ewig mit der Maus!

Schön dich positionieren. So, fixieren. Hab ich dich ... und jetzt zudrücken! Langsam. Ganz langsam. Der Schmerz muss andauern. Du sollst nicht sterben. Verrecken sollst du! Krepieren!

Wie du anschwillst! Größer, größer, ach, noch größer.

So, jetzt, aaaah, geplatzt. Blut, gesprenkeltes Blut! Wie schön!

Ab ins Grab! Noch Sand drüber – fertig!

Jetzt den Strich in die Wand ritzen. Eins, zwei, drei, vier, fünf. Sehr schön! An meinem besten Sonntag waren es siebzehn. Manchmal gehe ich leer aus. Fünf heute – ist also gar nicht so schlecht.

Mein Leben hat eine Struktur. Deswegen werde ich überleben.

1

20. Juli 1944, Ostseebad Bansin

Sie bückte sich. Ihre Hand durchkämmte den frisch gefluteten Sand nach Muscheln. Ihren langen, apricotfarbenen Rock schürzte sie zu einem Beutel, in den sie die Muscheln hineinlegte.

Er stand etwas abseits auf dem Steg, der weit ins Meer hineinreichte. Seit Minuten schon beobachtete er sie. An ihren anmutigen, flinken Bewegungen erkannte er ihre Jugend. Ihre schmale Taille, das wehende Haar – er spürte, wie in ihm ein Vulkan zu brodeln begann, der seit Monaten erloschen war.

Als Generalstabsoffizier gehörte er seit langer Zeit einer reinen Männerwelt an. Die 17. Armee der deutschen Wehrmacht sollte die Krim gegen die Sowjets verteidigen. Er beratschlagte sich mit Generaloberst Erwin Jaenecke und dem übrigen Führungsstab, erteilte Befehle an die Frontsoldaten und kontrollierte die nachrückenden Versorgungseinheiten. Überall nur Männer, Männer, Männer.

Er schätzte sie auf Mitte zwanzig. Jetzt ging sie in seine Richtung. Sie musste ihn gesehen haben. Mit der einen Hand hielt sie den Rock zusammen, mit der anderen warf sie das Haar nach hinten und betrat den Steg. Sein Herz schlug ihm bis zum Hals. Nur noch etwa zehn Meter war sie von ihm entfernt. Der Strand war menschenleer. Niemand fand in diesen Kriegstagen die Muße, sich hier aufzuhalten. Nur er und diese junge Frau. Friedlich plätscherte die Ostsee ihre kleinen

Wellen den Strand rauf und runter. In der Ferne umkreisten aufgeregte Möwen ein Fischerboot. Der leicht würzige Geruch des Meeres stieg ihm in die Nase.

Welcher Kontrast zu den letzten Wochen! Auf dem Schwarzen Meer wütete der Krieg. Die Übermacht der Sowjets war gewaltig. Mit der von ihm befehligten Truppe war er die Küste entlang Richtung Westen geflohen. Auf einer Halbinsel fand er in einem Wäldchen nicht weit vom Ufer Unterschlupf. Hunderte Tote lagen am Strand. Ertrunken, nachdem die deutschen und rumänischen Einheiten unter den Beschuss der russischen Flotte geraten waren. Überall der süßliche Geruch von Leichen. Aus den Wäldern huschten Wölfe in kleinen Rudeln herbei und rissen Fleischstücke aus den leblosen Körpern. Ihr nächtliches Geheul raubte ihm und der Truppe den Schlaf. Es war nur noch eine Frage von Tagen, vielleicht von Stunden, bis die Sowjets sie aufstöberten. Nur ein Wunder konnte sie noch aus ihrer misslichen Lage befreien. Und genau dieses Wunder geschah. Es begegnete ihnen in Form des rostigen Donauschleppers *NMS Aurora*. Als das rumänische Schiff im Morgengrauen ganz nahe an der Küste vorbeituckerte, handelte Blohm mit dem Instinkt des Kriegers. Purer Überlebenswille trieb ihn an. Auf seinen Befehl hin stießen er und seine Männer mit Ruderbooten leise vom Ufer ab und drehten wenige Minuten später an der *NMS Aurora* bei. Mit den Rumänen, ihren Verbündeten, verhandelten sie nicht lange. Der Schiffsbesatzung war nicht richtig klar, wie der Krieg stand. Auch die *Aurora* würde, über kurz oder lang von der sowjetischen Schwarzmeerflotte beschossen, versenkt werden. Oder die Russen nähmen ihre Besatzung gefangen und sicherten sich die Riesenbestände an Granaten auf dem Schiff. Der Krieg hatte sich gewendet, die Niederlage der deutschen Wehrmacht war nur noch eine Frage der Zeit. Einzig in Berlin schien man zu dieser Erkenntnis noch nicht gelangt zu sein. Oder man wollte die Wahrheit nicht sehen. Ratschläge, die deutschen Truppen von der Krim zu evakuieren, stießen bei Hitler auf taube Ohren. Um Sewastopol, den wichtigen Hafen auf der Krim, zu halten, war er gewillt, jeden Preis zu zahlen.

»Sind Sie Generalstabsoffizier Fritz Blohm?«

Sie stand vor ihm. Er blickte auf ihre schlanken Beine, die sie ihm ohne Scham darbot. Sein Blick wanderte nur langsam nach oben. In der Rockschürze rieben die Muscheln aneinander. Dann sah er in ihre funkelnden himmelblauen Augen. Ihm stockte der Atem.

»Ja, der bin ich!« Er stammelte die Worte nur noch. Die Blicke, die sanfte Stimme, die Beine – die Frau war dabei, ihn komplett aus der Bahn zu werfen.

»Woher kennen Sie meinen Namen?«

Sie lächelte ihn an. Er sah einen Ohrring mit einem Rubin durch ihr Haar blinken.

»Man spricht in Bansin über Sie! Sie sind ein Held!«

Als einen Helden stufte ihn wohl auch das Oberkommando des Heeres ein. Immerhin hatte er mit der spektakulären Flucht auf dem heruntergekommenen Donauschlepper einige hundert deutsche Soldaten vor der Gefangenschaft oder gar dem Tod bewahrt. Dafür gewährte man ihm jetzt ein paar Tage Heimaturlaub. Er wohnte in der Ferienvilla seiner Schwiegereltern. Seine Frau und die beiden Töchter saßen in Berlin fest. Sie schafften es nicht, ihn zu besuchen. Trotzdem taten ihm die Tage gut. Schon bald wartete der nächste Einsatz in diesem aussichtslosen Krieg auf ihn.

»Darf ich denn fragen, wer Sie sind?« Er sprach jetzt mit festerer Stimme. Die Erinnerung an seine Rettungstat im Schwarzen Meer machte ihn selbstsicherer.

»Tja, das erzähle ich Ihnen gerne.« Sie schaute ihn kokett an, drehte sich halb weg von ihm und zeigte sich ihm so im Profil. Er bemerkte die Rundung des Busens, die wohlgeformte Taille.

»Besuchen Sie mich morgen Abend in meinem Apartment. Ich habe einen schönen Balkon. Um zwanzig Uhr erwarte ich Sie! Klingeln Sie in der ersten Etage.«

Sie zeigte mit ausgestrecktem Arm auf eine gelb-weiße Villa gleich hinter dem Sandstrand, auf deren Balkon ein verblichener Sonnenschirm stand.

»Ich, äh …« Noch während er etwas erwidern wollte, drehte sie sich um und ging mit wiegenden Hüften in Richtung des Ortes.

Blohm dachte an seine brave Frau, die aufgeweckten Töchter. Er konnte doch nicht eine fremde Frau besuchen! Als Offizier mit hohem Dienstgrad musste er auch moralisch ein Vorbild sein. Aber wo war die Moral im Krieg? Er hatte Feinde erschossen, aus dem Hinterhalt. Junge Russen, deren Strümpfe strickende Mütter jetzt mit den dürren Worten eines Telegramms die Nachricht vom Tod ihres vielleicht einzigen Kindes erhielten. Im Krieg war sich jeder selbst der Nächste. Und da war dieses Brodeln in ihm. Der Vulkan, der kurz vor der Eruption stand. Konnte er diese geheimnisvolle Frau wirklich nicht besuchen?

2

Donnerstag, 23. Juni 2016

»Hallo!« Mandy Hoppe, Polizeihauptkommissarin und stellvertretende Leiterin der Weimarer Kripo, lächelte Sascha Woltmann an. Sie kannten sich seit ihrer Schulzeit und waren mittlerweile auch im Dienst zum Du übergegangen. Das Siezen, nur um dem Kripochef dienstliche Distanz vorzutäuschen, war beiden mit der Zeit zu dumm geworden.

»Hallo, Mandy, komm mal her!« Woltmann stand hinter der Scheibe am Eingang der Polizeiinspektion. »Es gibt einen Vermisstenfall.« Woltmann sah in den Computer. »Heute Nacht war ein Herr Kellermann da. Hagen Kellermann. Sehr aufgebracht. Wir sollen eine Suchaktion starten. Geld spiele keine Rolle.«

»Moment mal, Sascha. Kellermann? Geld spielt keine Rolle? Ist das etwa dieser Unternehmer, der die Zwieback-Fabrik bei Erfurt besitzt?«

»Ja, am Urbicher Kreuz. Der wohnt mit seiner Familie hier in Weimar.«

Die Kommissarin war neben Woltmann getreten und las nun auf dem Bildschirm, was in der Vermisstenanzeige stand. Anna, Hagen Kellermanns Tochter, war siebzehn Jahre alt, Schülerin am Weimarer Goethegymnasium. Die Villa der Familie Kellermann lag in der Südstadt. Im Volksmund hieß das Viertel wegen seiner vielen großzügig gebauten Villen aus der Gründerzeit auch Hypothekenhügel. So manche wohlhabende Familie wohnte dort. Anna hatte sich am Vorabend gegen achtzehn Uhr von ihrer Mutter verabschiedet und war mit dem Fahrrad in die Stadt aufgebrochen. Sie habe noch etwas zu erledigen, sagte sie zu ihrer Mutter. Als sie um zweiundzwanzig Uhr nicht zu Hause war, rief ihre Mutter sie auf ihrem Handy an. Das klingelte zwar, aber Anna ging nicht dran. Annas Vater Hagen Kellermann kam erst kurz vor Mitternacht aus seiner Firma nach Hause. Seine Frau hatte zu dieser Zeit bereits fast zwei Stunden lang alle ihr bekannten Freundinnen Annas abtelefoniert – vergeblich. Kurz nach Mitternacht war Kellermann zur Polizeiinspektion gefahren und hatte eine Vermisstenmeldung zu Protokoll gegeben.

Woltmann sah, wie Mandy einige Haarsträhnen ins Gesicht fielen, während sie vom Computer aufsah und sich wieder aufrichtete. Jugendliche, die nachts nicht nach Hause kommen, dachte er. Manche schliefen zum ersten Mal miteinander und vergaßen die Welt um sich herum. Andere wollten den Eltern einen Denkzettel verpassen, weil diese sie nicht verstanden. Wieder andere lagen alkoholisiert irgendwo in einem Partykeller und schliefen ihren Rausch aus. Jetzt aber war es kurz nach acht Uhr in der Früh.

»In der Schule ist sie auch nicht aufgetaucht?« Hoppe blickte in Woltmanns Augen mit dem leichten Silberblick.

»Nein, deswegen hat Kellermann eben noch mal angerufen. Er war gerade im Goethegymnasium. Wenn wir nicht sofort was unternähmen, werde er sich an den Innenminister wenden, hat er gedroht.«

»Ups, der fährt gleich die ganz großen Kaliber auf!« Die Kommissarin gab die Kontaktdaten der Familie Kellermann in ihr Handy ein.

»Also, Sascha, dann machen wir jetzt Folgendes. Ich berichte Remde von dem Vermisstenfall und fahre dann mit ihm ins Goethegymnasium. Mit wem hast du heute Dienst?«

»Mit Daniela Klein.«

»Gut. Ihr beiden fahrt währenddessen zur Familie und befragt sie noch genauer. Adressen von Freunden, Hobbys, Beschreibung des Fahrrads, das Übliche eben.«

»Aber, ähm, ist die Befragung nicht Sache der Kripo?«

»Normalerweise schon. Aber uniformierte Streifenpolizisten in der Schule sorgen gleich für zu viel Unruhe und heizen die Gerüchteküche an. Bei den Eltern von Anna Kellermann schafft ihr in Uniform dagegen Vertrauen – nach dem Motto: Die Polizei kümmert sich, Blaulicht vor der Tür und so weiter. Außerdem liegt bislang noch kein Verbrechen vor. Also seid erst mal ihr dran!«

Woltmann verspürte ein Unbehagen. Was, wenn Anna Kellermann wirklich etwas zugestoßen war? Verstrichen mit diesen polizeilichen Routinehandlungen dann nicht wertvolle Stunden? Würde man das später nicht bereuen, wenn klar war, dass ein Großeinsatz der Polizei ein schlimmes Verbrechen hätte verhindern können? Aber er hatte hier nichts zu entscheiden.

»Dani, wir haben einen Einsatz!«, rief er in den Raum gleich hinter der Pforte. Hoppe verabschiedete sich von ihm und ging in ihr Büro. Daniela Klein zog sich die Jacke an, band sich die blonden Haare zu einem kurzen Zopf zusammen und verließ gemeinsam mit Woltmann die Inspektion. Woltmann ließ seine Kollegin fahren. Er selbst suchte vom Beifahrersitz aus die Straßengräben und Hofeinfahrten mit konzentriertem Blick ab. Vielleicht entdeckte er irgendwo etwas Verdächtiges am Straßenrand. Es war die Strecke in die Stadt, die viele Schüler gingen und fuhren, die auf dem Hypothekenhügel wohnten. Auch der Weg von Annas Haus in die Stadt führte hier lang. Als sie in die Rainer-Maria-Rilke-Straße einbogen, entdeckte er tatsächlich etwas, das auf die vermisste Schülerin hinweisen könnte.

»Dani, halt mal kurz an.«

Er stieg aus, zückte sein Handy und machte ein Foto. Was er da an der Hauswand sah, elektrisierte ihn. *Anna, vergib mir,* stand da. Mit seinem Wohnungsschlüssel kratzte er eine winzige Probe Rauhputz von der Wand in einen Asservatenbeutel.

3

21. Juli 1944, Ostseebad Bansin

Sagen Sie Katharina zu mir!« Sie hauchte die Worte mehr, als dass sie sie sprach.

Blohm fühlte sich schon beim Betreten des Apartments unwohl, obwohl die weiblichen Reize der Schauspielerin sofort bei ihm anschlugen. Sie schloss hinter ihm die Tür, drängte sich ganz dicht an ihm vorbei und ging in Richtung Wohnzimmer. Er ging hinter ihr her. Sie trug ein schwarzes Negligé aus durchsichtigem Chiffon. Darunter waren der Büstenhalter, die Strümpfe, der Hüfthalter zu erkennen, alles in Schwarz. Das lange, goldblonde Haar fiel ihr offen über Schultern und Rücken und verströmte einen aphrodisierenden Duft.

»Darf ich Fritz sagen?«

Er nickte nur leicht. Für einen kurzen Augenblick tauchte das Bild seiner Frau vor seinem inneren Auge auf.

»Ich bin Katharina Lempertz. Eigentlich sollte ich Ihnen verübeln, dass Sie mich nicht kennen.« Sie zog einen leichten Schmollmund. Er blickte sie unsicher an. Mit einer Handbewegung lud sie ihn ein, auf dem Sofa Platz zu nehmen. Aus einem Schrank holte sie einen Packen mit Fotos und Zeitungsberichten und verteilte diese auf dem kleinen Tisch vor dem Sofa. Blohm staunte nicht schlecht. Katharina Lempertz war trotz ihrer jungen Jahre schon eine deutsche Filmgröße. Doch wann war er zuletzt im Kino gewesen? Je länger der Krieg dauerte, desto weniger Ablenkung gab es. Kein Wunder, dass er sie nicht kannte.

»Schauen Sie, gefallen Ihnen die Bilder?« Sie fuhr sich mit der Zunge über die Lippen, blickte ihn mit einem betörenden Augenaufschlag an. »Wer ist Ihrer Meinung nach die größte Filmschauspielerin in Deutschland, Fritz?«

Blohm zog die Stirn in Falten. Es dauerte eine Weile, bis ihm die Namen wieder einfielen.

»Paula Wessely? Oder, äh, Marianne Hoppe? Vielleicht die Flickenschildt?«

Lempertz, die ihm gegenüber auf der anderen Tischseite stand, zeigte keine Regung. Was sie den drei genannten Filmdiven voraushatte, war ihre Jugend. In der Filmwelt, so viel wusste Blohm, spielten Alter, Ausstrahlung und Aussehen, aber auch Beziehungen die entscheidende Rolle. Und so, wie die Lempertz aussah, bekam sie mit den entsprechenden Kontakten wohl jede Rolle.

»Nun, der Führer und der Reichsminister Goebbels wollen in den nächsten Wochen eine Liste herausgeben. Die Liste der Gottbegnadeten. Gott-be-gna-det! Auf diese kommen alle Künstler, die sie für besonders wertvoll und wichtig erachten.«

Sie schnalzte mit der Zunge. Blohm sah ihr an, dass sie auf eine ganz bestimmte Frage wartete.

»Sie werden auf dieser Liste sein?«

Sie funkelte ihn an. Es bedurfte keiner weiteren Worte. Sie war für die Liste vorgesehen.

»Ach, Fritz, haben Sie schon von dem feigen Attentat auf unseren Führer gehört?«

Blohm schwieg eine Weile. Warum fragte sie ihn das? Die Radionachrichten hörte in diesen Kriegszeiten doch jeder. Zudem war er Offizier. Also musste sie sich doch denken können, dass er von dem Anschlag erfahren hatte. Sie stand dem Regime nahe, wenn sie auf die Liste der Gottbegnadeten kam. Sollte er ihr da gegenüber kundtun, was er wirklich von Hitlers Kriegspolitik hielt? Durfte er da den Wahnsinn, den er selbst auf der Krim erlebte, wo Zigtausende Soldaten im Alter von Katharina Lempertz zu sowjetischem Kanonenfutter wurden, auch Wahnsinn nennen?

»Ja, natürlich habe ich vom Attentat gehört. Der Führer hat es mit wenigen Blessuren überlebt.«

»Zum Glück, Fritz, oder?«

»Nun ja, ich glaube, wir steuern mit dem Führer dem Untergang entgegen. Ich weiß, wovon ich rede. Auf der Krim hätte es mich und meine Truppe auch beinahe erwischt. Die Sowjets werden uns niederwalzen.«

»Ach, dann fänden Sie es gut, wenn das Attentat gelungen wäre?«

Er zog es vor zu schweigen. Seine Gastgeberin verschwand in der Küche.

»Kommen Sie, Fritz, lassen wir die große Politik außen vor. Machen wir uns einen schönen Abend!«, rief sie von dort. Ein Korken knallte.

»Rotwein, Fritz?« Sie stand mit der Flasche und zwei Gläsern vor ihm und lächelte ihn verführerisch an. Noch ehe er antworten konnte, war sein Glas gefüllt. Sie ließ sich neben ihm auf dem Sofa nieder. Alkohol, er dachte an die Wodkakisten. Sie hatten mehrere mit jeweils einem Dutzend Flaschen unter dem Deck der *NMS Aurora* gefunden. Der Wodka half ihnen, ihre Lebensgeister wieder zu wecken. Ihre Erschöpfung wich, die Anspannung legte sich, während sie auf dem Schwarzen Meer dem Feind davonschipperten. Vielleicht rettete ihnen der Wodka sogar das Leben.

»Fritz, du bist ein Held. Ich habe gehört, wie du deine Leute vor dem Zugriff der Sowjets bewahrt hast.«

Blohm registrierte den Übergang zum Du nur beiläufig. Seine Gedanken waren woanders. Er starrte auf die Beine der Schauspielerin. Sie trug Nylonstrümpfe! Bisher kannte er die nur vom Hörensagen. In Amerika waren sie angeblich auf den Markt gekommen und sollten binnen weniger Stunden schon wieder ausverkauft gewesen sein. Die amerikanische Damenwelt war geradezu in eine Hysterie verfallen. Wie war Katharina Lempertz an diese Strümpfe gekommen? Gab es für deutsche Schauspielerinnen besondere Kanäle? Sie streifte ihre Schuhe ab, zog die Beine aufs Sofa und legte ihre Füße in seinen Schoß. Wie in Zeitlupe begann sie, ihren rechten Fuß mit dem leichten Nylon kreisen zu lassen. Blohm setzte sich aufrecht hin, wagte es aber nicht, ihre Füße anzufassen und von seinem Schoß zu entfernen.

»Na, Fritz, komm, warum so schüchtern? Du warst doch auf der Krim auch ganz stürmisch!«

Blohm überkam ein wohliger Schauer, als er den kreisenden Fuß in seinem Schoß spürte. Warum sollte er sich nicht ein Mal, nach alldem, was passiert war, ein Abenteuer gönnen? Zumal mit so einer Frau! Aber auch sein Pflichtgefühl gegenüber der Familie in Berlin meldete sich zu Wort. Sein Gewissen, fußend auf tradierten Werten, sagte ihm: »Geh! Lass das nicht zu!«

»Hallo, Fritz, du schwitzt ja, mein Lieber! Darf ich dir dein Hemd ein bisschen öffnen?« Sie griff an die Knopfleiste seines Hemdes, berührte mit der Zunge leicht sein Ohr. Er spürte, wie ihm der Schweiß die Schläfen herunterlief.

»Schau, Fritz, ich mache mich auch ein bisschen frei!«

Sie erhob sich vom Sofa, stellte sich vor Blohm auf und öffnete mit einem geschickten Griff erst das Negligé, dann den Büstenhalter. Sie beugte sich leicht zu ihm hinab und stützte ihre Hände links und rechts von seinem Kopf auf dem Sofa ab. Zwei große, birnenförmige Brüste reckten sich seinem Gesicht entgegen. Blohm stockte der Atem. Aber nicht die Brüste waren es, die das bewirkten. Jedenfalls nicht sie alleine. Oberhalb des Brustansatzes sah er in der glatten Haut etwas, das ihn schockierte.

4

Herr Kellermann, bitte beruhigen Sie sich!«

Woltmann überlegte, wie er wohl reagiert hätte, wäre seine Tochter Laura über Nacht nicht nach Hause gekommen. Laura war etwas jünger als Anna Kellermann mit ihren siebzehn Jahren. Er konnte den aufgebrachten Vater verstehen. Sie saßen im Wohnzimmer der Kellermanns. Festnetztelefon und zwei Handys lagen auf dem niedrigen Glastisch vor ihnen. Susanne Kellermann starrte darauf, als könnte sie einen Anruf Annas mit Telepathie herbeizwingen. In ihrer Hand hielt sie ein zerknülltes Papiertaschentuch. Ihre müden Augen verrieten eine schlaflose Nacht. Sie weinte still.

»Was haben Sie die letzten neun Stunden getan?«, wütete Hagen Kellermann. »Sie hätten die ganze Nacht schon etwas unternehmen können. Jetzt kommen zwei armselige Streifenpolizisten daher! Wir brauchen Hunderte! Die ganze Stadt muss systematisch abgesucht werden!«

Woltmann und Daniela Klein schauten zu Boden. Sie fühlten sich nicht wohl in ihrer Haut. Eins der beiden Handys klingelte. Susanne Kellermanns verweinte Augen weiteten sich. Doch dann entdeckte sie den Namen des Anrufers auf dem Display: Norbert Ziegler, ein Abteilungsleiter der Zwieback-Fabrik. Ihr Mann sah in ihm den Hauptschuldigen für eine große Rückrufaktion. Sie reichte das Telefon an ihn weiter.

»Ja? … O Mann, Ziegler, Sie haben mir noch gefehlt. Was gibt es denn? Ich habe momentan ganz andere Sorgen …«

Hagen Kellermann ging in die Küche und zog die Tür hinter sich zu. Woltmann und Klein vernahmen nur noch gedämpft einige empörte Laute, ohne diese jedoch zu verstehen.

»Frau Kellermann, bitte erzählen Sie uns noch mal ganz genau, wie die letzte Begegnung mit Anna ablief.«

»Anna ist gegen sechzehn Uhr aus der Schule gekommen. Sie hat sich einen Joghurt aus dem Kühlschrank geholt und ist damit in ihr Zimmer. Um achtzehn Uhr ist sie dann wieder los.«

»In die Stadt?« Woltmann erinnerte sich an die wenigen Angaben im Polizeicomputer. »Mit ihrem Fahrrad?«

»Ja. Mit ihrem Fahrrad. Sie hat gesagt, sie müsse noch etwas erledigen.«

Woltmann ließ sich das Fahrrad detailliert beschreiben, um die Angaben gleich nach dem Besuch in den digitalen Ordner zur Vermisstenanzeige bei der Polizei einzutragen.

»Hat sie Ihnen denn gesagt, was genau sie in der Stadt erledigen wollte?«

Susanne Kellermann zuckte hilflos die Schultern.

»Und ihre Tasche hat sie auch mitgenommen?«

Die Mutter nickte stumm.

»Hat sie gesagt, wann sie zurückkommen will?«

»Nein. Wir haben ihr auch nie feste Fristen gesetzt. Jetzt im Sommer ist es ja lange hell. Anna kam oft erst bei Anbruch der Dunkelheit nach Hause oder noch später.«

Woltmann und Klein sahen sich leicht erstaunt an. Susanne Kellermann bemerkte das.

»Sie wird nächstes Jahr achtzehn. Wissen Sie, wir haben in unsere Anna großes Vertrauen. Damit sind wir bisher gut gefahren. Sie weiß doch, dass wir uns irrsinnige Sorgen machen, wenn sie nicht nach Hause kommt. Deswegen muss ihr auch etwas passiert sein, sie hätte sich sonst schon längst bei uns gemeldet!«

Susanne Kellermann beantwortete Fragen nach Annas Hobbys und ihrem Freundeskreis. Woltmann notierte sich die ihm genannten Adressen. Außerdem erfragten sie Annas Handynummer. Sie gaben sie telefonisch ans LKA nach Erfurt weiter, um schnellstmöglich eine Ortung zu veranlassen.

»Frau Kellermann, hat Ihre Tochter einen Freund?«

»Nein, nicht dass ich wüsste.«

Woltmann kramte sein Handy hervor.

»Hier, schauen Sie sich das an. Könnte damit Ihre Tochter gemeint sein?«

Susanne Kellermann schaute mit aufgerissenen Augen auf das Foto, das ihr Woltmann entgegenhielt.

»Wo haben Sie das her?«

»Das habe ich vorhin an der Außenwand des Supermarkts in der Rainer-Maria-Rilke-Straße aufgenommen.«

5

21. Juli 1944, Ostseebad Bansin

Zwei Buchstaben waren knapp unter dem Schulterblatt von Katharina Lempertz tätowiert: Ein J und ein G. Das mussten Initialen sein.

Joseph Goebbels, schoss es Blohm durch den Kopf. Wegen der Liste der Gottbegnadeten, auf die diese Schauspielerin unbedingt hatte gelangen wollen. Für einen Augenblick wusste er nicht, wen er mehr verachten sollte: diesen gottverdammten Brüllhals, der als Hitlers Sprachrohr mit schuld war an der Fortsetzung des seit Stalingrad aussichtslosen Kriegs. Goebbels, der mit Frau und sechs Kindern ständig als Vorzeigefamilie in der Deutschen Wochenschau posierte. Goebbels, der schon einmal durch eine Affäre mit einer Schauspielerin aufgefallen war. Oder diese Lempertz, die offenbar für ihren Erfolg alles tat. Goebbels war sicher genauso von ihr verführt worden wie er jetzt.

»Hallo, Süßer, was ist denn?«

Sie sah seine gefurchte Stirn, den leicht angewiderten Blick. Aber ihm war klar, dass er vorsichtig sein musste. Eine Frau, die mit dem Reichspropagandaminister ins Bett ging, war eine Gefahr.

»Ach, du hast meine kleine Tätowierung gesehen, stimmt's?«

Blohm fühlte sich ertappt. Sein Mund war trocken. Er, der noch vor kurzem Hunderte Soldaten in höchster Gefahr kommandierte, war außerstande, etwas zu sagen.

»Johann Goethe!« Sie sah ihn ernst an, ließ sich wieder neben ihn aufs Sofa fallen, die Beine über seine legend. »Mann, Fritz, er ist nun mal *der* deutsche Dichter. Das war so eine

Laune. Ist doch nicht verkehrt, wenn man Goethe als Schauspielerin auf der Haut trägt, oder?« Sie trank jetzt einige große Schlucke aus ihrem Glas und verschüttete dabei auch etwas Wein, der zunächst auf ihren entblößten Busen tropfte und ihr von dort ganz langsam den Bauch hinabrann.

»Komm, leck den Wein auf!« Sie tauchte einen Finger ins Glas und spritzte zwei, drei weitere Tropfen auf ihren Bauchnabel. »Lass mich nicht so betteln, Fritz! Komm, leck den Wein auf!«

Blohm erwiderte ihren Blick. Wieder funkelten ihn ihre Augen an, aber er spürte, dass es ein Funkeln der Lüge war. Er ersparte es sich und ihr, sie auf das fehlende W in der Tätowierung hinzuweisen. Johann Wolfgang Goethe. Und auf das »von«, das mit Goethes Erhebung in den Adelsstand noch hinzugekommen war.

»Warst du eigentlich auf der Krim auch so stumm?« Ihre Stimme klang nun leicht gereizt. Sie wischte sich die Tropfen auf dem Bauch mit ihrem Negligé weg. Die Situation musste für sie erniedrigend sein. Sie zog sich vor ihm aus, und er saß bewegungslos da wie eine Statue. Eine wie sie bekam doch normalerweise jeden Mann ganz schnell rum.

»Ich muss jetzt gehen! Ich habe Familie. Ich bitte um Verständnis.« Blohm schob ihre Füße zur Seite und erhob sich. »Ich danke für die Einladung und den Wein!«

Die Schauspielerin lachte hell auf, fast schon hysterisch.

»Er hat ja keinen Tropfen getrunken davon.«

Blohm ging auf ihren Satz nicht ein, knöpfte sein Hemd vollständig zu und schritt ohne weitere Worte aus der Wohnung.

Draußen brauten sich Wolken zu einer schwarzen Wand zusammen. Jeden Augenblick konnte ein Gewitter losbrechen. Schnellen Schrittes eilte er ins wenige Minuten entfernt gelegene Ferienhaus der Schwiegereltern. Die Möwen kreisten tief. Ihre Schreie waren, so schien es ihm, lauter als je zuvor. In der Ferne schlugen Blitze in die aufgewühlte Ostsee ein. Das Meer leuchtete. Das Meer tobte.

6

Der Himmel war von einer königlichen Bläue. Ein weiterer heißer Sommertag brach an. Keine Wolke weit und breit. Doch im Gegensatz zu gestern und vorgestern sollte es laut Wettervorhersage heute keine sintflutartigen Gewitter geben.

Vor dem Eingang zum Schulhof des Goethegymnasiums standen einige Schüler. Zigaretten in der Hand, bliesen sie den Rauch in den Himmel, machten fahrige Bewegungen, lachten nervös. Ihre Haut war unrein, pickelig, bei manchen wie mit Kratern überzogen. Die Pubertät schlug erbarmungslos zu. Auch wenn die erste Stunde wegen eines erkrankten Lehrers ausgefallen war, fehlte es ihnen an Schlaf. Ein ganz normaler Vormittag an einem deutschen Gymnasium.

Etwas war heute dennoch anders. Die Gesichter der Jungs blickten ernster drein als sonst. Argwöhnisch beobachteten sie die beiden schulfremden Personen, die den Schulhof betraten. Volker Remde, der Leiter der Weimarer Kripo, und Mandy Hoppe waren zwar in Zivil und gaben sich alle Mühe, unauffällig zu sein. Aber für Polizisten besaßen bestimmte Jugendliche so etwas wie ein seismographisches Organ. Außerdem hatte sich die neue Nachricht in Windeseile verbreitet.

Die neue Nachricht. Genau darüber tuschelten die Jugendlichen vor der Schule.

Hagen Kellermann war um kurz vor acht Uhr in der Schule gewesen. Bei offener Tür hatte er den Schulleiter Dr. Dengler in seinem Büro nach Anna gefragt, in erregtem Tonfall. Den jeweils zu Klassenbuchführern ernannten Schülern, die täglich vor Unterrichtsbeginn im Sekretariat die Klassenbücher abholten, waren die Ohren in diesem Augenblick um Zentimeter gewachsen.

Ausgerechnet Anna Kellermann, die größte Streberin der Schule, war letzte Nacht nicht nach Hause gekommen. Anna, die sich immer beschwerte, wenn sie bei einer Arbeit nicht die höchste Punktzahl erreichte. Die selbst beim Lehrpersonal gefürchtet war, weil sie so brillant argumentieren konnte. Die andere nie abschreiben ließ. Die aber dennoch heiß begehrt war, sobald es um Gruppenarbeiten ging. Weil sie vor Ideen nur so sprühte, blitzschnell eine Gliederung herbeizauberte und die Aufgaben so geschickt im Team verteilte, dass niemand überfordert war. Weil sie das meiste selbst machte. Das Urteil der Mitschüler über Anna war eindeutig: streberisch, hilfreich, bewundernswert, völlig abgehoben. Aber die Schublade, in die sie Anna Kellermann einordneten, ging nicht ganz zu. Denn Anna, die wohlerzogene Tochter aus reichem Hause, war die letzten Monate mit einem Kerl gesehen worden, der als das glatte Gegenteil von ihr durchging.

Remde und Hoppe betraten das Büro des Schulleiters.

»Herr Dr. Dengler, Sie ahnen, warum wir hier sind.«

»Ja, Herr Kellermann war vor einer knappen Stunde bei mir.«

»Gut. Können Sie uns sagen, ob Anna Kellermann vielleicht häufiger nicht im Unterricht war? Ob sie also …«

»… geschwänzt hat? Nein, so ein Typ ist Anna Kellermann nicht.«

»Was für ein Typ ist sie denn?«

»Nun, ich würde mal sagen, sie ist eine Überfliegerin.« Der Schulleiter war vorbereitet, blätterte Anna Kellermanns Zeugnisse der letzten Jahre vor den Kripobeamten auf. »Sie ist ein Star. Hat überall Bestnoten. Außer in Physik.«

»Warum da nicht?«

»Weil die Kollegin, die das Fach unterrichtet, den Ruf hat, so gut wie nie die Bestnote zu vergeben.«

Remde erkundigte sich nach Annas Spind und den Unterrichtszeiten des Vortages, danach gingen ihm die Fragen aus. Hoppe führte das Gespräch weiter.

»Anna ist siebzehn. Ist sie von der fünften Klasse an in Ihrem Gymnasium gewesen, Herr Dr. Dengler?«

»Ja. Aber sie war zwischenzeitlich auch zu einem Austauschjahr in den USA.«

»Hat sie denn enge Freundinnen oder Freunde an der Schule?«

Der Schulleiter blickte auf den Schreibtisch vor sich.

»Das, Frau Kommissarin, müssten wir in der Klasse erfragen. Ich weiß über die Freundschaften unserer Schüler im Allgemeinen nicht Bescheid. Kommen Sie bitte!«

Sie verließen das niedrige Dachgeschoss und erreichten über einen der hohen Flure in den Stockwerken darunter ein schmales, langgezogenes Klassenzimmer.

Hoppe befragte die Klasse. Besondere Vorkommnisse in den letzten Tagen gab es nicht. Jedenfalls fielen niemandem welche ein. Die Schüler waren sehr wortkarg. Weil sie betroffen waren? Oder weil sie etwas verschwiegen? Sie bestätigten nur die wenigen bereits bekannten Fakten: Kurz vor sechzehn Uhr war der Sportunterricht zu Ende gewesen und Anna in Richtung ihres Zuhauses davongeradelt.

»Hat Anna eine Freundin? Oder mehrere? Hat sie einen festen Freund?« Hoppes Fragen standen sekundenlang im Raum, die meisten in der Klasse wichen ihrem Blick aus. Nur eine Schülerin schaute sie an und nickte leicht.

»Ja, bitte, Sie möchten dazu etwas sagen?«, forderte Hoppe sie auf.

Die Schülerin wollte wohl sprechen. Aber ihre Blicke huschten ängstlich zu den Nachbarinnen.

»Na gut, ich schreibe Ihnen meine Handynummer hier an die Tafel. Wenn jemandem von Ihnen noch was einfällt, lassen Sie es mich bitte wissen.«

Die Kripobeamten verließen zusammen mit dem Schulleiter den Klassenraum.

»Wer war das Mädchen in der zweiten Reihe? Das mich direkt angeschaut und mir auf meine Frage hin zugenickt hat?«

»Das war Claudia Zott.«

»Und?«

»Also die Claudia, Moment ... ich schau das gleich noch mal nach.« Dr. Dengler blätterte in einem Ordner, den er aus dem Sekretariat mitgenommen hatte. »Ja, genau, Claudia Zott war gleichzeitig mit Anna Kellermann zum Schüleraustausch in den USA.«

»Im selben Ort?«

»Nein, aber nicht weit davon entfernt. Claudia war in Omaha, Nebraska, und Anna in Wichita in Kansas. Sie waren in derselben Regionalgruppe. Die Austauschschüler bestimmter Regionen treffen sich alle paar Monate in den USA.«

»Dann haben sich Claudia Zott und Anna Kellermann dort also getroffen?«

»Davon ist auszugehen.«

»Und warum erzählt sie uns das nicht?«

»Weil, nun, vor der Klasse will man nicht alles ausbreiten. Zumal, wenn vielleicht …«

»Wenn was?«

»Ich gebe wenig auf Gerüchte. Aber etwas ist während Annas USA-Aufenthalt vorgefallen. Sie hat jedenfalls ganz plötzlich die Gastfamilie gewechselt. Es ging wohl um sexuelle Belästigungen durch den Gastvater. Genauere Informationen haben wir als Schule nicht erhalten.«

Hoppe sah zunächst den Schulleiter eindringlich an, dann ihren Chef.

»Kann ich mit Claudia Zott unter vier Augen sprechen?«, fragte Hoppe und ließ ihren Blick auf Remde ruhen.

Der Kripochef nickte. Er kannte sich, er kannte seine Kollegin. Hier war weibliche Empathie gefragt.

»In fünf Minuten ist Pause. Dann lasse ich sie holen. Sie können sie in meinem Büro sprechen. Dort sind Sie völlig ungestört.« Der Schulleiter klappte den Ordner zu.

»Und noch was, Herr Dr. Dengler. Können Sie bitte im Kollegium nachfragen, ob einer Ihrer Kollegen irgendeine besondere Beobachtung bezüglich Anna Kellermann gemacht hat? Konflikte in der Klasse, ungewöhnliche Freundschaften, Kontakte oder Vorkommnisse.«

»Ja, mach ich.«

Hoppe dankte ihm. Remdes Handy klingelte. Schon nach zwei Worten erkannten Hoppe und Dengler auch ohne Lautsprecher, wer dran war: Hagen Kellermann.

7

Ende Juli 1944, Ostseebad Bansin

Die Strandpromenade in Bansin wirkte wie eine Postkarte aus einer anderen Zeit. Die prächtigen, zu Anfang des Jahrhunderts errichteten Gebäude zeugten von dem großen Aufschwung, den der Ort als »Badewanne Berlins« erfahren hatte. Reiche Unternehmer aus der Hauptstadt ließen sich hier Villen im Stile der Bäderarchitektur bauen, mit filigranen Holzbalkonen und vielfältigen Giebeln und Risaliten, die dem Ort sein unverwechselbares Gesicht verliehen. Vom Kaiser höchstselbst zum Badeort ernannt, stand der Gemeinde eine blühende Zukunft bevor. Doch mit dem Krieg blieben die Besucher aus, die Gebäude begannen zu verfallen.

Fritz Blohm wusste, dass sein Fronturlaub zu Ende ging, auch wenn er den Gedanken daran immer wieder zu verdrängen versuchte. Täglich trieb es ihn ins Gemeindeamt. Dort gingen die Telegramme vom Oberkommando des Heeres ein, die ihn betreffen konnten. Zweimal war auch eine Nachricht von seiner Familie in Bansin angekommen. Doch der Inhalt war traurig: Wegen der Kriegshandlungen und der zunehmend ausweglosen Situation in der von Bomben überzogenen Stadt gab es keine Möglichkeit für seine Frau und die Töchter, ihn in Bansin zu besuchen. Immerhin machte er in den letzten Tagen noch einige Bekanntschaften, die ihn gedanklich vom Kriegsgeschehen ablenkten, allesamt Mitglieder eines Berliner Schauspielensembles, dem auch Katharina Lempertz angehörte. Sie probten im Kursaal, saßen am frühen Abend am Strand und tranken Rotwein, als ob der Krieg auf einem anderen Stern stattfände. So manches Mal sprachen sie ihn an, offerierten ihm einen Becher Wein. Nur wenn er sicher wusste, dass Katharina Lempertz nicht zugegen war, gesellte er sich zu ihnen und hörte sich die ihm so fremden Geschichten von Kostümen, Requisiten und Schminke an.

Blohm betrachtete das Bansiner Gemeindewappen über dem Eingang. Ein grüner Berg war darauf zu sehen, der aus silbernen Wellen emportauchte und eine Insel bildete. Auf dem Gipfel des Berges saß ein Falke aus Gold, der sich anschickte, davonzufliegen. Ja, so ein Falke wäre er jetzt auch gerne. Einer, der nach Berlin zu den Seinen oder ganz woandershin fliegen würde. Hauptsache weg aus diesem mittlerweile aussichtslosen Krieg. Die militärstrategischen Fehler der Heeresführung, allen voran die des Führers, waren katastrophal. Ihm kam es so vor, als ob in Berlin nur noch Verrückte regierten. Dennoch fühlte er sich seinem Eid auf den Führer verpflichtet. Er würde kämpfen, auch den Tod in Kauf nehmen, wenn es denn sein musste.

Blohm betrat das Gemeindeamt. Die Augen der Frau am Telegraphen verrieten ihm, dass es heute so weit war. Sie drückte ihm einen gelblichen Zettel in die Hand.

Generalstabsoffizier Fritz Blohm unverzüglich in Schwerin bei der 12. Inf.-Div. melden betreffs neuer Aufgabe. Das ist ein Befehl. Ende.

Blohm fühlte das Blut in den Schläfen pochen.

»Na, wohl keene juten Nachrichten?« Die Dame vom Amt lächelte ihn an. Gruß- und wortlos verließ Blohm das Gebäude. Im Ferienhaus der Schwiegereltern packte er rasch seinen Koffer und warf den Schlüssel in den Briefkasten des Nachbarhauses. Noch ein letztes Mal gönnte er sich einen kleinen Spaziergang am breiten Sandstrand. Als er auf der Höhe des Hauses von Katharina Lempertz angelangt war, sah er zu der Etage hinauf, in der sie wohnte. Bewegte sich dort nicht leicht der Vorhang? Und schaute sie da nicht durch den Spalt zwischen den Vorhängen? Schnell schwenkte er in Richtung Bahnhof. Er war froh, dieses Kapitel mit seinem abrupten Weggang abgeschlossen zu haben. Er musste wieder in die Kampfhandlungen eingreifen. Eine Affäre mit dieser fragwürdigen Schauspielerin – das hätte sein Gewissen gegenüber der Familie zu sehr belastet.

8

A*nna, vergib mir,* stand in signalroter Schrift auf dem weißen Rauhputz des Supermarkts in der Rainer-Maria-Rilke-Straße.

Susanne Kellermann beugte sich ganz dicht über Woltmanns Handy, dann schüttelte sie ungläubig den Kopf.

»Damit kann nicht meine Anna gemeint sein!«

Woltmann wunderte sich, dass sie nicht »unsere« Anna sagte. Hagen Kellermann kam aus der Küche ins Wohnzimmer zurück. Dass er sich am Telefon aufgeregt hatte, war bis ins Wohnzimmer zu hören gewesen.

»Dieser verdammte Ziegler, der fliegt bald raus!« Er warf seiner Frau einen kurzen Blick zu. »Hat sich was Neues ergeben, während ich draußen war?«

»Weißt du etwas von einem Freund, den Anna hat?« Susanne Kellermann saß mit vorgebeugtem Oberkörper und gefalteten Händen auf dem weißen Ledersofa.

»Nein, sie hat keinen Freund. Das wüsste ich!« Hagen Kellermann lief im Wohnzimmer auf und ab, die Hände hinter dem Rücken verschränkt.

»Jugendliche erzählen ihren Eltern nicht immer alles«, warf Daniela Klein ein, bereute es aber, noch während sie sprach. Die Augenbrauen von Annas Vater zogen sich leicht zusammen, dann donnerte er los.

»Sie brauchen mir hier nichts über meine Tochter zu erzählen. Sie stehen hier rum und stellen Fragen, die ...«

»Herr Kellermann, ich verstehe Ihre Aufregung«, ging Woltmann dazwischen. »Ich habe selbst zwei Kinder, die im Alter von Anna sind. Aber wir müssen diese Fragen stellen. Nur so bekommen wir einen Ermittlungsansatz.«

»Ach, Ermittlungsansatz, was für eine Phrase! Was wir brauchen, ist eine systematische Suche in der Stadt, im weiteren Umfeld unseres Hauses. Vielleicht findet man ihr Fahrrad, ihre Tasche, irgendeine Spur, die weiterführt. Es kann doch auch sein, dass ...« Kellermanns Stimme stockte.

»Ja?« Woltmann sah den Unternehmer konzentriert an.

»Es könnte doch eventuell eine Entführung sein.« Kellermann stand an der großflächigen Terrassentür und sah abwesend auf zwei sich durch die Baumwipfel jagende Eichhörnchen.

»Haben Sie Grund zu dieser Annahme? Hat das schon mal jemand bei Ihnen versucht?«

»Nein, das nicht. Aber wir sind ja nicht die Ärmsten.«

»Herr Kellermann, die Kripo ist bereits informiert und aktiv. Sie wird bald bei Ihnen vorbeischauen und sicher auch einen richterlichen Beschluss zur Überwachung Ihres Telefons beantragen.«

»Beantragen! Wenn ich das schon höre! Wie lange das in unserem Bürokratenstaat wohl wieder dauern wird! Oh Mann, Mann, Mann!«

Susanne Kellermann zeigte Woltmann und Klein die Garage, in der Annas Fahrrad normalerweise stand, auch den großzügigen Garten mit altem Baumbestand. Woltmann schob die hohe, das ganze Grundstück umgebende Hecke an einer Stelle auseinander und sah in der Ferne das Klinikum. Wieder zurück im Haus, ließen sie sich noch ein Foto von Anna geben. Danach verabschiedeten sich die Beamten von den Kellermanns und fuhren zum Supermarkt in der Rainer-Maria-Rilke-Straße. Dort staunten sie nicht schlecht, als sie sahen, wie ein Rentner in anthrazitfarbenem Latzanzug die letzten Reste des Schriftzugs überpinselte.

»Immer das Gleiche«, brabbelte er, mehr an sich selbst als an die beiden Polizisten gewandt, vor sich hin.

»Wieso übermalen Sie das denn?«

»Ja, soll das Gekritzel etwa bleiben?« Der Rentner nickte in Richtung Supermarkt-Eingang. Dort machte sich eine kurzhaarige Frau mit weißer Schürze an den Einkaufswagen zu schaffen. »Auftrag von der Chefin!«

Der Supermarkt öffnete gerade.

»Ach, die Polizei, das ist ja praktisch«, trällerte die Chefin des Marktes den Beamten entgegen. »Da kann ich ja gleich eine Anzeige wegen des Graffitos aufnehmen lassen.«

Sie blinzelte Woltmann und Klein an.

»Ach, nein, vergessen Sie es, kommt sowieso nichts bei raus.«

»Können Sie uns sagen, wann Sie diesen Schriftzug zum ersten Mal bemerkt haben, Frau, äh…«, fragte Woltmann und blickte auf das kleine Namensschild an der Bluse der Chefin, »… Frau Runkist?«

»Na, junger Mann, nun starren Sie mir mal nicht so auf die Brust.« Frau Runkist lachte auf. »Kleiner Scherz. Also, das Gekritzel muss heute Nacht an die Wand gekommen sein. Ich parke mein Auto immer auf dem Parkplatz da drüben bei der Warenannahme. Als ich gestern Abend um einundzwanzig Uhr gefahren bin, war die Wand noch sauber.«

»Und da haben Sie heute Morgen schon jemanden an der Hand, der das wegmacht?«

Frau Runkist seufzte. »Ach, wissen Sie, wir haben fast jede Woche so eine Schmiererei. Unser Herr Schlegel macht die immer weg. Wir haben dafür sogar extra eine Anti-Graffiti-Farbe gekauft.«

»Ja, je schneller das Zeug weg ist, desto besser«, ergänzte der jetzt hinter der Supermarktchefin stehende Herr Schlegel. »Sonst ist bald die ganze Wand voll. Graffiti ziehen Sprayer genauso an wie Licht die Motten. Ich bin fertig, Chefin, mach mich mal jetzt an die Grünanlagen.«

Woltmann und Klein fuhren zur Polizeiinspektion zurück. Bevor sie ausstiegen, zeigte Woltmann der Kollegin noch mal das Foto auf seinem Handy.

Anna, vergib mir.

»Da hat einer um Vergebung gebeten. Was, wenn er sie nicht erhalten hat?«

»Dann wird er wütend. Kenn ich von Ramu.«

Ramu, dachte Woltmann, stimmt! Das war Danis fünf Jahre jüngerer Freund mit indischen Wurzeln. Ein Hip-Hopper, der ständig mit anderen Frauen flirtete. Das behauptete sie jedenfalls. Was den Fall Anna Kellermann betraf, schien ihm die Deutung Danis jedenfalls voreilig zu sein.

»Entschuldigt sich denn dein Ramu öfter bei dir?«

»Ständig. Aber ich nehm ihm das nicht immer ab. Der macht das nicht aus Einsicht, sondern weil er seine Ruhe haben will. Jedenfalls meistens.«

»Und wenn du ihm nicht vergibst, rastet er aus?«

Die Kollegin zog es vor zu schweigen. Auch wenn sie mir viel anvertraut, dachte sich Woltmann, soll ich wohl nicht alles wissen. Ist ja auch okay. Gab es denn überhaupt jemanden, der Anna Kellermann um Verzeihung bat? Oder überdeutete er das Graffito? Aber wenn eine junge Frau namens Anna verschwand und zeitnah jemand genau diesen Namen an eine Wand ganz in der Nähe ihres Wohnhauses gesprayt hatte, war das nur Zufall?

9

Anfang August 1944, Oslo–Schweden–Berlin

Blohm fror, obwohl es ein milder Sommertag war. Der Fahrtwind an Deck kühlte ihn aus. Noch einmal waren die letzten Wochen wie in einem Film an ihm vorbeigezogen: die Rettung vor dem russischen Zugriff mit Hilfe des rumänischen Donauschleppers, die Reise nach Bansin, die Begegnung mit Katharina Lempertz, die ihm so unwirklich vorkam, die Fahrt nach Schwerin und Warnemünde und von dort mit dem Kriegsschiff *General von Steuben* hierher nach Oslo.

Was ihn erwartete, ließ keine gute Laune in ihm aufkommen. Hitler und das Oberkommando der Wehrmacht hatten in diesen Augusttagen die endgültige Wende des Krieges zur Kenntnis nehmen müssen: Die Westalliierten waren am sechsten Juni in der Normandie gelandet. Eine zweite Front war eröffnet, das Deutsche Reich damit in eine Zange geraten, die es zermalmen würde. Die ersten Atlantikfestungen, jene aufgerüsteten und stark befestigten Städte und Häfen an Frankreichs und Hollands Küste, waren gefallen. Und um einer zusätzlichen Invasion im Norden vorzubeugen, schickte man ihn nun zu einer Einheit nach Norwegen.

»So ein Schwachsinn«, murmelte Blohm vor sich hin und zündete sich eine Zigarette an. Er beobachtete, wie zwei schwarz gekleidete Festmacher am Kai mit einer Wurfleine das schwere Tauwerk an Land zogen und dessen gespleißte Augen über die Poller legten. Das Schaukeln der *General von Steuben* nahm danach spürbar ab.

»Bald werden die Feinde vor Paris stehen.« Blohm rechnete sich hier in Norwegen immerhin bessere Überlebenschancen aus. Er glaubte nicht, dass die Alliierten im Norden eine weitere Front eröffnen würden. Der Krieg konnte nicht mehr lange dauern. Die Rote Armee rückte im Osten mit Macht Kilometer um Kilometer gegen Berlin vor.

Blohm verließ das Deck, ging in seine Kabine und packte seine wenigen Sachen zusammen. In ein paar Minuten würde er das Schiff verlassen. Ein Militärwagen sollte ihn zu seiner neuen Einheit bringen, deren bisheriger Befehlshaber in die Bretagne abkommandiert worden war.

Er hoffte, noch eine Möglichkeit zum Telegraphieren zu finden.

Bin gut in Oslo angekommen. Macht Euch keine Sorgen, notierte er auf einem Zettel, dazu die Adresse. Dann machte er sich auf den Weg in die zweite Etage, wo die Schiffsleitung saß. Nach einigen Minuten fand er den Raum mit den Telegraphen. Er drückte einem der Soldaten den Zettel in die Hand, dazu, für die anderen nicht sichtbar, eine halbvolle Schachtel Zigaretten.

Er drehte sich um und wollte an Deck zum Fallreep gehen, um das Schiff zu verlassen. Doch im Zwischendeck ging es nicht voran. Die Freigabe zum Landgang war noch nicht erteilt worden. Die Soldaten warteten daher mit großen Rucksäcken, gesenkten Blicken und den Papieren in der Hand, die auswiesen, zu welcher Einheit sie gehörten. Am Kai sah Blohm einen Stoewer im leichten Nieselregen vorfahren. Zwei Männer in feldgrauen Uniformen entstiegen ihm und eilten das Fallreep hoch. Sie sprachen kein Wort, verschafften sich allein mit ihrem energischen, zielgerichteten Auftreten einen Weg durch die Menge der Soldaten. Einer der beiden hielt ein Foto in der Hand, sein prüfender Blick glitt über die Gesichter der Wartenden. Als die Männer Blohm erreichten, musterte der mit dem Foto in der Hand auch ihn akribisch. »Die Papiere«, befahl er dann. Blohm reichte sie ihm. »Mitkommen!«

Eine Stunde später saß Blohm in einer dreimotorigen Ju 52. Er zermarterte sich das Hirn. Warum nahmen ihn diese Leute mit und brachten ihn jetzt wer weiß wohin? Sie verweigerten ihm jegliche Antwort. Wurden ihm jetzt die auf dem Donauschlepper geplünderten Wodkavorräte zum Verhängnis? Einer seiner Soldaten konnte ihn verpfiffen haben. Er war nicht zu allen freundlich gewesen, wahrlich nicht. Als Vorgesetzter hatte er so manchen seiner Untergebenen angeherrscht, der ihm zu verweichlicht vorkam. Streng genommen war die Sache mit dem Wodka Unterschlagung von Beutegut oder, je nach Betrachtungsweise, Diebstahl von Volkseigentum gewesen. Mit der Kommandoübernahme auf dem rumänischen Schiff war auch dessen Ladung an die Wehrmacht übergegangen. Die Granaten ebenso wie der Wodka. Doch angesichts der apokalyptischen Situation am Schwarzmeer war eine solche Forderung wie die, den Wodka nicht an seine Leute auszugeben, absurd. Der Wodka war das Lebenselixier seiner Truppe gewesen, unabdingbar zum Befeuern der Kampfkraft, auch und gerade für ihre Flucht vor den Sowjets. So würde er jedenfalls argumentieren, wenn sie ihn vor Gericht stellten.

Die Ju 52 ruckelte über die brüchige Fahrbahn. Nur langsam gewann sie an Fahrt und hob mühsam vom Boden ab, obwohl sie nur mit sechs Personen beladen war: dem Piloten, dem Copiloten und drei Aufpassern, die sowohl neben wie auch ihm gegenüber saßen. Mit versteinerten Mienen starrten sie auf die Wellblechwände des mit Ausnahme der längsseitigen Sitzbänke kahlen Laderaums.

Nach wenigen Minuten tat es einen heftigen Schlag. Die Ju nahm gerade Kurs über die Bucht des Osloer Hafens in Richtung Süden.

»Verdammt, das waren Vögel!«, rief der Pilot.

»Kehren wir um?« Der Copilot beugte sich leicht nach vorne, um freien Blick auf das rechte Seitentriebwerk zu bekommen.

»Motor zwei defekt!« Die Stimme des Piloten klang gereizt. Die Ju war ein dreimotoriges Flugzeug, das man auch mit zwei Motoren problemlos steuern konnte. Der Pilot drückte einige Knöpfe, prüfte die Einstellungen. Schon näherten sie sich der schwedischen Westküste.

»Wir kehren nicht um! Berlin wartet auf uns!« Die schneidende Stimme des Grauuniformierten neben Blohm duldete keinen Widerspruch.

»Verstanden, Herr Generalleutnant! Nehmen Kurs auf Göteborg!«

Niemand sprach mehr, nur das gleichförmige Brummen der beiden Motoren war zu hören. Blohm überraschte sich bei dem Gedanken, es möge ein weiteres Triebwerk ausfallen. Mit nur einem Motor würde auch der Generalleutnant nicht mehr darauf beharren, weiterzufliegen. Denn dann wäre ihrer aller Leben in Gefahr. Eine Landung im neutralen Schweden aber könnte seine Rettung sein. Dort könnte er Asyl beantragen, desertieren, ohne dass seine Bewacher etwas dagegen tun konnten.

Aufjaulend wie ein geschlagener Hund, setzte die Maschine auf der Landebahn auf. Also mussten sie in Berlin sein, wie

Blohm den Worten des Generalleutnants entnommen hatte. Ein Militärauto brachte sie durch die Straßen der gespenstischen Stadt. Überall Ruinen, Eisenträger, die sich wie verfaulte Finger in den Himmel streckten, ausgemergelte Kriegsfrauen, die zwischen den Trümmern hin und her huschten, um nach Essbarem zu suchen, Kinder, die mit linkischen Bewegungen und leeren Blicken wie wandelnde Fragezeichen wirkten – der Krieg war verloren, und die Durchhalteparolen aus dem Volksempfänger klangen von Tag zu Tag hohler.

Der Wagen stoppte.

»Aussteigen!« Die Stimme des Generalleutnants überschlug sich fast. Er streckte den Rücken durch und wies mit einer Bewegung seiner Hand zwei seiner Begleiter an, Blohm die Hände zu fesseln.

»Marsch!« Blohm trabte los. Mit einem kurzen Blick erkannte er den Straßennamen auf einem vom Bombenfeuer geschwärzten Schild: Prinz-Albrecht-Straße. Die beiden Soldaten an seiner Seite führten ihn in ein monumentales Gebäude. Er wusste jetzt, wo sie ihn hinbrachten: ins Hauptquartier der Geheimen Staatspolizei.

Noch am selben Abend fand er sich in einer feuchten Gefängniszelle im Keller wieder. In einem ersten Verhör hatte ihm ein Richter vorgetragen, weshalb er so plötzlich von der Front weg verhaftet worden war. Die Anklage lautete auf Hochverrat, festgemacht an seinen Sympathien für die Führer-Attentäter des zwanzigsten Juli vierundvierzig. Der Reichsminister Joseph Goebbels persönlich habe Anzeige gegen ihn erstattet. Eine prominente Zeugin könne die staatsfeindlichen Umtriebe des Generalstabsoffiziers Fritz Blohm bestätigen.

10

Remde stand im kleinen Vorraum des Lehrerzimmers und erteilte seinen Mitarbeitern im Kommissariat per Telefon ein paar Aufträge. Spätestens am frühen Abend sollte eine Suchaktion der Bereitschaftspolizei starten. Mandy Hoppe saß währenddessen mit Claudia Zott im Büro des Schulleiters.

»Claudia, Sie sind wie Anna als Schülerin in den USA gewesen?« Die Kommissarin sprach leise, empathisch.

»Ja, ein Schuljahr lang.«

»Wo?«

»In Omaha, Nebraska.«

Claudia Zott verstummte, fummelte am Saum ihres Pullovers herum.

»Claudia!« Hoppe beugte sich nach vorne und sah der unsicher dreinschauenden Schülerin in die Augen. »Was ist dran an den Gerüchten, dass Anna in den USA Probleme mit ihrem Gastvater gehabt haben soll?«

Nervöse Blicke in Richtung der Kommissarin, doch den direkten Augenkontakt vermied Claudia. Sie führte den rechten Daumen zum Mund, begann, am Nagel zu kauen.

»Claudia, vielleicht haben die damaligen Vorgänge in den USA mit Annas Verschwinden ja gar nichts zu tun. Aber wir müssen es trotzdem überprüfen.«

Jetzt erwiderte die Schülerin Hoppes Blick.

»Anna wollte darüber nicht reden. Aber über unsere Betreuerin von der Organisation habe ich was gehört.«

»Welche Betreuerin?«

»Na, die von der Organisation. PFU.«

»PFU?«

»People for Understanding. Unsere Betreuerin war Debbie Cochrane.«

»Und was hat Anna dieser Betreuerin erzählt, Claudia?«

»Die Anna muss so komische Gasteltern gehabt haben. Der Gastvater hat sie begrapscht. Und die Gastmutter war anscheinend dabei und fand das okay.«

»Die fand das okay?«

»Ja, das war ja das Komische.«

»Und Anna, wollte die das denn?«

»Nein, wollte sie natürlich nicht. Aber die haben sie beide bedrängt mitzumachen.«

Hoppe spürte die Aufregung der Schülerin.

»Und wie ging das Ganze dann aus?«

»Anna hat es unserer Betreuerin erzählt und danach die Familie gewechselt. Schon bald.«

Es klopfte kurz an der Tür, und Remde betrat das Zimmer des Schulleiters.

»Wir müssen los!« Hoppe lächelte der Schülerin noch einmal zu. Sie hätte Claudia gern noch gefragt, ob Anna einen Freund hatte, ob es Auseinandersetzungen in der Schule gab. Aber Remdes Tonfall verriet ihr, dass es etwas Dringliches gab. Sie verabschiedete sich von der Schülerin. Auf dem Weg zum Auto berichtete Remde ihr, was der Grund für ihren hastigen Aufbruch war: ein Anruf aus dem Innenministerium. Kellermann hatte dort interveniert und sich darüber beschwert, dass der Kripochef nicht persönlich bei ihm erschienen wäre. Als einer der größten Arbeitgeber in Thüringen besaß Kellermann gute Kontakte bis in die höchsten Kreise der Politik. Außerdem hatte sich die Presse bei Remde gemeldet und gefragt, was denn mit der Tochter des Unternehmers Kellermann sei. Remde spürte den steigenden Druck. Sie mussten die Presse mit ersten kleinen Erfolgsmeldungen füttern. Sonst würden die Spekulationen ins Kraut schießen.

»Wir müssen jetzt erst einmal zu Annas Eltern. Dort schauen wir uns auch das Zimmer von ihr an. Vielleicht finden wir ja Hinweise zu ihrem Verschwinden.«

Währenddessen schickte Sascha Woltmann seinem Sohn Ronny eine Nachricht, er möge sich in einer der Pausen bei ihm melden. Ronny war ebenfalls am Goethegymnasium. Wenig später rief er seinen Vater zurück.

»Ronny, du hast sicher schon mitbekommen …«

»Ja, Papa, die Anna Kellermann ist verschwunden.«

»Hast du irgendeine Ahnung, wo die sein könnte?«

»Also ich kenn die nicht besonders gut. Sie ist in einer anderen Klasse.«

»Und woher hast du dann die Info, dass sie vermisst wird?«

»Das ist *das* Gespräch auf dem Schulhof. Schau doch einfach mal auf Facebook oder Instagram, was da abgeht!«

»Ronny, dafür habe ich jetzt keine Zeit, erzähl halt!«

»Die Nachricht von ihrem Verschwinden ist Topthema. Auch ihre amerikanischen Freunde diskutieren voll mit. Bei denen ist es jetzt Nacht. Aber die gehen nicht ins Bett, so sehr beschäftigt sie das. Ausgerechnet die Anna! In ihrer Facebook-Chronik sind ganz viele Posts, sie möge sich melden.«

»Wieso sagst du ›ausgerechnet die Anna‹?«

»Na, die war doch immer die Zuverlässigste und so. Dass die einfach so abhaut, kann man sich kaum vorstellen. Aber …«

»Aber was?«

Ronny Woltmann schwieg.

»Ronny, aber was?«

»Na ja, zum einen hat sie ja steinreiche Eltern. Eine Entführung wäre da nicht so überraschend. Und außerdem würde ich mich an eurer Stelle nach Maximilian Stein erkundigen.«

»Maximilian Stein? Wer ist denn das?«

»Mit dem hat man die Anna Kellermann in der letzten Zeit manchmal gesehen. Der passt überhaupt nicht zu ihr.«

»Wieso nicht?«

»Na, der hat hier in Weimar die Schule abbrechen müssen. Dann ist er nach Leipzig. Den müsstet ihr in eurem Computer haben. Ich muss jetzt wieder in die Schule. Sorry.«

Woltmann starrte auf das Handy. Es war höchste Zeit, Mandy Hoppe von seinen neuen Erkenntnissen zu berichten. Gerade wollte er die Kollegin anrufen, da leuchtete eine WhatsApp-Nachricht auf:

Du zahlen 500 Euro. Ich schreiben deiner Frau und Polizei. Du mich vergewaltigen. Bringen Geld an Bahnhof Berlin. Du schreiben Tag und Uhrzeit.

Renate aus Ghana, die ihn schon seit einer Weile erpresste. Ein paarmal hatte er sich mit ihr in Berlin getroffen, wo sie … Ihr einfach nicht zu antworten wäre zu gefährlich. Sonst machte die ernst. Mit was auch immer für Beweisen.

Eine weitere Nachricht blinkte auf. Dieses Mal ein Foto. Woltmann erkannte die Örtlichkeit. Die Lobby eines Hotels in Berlin. Er saß in einer Sesselgarnitur. Sein Gesicht war nur halb zu sehen. Die Afrikanerin beugte sich über ihn. Er erinnerte sich: Sie hatte damals angegeben, ihm eine Fluse aus dem Haar zu ziehen. Auf dem Foto sah es allerdings so aus, als würde sie ihn küssen. Das Bild musste jemand hinter einer der Säulen in der Lobby aufgenommen haben. Ein Komplize. Ihr deutscher Ehemann? Angeblich lag sie mit diesem im Streit, wollte die Scheidung. Aber er glaubte ihr nichts mehr.

Mann, wie komme ich aus dieser Nummer nur wieder raus, fragte er sich. Als Beamter unterliege ich dem Legalitätsprinzip. Verbrechen sind anzuzeigen. Und um nichts anderes ging es hier. Um räuberische Erpressung. Aber was würde Yvonne sagen, wenn sie erfuhr, dass er sich mit einer afrikanischen Frau in einem Berliner Hotel traf? Er hatte Angst, sie würde ihm nicht glauben. Die Angst war irrational. Aber die Angst war da. Was, wenn die Story ihre Kreise innerhalb der Polizei zöge? Die paar Begegnungen mit der Afrikanerin lagen schon Jahre zurück. Damals, als er noch in Berlin bei der Polizei war. Die von ihr geforderten fünfhundert Euro würden sie so gut für die Urlaubskasse gebrauchen können. Oder für einen neuen Fernseher. Der alte machte es nicht mehr lang. Aber wenn er Renate aus Ghana das Geld zahlen und dafür zukünftig Ruhe vor ihr haben würde …

Im Hause Kellermann klingelte in diesem Augenblick das Festnetztelefon. Die Rufnummer war unterdrückt. Susanne Kellermann hob ab. Mit jedem Wort der jungen Stimme, die wie gedämpft an ihr Ohr drang, verhärteten sich ihre Gesichtszüge mehr. Ihr Mann kam ins Wohnzimmer.

»Was ist denn los?«

»Hagen, du musst ganz schnell zur Bank. Und dann zum Bahnhof.« Aus ihrem Gesicht wich alle Farbe, während sie ihrem Mann erzählte, was der Anrufer gesagt hatte.

Kaum war der Unternehmer losgefahren, klingelten Remde und Hoppe an der Tür.

»Mein Mann ist eben zu einem geschäftlichen Termin gefahren«, erklärte ihnen Susanne Kellermann.

»Das macht nichts. Zumal wir keine neuen Nachrichten zu Anna haben, sondern nur generell einmal vorbeischauen und uns dabei auch das Zimmer von Anna ansehen wollten.«

»Wie? Das Zimmer? Ach so, ja, natürlich.«

Im Zimmer der Schülerin suchten die Ermittler gezielt nach deren Handy, denn die Ortung des LKA Erfurt hatte ergeben, dass es in einen Mobilfunkmast unmittelbar in der Nähe von

Annas Elternhaus eingeloggt war. Tatsächlich fanden sie das Handy auf Annas Schreibtisch, den sie sich zuerst vornahmen, unter einigen Zetteln und DIN-A4-Blättern. Es war stummgeschaltet, der Bildschirm gesperrt. Sie zeigten es Susanne Kellermann.

»Deswegen habe ich sie nicht erreicht. Sie muss es hier vergessen haben.«

»Frau Kellermann, wir nehmen das Handy und auch den Computer von Anna mit. Beide Geräte werten unsere Kollegen vom Landeskriminalamt in Erfurt aus. Auch schicken wir vorsorglich die Spurensicherung bei Ihnen vorbei.«

Die Beamten inspizierten das restliche Zimmer, fragten Annas Mutter nach eventuell fehlenden Kleidern, Taschen, Koffern, auch nach ihrem Waschbeutel. Im Papierkorb fand Hoppe Schnipsel eines Fotos. Sie zog sich Plastikhandschuhe über, versuchte, die winzigen Schnipsel zusammenzusetzen. Das sich ergebende unvollständige Mosaik deutete auf das Porträt eines jungen Mannes mit länglichem Gesicht und Schnurrbart hin. Sie legte das Bild in die Mitte des Schreibtischs, außerdem einen Vermerk für die Spurensicherung mit der Bitte, die Schnipsel zu analysieren.

»Haben Sie eine Ahnung, wer das ist?«, fragte Hoppe.

Sie schaute zu Susanne Kellermann, die ihr förmlich entgegenfiel. Hoppe fing sie auf, legte sie auf den Boden, fühlte ihr den Puls. Remde griff zum Handy. Das Klinikum lag um die Ecke. Nur zwei Minuten später traf die Notärztin ein. Susanne Kellermann war zwischenzeitlich wieder zu sich gekommen. Sie lehnte das Angebot der Ärztin, zur Beobachtung mit ins Klinikum zu kommen, ab.

»Nein, ich muss hierbleiben. Anna wird bald anrufen«, meinte sie und fixierte dabei die Telefone auf dem Wohnzimmertisch. »Anna wird anrufen.«

11

Das Grundstück im Weimarer Ortsteil Ehringsdorf war weitläufig. Ein hoher Maschenzaun aus Metall umfasste es. An der Westseite grenzte es an die Allee, die zum Schloss Belvedere hochführte. Das Haus lag weit zurückgesetzt von der Straße, wegen der hochgewachsenen Gräser und Büsche war es kaum zu sehen. Die Hanglage ließ das Terrain hinter dem Wohnhaus und den Hundezwingern steil in Richtung der Ilm-Ebene abfallen. Stauden, dorniges Gestrüpp, verwahrloste Buchsbäume waren scheinbar planlos über das gesamte Gelände verteilt. Man konnte meinen, Dornröschen hielte auf diesem verwunschenen und unzugänglichen Gelände seinen Hundertjahresschlaf. Nur stand statt eines Schlosses hier ein Haus aus DDR-Zeiten, mit abgebröckeltem Putz und einer vermoosten Satellitenschüssel.

Werner Schlüter erhob sich ächzend vom Sofa. Seine Knie spielten nicht mehr mit. Mit über sechzig nahmen die Blessuren zu. Aber er ging zu keinem Arzt. In der Küche fischte er einen Weinkarton unter der Spüle hervor. Er öffnete eine Flasche mit billigem Dornfelder, die zweite heute. Die Hunde draußen bellten wie wild in ihren Zwingern. Er öffnete das Küchenfenster und linste, ob vielleicht jemand unbefugt das Grundstück betreten hatte. Es war fast Mitternacht. Als er nichts erkannte, brüllte er einen kurzen Befehl in Richtung der Hunde. Schlagartig verstummten sie. Schlüter ließ sich rückwärts in einen abgewetzten Sessel fallen, trank das Rotweinglas mit einem Zug leer und zappte sich durch den viel zu laut eingestellten Fernseher. Irgendwann blieb er bei der Talkshow *Stenz* hängen. Dort saßen mehrere hochbetagte Herrschaften in einer Runde zusammen, spillerige Körper, die Gesichter knöchern und vom Leben gezeichnet. Eine Weile hörte Schlüter zu, wie sie von ihrem Leben in der Zeit unmittelbar nach dem Krieg berichteten. Vom zweiten Winter, von sechsundvierzig auf siebenundvierzig, erbarmungslos kalt. Er erinnerte sich. Auch sein Vater hatte ihm davon erzählt. Nirgendwo hatte es damals noch Heizmaterialien gegeben. Ein Gast der Talkshow erzählte, wie er deshalb für die Familie Kohlen von Eisenbahnwaggons stahl, unter Einsatz seines Lebens.

»Mann, der lässt den ja nicht mal ausreden!«, grummelte Schlüter vor sich hin. Tatsächlich schenkte Stenz, der Moderator, dem alten Herrn keine noch so kleine Atem- und Denkpause, sondern fiel ihm ständig ins Wort, drängte ihn zu neuen Antworten. Schlüter trank sein Glas leer, schenkte sich das nächste ein. Bei Stenz sprach jetzt eine über neunzigjährige Dame mit sehr faltigem Gesicht namens Ina Dietl. In den dreißiger und vierziger Jahren war sie eine bekannte Schauspielerin gewesen, die als Anhängerin der Nazis gegolten hatte, weshalb die sowjetischen Besatzer sie auch verhafteten, wie Stenz ausführte.

»Waren Sie denn eine überzeugte Anhängerin des Naziregimes, Frau Dietl?«

Ihre kleinen Augen rollten in den Augenhöhlen wie zwei blaue Murmeln hin und her.

»Ich will dazu nur so viel sagen: Es gab viel Schlimmere als mich! Auch oder gerade unter den Schauspielerinnen. Die haben sich doch alle den Nazigrößen an den Hals geworfen. Sonst wären sie nichts geworden!«

»Die? Sie aber nicht, Frau Dietl?«

Die alte Dame schwieg. Mit der rechten Hand strich sie über die Stuhllehne.

»Gut, Frau Dietl. Sie behaupten, man habe als Schauspielerin bei den Nazis mitmachen müssen. Ich sehe das ganz anders. Nehmen wir doch mal Marlene Dietrich, die hat sich doch gegen die Nazis gestellt. Das war doch auch eine Option.«

»Die Dietrich, die war doch in Hollywood. Die …« Frau Dietl zog ein Seidentaschentuch aus ihrer Handtasche hervor und schneuzte sich. »Sie haben mir vor der Sendung gesagt, dass Sie mir zur Nazizeit keine Fragen stellen!«

Im Publikum regte sich leichte Unruhe. Der Moderator lächelte den Einwand weg.

»Gut, dann wollen wir über Ihre Zeit danach reden. Sie waren nach dem Krieg in einem russischen Speziallager in Buchenwald bei Weimar und später im Gefängnis in Waldheim inhaftiert. Haben Sie dies als ungerecht empfunden? Ich meine, was haben Lager und Gefängnis mit Ihnen gemacht? Fühlten Sie sich als Opfer?«

Die Murmeln rollten jetzt noch schneller hin und her. Frau Dietl fühlte sich sichtbar überrumpelt und unwohl.

»Wissen Sie, Herr Stenz, ich finde diese Fragen nicht gut. Wir haben ausgemacht …«

»Gut, einverstanden, Frau Dietl. Dann erzählen Sie uns stattdessen, wie das war, als Sie das Gefängnis verlassen haben.«

Frau Dietl versuchte, einen Schluck Wasser zu trinken, schüttete sich dabei aber den halben Inhalt ihres Glases über die Bluse. Eine Assistentin sprang herbei und tupfte den Stoff mit zwei Papiertüchern ab. Die alte Dame begann zu erzählen. Von ihrer Flucht im August 1954 aus der DDR in die BRD. Von ihrem dortigen Neuanfang als Schauspielerin. Von der großen Liebe, die sie im Westen fand. Von ihrer Familie, ihren beiden Kindern Cosima und Clemens und deren beruflichen Erfolgen.

»Und ich habe ganz reizende Enkel. Und sogar zwei Urenkel!«

Applaus im Studio.

»Aber ganz ohne Sorgen ist man nie«, fuhr die jetzt redselige Dame fort. »Mein Sohn Clemens leidet an Hämophilie, also an der Bluterkrankheit. Die habe ich ihm übertragen, ohne selbst daran zu leiden. Mein Sohn hat oft so unerklärliche Blutergüsse. In den Gelenken zum Beispiel. Und wenn er sich mal schneidet, hört es gar nicht mehr auf zu bluten. Darum muss er immer und überall ganz stark aufpassen. Ja, aber gemeinsam bewältigen wir das. Wer Familie hat, schafft alles!«

Wieder applaudierte das Publikum. Werner Schlüter schaltete den Fernseher aus, kippte sich ein letztes Glas Rotwein rein und starrte auf den schwarzen Bildschirm.

12

Bitte, Herr Kellermann, kommen Sie mit in mein Büro.« Frau Zeitler, die Angestellte der Sparkasse Mittelthüringen in einem dezent roten Hosenanzug, ging mit wippenden Schritten vor ihm her. Vor Frau Zeitlers Schreibtisch angelangt, nahm der Unternehmer Platz.

»Zwanzigtausend Euro bräuchte ich. In bar. Sofort.«

Sonja Zeitler griff nach einem Formular in ihrer Schreibtischschublade und sah ihrem Gegenüber nur kurz in die Augen. Bei einem Kunden wie Hagen Kellermann galten zwei Gebote. Alle Transaktionen mussten erstens in höchstem Maße diskret und zweitens schnell abgewickelt werden.

»Von welchem Konto sollen wir das Geld abbuchen, Herr Kellermann?«

»Von meinem Privatkonto.«

Eine Frage der Deckung war das nicht. Die Beträge auf Kellermanns Girokonto bewegten sich immer im fünf- oder sogar sechsstelligen Bereich. Auch hob er immer wieder mal Barbeträge in dieser Höhe ab. Allerdings fast immer von einem der Geschäftskonten. Während Sonja Zeitler die Kontodaten in den Auszahlungsschein eintrug, sah sie unauffällig auf die Hände des Unternehmers. Mit seiner Linken tastete er ständig die Finger der Rechten ab. Ein Zeichen von Nervosität. Einen Augenblick überlegte sie, ob sie nicht eine beiläufige Bemerkung machen sollte. Eine Bemerkung, die dem Unternehmer die Möglichkeit bot, sich zu erklären. Aber Diskretion genoss Vorrang. Wenn er ihr etwas sagen wollte, würde er das von sich aus tun.

»So, Herr Kellermann, dann müssen Sie bitte nur noch hier unten unterschreiben.«

Kellermann bedankte sich und ging dann mit dem Auszahlungsbeleg zum Kassenschalter. Er ließ sich den Betrag in Fünfhunderteuroscheinen geben. Die Kassenfrau bot ihm einen Umschlag an. Er nahm ihn, dankte erneut und stopfte ihn in die Innentasche seines Sakkos. Mit einem kurzen Nicken verabschiedete er sich.

Auf dem Weg nach draußen spürte er, dass ihm sein Hemd am Körper klebte. Schweiß, weil es unerträglich heiß war. Schweiß aber auch aus Angst. Geschäftlich führte er viele Kriege. Da war er routiniert, da machte ihm nichts mehr etwas aus. Aber der Psychokrieg, der ihm jetzt bevorstand, brachte ihn an seine Grenzen. Keine Polizei, sonst ist Ihre Tochter tot, hatte der Erpresser am Telefon gesagt. Wenn die Geldübergabe problemlos verliefe, würde Anna umgehend freigelassen werden. Er hatte mit seiner Frau überlegt, die Polizei zu informieren. Aber was wäre, wenn der Erpresser die Polizei vor der Übergabe bemerkte, sich rechtzeitig vor dem Zugriff davonstahl und Anna deswegen dann umbrächte? Dann würden sie nie wieder froh werden.

Mit seinem BMW fuhr er zum Hauptbahnhof. In der Bahnhofsbuchhandlung kaufte er sich ein Exemplar der Thüringer Rundschau und eine Plastiktüte. Er ging zum Bahnsteig drei und diesen bis ganz zum Ende, wo ihn niemand genau beobachten konnte. Dort knüllte er einzelne Blätter der Rundschau zusammen. Dann legte er zuerst den Umschlag mit den Geldscheinen in die Plastiktüte, die er danach noch mit den Zeitungsknäueln ausfüllte. Zehn Minuten später summte sein Handy. ›Empfänger unbekannt‹, stand auf dem Display. Er drückte den Button mit dem Telefonsymbol. Eine junge männliche Stimme war dran, genau wie seine Frau es ihm berichtet hatte.

»Steigen Sie in den Zug nach Erfurt. Der fährt elf Uhr einundvierzig ab. Das ist die Regionalbahn in Richtung Eisenach. Steigen Sie in den letzten Zugwaggon ein und in Erfurt wieder aus. Direkt am hintersten Ausstieg stoßen Sie auf eine Mülltonne. Hinterster Ausstieg, verstanden?«

»Ja, ja!«

»Okay. In diese Mülltonne werfen Sie den Beutel rein. Und zwar dort, wo ›Papier‹ steht. Sie gehen dann zu Gleis acht. Dort kommt um zwölf Uhr eins ein Zug an, der nach Weimar weiterfährt. In den steigen Sie ein. Keine Polizei, ist das klar? Sonst sehen Sie Ihre Tochter nie wieder.«

»Und wann kommt meine Tochter frei?«

Der Anrufer drückte das Telefonat weg. Wie ein Roboter, ferngesteuert von einem Unbekannten, bestieg Kellermann den ihm genannten Zug. In Erfurt handelte er wiederum genauso wie vom Anrufer vorgegeben. Nach nicht einmal einer Stunde war er zurück in Weimar, um eine Plastiktüte mit zwanzigtausend Euro erleichtert.

Dreizehn Uhr. Die Hitze stand in den Fluren der Polizeiinspektion. Volker Remde betrat das Besprechungszimmer, riss ein Fenster auf und wischte sich mit einem Stofftaschentuch den Schweiß von der Stirn, bevor er sich am Besprechungstisch niederließ. An seiner Seite nahm Mike Scholz Platz, der vor kurzem von der Streifenpolizei zur Kripo gewechselt war, ihm schräg gegenüber Mandy Hoppe und die Recherche-Spezialistin Nicole Meisinger, außerdem in Uniform Sascha Woltmann und Daniela Klein.

»So, Leute, wir müssen jetzt großes Kino fahren. Gerade hat mich der Staatssekretär angerufen. Der Kellermann kennt ihn gut. Wie sieht's aus mit der Telefonüberwachung?« Er schaute zu Hoppe.

»Läuft. Das Abhören von Kellermanns Festnetz und der beiden privaten Handys habe ich per Eilantrag in die Wege geleitet. Erfahrungsgemäß ist die Antwort vom Gericht noch diesen Nachmittag da.«

»Gut. Der Kellermann ist steinreich. Eine Entführung hat eine gewisse Wahrscheinlichkeit.«

»Was ist eigentlich mit Anna Kellermann? Hat die kein Handy?«

»Scholz, nicht einfach dazwischenquatschen«, herrschte ihn Remde an.

»Die Anna hat ihr Handy zu Hause liegen lassen«, ging Hoppe ungeniert auf die Frage von Scholz ein. »Wir haben es den IT-Leuten im Landeskriminalamt zur Untersuchung geschickt.«

Remde klopfte mit der flachen Hand auf den Schreibtisch. »Leute, jetzt mal der Reihe nach. Ich habe ein paar Aufgaben zu vergeben. Scholz, Sie finden mal raus, was die Kellermanns für ein familiäres Umfeld haben.«

Scholz nickte. Sie alle wussten, dass bei Entführungen wie

bei Sexualdelikten die Täter oft aus dem Verwandten- oder Bekanntenkreis stammten.

»Spätestens am frühen Abend müssen wir eine Suchaktion starten. Scholz, wie sieht es mit der Anfrage bei der Bereitschaftspolizei aus?«

»Ist durch. Die fangen um achtzehn Uhr an, Chef.«

»Damit alle hier informiert sind: Die Kollegin Hoppe und ich, wir haben uns Annas Zimmer angesehen. Bis auf das vergessene Handy konnten wir keine besonderen Auffälligkeiten feststellen. Ein paar Poster hingen an der Wand, vor allem mit Tieren. Eintrittskarten für Rockfestivals lagen auf dem Nachttisch. Auf dem Schreibtisch Schulunterlagen und DIN-A4-Blätter. Ihre Schultasche fehlt, aber es gibt keine Anzeichen, dass sie Kleider, eine Sporttasche oder gar einen Koffer mitgenommen hat. Auch ihren Waschbeutel hat die Mutter am vertrauten Ort gefunden. Vielleicht findet die Spurensicherung ja noch etwas, das uns weiterbringt.«

»Noch mal zu den Papieren auf dem Schreibtisch. Da lagen viele Kopien zum Thema Wölfe herum«, ergänzte Hoppe. »Überhaupt hat Anna viele Tierfotos und -berichte gesammelt.«

»Weiter!« Remde sah Hoppe an. »Was hat Ihnen eigentlich diese Schülerin gesagt? Diese Claudia Zott? Haben Sie mir noch gar nicht erzählt!«

»Anna scheint während ihres USA-Aufenthalts sexuell belästigt worden zu sein. Claudia Zott war zeitgleich mit ihr in den Staaten und hat das über ihre Betreuerin vor Ort mitbekommen.« Sie berichtete, was ihr Annas Mitschülerin erzählt hatte, blätterte in ihrem Handy. »Debbie Cochrane. So heißt die Frau, die sich damals um die deutschen Austauschschüler gekümmert hat. Nicole, kannst du die mal ausfindig machen? Ruf sie an und bitte sie um genauere Informationen.«

»Okay, mach ich.« Meisinger, eine alleinerziehende Mutter, war prädestiniert für solche Aufträge. Sie verfügte über einen ausgeprägten Jagdinstinkt bei scheinbar unlösbaren Suchaufträgen.

»Noch was zu dieser Frau Kellermann«, sagte Remde. »Die wirkte bei unserem Besuch vollkommen geschockt. Ist sogar kurz zusammengebrochen. Kreislaufversagen. Ich meine, kann man ja irgendwie verstehen, wenn die Tochter verschwindet. Der Mann war unterwegs zu einem Geschäftstermin. Wir sollten vorsorglich den Zentralen Psychologischen Dienst informieren. Oder einen Polizeiseelsorger. Ich meine, falls die BePo Annas Leiche findet.«

»Wissen Sie, Chef, was ich komisch finde?« Hoppe schaute Remde an. »Dass der Kellermann uns erst die Hölle heiß macht und sogar das Innenministerium anruft. Dann aber genügend Zeit findet, um Geschäftstermine wahrzunehmen.«

»Das würde ich jetzt nicht überbewerten. Der hat eine Riesenfirma. Der kann da nicht von einer Sekunde auf die andere alles stehen und liegen lassen. So weit, so gut. Hat noch jemand was beizutragen?«

»Ja, ich!« Woltmann räusperte sich. Remde runzelte die Stirn.

»Dann lassen Sie mal hören!«

»Also, zum einen haben wir, Kollegin Klein und ich, dieses hier entdeckt.« Woltmann stand auf und zeigte jedem einzeln das Foto auf seinem Handy mit dem signalroten Graffito. »Das hat jemand in der letzten Nacht nach einundzwanzig Uhr an die Wand des Supermarkts in der Rainer-Maria-Rilke-Straße geschmiert.«

»Anna, vergib mir«, las Remde vor. »Hm. Schaut nicht uninteressant aus. Vielleicht eine Spur. Die dürfen wir nicht außer Acht lassen. Da müssen wir unsere Spurensicherung hinschicken. DNA, Fingerabdrücke, da finden wir was.«

Woltmann erzählte daraufhin, dass das Graffito bereits überstrichen war und nur noch in Form des Handyfotos existierte.

»Oh Mann, das darf doch nicht wahr sein!« Remde schlug mit der Faust auf den Tisch.

»Keine Sorge, ich habe schon auf der Hinfahrt zu den Kellermanns eine kleine Farbprobe genommen.« Woltmann zog den Asservatenbeutel aus seiner Dienstjacke. »Es könnte sich lohnen, die Partikel zu analysieren.«

Remde schaute kritisch und stützte den Kopf in beide Hände.

»Wir erfahren, ob es Malerfarbe oder Spray ist. Wenn wir einen Tatverdächtigen haben und Farbspuren an seinen Kleidern finden, können wir die mit der Farbe an der Außenwand abgleichen«, unterstützte Hoppe Woltmanns Gedanken.

»Ich hab noch was«, fuhr Woltmann fort. »Die Anna war mit einem Maximilian Stein befreundet. Der ist schon mehrmals bei uns aufgefallen.«

»Woher weißt du von diesem Maximilian Stein?« Hoppe staunte.

»Von meinem Sohn. Ronny ist in der gleichen Klassenstufe wie Anna und hat mir von ihm erzählt. Vor ihren Eltern hat Anna den Kontakt zu diesem Jungen sicher geheim gehalten.« Woltmann legte einige Blätter auf den Tisch. Lauter Polizeiberichte über Maximilian Stein. Geboren und aufgewachsen in Weimar, hatte er als Schüler mehrere Anzeigen wegen leichter Körperverletzung und Hausfriedensbruch an der Backe gehabt. In den letzten beiden Jahren waren Drogendelikte hinzugekommen. Als sein derzeitiger Wohnsitz war Leipzig angegeben.

»Dann sollten wir die Leipziger Kollegen gleich mal um Hilfe bitten, damit die den Stein umgehend aufsuchen und ihn fragen, wo er gestern war.«

Remde nickte zustimmend. »Das mit den Leipziger Kollegen übernehme ich!«, meinte er und erhob sich. »Sobald die Suchaktion der BePo startet, will ich informiert sein, damit ich vor Ort bin.«

Achtzehn Uhr. Eine Hundertschaft durchkämmte systematisch den Hypothekenhügel, sternförmig von dem Kellermannschen Anwesen ausgehend. Ganz Weimar war in Aufregung. So viel Polizei, bald darauf auch zahlreiche Pressevertreter, die mit ihren Kameras den Suchtrupps hinterherjagten.

Hagen Kellermann saß zu Hause und starrte auf sein Handy. Seit fünf Stunden. Die Zeit als Folter. Niemand meldete sich. Er ging ins Gästegebäude, das näher zur Straße hin lag. Von einem Fenster im ersten Stock aus beobachtete er zwei blau uniformierte Polizistinnen, die das Gebüsch auf der Straßenseite gegenüber durchsuchten. Die sind ja kaum älter als Anna, dachte er. Er kehrte zur Villa zurück, betrat über die Terrasse das Wohnzimmer. Seine Frau Susanne saß auf dem Sofa und bekam, als sie ihn kommen sah, einen Weinkrampf. Er legte ihr den Arm um die Schulter. Sie warteten weiter, stumm, verzweifelt.

Zwanzig Uhr fünfzehn. Hagen Kellermann griff zum Telefon. »Herr Remde, ich muss Ihnen etwas sagen. Bitte kommen Sie sofort.« Zur gleichen Zeit fanden zwei Bereitschaftspolizistinnen im Waldstück oberhalb des Klinikums, ungefähr fünfhundert Meter vom Kellermannschen Haus entfernt, Spuren. Kampfspuren.

13

August 1944 – Mai 1945, Berlin

Generalstabsoffizier Fritz Blohm hatte schlechte Karten. Gegen ihn lag eine Anzeige vor, erstattet vom Reichspropagandaminister Goebbels höchstpersönlich. Der Vorwurf lautete auf Hochverrat. Die in der Liste der Gottbegnadeten aufgeführte Schauspielerin Katharina Lempertz trat lediglich als Zeugin auf. Blohm habe ihr gegenüber unmissverständlich sein Bedauern darüber geäußert, dass das Attentat vom 20. Juli gescheitert sei. Auch habe er Äußerungen getätigt, die auf ihn als Mitverschwörer und Vorbereiter des Attentats hinwiesen. Allerdings war die Schauspielerin die einzige Zeugin für diese Vorwürfe. Blohm dagegen gelang es, mit Hilfe seines Schwiegervaters, des Verwaltungsrichters Serenus Weißbaum, mehrere gegenteilige Aussagen beizuschaffen. Weißbaum war es sogar möglich gewesen, mit Blohm ein Gespräch im Gefängnis zu führen. Wenige Tage später präsentierte er den Gestapo-Verantwortlichen mehrere Zeugen, allesamt Mitglieder eines Berliner Schauspielensembles, die Blohm in Bansin kennengelernt hatten. Die Schauspieler scheuten sich nicht, ihre Kollegin Lempertz als intrigant zu bezeichnen und Blohm zu attestieren, dass sich dieser in seinen Äußerungen über den Führer als treu erwiesen habe, so, wie es der Fahneneid verlangte.

Die gegenteiligen Aussagen führten zu einem Moratorium in Sachen Blohm. Seitdem saß er im Gefängnis, schon seit Monaten schwankend zwischen der Perspektive, zum Tode verurteilt oder rehabilitiert zu werden. Aber was bedeutete in diesen Zeiten schon die Rehabilitation? Doch nur, dass er als Offizier wieder an die Front geschickt werden würde, was in dieser Kriegsphase ebenfalls fast schon einem Todesurteil gleichkam. Doch es kam anders.

Lempertz' weibliche Ehre war verletzt. Sie wollte ihre Rache an Blohm befriedigt sehen. Sie sprach, nachdem sie von den Gegenaussagen ihrer Schauspielerkollegen Wind bekommen hatte, erneut bei Minister Goebbels vor. Einen Termin bei ihm zu bekommen war für sie problemlos möglich. Sie hatte ihn in der Hand, verfügte sie doch über eine Fülle von Geschenken von ihm, mit adressierten Grußkärtchen, die keinen Zweifel an ihrem Verhältnis zueinander ließen. Das Goebbelsche Heile-Welt-Familien-Idyll der Deutschen Wochenschau, sie könnte es zerstören, würde sie sich ins Ausland absetzen und die dortige Presse informieren.

»Joseph, mein Liebster, du musst da etwas tun!«, forderte sie Goebbels daher auf und leckte mit ihrer Zunge das Mundstück ihrer Zigarette ab. Goebbels schwitzte stark, selbst der Sakko zeigte unter den Armen große Flecke.

»Liebes, bitte, tu die Zigarette weg.« Er, der sonst so laut brüllen konnte, fiepte jetzt leise wie ein junger Spatz. »Eine deutsche Frau raucht nicht!«

Die Lempertz warf den Kopf in den Nacken und lachte laut auf. »Glaubst du denn wirklich, dass das ein guter Vorsatz des Führers ist? Ich habe einen privaten Film mit dem Führer in Bayreuth gesehen. Die Wagners qualmen dort wie die Schlote!« Ihr Lachen war jetzt so durchdringend wie eine Sirene.

»Bitte, lassen wir das!« Goebbels war die Situation unangenehm. Zwar waren sie in seinem schalldichten Berliner Büro unter sich. Aber allein dass die Schauspielerin schon wieder einen Termin bei ihm bekam, nährte die Gerüchte in seinen Vorzimmern, beim Wachpersonal und den Chauffeuren. Und jetzt auch noch diese führerkritischen Äußerungen.

»Liebes, ich muss jetzt los. Der Krieg, du weißt, es sieht nicht gut aus!«

»Ach, hast du nicht noch ein halbes Stündchen?« Sie erhob sich und ging mit laszivem Blick auf den hinter seinem Schreibtisch sitzenden Goebbels zu. Für einen Augenblick schien Goebbels zu überlegen, ob er den Krieg nicht Krieg sein lassen und sich der blonden Schauspielerin hingeben sollte. Aber dann stand er auf, schritt mit seinen polierten Stiefeln im Raum auf und ab und setzte sich schließlich seinen Hut auf.

»Liebes, ich werde mich um diesen Blohm kümmern. Sei ganz beruhigt!«

Und wie er sich kümmerte! Wenige Tage später berief der Reichsfilmintendant auf Goebbels' Geheiß hin sämtliche Schauspieler ein, die im Fall Blohm ausgesagt hatten. Auch Katharina Lempertz war mit dabei und saß nicht ohne ein triumphierendes Funkeln in den Augen ihren Kollegen gegenüber am langgezogenen Tisch. Die Ausführungen des unmittelbar Goebbels unterstellten Intendanten waren eindeutig: Der Reichsminister für Volksaufklärung und Propaganda dulde nicht nur keinen Hauch von Zweifel an der Aufrichtigkeit von Fräulein Lempertz. Auch das bisher mit der Sache befasste Militärgericht sei, so teilte er mit, in dieser Angelegenheit nicht mehr zuständig. Fritz Blohm sei vom Ehrenhof des Heeres durch Urteilsspruch aus der Wehrmacht verstoßen worden. Fortan liege der Fall Blohm beim Volksgerichtshof unter seinem Präsidenten Roland Freisler. Am 5. Februar 1945 solle die entsprechende Verhandlung stattfinden. Blohm sehe seinem sicheren Todesurteil entgegen. Ob jemand von den anwesenden Schauspielern bei seinen Aussagen bleiben wolle, fragte er rhetorisch und schob zugleich jedem Einzelnen ein Blatt zu, auf dem sie die bisherigen Aussagen widerriefen. Alle unterschrieben. Katharina Lempertz blieb bei ihren Vorwürfen. Sie lächelte kalt über den Tisch hinweg.

Am 3. Februar 1945 fand einer der schwersten Luftangriffe auf Berlin statt. Fast tausend amerikanische Flugzeuge überzogen die Stadt mit einem Bombenteppich. Der starke Wind an diesem Tag fachte die Feuer an. In allen Straßen hing der stechende Geruch verkohlter Leichen. Eine Stadt im Inferno. Unter den Toten waren vor allem Häftlinge und Zwangsarbeiter, denen man den Zugang in die Luftschutzkeller verweigerte. Einer, der dagegen problemlos in diese Keller kam, war der Präsident des Volksgerichtshofs, Roland Freisler. Wie oft schon hatte er die Sirenen gehört! Er musste schnell noch ein paar Akten im Fall Blohm durchsehen, zwei Tage später stand die Verhandlung an. Er sah die zurückgenommenen Zeugenaussagen der Schauspieler, die einsame Aussage dieser gottbegnadeten Katharina Lempertz, es passte alles. Diesen Blohm würde er öffentlich demütigen, diesen Parasiten, der dem Führer den Tod wünschte, dieser widerliche Volksverräter …

Er verließ das ehemalige Königliche Wilhelms-Gymnasium, in dem jetzt der Volksgerichtshof tagte. Unter dem Arm die Akte Blohm, sprang er in Richtung des Luftschutzkellers. Holla, dieser Angriff war stärker als alle bisherigen. Der Himmel heulte. Im selben Augenblick, als ihm dieser Gedanke kam, schlug eine Bombe auf der gegenüberliegenden Straßenseite ein. Ein Bombensplitter traf ihn mit aller Wucht. Nachdem die Angriffe abgeebbt waren, krochen die Mitarbeiter des Volksgerichtshofs aus dem Luftschutzkeller.

»Um Himmels willen, der Herr Präsident!« Die Sekretärin hatte Augen und Mund aufgerissen wie ein Karpfen.

»Hallo, haben wir hier nirgendwo einen Arzt?«, rief ein Hausmeister die Straße rauf und runter und sah verängstigt zum Himmel, wo die letzten Flugzeuge ihre tödliche Fracht abwarfen, jetzt weiter im Nordwesten der Stadt. Ein Weißkittel mit verrußtem Gesicht kam herbei, tatsächlich ein Arzt aus einem Häuserblock in der Nähe. Er sah entsetzt, wer da vor ihm lag: Roland Freisler, der Richter, der seinen Bruder am Tag zuvor zum Tode verurteilt hatte. Und ausgerechnet dem sollte er jetzt das Leben retten? Aber er war Arzt und musste daher helfen, das war er seinem Berufsethos schuldig. Wenige Minuten später starb Freisler, der Bombensplitter war tief in sein Herz eingedrungen.

Auch Serenus Weißbaum trat in diesen Minuten aus einem anderen Luftschutzkeller ins Tageslicht und sah, wer da gerade mit einem Tuch abgedeckt wurde. In der allgemeinen Panik fiel nicht weiter auf, dass er die Akte seines Schwiegersohnes an sich nahm und sie in die Flammen des brennenden Hauses auf der Straßenseite gegenüber warf.

Bis zum Kriegsende kam es zu keiner Neuaufnahme des Prozesses gegen Fritz Blohm. Nachdem die letzte Stalinorgel ihre Raketen geworfen hatte und das Tausendjährige Reich nach zwölf Jahren sein Ende fand, öffneten sich die Zellentüren auch für die Gefangenen im Gestapo-Gefängnis. Blohm war ein freier Mann. So manches Mal zweifelte er jedoch daran, ob er lebte oder nicht in einer jenseitigen Welt träumte.

Sosehr ihm sein Schwiegervater Serenus Weißbaum auch half, war durch das Gerichtsverfahren doch ein Zweifel in diesem erwacht: Hatte seine Tochter in Blohm wirklich einen treu liebenden Ehemann? Als Weißbaum mit seiner Frau im Sommer nach Kriegsende zum ersten Mal wieder im Ostseebad Bansin war und sie ihr Häuschen in Schuss brachten, hörte er zufällig, wie Leute im Kurhaus über den Generaloberst Blohm und seinen heimlichen Besuch bei einer berühmten Schauspielerin tuschelten. Also doch, sagte sich Weißbaum. Wenige Monate später war Blohms Ehe geschieden. Blohms gegenteiligen Beteuerungen glaubten weder Serenus Weißbaum noch dessen Tochter. Männer waren nach dem Krieg begehrt. So viele Kinder mit Müttern, aber ohne Väter. Kaum ein halbes Jahr später heiratete Blohm wieder. Eine Krankenschwester, deren Mann im Krieg gefallen war. Er zog zu ihr in einen abgelegenen Weiler im Thüringer Wald und begann, dort eine kleine Landwirtschaft aufzubauen. Seine Ehefrau tröstete er, weniger weil sie ihren Mann im Krieg verloren hatte. Dafür hatte sie jetzt ja ihn. Aber ihre beiden Söhne waren kurz nach Kriegsende spurlos verschwunden. Das grämte sie sehr. Fast täglich nahm er sie in den Arm und sprach ihr Mut zu. Auch als sie von ihm schwanger war und das Kind im vierten Monat abging, bedurfte sie seines Zuspruchs. Dafür pflegte sie ihn im Gegenzug, als ihn zwei Jahre später ein Schlaganfall niederstreckte, dem er bald darauf erlag.

14

Sie haben was getan? Das kann doch nicht wahr sein!« Remde hatte sich nicht mehr unter Kontrolle. Er tigerte im Kellermannschen Wohnzimmer auf und ab. Den ganzen Tag über keinen richtigen Fahndungserfolg. Und jetzt das! Der Unternehmer hatte ihnen gerade von dem Erpresseranruf, seinem nachfolgenden Bankbesuch, der Fahrt nach Erfurt und den dort deponierten zwanzigtausend Euro erzählt. Und dass er und seine Frau seit seiner Rückkehr vom Erfurter Hauptbahnhof gegen dreizehn Uhr auf eine Nachricht des Erpressers warteten. Oder auf Anna, die freigelassen wurde und nach Hause kam. Aber nichts hatte sich bislang getan.

»Und Sie haben nichts von diesem Erpresser außer einem Anruf mit unterdrückter Nummer?«

Der sonst so selbstbewusste Hagen Kellermann war jetzt schweigsam, die Schultern hingen nach unten. Hoppe ging kurz in die Küche, rief die IT-Kollegen im LKA in Erfurt an und fragte diese, wie sich ein Handy orten ließe, dessen Telefonnummer man nicht kannte. Die Antwort war nicht wirklich befriedigend.

Die Nummer konnte man zwar eventuell über Kellermanns Handy herausfinden, aber selbst dafür mussten einige technische Voraussetzungen gegeben sein. Kriminelle nutzten in der Regel keine Smartphones, die über GPS zu orten waren. Sie bevorzugten ältere Handymodelle, für die sie sich Prepaid-Karten im Internet kauften, und registrierten sich mit Phantasieadressen, sofern das überhaupt nötig war. Stimmte die Adresse nicht, blieb nur die Ortung über die Mobilfunkzelle, also den relativ überschaubaren Bereich, den ein Sendemast abdeckte. Damit konnte man ein Bewegungsprofil erstellen. Aber auch das funktionierte nur, wenn das zu ortende Handy noch in Betrieb war. Die richterliche Freigabe für die Überwachung der Festnetztelefone und Handys der Familie Kellermann war am Nachmittag eingetroffen. Zu dieser Zeit war der Kellermannsche Alleingang mit der Geldübergabe in Erfurt aber schon gelaufen.

»Wir müssen dringend Ihr Handy untersuchen lassen, Herr Kellermann«, sagte Hoppe, als sie wieder das Wohnzimmer betrat.

»Mein Smartphone? Das geht nicht. Der Erpresser meldet sich doch, wenn überhaupt, dann auf diesem Weg wieder bei mir.«

»Genau. Deswegen fahren Sie jetzt mit zwei Kollegen von uns ins LKA nach Erfurt. Die kopieren dort den Handyspeicher und schauen sich das Handy genau an. Das geht schnell. Dann finden sie darüber den Anrufer raus. Zumindest das Telefon, von dem aus er Sie angerufen hat. Die Kollegen, die Sie nach Erfurt mitnehmen, kommen gleich!«

»Ich glaube nicht, dass sich der Erpresser so schnell wieder meldet.« Remde machte eine wegwerfende Handbewegung.

»Warum nicht?«, fragte Susanne Kellermann mit belegter Stimme.

»Na, der ist jetzt erst mal mit den zwanzigtausend Euro zufrieden. Es kann dauern, bis er Nachschub braucht.«

»Und was glauben Sie, was jetzt mit Anna ist?«

Remde streckte seine Hände mit geöffneten Innenflächen nach oben.

»Ich weiß nicht, wo Anna steckt. Wenn nicht mal Sie uns unterstützen! Den Staatssekretär rebellisch machen, aber gleichzeitig auf eigene Faust Aktionen starten! Pah!« Remde war stinksauer.

»Na, nun regen Sie sich darüber mal nicht so auf, Herr Kommissar. Ich habe jetzt verdammt noch mal andere Sorgen!« Kellermann stand auf. Remde wandte sich an dessen Frau.

»Sie bleiben hier bitte unbedingt in Bereitschaft, um an eins Ihrer Telefone zu gehen. Sobald sich etwas tut, hören wir das ja nunmehr mit und sind sofort wieder da. Herr Kellermann, wer hat denn alles Ihre Handynummer?«

»Na, im Büro alle meine leitenden Angestellten. Außerdem meine Freunde im Rotary Club Weimar, der Vorstand des Tennis-Clubs …«

»Okay, okay, wahrscheinlich taucht Ihre Nummer dann sogar auch in irgendeinem Verzeichnis im Internet auf.«

»Weiß ich nicht, kann sein.«

Remde wandte sich wieder an Susanne Kellermann.

»Sie sagten, der Anrufer hätte eine junge Stimme gehabt?«

»Ja, er klang fast wie ein Jugendlicher.«

»Vor dem Stimmbruch?«

»Nein, das nicht. Er hat eher so geredet, als ob er seine Worte von einem Zettel ablesen würde. Danach hat er gleich aufgelegt.«

»Ja, so ähnlich war es bei mir auch«, sagte Hagen Kellermann.

»Falls der Anrufer sich wieder meldet, gehen Sie dran. Versuchen Sie, ihn in ein Gespräch zu verwickeln und möglichst lange hinzuhalten. Dann können wir ihn vielleicht sofort orten. Vereinbaren Sie außerdem einen Treffpunkt mit ihm, wenn er wieder Geld will. Möglichst einen öffentlichen Ort, wo viele Menschen sind und wir mit unseren verdeckten Leuten nicht auffallen. Und keine Alleingänge mehr, ja? Wir müssen jetzt weiter.«

An der Tür klingelte es. Die beiden Kollegen der Streifenpolizei waren gekommen, um zusammen mit Kellermann nach Erfurt ins LKA zu fahren.

Remde hatte den Kellermanns bewusst verschwiegen, wohin sie jetzt so dringend mussten: zu der Stelle, an der von der Bereitschaftspolizei Spuren eines Kampfes entdeckt worden waren, nicht weit vom Anwesen der Kellermanns entfernt.

»Ich wollte das nicht vor den Kellermanns ausführen«, sagte Hoppe auf der Fahrt zum Waldstück direkt hinter dem Klinikum. »Aber zwanzigtausend für Annas Entführung, das halte ich schon für eine ungewöhnlich niedrige Summe.«

»Ja, da stimme ich Ihnen zu.«

»Vielleicht haben wir es hier mit einem Erpresser zu tun, der noch öfter mit solchen kleinen Raten kommt, weil die für einen Unternehmer wie Kellermann einfach schnell und problemlos zu bekommen sind.«

»Hat man ja gesehen. Der geht da einfach zur Bank und sagt zwanzigtausend bitte, und die zahlen es ihm drei Minuten später aus. Wenn ich da an meinen Kreditantrag für die Datsche an der Bleilochtalsperre denke …«

»Bei zwei Millionen wäre das schon schwieriger geworden«, fiel Hoppe Remde ins Wort. »Bei so einer Summe hätte es auch viel länger gedauert, bis sie bar zur Verfügung steht. Angesichts einer solchen Zeitspanne und bei so viel Geld wären die Eltern noch nervöser geworden, hätten vielleicht doch die Polizei eingeschaltet.«

»Außerdem müsste den Tätern doch klar sein, dass wir spätestens seitdem die Geldübergabe stattgefunden hat und Anna nicht nach Hause zurückgekehrt ist, alle eingehenden Anrufe überwachen.«

»Ja, und dass wir sie zu orten versuchen. Deswegen werden sie warten, bis wir die Überwachung wieder einstellen. Oder …«

»Oder was?« Sie waren inzwischen am Waldstück oberhalb des Klinikums angekommen.

»Oder sie suchen nach einem anderen Weg, um Kellermann direkt anzusprechen. Über ein Firmentelefon. Oder per anonymer Mail von einem Internetcafé aus. Die haben doch Zeit. Theoretisch können die Entführer Anna Kellermann monatelang in einem Verlies versteckt halten.«

»Theoretisch, ja. Praktisch gehen sie damit aber ein hohes Risiko ein, entdeckt zu werden. Auch müssen sie damit rechnen, dass die Eltern von Anna ein Lebenszeichen einfordern. Das birgt für die Erpresser viele Gefahren. Es gibt außerdem noch eine andere Möglichkeit, Kollegin.«

»Ja, Trittbrettfahrer, ich weiß.«

»So ist es, und das halte ich sogar für wahrscheinlich. Die Kollegin Meisinger hat mir berichtet, dass Annas Verschwinden seit ungefähr acht Uhr auf Facebook das Thema ist. Viele Schüler spekulieren rum. Und nur wenig später ist auch die Presse auf diesen Zug aufgesprungen. Radio, regionales Fernsehen, Online-Zeitungen, das volle Programm.«

»Dann gibt es noch ihren Freund, diesen Maximilian Stein. Der hat kriminelles Potenzial. Vielleicht ist die Entführung ja von ihm inszeniert und Anna mit daran beteiligt.«

»Weil der Stein an das Geld will und sie unter Druck gesetzt hat?«

»Ich weiß, es sieht so aus, als wäre Anna alles andere als kriminell. Eine Musterschülerin. Aber sie wäre nicht die erste Jugendliche, der die Liebe den Kopf verdreht.«

»Gut, behalten wir im Auge. Ich lass auch mal Busfahrer befragen, Stadtbusse, Fernbusse, das Bahnhofspersonal, ob da jemand Anna Kellermann gesehen hat. Vielleicht ist sie zu diesem Stein nach Leipzig gefahren. Oder sonst wohin. Und Sie fragen noch mal bei dem Schulleiter nach, ob er in der Zwischenzeit was von Annas Lehrern erfahren hat.«

»Hab ich schon.« Hoppe massierte sich mit der linken Hand den Nacken.

»Und?«

»Anna war einerseits sehr beliebt. Aber auch dominant. Bei Schulfeiern, Klassenfahrten, Exkursionen wollte Anna immer ihre Vorstellungen durchsetzen. Manche Mitschüler fanden das nicht gut.«

»Aber das ist doch wohl in jeder Klasse so. Manche dominieren, andere schweigen und lästern dann hintenherum, dass sich die anderen so aufspielen.«

»Immerhin wissen wir jetzt, dass wir es mit einer sehr selbstbewussten Schülerin zu tun haben.«

Sie stiegen aus und näherten sich der mittlerweile gesicherten Stelle mit den Kampfspuren. Der Hundertschaftsführer

Mark Achill erläuterte ihnen die bisherigen Erkenntnisse. Die Spurensicherung war mit der Arbeit fast fertig. Durch das kleine Waldstück führte ein von tiefen Traktorfurchen durchzogener Weg. Doch während die Traktorspuren schon einige Tage alt waren, gab es auch noch Reifenabdrücke von drei Pkws, die neueren Datums waren. Die Büsche seitlich des Weges waren an einer Stelle eingedrückt, Äste abgebrochen, an Blättern fanden sich DNA- und Blutspuren. Dies alles wären noch keine zwingenden Hinweise auf das Verschwinden von Anna Kellermann gewesen. Doch in dem Gebüsch hatten die Beamten etwas gefunden, was das Waldstück zu einem wichtigen Ort in diesem Zusammenhang machte: eine halbleere Dose mit Graffitispray, signalrot.

Dreiundzwanzig Uhr im Großraumbüro der Weimarer Kripo. Remde, Hoppe und Scholz war der lange Arbeitstag deutlich anzusehen. Woltmann war ebenfalls zugegen. Denn Remde hatte den Streifenpolizisten dieses Mal, nach einem Gespräch mit dem Leiter der Weimarer Polizeiinspektion, gleich ins Ermittlungsteam berufen. Die Personaldecke bei der Kripo war nach wie vor dünn. Nicole Meisinger war am späten Nachmittag nach Hause gegangen. Als alleinerziehende Mutter musste sie ihr Kind bis siebzehn Uhr in der Kita abholen.

»Kollegin Meisinger hat uns was aufgeschrieben.« Hoppe sah auf einen Zettel. »Sie hat mit Debbie Cochrane gesprochen, der Betreuerin von Anna bei PFU.«

»PFU?«

»People for Understanding. Das ist die Organisation, mit der Anna das Austauschjahr in den USA bestritten hat.«

»Ah, verstehe.«

»Es gab wohl sexuelle Übergriffe von Seiten des Gastvaters. Anna hat gegenüber PFU die Übergriffe angezeigt. Cochrane hat erzählt, dass die Organisation sie daraufhin sofort an eine andere Gastfamilie vermittelt hat, zweihundert Meilen von der ersten Familie entfernt. Der Aufenthalt dort war so weit anonymisiert, dass der übergriffige Gastvater die neue Familie nicht herausfinden konnte. Außerdem war sie jetzt in der Familie eines Irakkriegsveteranen untergebracht. Die Familie wusste, warum Anna zu ihnen kam. Die hätte sie verteidigt, zur Not sogar mit Waffengewalt.«

»Ach ja, die Amis mit ihren Knarren«, sagte Remde. »Ist der übergriffige Gastvater denn angezeigt worden?«

»Ja. Von der Organisation. Er hat sogar zwei Tage in Untersuchungshaft gesessen. Aber Anna hat die Aussage dann abgelehnt.«

»Warum?« Remde war mit einem Schlag hellwach.

»Weil sie nach dem Ortswechsel offenbar ihre Ruhe haben wollte. Und, Moment, diese Debbie Cochrane hat noch gesagt, dass die erste Gastfamilie eine große Verwandtschaft habe.«

»So groß, dass sich Anna vor der Rache der Familie gefürchtet hat, wenn sie aussagt und der Grapscher in den Knast kommt?«

»Tja, könnte sein. Das hat Debbie Cochrane nicht definitiv zu sagen gewusst. Anna scheint bei diesem Thema sehr schweigsam gewesen zu sein.«

»Aber dieser Grapscher scheidet als Entführer doch wohl aus.«

»Warum?«

»Der Gastvater ist doch ein älterer Mann. Und wir haben es mit einer jungen Stimme zu tun. Einer Person, die außerdem Deutsch spricht!«

Hoppe griff zum Hörer.

»Hallo, Nicole. Tut mir leid, ich muss dich noch was fragen. Wir sitzen hier in der kleinen Runde. Ich stell mal laut.«

»Ja, kein Problem, bin ja schließlich in Dauerbereitschaft.«

»Dieser übergriffige Gastvater, von dem dir Frau Cochrane erzählt hat, ist doch sicher so vierzig, fünfzig Jahre alt?«

»Nein, ist er nicht. Ich habe gerade von Debbie Cochrane eine Mail erhalten, in der sie noch ein paar weitere Infos zu der Story und genauere Angaben zur Person des Gastvaters gibt, die ihr bei unserem Telefonat nicht mehr präsent waren. Der ist erst dreiundzwanzig.«

»Was?« Remde war aufgestanden. »Wieso ist das so ein junger Gastvater?«, rief er in Richtung des Hörers.

»Der ist verheiratet, hat schon zwei kleine Kinder«, sagte Meisinger. »Aus Sicht von PFU spricht deshalb nichts dagegen, dass eine so junge Gastfamilie eine Austauschschülerin aufnimmt. Ist sogar gut, weil die Schülerin dann mit den Kleinen gemeinsam Englisch lernt, schreibt Debbie.«

»Und, Nicole, der Gastvater spricht aber doch kein Deutsch, oder?«

»Doch, tut er. Er hat eine deutsche Mutter. Sie haben ein paar Jahre in Bayern gelebt. Er ist zweisprachig aufgewachsen.«

»Und wo steckt der jetzt?«, rief Remde.

»Tut mir leid, Chef, aber das herauszufinden übersteigt meine Kompetenzen. Für einen Suchauftrag nach amerikanischen Staatsbürgern müssen Sie aktiv werden.«

»Aber warum erfahre ich das erst jetzt?«

»Chef, Sie erfahren das jetzt, weil ich es selbst eben erst vor fünf Minuten durch Debbie Cochranes Mail erfahren habe. Ich wollte das alles gerade noch mal zusammenschreiben und Ihnen mailen.«

»Der Name!«, drängelte Remde. »Wie heißt der Arsch?«

»Bruce Bradley.« Meisinger buchstabierte den Namen. »Debbie hat diese Informationen erst nach Rücksprache mit

PFU an mich herausgeben dürfen. Was allerdings mit diesem Bradley aktuell ist, weiß sie nicht. PFU hat ihn als potenziellen Gastvater gestrichen und keinerlei Kontakt mehr zu der Familie.«

»Was man ja verstehen kann. Danke, Nicole, gute Nacht.«

Keine müden Gesichter mehr, alle waren wie elektrisiert.

»Der kommt hierher, weil er Angst hat, dass Anna irgendwann doch noch aussagt. Er will, dass sie ihm verzeiht. Aber das ist nur ein Vorwand. Er will sie irgendwo hinlocken, um sie umzubringen.« Remde schaute in die Runde.

»Na ja«, wandte Hoppe ein. »Wäre ja ein Riesenaufwand, den er da betreibt. Das hätte er in dem knappen Jahr, das Anna noch in den USA war, viel leichter haben können.«

»Ach, nicht schon wieder eine Spur zerreden, Hoppe, ich nehme morgen mal Kontakt mit dem Generalkonsulat in Leipzig auf, vielleicht auch mit dem FBI.«

Hoppe verkniff sich ein Lachen. Remde, der kein Wort Englisch sprach, wollte in Kontakt mit dem FBI treten! Sozusagen von Cop zu Cop. Das konnte ja heiter werden. Andererseits war Remde sehr gut vernetzt und kannte sicher jemanden im Polizeiapparat, der ihm zur Seite sprang.

Remdes Telefon läutete. Die IT-Kollegen im LKA schoben wie die Weimarer Kollegen Überstunden. Heiko Denninger, der IT-Experte, hatte ihnen einige spannende Details mitzuteilen: Auf Anna Kellermanns Handy stammten die letzten ab zweiundzwanzig Uhr eingegangenen Anrufe am Tag des Verschwindens von ihrer Mutter. Annas Handy war stummgestellt gewesen, wie sie bereits wussten. Also hatte die Mutter nicht gemerkt, dass das Handy ein Stockwerk höher in Annas Zimmer lag. Davor gab es noch mehrere Anrufe von Maximilian Stein, in der Zeit zwischen dreizehn und einundzwanzig Uhr zwanzig. Auch mehrere WhatsApp-Nachrichten von

Stein entdeckte Denninger, immer mit dem gleichen Text: *Wo steckst du, Anna? Melde dich!*

»Was ist eigentlich mit der Befragung von diesem Stein durch die Leipziger Kollegen? Die müsste doch heute erfolgt sein.« Remde ließ Denninger am Hörer warten.

»Ja, dazu ist eine Mail eingegangen, Chef, die Sie auch in cc erhalten haben.«

»Kann ja sein, Hoppe, aber ich hab sie noch nicht gelesen. Was steht denn da drin, Mann?«

»Dass es aus ermittlungstaktischen Gründen ein Problem gibt und die Kollegen den Stein frühestens morgen befragen können.«

»Ermittlungstaktische Gründe? Was soll denn das heißen? Das Verschwinden einer siebzehnjährigen Unternehmerstochter hat ja wohl Vorrang! Ach, verdammt, machen Sie denen in Leipzig Druck. Gleich morgen in aller Frühe!«

Er wandte sich nun wieder an Denninger. Auch Hagen Kellermanns Smartphone mit dem anonymen Erpresseranruf hatte der IT-Experte bereits untersucht. Sicher war, dass das Handy des anonymen Anrufers nicht mehr in Betrieb, vielleicht sogar aus dem Verkehr gezogen worden war. Zerschlagen, in einen Fluss geworfen, verbrannt, wie auch immer. Aber für die letzten vier Tage ergab sich ein Bewegungsprofil des Anrufers. Das Telefon hatte sich in diesem Zeitraum an drei verschiedenen Orten befunden, und damit vermutlich auch der Anrufer. Als Denninger ihnen die Orte nannte, war dem Kripoteam sofort klar: Der Fall führte sie über Weimar hinaus.

15

September 1945, Gefängnis des NKWD[1] in Saalfeld

»Los! Kommen!«

Der sechzehnjährige Gustav Schlüter zuckt auf seiner Pritsche zusammen. Es muss tief in der Nacht sein. Die Zelle ist wie immer grell erleuchtet. Nachdem er kurz nach Mitternacht in einen dumpfen kurzen Schlaf gefallen ist, realisiert er erst langsam, was gerade geschieht. Der russische Wachposten hat die Tür zu seiner Zelle aufgerissen und gegen den Kübel getreten, dem einzigen Gegenstand in der Zelle außer der Pritsche. Der Deckel ist vom Kübel gefallen und die Notdurft darin über den Boden und die Pritsche gespritzt. Ein bestialischer Gestank zieht sofort von der Zelle in den kalten Flur des früheren Kohlenkellers. Bestimmte Gerüche können aggressives Verhalten steigern. Bei dem Soldaten, der im Türrahmen steht, ist das so.

»Dawai, dawai!«

Mit einem Gewehrkolben scheucht er den Gefangenen die Treppen hoch. Im zweiten Stock befördert er ihn mit einem Fußtritt in ein Zimmer mit kahlen weißen Wänden. Hinter einem Schreibtisch sitzt ein NKWD-Offizier, breitschultrig wie ein Bierkutscher und mit einer blauroten vernarbten Knollennase. An seiner Seite kauert ein blasser Ukrainer, der ein bisschen Deutsch kann und als Dolmetscher fungiert. Er steht hilflos im Raum und sieht, wie ihn der Offizier stumm mustert. Erst nach Minuten formuliert der Russe eine Frage.

1 NKWD = Narodny kommissariat wnutrennich del, Volkskommissariat für innere Angelegenheiten der UdSSR

»Warum du hier?«, übersetzt der Ukrainer.

»Ich weiß es nicht«, antwortet er. Ein kurzes Zucken geht über die Miene des Offiziers. Er sieht beklommen, wie sich der Offizier erhebt und hinter dem Schreibtisch hervorkommt. Er ist zwei Köpfe größer als er und baut sich vor ihm auf. Dann geht alles ganz schnell. Mit einer flinken Bewegung zieht der Offizier das Knie an und stößt es ihm mit voller Wucht in die Magengrube. Während er in sich zusammensinkt, trifft ihn ein Faustschlag ins Gesicht. Blut spritzt ihm aus Nase und Mund, ein Zahn bricht aus dem Oberkiefer.

»Du Werwolf!«, brüllt der Offizier. »Zugeben! Du Werwolf!« Er hält ihm ein Papier in kyrillischer Schrift vors Gesicht. Sein rechtes Auge schwillt an, aber auch mit voller Sehkraft würde er nicht lesen können, was auf dem Papier steht.

»Unterschreiben du hier«, übersetzt der Ukrainer, was der Offizier von ihm fordert. Er schüttelt kaum merklich verneinend den Kopf. Das genügt dem Offizier. Mit den Metallspitzen seiner Militärstiefel tritt er, von russischen Flüchen begleitet, auf ihn ein. Wütend, schäumend, brüllend. Erst als er blutüberströmt und stöhnend am Boden liegt, lässt er von ihm ab. Eine Weile unterbricht nur sein leises Stöhnen die Stille. Dann ein Befehl des Offiziers. Der Wachposten, der vor der Tür gewartet hat, kommt herein. Mit Kolbenhieben und Tritten bringt er ihn dazu, sich ein wenig aufzurichten. Halb taumelnd, halb kriechend schafft er es, die beiden Treppen wieder nach unten und in seine stinkende Zelle zu gelangen.

Diese Form des Verhörs wiederholt sich alle paar Tage. Immer nur nachts kommt ein Wachposten und nimmt ihn mit. Er ist nicht der einzige Gefangene im Keller, dem es so geht. Immer wenn ein Gefangener zum Verhör geholt und der Folter ausgesetzt wird, gellen dessen Schreie durch das ganze Gefängnisgebäude. An Schlaf ist dann nicht mehr zu denken.

Nicht nur die Folter macht ihm zu schaffen. Auch zu wenig Essen gibt es. Nach jedem Verhör bekommt er zwei Tage lang gar nichts, nicht einmal eine Brotkrume. Zur Strafe, weil er die Unterschrift unter das Geständnis verweigert hat. An den anderen Tagen gibt es nur eine wässrige Graupensuppe und ein paar Reste trockenen Brotes. Waschen kann er sich auch nicht. Die von Blut und Kohlestaub verdreckte und nach Schweiß stinkende Kleidung klebt ihm am Körper. Von Wechselwäsche träumt er. Manchmal schwächelt er, fühlt einen Schwindel im Kopf oder dass seine Beine wachsweich sind. Wenn er sich dann kurz auf die Pritsche legt, sieht das bald der Wachposten durch eins der Löcher in der Holztür und treibt ihn unter Schlägen wieder auf die Beine. Denn tagsüber ist nur das Stehen in der Zelle oder das aufrechte Sitzen auf der Pritsche erlaubt. Die Tage sind endlos, weil sie ohne irgendeine Tätigkeit verstreichen. Nur die nächtlichen Verhöre und die Folter durchbrechen die Monotonie. Er spürt von Tag zu Tag mehr, wie erschöpft und kaputt er ist, körperlich und seelisch. Das Einzige, was er tun kann, ist nachdenken. Stundenlang grübelt er darüber nach, warum sie ihn hier festgesetzt haben. Der Vorwurf, ein Werwolf gewesen zu sein, trifft ihn hart. Werwölfe sind eigentlich mythische Wesen. Menschen, die sich in Wölfe verwandelten. Reichsführer SS Heinrich Himmler nutzte diese Verwandlung, wie er wusste, um ab September 1944 eine Partisanenbewegung unter diesem Namen zu gründen. Aufgabe dieser Werwölfe sollte es sein, Sabotageakte hinter den Frontlinien der Feinde, die bereits auf das Territorium des Deutschen Reichs vorgedrungen waren, durchzuführen. Ja, er war mit zehn Jahren ins Deutsche Jungvolk eingetreten und hatte es bis zum Jungzugführer gebracht. Ja, er war mit vierzehn Jahren der Hitlerjugend beigetreten. Und ja, er war auch in den letzten Kriegsmonaten auf einem zweitägigen Lehrgang in München gewesen. Es hatte ihn mit Stolz erfüllt, auf Anordnung der heimischen NSDAP-Führung in der Hauptstadt der Bewegung zu sein. Die Beratungsräume waren nicht weit entfernt vom Königlichen Platz und der Parteizentrale im Braunen Haus, wo der Schreibtisch des Führers stand. Und nochmals ja, auf diesem Lehrgang gab es auch einen Vortrag über den Werwolf-Plan von Reichsführer SS Heinrich Himmler. Aber schon bei diesem Vortrag spürten er und wohl auch die anderen Hitlerjungen, was der Werwolf-Aufruf eigentlich war: nichts anderes als eine Phrase, hohle Propaganda und leeres Wortgeklingel angesichts der fehlenden Perspektiven, den Krieg noch zu gewinnen. Nach seiner Rückkehr nach Thüringen hörte er nichts mehr von diesem Werwolf-Getöne. Wieso warf man ihm also jetzt die Mitgliedschaft im Werwolf vor? Lagen den Russen denn die Teilnehmerlisten des Lehrgangs aus München vor? Aber das damals war doch nur ein Vortrag gewesen! Nie hatte er als Werwolf gehandelt, keine Sabotageakte begangen, nichts! Außerdem war auch sein ein Jahr jüngerer Bruder Heinz in München mit dabei gewesen. Und den hatten sie nicht mit abgeholt. Jene zwei Männer, die behaupteten, sie brauchten ihn für eine Zeugenaussage. Und dann fuhren sie ihn in dieses Saalfelder Gefängnis, ohne dass seine Mutter mitbekam, was mit ihm geschah. Oder war er denunziert worden? Bei den letzten Verhören hat man ihm die Frage nach Freunden gestellt, die beim Werwolf waren. Der russische Offizier bot ihm Essen an, eine richtige Mahlzeit für jeden Namen, den er nennen würde. Aber er kannte keinen, der beim Werwolf aktiv war. Und selbst wenn, wollte er kein Denunziant sein.

Wieder wird die Tür aufgerissen. Wieder ist es mitten in der Nacht. Wieder geht es ins Verhörzimmer im zweiten Stock.

Alles wie immer: kein Geständnis, kein Verrat von Namen. Dafür Prügel, Tritte, Schreie. Doch dieses Mal ist das Martyrium noch nicht vorbei. Der Wachposten treibt ihn in einen anderen Kellergang. An dessen Ende ist eine Zelle mit einer Stahltür und einem Guckloch aus Glas. In der Zelle erkennt er, dass auch die höchstens ein Meter neunzig hohen Innenwände aus Stahl sind. Die Grundfläche ist kaum mehr als einen Quadratmeter groß.

»Ausziehen!«, brüllt der Soldat. Ein zweiter Russe ist herbeigekommen und hält einen Wasserschlauch in der Hand. Schlüters Körper ist von Hämatomen und Furunkeln übersät. Mit einer schroffen Geste fordert der Russe ihn auf, die Kleider vor die Tür zu legen. Dann schließt er die Zelle von außen ab. Schlüter kann gerade aufrecht darin stehen, so niedrig und beengt ist sie. Sehr schnell merkt er, wozu die Russen den Schlauch brauchen: Durch eine Öffnung an der Zellendecke fließt jetzt in einem dicken Strahl eiskaltes Leitungswasser hinein. Panik kommt in ihm auf. Mit jedem Zentimeter, den das Wasser steigt, mehr. Sein Herz pumpt wie wild, er schreit, drückt den Körper gegen die Zellentür. Aber da ist weit und breit niemand, der ihm hilft. Verlassener kann man nicht sein. Mit seinen sechzehn Jahren spürt er, wie die Angst vor dem Tod jeden Millimeter seines Gehirns flutet. Erst als ihm das eiskalte Wasser bis zur Brust geht, stoppt der Strahl, der aus dem Schlauch kommt. Und jetzt? Er wartet, zählt die Sekunden, um sich irgendwie abzulenken. Er zittert am ganzen Körper. Mit dem Kopf schlägt er gegen die Tür, versucht aufzustampfen. Hauptsache, sich irgendwie bewegen, um nicht vollends auszukühlen. Nach einer halben Stunde sieht er über sich einen Schatten, eine kurze Bewegung, dann bricht es über ihn herein: Aus einem großen Holzeimer knallt ihm ein Schwall eisigen Wassers über den Kopf. Er will sich instinktiv mit den Händen schützen. Aber das Wasser hat seine brutale Wirkung schon getan. Mit einem schier endlosen Schrei entlädt sich seine Verzweiflung. Nach einer halben Stunde wiederholt sich die Eisdusche. Insgesamt sechs Mal im Halbstundenrhythmus. Erst dann öffnet sich am unteren Rand der Stahltür von außen eine Klappe, und das Wasser fließt ab. Als die Tür aufgeht, sieht er seine Kleider, die vor der Tür gelegen haben. Das ausströmende Wasser hat sie durchtränkt und auf dem dreckigen Sandboden des Kellers verstreut. Unter den Fußtritten des Wachpostens klaubt er Hose und Hemd zusammen und hastet in seine Gefängniszelle zurück. Die klammen Kleider kann er erst am nächsten Morgen wieder anziehen. Die ganze Nacht über klappern ihm die Zähne vor Kälte. Selbst der ansonsten emotional abgestumpfte Wachposten scheint so etwas wie Mitleid zu empfinden und wirft ihm einen Brotkanten in die Zelle, den er gierig verschlingt. Der Wasserkarzer, wie er ihn erlebt hat, tritt fortan an die Stelle der Prügelverhöre. Jeden zweiten oder dritten Tag muss er für einige Stunden in das eisige Wasser.

»Unterschreiben, dann gut. Oder Namen von Werwölfe«, sagt ihm der ukrainische Übersetzer im Auftrag des Offiziers. Er legt gerade die Kleider vor der Tür des Wasserkarzers ab, um sich wieder einmal der Folter mit Eiswasser zu unterziehen. Aber er wird nicht unterschreiben. Er war kein Werwolf. Ja, ein Anhänger des Führers, das ist er gewesen. Aber waren das nicht alle bis vor kurzem? Wollten die Sieger deswegen jetzt etwa alle Deutschen einsperren und foltern? Wie konnte er ein Dokument unterschreiben, dessen Inhalt er nicht kannte? Am Schluss wäre es sein eigenes Todesurteil, das sie ihm da in russischer Sprache vorlegten! Um sein Leben kämpfen will er. Unbedingt. So lange es geht. Und andere denunzieren wird er auch nicht. Komme, was da wolle. Sein Idealismus ist ungebrochen. Doch was er noch nicht weiß: Wenn es ums Foltern und das Erpressen von Geständnissen geht, wenn es gilt, den Willen eines Menschen zu brechen, kennt die menschliche Phantasie keine Grenzen.

16

Ganz Weimar war nervös. In den Bussen keine Schülerstreiche, kein Kabbeln, kein Lachen. Hohe Klickdichte auf dem Onlineportal der Thüringer Rundschau. Banges Zappen bei Facebook. In vielen Gesichtern nur eine Frage: Wo ist Anna?

Carola Weber, die Sekretärin der Kripoführung, brachte Kaffee in Remdes Zimmer. Der telefonierte eifrig mit Kollegen anderer Dienststellen, mit Mitarbeiterinnen im Ministerium. Selbst mit dem amerikanischen Generalkonsulat in Leipzig bekam er einen Kontakt hin. Nur den Anruf beim FBI hatte er unterlassen. Jetzt wusste er immerhin: Bruce Bradley hielt sich aktuell in Europa auf. Sollte er sich darüber freuen? Weil die Ermittlungen Fortschritte machten? Oder war das ein schlechtes Zeichen, was das Leben von Anna betraf?

Mandy Hoppe betrat ihr Büro. Bis zwei Uhr in der Nacht hatten sie die Ergebnisse des letzten Tages ausgewertet. Das bedeutete nur wenige Stunden Schlaf, dazu noch mit schlechten Träumen. Eine vermisste, vielleicht entführte und nicht einmal volljährige Unternehmertochter, das ging selbst einer so erfahrenen Ermittlerin wie ihr an die Nieren.

Woltmann und Hoppe begaben sich zu Remde. Mike Scholz trudelte wenig später ein. Er hatte Stallwache gehalten, falls sich jemand telefonisch bei Familie Kellermann meldete. Mit tiefen Augenringen schaute er in die Runde.

»Nichts. Keinerlei Anrufe«, beantwortete er Remdes Frage. »Nur auf Annas Handy sind einige Anrufe aus den USA eingegangen. Von Freundinnen aus ihrem College dort. Die wollten wissen, was los ist.«

Remde informierte über seine neuen Erkenntnisse zum amerikanischen Gastvater.

»Chef, wenn Bruce Bradley in Europa ist, haben Sie dann auch in Erfahrung bringen können, was er hier macht? Ich meine, er muss zu Hause doch einen Grund für seine Reise hierher angegeben haben?« Hoppe nippte an ihrer Kaffeetasse.

»Also, ich weiß nur, dass er hier manchmal beruflich zu tun hat. Jedenfalls hat Bradleys Frau das Nicole Meisinger erzählt, die mir gestern noch ihren Bericht zugeschickt hat.«

Nicole Meisinger sprach fließend Englisch. Hoppe, die privat mit ihr befreundet war, wusste auch von Nicoles Au-pair-Jahr in den USA. Deswegen war es ihr auch so leichtgefallen, Debbie Cochrane zu befragen.

»Die Kollegin Meisinger hat Bradleys Frau aber nicht gesagt, dass sie von der Polizei ist, sondern sich als eine frühere Mitschülerin von ihm während seiner Zeit in Bayern ausgegeben, die ihn zum Klassentreffen einladen will.«

»Und das hat die Ehefrau geglaubt?«

»Scheinbar. Entscheidend ist doch sowieso nur das Ergebnis. Bradley ist in Europa. Wegen seines Jobs. Er verkauft digital gesteuerte Regentonnen.«

Woltmann schüttelte ungläubig den Kopf.

»Da staunen Sie, Woltmann. Digital gesteuerte Regentonnen, die gibt's in den USA schon lange.« Remde blickte ihn streng an. »Haben Sie denn irgendetwas Neues?«

»Ja, ich habe noch mal mit Ronny, meinem Sohn, über Anna gesprochen. Auf dem Schulhof des Goethegymnasiums kursieren die unterschiedlichsten Gerüchte. Einige Schüler aus den unteren Klassen wollen Anna noch gegen achtzehn Uhr im Park an der Ilm gesehen haben. Sie soll auf einer Bank gesessen haben. Daneben hatte sie ihr Fahrrad abgestellt.«

»Haben Sie die Namen der betreffenden Schüler?«

»Leider nein. Die weiß mein Sohn nicht.«

»Dann fahren Sie gleich nachher mit Scholz in die Schule und fragen sich durch die einzelnen Klassen. Wir brauchen die Zeugenaussagen dieser Schüler unbedingt!«

»Ja, geht in Ordnung.«

»Scholz, haben Sie schon was über das familiäre Umfeld der Kellermanns rausgefunden?«

»Also die Anna ist ein Einzelkind. Hagen Kellermann hat noch zwei Brüder. Die leben in Düsseldorf und Osnabrück. Susanne Kellermann ist in zweiter Ehe verheiratet. Ihre erste Ehe blieb kinderlos. Sie hat noch zwei Schwestern und einen Bruder. Ihr Bruder Klaus Bachmann ist für uns nicht ganz uninteressant. Er scheint das schwarze Schaf der Familie zu sein. Alle drei Schwestern sind reich verheiratet beziehungsweise erfolgreich im Beruf. Er aber ist vorbestraft.«

»Wegen was?«

»Er war mit eins Komma acht Promille mit dem Auto unterwegs. Hat eine Rentnerin totgefahren und danach Fahrerflucht begangen. Vorher gab's auch schon ein paar kleinere Delikte beim Finanzamt. Außerdem einen ungeklärten Fall schwerer Körperverletzung auf seinem Betriebsgelände.«

»Und wo hält sich Bachmann derzeit auf?«

»Der Unfall war vor acht Jahren. Er ist mittlerweile wieder aus dem Gefängnis raus, aber offenbar nicht mehr auf die Beine gekommen. Seit zwei Jahren befindet er sich in Privatinsolvenz.«

»Wo lebt er?«

»In der Nähe von Homburg im Saarland. Von dort kommt auch Frau Kellermann her. Ihr Vater ist da Chefarzt an der Uniklinik gewesen.«

Scholz reichte mehrere Fotos von Klaus Bachmann herum, die bei INPOL, dem bundesweit einheitlichen Informationssystem der Polizei, eingepflegt waren. Außerdem berichtete er weitere Details aus Bachmanns Leben.

»Hoppe, rufen Sie gleich nachher die Homburger Kollegen an. Sie sollen den Klaus Bachmann nach seinem Alibi für die letzten beiden Tage befragen.«

»Mach ich, Chef!«

Nicole Meisinger, im luftigen geblümten Sommerkleid, betrat Remdes Büro.

»Ich weiß jetzt, wo sich Bradley vermutlich aufhält, ich habe gerade Genaueres erfahren.«

»Ja, waaas denn, verflixt noch mal?«

»Bruce Bradley ist in Bayern. Er hat die ganze Woche über Termine in Gartencentern und Baumärkten, denen er seine digital gesteuerten Regentonnen verkaufen will. Produziert werden die von einem Tochterunternehmen der amerikanischen Mutterfirma in Deutschland. Bradley besucht Einzelhandelsläden. Auch in Baumärkten und Gartencentern spricht er vor. Dort versucht er, über die Filialchefs Druck zu machen, damit die Zentrale die Regentonnen in großen Stückzahlen für die Filialen bestellt. Aktuell ist er, wie gesagt, in Bayern unterwegs.«

»Und das haben Sie alles schon heute früh rausgefunden?«

»Ja, ich habe einen Freund, der leitet ein solches Gartencenter in Kempten. Der kennt den Bradley sogar.«

»Von Kempten und auch jeder anderen Stadt in Bayern bis hierher sind es mit dem Auto höchstens fünf Stunden. Ebenso mit der Bahn. Meisinger, Sie bleiben da dran. Versuchen Sie mal rauszufinden, wo Bradley übernachtet. Vielleicht kann Ihnen Ihr Freund vom Kemptener Gartencenter da weiterhelfen. Sobald wir wissen, in welchem Hotel Bradley übernachtet, schalte ich die Kollegen in Bayern ein. Wir müssen wissen, ob er für den Abend, an dem Anna verschwunden ist, ein Alibi hat.«

Die Runde ging auseinander. Hoppe notierte sich in ihrem Büro die bisherigen Erkenntnisse auf einem großen Blatt, verband diese mit Pfeilen und markierte sie farbig. Auf diese Weise sortierte sie stets ihre Gedanken. Auf ein anderes Blatt malte sie eine Landkarte mit den Orten, die bis jetzt eine Rolle spielten. Im Zentrum der Karte befand sich Weimar. Südlich davon notierte sie Bayern, dazu den Namen Bruce Bradley, dem sie einen Pfeil in Richtung USA hinzufügte. Westlich fixierte sie Homburg und Klaus Bachmann. Östlich von Weimar schrieb sie Leipzig hin, dazu Maximilian Stein. Damit waren drei verdächtige Personen erfasst. Keinen Namen konnte sie ihrer vierten Spur zuweisen, dem Erpresser via Handy. Nur die Städtekette Ilmenau–Arnstadt–Erfurt, wo das Handy geortet worden war. Ihr Blick blieb bei Leipzig und Maximilian Stein hängen. Was Stein betraf, hatte es gestern Probleme aus ermittlungstaktischen Gründen gegeben. Sie griff zum Telefon. Es dauerte einige Minuten, dann hatte sie den Leipziger Kripochef Jörg Haller am Hörer, der ihr erklärte, warum sie den Zwanzigjährigen gestern nicht hatten befragen können.

Das ist ja wirklich der Hammer!, dachte sie nach dem Gespräch. Wenn Anna tatsächlich mit Maximilian Stein befreundet war: Hatte sie dann nicht ein allen bislang unbekanntes zweites Gesicht? War die strebsame Schülerin und wohlbehütete Unternehmertochter also nur Fassade? Und Anna eine Kriminelle oder zumindest eine Mitwisserin? Involviert in Verbrechen von globalem Ausmaß?

17

November 1945, Gefängnis des NKWD in Saalfeld

Der Mensch ist ein Gewohnheitstier. Den Satz hat Gustav Schlüter mal irgendwo aufgeschnappt. Und glaubt daran. Das gibt ihm die Kraft, den Wasserkarzer auszuhalten. Zeit für die Offiziere des NKWD, die nächste Stufe zu zünden. Mit Tritten und Schlägen befördert der Wachposten den Sechzehnjährigen ins Verhörzimmer, es ist beinahe schon ein Ritual. Nur dass Schlüter dieses Mal mit dem Kopf an den Türpfosten knallt und bewusstlos liegen bleibt. Der Vernehmungsoffizier mit der narbigen Knollennase sitzt regungslos hinter dem Tisch. Zwei weitere Soldaten schleppen einen Sack mit Holzscheiten herein. Sie legen die Scheite mit dem glatten Rücken nach unten zu einem Quadrat zusammen, das sie mit einem eisernen Rahmen stabilisieren. Die aufgefaserten Seiten des hellen Splintholzes zeigen nach oben. Einer der Soldaten schüttet einen Eimer kaltes Wasser über Schlüters Kopf. Als er zu Bewusstsein kommt, glaubt er kurz, wieder im Wasserkarzer zu sein. Wie durch einen Vorhang dringen die vom Ukrainer übersetzten Befehle an sein Ohr. Er solle Hose und Unterhose ausziehen und sich auf das Quadrat vor ihm knien. Mühsam richtet er sich auf und tut, wie ihm befohlen. Dann lässt er sich mit den Knien auf die Holzscheite nieder. Deren rauhe Oberflächenstruktur schneidet ihm sogleich in die Haut. Gleich Dornen drücken sich ihm einzelne Splitter ein. Der Wachposten bindet ihm grob die Hände auf dem Rücken zusammen. Tränen laufen über Schlüters Gesicht. Ein Junge, der zwar am ganzen Körper abgemagert ist, der aber immer noch so viel Gewicht besitzt, dass sich ihm die Holzsplitter von Sekunde zu Sekunde tiefer ins Fleisch seiner Beine bohren. Seine Haut, die schon übersät mit Abszessen und Hautgeschwüren ist, hält dem Druck nicht lange stand und reißt an den Unterschenkeln und Knien auf. Selbst die Kraft zum Schreien besitzt er nicht mehr. Jedes Mal, wenn er erschöpft mit dem Oberkörper nach vorne oder hinten kippt, trifft ihn der Gewehrkolben des Soldaten. Der treibt ihn dazu an, nach vorne und nach hinten zu rutschen. Das Blut fließt aus unzähligen Wunden. Ewigkeiten später übersetzt der Ukrainer: »Du! Unterschreiben!« Und dann steht die Knollennase vor ihm, hält ihm einen Stift und das Papier mit den kyrillischen Buchstaben hin. Der Soldat löst seine Handfesseln. Spucke läuft Schlüter aus den Mundwinkeln, und er bringt nur ein einziges Wort hervor: »Neieieieiin!« Allerdings klingt es schon viel schwächer als die letzten Male. Werwolf gewesen zu sein, das werfen sie ihm vor. Plötzlich sieht er dieses Bild vor sich: Die eigentlichen Wölfe sind die Folterknechte und ihr sadistischer Offizier selbst. Diese Wölfe wissen, es wird nicht mehr lange dauern, bis das gehetzte Beutetier zusammenbricht.

Noch in derselben Nacht bringen sie ihn erneut in das Verhörzimmer. Schwer gezeichnet von der Holzfolter, muss er sich wieder ausziehen. Mit offenen Wunden an beiden Beinen steht er vor seinen Peinigern. Dieses Mal steht in dem Raum nur eine einzige leere Weinflasche.

»Dawai, dawai!« Die Knollennase lässt es sich nicht nehmen, ihn selbst mit Gesten und Schlägen zur Flasche zu treiben und zu zwingen, sich rücklings daraufzusetzen. Zwei Soldaten stabilisieren die Flasche zusätzlich mit ihren Füßen.

»Los! Runter! Tiefer! Runter!«, übersetzt der Ukrainer die gebrüllten Befehle des Offiziers. Langsam dringt die Flasche in seinen Anus ein. Einer der Soldaten drückt ihn nach unten, bis die Flasche tief in ihn eingedrungen ist. Der Offizier wiehert vor Vergnügen und schlägt sich immer wieder mit der Faust auf den Oberschenkel, als sich Schlüter mit der Flasche im Hintern aufrichtet. Das Blut fließt in Strömen, der Schließmuskel ist gerissen.

Gib auf!, sagt eine Stimme in ihm. Aber als der Offizier ihm Stift und Papier entgegenhält, schüttelt er ablehnend den Kopf. Die restliche Nacht über findet er vor Schmerzen keinen Schlaf. Er tut etwas, was er noch nie getan hat: Er faltet die Hände und betet zu einem ihm unbekannten Gott. Zwar erhält er keine Antwort, aber sein aufgewühltes Inneres kommt etwas zur Ruhe.

Eine trügerische Ruhe. Denn in der nächsten Nacht treiben sie ihn wieder zum Verhör. Die ständig sich steigernde Frequenz der Verhöre – wie soll er das nur überleben?

Dieses Mal geht es in einen Saal im ersten Stock. Durch einen Türspalt sieht er nebenan einen großen Kohleherd. Die Küche. Der Duft von Gebratenem. Fleisch. Wann hat er das zum letzten Mal gegessen? Die Knollennase erscheint, sieht ihn ausdruckslos an und erteilt einige Befehle an die Soldaten in der Küche. Schlüter steht ganz allein in dem Saal. Möbel gibt es bis auf ein paar Stühle an den Wänden keine. Dann kommen zwei Soldaten aus der Küche. Als er sieht, was sie in der Hand halten, bekommt er weiche Knie. Dort, wo er steht, bildet sich eine Pfütze. Urin. Ein Schlag mit etwas Hartem trifft ihn dafür im Rücken. Er versucht davonzurennen, aber gleich mehrere Soldaten stürzen sich auf ihn und schleppen ihn wieder in die Mitte des Saals. Sie beugen ihn hinunter, drücken seinen Kopf in den Urin. Dann treten sie so lange auf ihn ein, bis er sich wieder aufrichtet. Die beiden Rotarmisten aus der Küche stehen unbewegt da. In der Hand halten sie ein glühendes Bügeleisen. Der Dampf zieht durch den ganzen Raum, so heiß ist es, und füllt ihn mit feuchtem Nebel.

»Das könnt ihr nicht machen!« Er sieht die Soldaten mit dem Bügeleisen auf sich zukommen. Sie bleiben vor ihm stehen, er bibbert und winselt. Zu seiner Überraschung gehen sie an ihm vorbei. Eine Tür im hinteren Bereich des Raums öffnet sich. Ein weiterer Rotarmist führt eine schmächtige, an den Händen gefesselte Person in den Saal, deren Kopf in einem Kartoffelsack steckt. Der Oberkörper ist nackt und vollkommen unbehaart. Ein Junge muss das sein, kaum älter als er. Mit zuckenden Gesichtszügen beobachtet Schlüter, wie die Soldaten ganz langsam den Kartoffelsack vom Kopf des Jungen ziehen, hinter dem sich bereits die Rotarmisten mit dem Bügeleisen aufgebaut haben. Dann ist es um ihn geschehen.

»Neeeeeeeeeeiiiiiiiiiiiiin!« Der Schrei geht selbst den Folterern durch Mark und Bein. Alles Entsetzen der letzten Wochen scheint in ihm gebündelt zu sein. Ausgelöst hat ihn das Gesicht, das unter dem Kartoffelsack hervorkommt: Heinz, sein jüngerer Bruder. Offenbar ist er erst seit kurzem in Gefangenschaft, sein Körper zeigt noch keine Furunkel, Ekzeme oder Folterspuren. Dafür strecken die Soldaten jetzt das dampfende Bügeleisen in Richtung von Heinz' Rücken, während ihn andere festhalten. Die Knollennase kommt zu ihm, schwitzend, stinkend.

»Unterschreiben!«, herrscht der Offizier ihn an und sieht dabei zu den Soldaten, die Heinz umgeben. Er hält ihm wieder

Stift und Papier entgegen. Als er nicht sofort reagiert, nickt die Knollennase den Folterknechten zu, und das Bügeleisen brennt sich in den Rücken von Heinz. Dieser schreit animalisch. Sofort riecht es nach verbranntem Fleisch. Die Soldaten weichen einen Schritt zurück, sind aber schon dabei, das Bügeleisen an eine andere Stelle von Heinz' Rücken zu setzen.

Gustav weint. Er greift nach dem Stift und unterschreibt. Die Augen über der Knollennase blicken befriedigt drein.

Den Rest der Nacht liegt er mit offenen Augen auf seiner Pritsche. Das Bild seines kleinen Bruders, mit dem heißen Bügeleisen auf dem Rücken, geht nicht mehr weg. Am nächsten Morgen bekommt er zum ersten Mal seit Monaten frische Kleidung. Auch darf er sich an einem Becken waschen. Dann führen ihn Soldaten in den Innenhof des Gefängnisses. Dort stehen noch weitere Gefangene. Nach einigem Warten kommt ein Lkw und fährt sie über eine Landstraße davon. An ihrem Bestimmungsziel angekommen, sehen sie einen Bretterzaun, Stacheldraht, Wachtürme. In Reih und Glied müssen sie losziehen. *Jedem ...*, liest Gustav Schlüter den Schriftzug über dem Eingangstor. Mehr kann er nicht erkennen, weil ihm ein anderer Häftling die Sicht verdeckt. Seinen Bruder Heinz wird er nie mehr wiedersehen.

18

Werner Schlüters Hundeerziehung war von Strenge geprägt. Wenn ich die Hunde nicht beherrsche, beherrschen sie mich, lautete sein Credo. Grobfilziger Hetzarm, Stachelhalsband, Peitschen aus Hirschleder – ein ganzes Arsenal an Erziehungsinstrumenten erwartete die Pitbulls und Rottweiler. Auf diese beiden Rassen konzentrierte sich seine Zucht. In einschlägigen Portalen annoncierte er, wenn einer seiner Hündinnen wieder mal ein Wurf geglückt war. Der Verkauf der Welpen war seine wichtigste Einnahmequelle. Daneben handelte er mit anderen, als gefährlich geltenden Hunderassen wie dem American Staffordshire Terrier oder dem Mastino Napoletano. Er nahm aber auch schwer erziehbare Hunde entgegen, gleich welcher Rasse. Sie alle kamen in hohe enge Einzelzwinger. Gut vier Dutzend dieser zum Teil angerosteten Käfige standen eng beieinander auf dem weitläufigen Gelände. Auch wenn die Nachbarn in reichlichem Abstand zu seinem Grundstück lebten, hatte es schon mehrmals Anzeigen wegen Ruhestörung gegen Schlüter gegeben. Bei jedem Geräusch, bei jeder verdächtigen Bewegung, und sei sie nur durch eine lebensmüde Taube verursacht, die sich auf einem der Gitterkäfige niederließ, erhob sich der wütende Chor seiner wild hin und her springenden Hundemeute. Erst mit einem herrischen Schrei Schlüters aus dem Wohnhaus ebbte das Gebell ab. Wegen der Anzeigen brach Schlüter den spärlichen Kontakt mit den Nachbarn komplett ab. Seine zuvor schon als dürftig zu bezeichnenden Sozialkontakte beschränkten sich damit fast nur noch auf seine Kunden, die meistens aus dem einschlägigen Milieu stammten und sich gerne mit einem Kampfhund als Statussymbol umgaben: Rocker, Zuhälter, Neonazis. Außerdem unterhielt Schlüter eine geschäftliche Beziehung zu einem Fleischer. Von diesem bekam er reichliche Fleischabfälle für wenig Geld. Aggressiv waren dagegen die Begegnungen mit Wolfgang Bursian, einem Mitarbeiter des Veterinäramts. Mit mehr als drei fortpflanzungsfähigen Hündinnen war Schlüters Betrieb genehmigungspflichtig. Vor Jahren schon hatte der städtische Angestellte die Käfige vermessen und erzwungen, dass Schlüter neue anschaffte. Auch sonst verdonnerte er ihn so manches Mal dazu, eine Strafgebühr zu zahlen. Noch mehr ärgerte es Schlüter aber, wenn Bursian ihn zu irgendwelchen Weiterbildungen verpflichtete. Als ob ihm noch jemand etwas über Hunde beibringen könnte! Aber käme er Bursians Forderungen nicht nach, würde der ihm den Laden dichtmachen.

Am häufigsten hatte Werner Schlüter noch mit Gero Kontakt. Sie beide wohnten seit vierzehn Jahren in einer Männer-WG auf dem Gelände in Weimar-Ehringsdorf. Gero war sein einziger Sohn, einunddreißig Jahre alt und mit einem Leiden ausgestattet, das in keinem Medizinlehrbuch zu finden war: gebrochener Wille. Gebrochen hatte ihm den der eigene Vater. An Gero hatte Schlüter seine eigene verpfuschte Kindheit, ohne Freundschaften und vom Vater manchmal geschlagen, abreagiert. An Gero hatte er auch seine gescheiterte Ehe mit der Tschechin Tereza abreagiert. An Gero reagierte er nach wie vor seinen allgemeinen Lebensfrust ab. Woher der kam, wusste er nicht. Doch er war nicht immer nur streng gegen den Sohn gewesen. Als Gero noch ein Säugling war, hatte es Phasen gegeben, in denen er ihn fast zärtlich im Arm hielt und Hoppereiter mit ihm spielte. Auch als Tereza schon weg war, fühlte er sich ihm in zeitweiligen Anflügen von Fürsorge nach wie vor noch nahe. Zum siebzehnten Geburtstag kaufte er ihm, dem Förderschüler, der beruflich nur Aussichten auf den Job eines Hilfsarbeiters hatte, sogar ein paar Fußballschuhe. Gero, durch jahrelange Misshandlung argwöhnisch geworden, stieß jedoch, anstatt sich zu bedanken, nur ein paar Grunzlaute aus. Ein paar Stunden später rannte er mit den neuen Schuhen über die frisch gemähte Wiese vor dem Haus und trat so heftig gegen die Käfige, dass die Hunde aufjaulten. Sogar zum Oberweimarer Fußballverein brachte ihn sein Vater ein paar Mal. Doch dann vergaß Gero einmal die Zeit, kam viel zu spät nach Hause. Werner Schlüter bebte, sah die rigide, von ihm errichtete Ordnung gefährdet und verbot dem Sohn ab sofort das Mitspielen im Fußballverein. Gero fiel in sein introvertiertes Wesen zurück. Heimlich warf er wenige Tage später, als das Müllauto um die Ecke bog, die Fußballschuhe in die graue Tonne.

Gero war anzusehen, dass etwas nicht mit ihm stimmte: Den Kopf stets nach rechts gebogen, schaute er seitlich von unten heraus auf die Welt, dabei hing ihm die Zunge aus dem linken Mundwinkel. Wer so viele Prügel und Schimpfe hatte einstecken müssen wie er, dem brannten sie sich auch in die Körperhaltung ein wie anderen ein Tattoo in die Haut. Er bekam nie eine Chance auf eine normale Kindheit. Die ständigen Prügel und Tritte auf den Kopf schädigten sein Gehirn, machten ihn zu einem scheuen, verunsicherten Wesen. Tereza, seine Mutter, stellte sich nur anfangs schützend vor ihn, wenn der Vater ausrastete. Doch da sie dann selbst die Gewalt ihres Mannes traf, begab sie sich im Lauf der Zeit in ein inneres Exil, sah tatenlos zu, wenn Gero dem rohen Wesen des Vaters zum Opfer fiel.

»Du blöder Sack, du blöder, blöder Sack!« Werner Schlüter rannte in Richtung der Käfige. Was ihm mit seinen mehr als sechzig Jahren und den Arthrose-Knien schwerfiel. Aus der Ferne sah es fast so aus, als habe er einen Klumpfuß.

»Was bist du nur für ein Idiot?«

Gero hatte gerade den Käfig eines Pitbulls mit einem Wasserschlauch gereinigt und danach vergessen, ihn wieder zu verriegeln. Der Pitbull war wegen eines durch die Baumwipfel huschenden Eichhörnchens gegen die Käfigtür gesprungen, die daraufhin natürlich aufgegangen war. Jetzt stand der zähnefletschende Hund unter den Bäumen, wo das Eichhörnchen nicht mehr ganz so unbeschwert herumsprang. Mit der Peitsche zog der alte Schlüter dem Pitbull mehrere Striemen über den muskulösen Leib und trieb ihn in den Käfig zurück. Danach schloss er den Käfig und schaute seinen Sohn an. Eine tiefe Zornesfalte teilte seine Stirn in zwei Hälften. Er hob den Arm, geradeso, als wollte er auch Gero mit der Peitsche eins überziehen, ließ es dann aber bleiben und murmelte nur ein »Du blöder Glotzer«.

Gero glotzte. Auch seine Förderlehrerin empfand das so, drückte es aber freundlicher aus. Stets von unten heraus blickte er sein Gegenüber an. Sein Blick suchte aber nie die Augen des anderen, sondern blieb einen halben Meter über dessen Kopf stehen. Nach einer Weile bildeten sich Speichelbläschen in seinen Mundwinkeln, die sich zu richtigem Schaum auswuchsen. Als ob er die Tollwut hätte. Einmal hatte ihn ein Arzt deswegen untersucht. Partielle Lähmung im Rachenbereich, lautete seine Diagnose. Deswegen würde Gero auch das Schlucken so schwerfallen. Ein medizinisches Phänomen. Der Arzt verschrieb ihm ein paar Lutschpastillen. Die halfen aber nicht.

Der alte Schlüter rumorte in der Küche herum. Töpfe klapperten. Aus dem Radio ertönte Schlagermusik. Nach einer Stunde brüllte er durch das Küchenfenster. »Essen!« Gero zuckte zusammen. Hastig stellte er den Spaten, mit dem er das Beet hinter dem Haus umgrub, an die Wand und eilte ins Haus. Nur keine Verspätung. Sonst wurde der Vater wütend. Auf dem schmalen Küchentisch stand der dampfende Suppentopf. Sie schlürften die Gemüsesuppe in sich hinein. Vater Schlüter trank mit kräftigen Zügen aus einer Flasche Nordhäuser Doppelkorn.

»Eine Hure ist deine Mutter!« Trotz der direkten Ansprache war nicht ganz klar, ob er wirklich mit Gero redete oder mit sich selbst. »Eine verdammte Hure. Haut einfach ab!«

Tereza war seit vierzehn Jahren nicht mehr da. Aber für Schlüter schien die Wunde immer noch frisch zu sein.

»Dieses Miststück von Weib! Wenn ich die noch mal in die Finger bekomme!« Er redete sich in Rage, die Adern an seiner zur Faust geballten linken Hand traten bedrohlich hervor. »Haut die einfach mit einem Ami ab!« Der Faustschlag auf den Tisch war so heftig, dass der Topfdeckel wackelte. »Verstehst du?« Jetzt ergriff er Geros Arm und versuchte, ihn dazu zu zwingen, ihm in die Augen zu sehen. »VER-STEHST DU? Eine Hure ist deine Mutter! Hat dich und mich einfach sitzengelassen!«

Geros Augen blickten zur tickenden Uhr über der Spüle. Sein verblichenes grünes T-Shirt zeigte große Schweißflecken. Der Vater krallte sich in seinem Arm fest. Gero kannte das Procedere. Fast jede Woche kam es dazu. Der Vater machte seinem Frust über die entlaufene Tereza Luft. Nannte sie eine Hure und spekulierte über den Amerikaner, der sie mitgenommen hatte. In die USA, weil Werner Schlüter es nie dorthin schaffen würde. Er war in seinen mehr als sechzig Lebensjahren noch nie ins Ausland gereist. Die zersplitterten Fingernägel gruben sich tiefer in Geros Arm. Dieser begann zu wimmern. Einige Sekunden später ließ ihn der Vater los.

»Pah, räum ab hier. Meinst du, ich bin dein Sklave? Kochen und auch noch abräumen?« Gero sprang auf und putzte hektisch den Tresen ab, wusch mit ungelenken Bewegungen das Geschirr im Spülbecken. Sein Vater warf sich derweil auf das Sofa im Wohnzimmer. Seit kurzem hatte er wenigstens eine Ahnung, woher sein Lebensfrust rührte. Ihm kam eine Idee, was er dagegen tun konnte. Wenig später füllte tiefes Schnarchen den Raum.

Nein, Werner Schlüter war kein Sklave. Ganz im Gegenteil. Er war ein Sklavenhalter. Einst besaß er zwei Sklaven. Doch

Tereza war weg. Jetzt hatte er nur noch Gero. Der war ein treuer Diener seines Herrn. Wie ein dressierter Hund folgte er ihm. Schon immer. Wer wie ein Hund erzogen wurde, war auch irgendwann einer.

19

24. Dezember 1945, Buchenwald, Männerlager

Sie sind jetzt im Lager Buchenwald. Sie, das sind er, Gustav Schlüter, und Jürgen Lehmann. Abends, wenn es draußen dunkel ist und ein eisiger Wind über den Berg fegt, kauern sie und die anderen Häftlinge sich in kleinen Gruppen in der Steinbaracke zusammen. Aus Wachsresten haben sich Gustav und Jürgen eine Kerze gebastelt und erzählen sich mit trockenem Mund, was passiert ist.

»Mich haben sie aus der Schule herausgezerrt.« Jürgen ist ungefähr so alt wie er, sieht aber mit seinen tiefliegenden Augenhöhlen und dem abgemagerten Leib noch verhärmter aus als er. Auch Jürgen wird vorgeworfen, am Ende des Krieges aktiv als Werwolf gearbeitet zu haben. Dann kam das Gefängnis, ein durch Folter erpresstes Geständnis durch den NKWD und schließlich die Überführung in dieses Lager. So schlimm Gustav die Ereignisse auch findet, hat es doch etwas Tröstliches für ihn, dieses Schicksal mit Jürgen zu teilen.

»Mal ehrlich, Gustav, hast du bei den Werwölfen mitgemacht?«

Für einen Augenblick zögert er, Jürgens Frage zu beantworten. Ist Jürgen vielleicht ein Spitzel? Lockt die sowjetische Lagerleitung mit Vergünstigungen, wenn jemand sich entscheidet, andere auszuhorchen? Aber Jürgen, dem kann er vertrauen, sagt er sich. Jürgen teilt mit ihm so manchen Brotkanten, den sie bei der Verpflegungsausgabe ergattern. Auch ein bisschen Tabak hat er ihm mal abgetreten. Außerdem sind sie jetzt seit vier Wochen hier. Wenn Jürgen ein Spitzel wäre, hätte er wohl schon früher damit begonnen, ihm solche Fragen zu stellen.

»Ich war mal in München auf einem Vortrag. Da wollte man uns für die Werwölfe gewinnen.«

»Und? Mit Erfolg?«

»Ach, Jürgen, das mit den Werwölfen war doch nur eine Schnapsidee. Das kam viel zu spät. Der Krieg war nach Stalingrad doch verloren.« Bei diesen Worten rückt er noch näher an seinen Leidensgenossen heran, der mit ihm auf der zweiten Etage des dreistöckigen Holzbetts sitzt, den Rücken an die Wand gelehnt. Er selbst hat sich das Bett im dritten Stock als Nachtlager ausgesucht. Die alten Säcke enthalten kaum noch Stroh, dafür aber Kolonien von Flöhen. Diese Flöhe werden wohl lieber nach unten als nach oben springen, hat er gehofft, als er sein Lager ganz oben aufschlug. Allerdings kann er sich in seinem Bett nicht aufrichten. Nur einen halben Meter über seinem Kopf ist schon die an manchen Stellen schimmelige Decke der Baracke.

»Mich haben sie noch in den Volkssturm getrieben. Kanonenfutter für die Sowjets.« Jürgen kratzt sich am Ohr.

»Weißt du eigentlich, wo wir hier sind?«

»Ich habe das Ortsschild von Weimar gesehen, als sie uns hierhertransportiert haben. Das war allerdings einige Kilometer entfernt von hier.«

»Unser Lastwagen hat eine Plane gehabt. Deshalb haben wir rein gar nichts gesehen. Aber wie haben die Russen so schnell dieses Lager aufgebaut?«

»Ich glaube nicht, dass die das Lager neu aufgebaut haben. Schau dir doch mal diese Baracken an. Die stehen schon länger. Sind ganz schön vergammelt an manchen Stellen.«

»Aber was war das denn für ein Lager, bevor wir hierhergekommen sind?«

»Also, Gustav, ich habe gehört, das sei ein Lager für die Feinde des Führers gewesen.«

»Schschsch!« Er legt den Zeigefinger auf seine Lippen. »Nicht mehr Führer sagen!«

Sie schweigen. Vor den russischen Aufpassern fürchten sie sich in diesen Minuten nicht. Die meisten von ihnen sitzen wohl wieder vorne im Trakt mit dem Tor und betrinken sich. So manches Mal dringt in den Nächten ein Grölen, Fluchen oder höhnisches Lachen von dort zu ihnen. Aber vor den anderen Gefangenen müssen sie sich in Acht nehmen. Die Gefahr, zum Spitzel zu werden, ist in Lagern, gleich welcher Art, groß.

»Hörst du das?«

»Was?«

Jürgen bittet ihn mit einer Handbewegung, ganz still zu sein. Und dann hört er es auch: Glockengeläut. Ein paar Kilometer weg. Aber der Wind treibt die dumpfen Töne bis zu ihnen.

»Ich habe mir das schon gedacht.«

»Was?«

»Na, dass heute Heiligabend sein muss!«

Heiligabend. Sie leben, seitdem die sowjetischen Besatzer sie vor vier Wochen hier eingeliefert haben, ohne Kalender. Der erste Tag war noch ausgefüllt: Man hat sie registriert, die Kleidung überprüft, sie in die Lagerordnung eingewiesen. Aber seitdem steht die Uhr still. Ein Tag ist wie der andere. Frühes Aufstehen, Waschen mit eiskaltem Wasser, keine Seife, kein

Kamm, keine Zahnpflege. Dann Warten bis zur Essensausgabe. Trotz des Hungers kämpfen manche gegen die Gier und den Impuls an, den ganzen Inhalt des Blechnapfs in Sekunden hinunterzuschlingen. Das Gefühl des Sattseins hält länger an, wenn man langsamer isst. Für jeden Gefangenen gibt es pro Tag sechshundert Gramm Brot oder Kartoffeln, dreihundertzwanzig Gramm Gemüse, einhundert Gramm Graupen, Fleisch oder Fisch. Gar nicht so wenig, wenn man bedenkt, dass der Krieg gerade mal ein halbes Jahr vorbei ist und die Bevölkerung außerhalb des Lagers großen Hunger leidet. Doch die Häftlinge wissen nichts von den Zuständen draußen. Ihr Tag im Lager gliedert sich in zwei Hälften: die Zeit vor dem Essen und die Zeit nach dem Essen. Mehr ist nicht.

»Heiligabend. Ja, hast recht. Muss heute sein.« Seine Augen füllen sich mit Tränen. Was wohl mit seiner Familie an diesem Abend ist? Sie wissen sicher nicht, wo er sich befindet. Denken, er sei tot, erschossen worden von den Sowjets. Wie gerne würde er ihnen eine Nachricht, ein Lebenszeichen zukommen lassen. Aber das ist unmöglich.

»Du, hallo, Weinen hilft hier nicht weiter. Wir sind jung und schnell. Und wenn's drauf ankommt, stark.« Jetzt drückt Jürgen den Mund direkt an seine Ohrmuschel. »Wollen wir nicht … fliehen?«

Er fühlt, wie ihm das Blut aus den Adern weicht. So nahe der Gedanke auch liegen mag, hat er ihn doch noch nie zu denken gewagt.

»Gustav, allein schon das Planen der Flucht vertreibt uns die Zeit!«

»Aber was ist, wenn der Versuch scheitert?«

»Er darf nicht scheitern.«

»Was aber, wenn? Ich, äh, ich …«

»Was, hast du Angst?«

»Nein. Oder doch. Ich, also ich habe noch einen jüngeren Bruder. Wenn ich hier bei einem Fluchtversuch erwischt werde … Mann, Jürgen, dann muss der dafür büßen. Sippenhaft. Dann ist meine ganze Familie dran.«

Die Glocken in der Ferne verklingen. Jetzt ist es still. Nur das Gemurmel der anderen Gefangenen bildet einen diffusen Klangteppich. Irgendwo murmelt jemand ein Vaterunser.

»Komm, Gustav, wir gehen noch mal raus!«

»Wohin?«

»Nur mal vor die Tür. Hier!« Jürgen zieht ein Papiertuch aus seiner Hosentasche. Darin liegen zwei zerdrückte Zigaretten. »Ich spendier dir eine. Weil Weihnachten ist!«

»Wo hast du die denn her?«

»Betriebsgeheimnis!« Jürgen lächelt und springt vom Bett.

Sie stehen draußen in der eisigen Luft und ziehen mit wenigen Zügen den Rauch tief in ihre Lungen.

»Hier drüben, da schneiden wir Löcher in den Zaun. Dazu brauchten wir eine Blechschere, die wir außerdem isolieren müssten. Wegen des Stroms.« Mit der Hand zeigt Jürgen in Richtung des Stacheldrahtzauns.

»Wo willst du dafür denn das Material herholen?« Er sieht Jürgen ungläubig an.

»Gemach, gemach, das findet sich alles. Wir müssen noch zwei, drei andere einweihen, die im Lager arbeiten. In der Küche zum Beispiel. An den Stromzählern. Der Plan muss wachsen.«

»Aha. Also, du meinst, wir gehen – sollte das mit dem Strom klappen – zum Zaun und schneiden Löcher rein und rennen dann davon?«

Jürgen spürt seine Zweifel. »Natürlich brauchen wir einen ganz speziellen Tag. Kein Regen, kein Schnee. Wir brauchen Nebel.«

»Damit man uns schlechter sieht.«

»Gratuliere! Toll kombiniert!« Jürgen nimmt ihn auf den Arm. Er muss schmunzeln. Zum ersten Mal, seit er hier ist.

»Komm mal mit!« Jürgen schreitet den dunklen Gang zwischen den Steinbaracken entlang und zieht ihn am Ärmel hinter sich her. Vorne, von der Wachstube und vom Trakt mit dem Tor her, sind jetzt laute russische Gesänge zu hören. »Wenn ein nebliger Tag kommt, warten wir hier. Wir haben unser Werkzeug dabei. Um diese Uhrzeit sind die meisten Russen am Saufen. Auch die in den Wachtürmen. Nebel hier draußen – und Alkoholnebel drinnen, in ihren Köpfen!« Jürgen imponiert ihm mit seinem Optimismus. Sie beide lachen jetzt leise. So langsam gewinnt er Gefallen an dem Fluchtgedanken. Sie stoßen einander die Fäuste gegen die Oberarme, springen auf der Stelle in die Höhe, um ihre Körper aufzuwärmen.

»Komm, Gustav, glaub an dich, glaub an den lieben Gott, das wird schon, ist ja schließlich Weihna...«

Wie von einem Faustschlag getroffen, fallen sie gleichzeitig nach hinten. Was sie umwirft, ist keine Faust, sondern das wütende Bellen eines Osteuropäischen Schäferhundes. Direkt vor ihnen ist er aus der Dunkelheit aufgetaucht. Bisher haben sie noch nie Hunde im Lager bemerkt. Wahrscheinlich hält sich dieser graufellige Schäferhund sonst auf dem Offiziersgelände vor dem Lager auf. Hinter ihm kommt ein Mann angerannt, den sie im Gegenlicht der Scheinwerfer nur schemenhaft erkennen.

»Stow Ot! Nazad v lager! Nikto ne poteryal chto-to! Bystro! Bystro!« Der Wachsoldat drischt mit dem Gewehrkolben auf sie ein, während der Hund sie wütend anbellt. Auf allen vieren kriechen sie panisch davon, richten sich nur mühsam auf und fliehen in die Steinbaracke zurück. Das mit der Flucht wird nichts, denkt er sich, während er auf seiner Pritsche in dieser Nacht dem Schlaf entgegenfröstelt. Aber so vor sich hin leben, dem Tag die Stunden und den Stunden die Tage stehlen, das konnte es auch nicht sein. Er muss etwas tun. Gemeinsam mit Jürgen. Sie waren jung und schnell. Und wenn's drauf ankam, stark.

24. Dezember 1945, Lager Ketschendorf

Das Lager quillt über. Das Lager gebiert Hunger und Tuberkulose. Das Lager stinkt. Das Lager ist eine Hölle.

Frauen, eng aneinandergekauert wie brütende Pinguine im Polareis. Die Baracken sind unbeheizt. Manche Frauen atmen mit einem Rasseln in der Brust, Vorboten einer Lungenentzündung. Was für ein Absturz für viele von ihnen, die unter den Nazis noch so viele Privilegien besaßen. Früher mondäne Kleidung, edle Parfüms. Jetzt in Lumpen und über allem der Geruch von Scheiße. Sogar eine von der Liste der Gottbegnadeten ist unter ihnen.

Die Gottbegnadete sitzt etwas abseits von den anderen. An ihre Schulter gelehnt eine Frau um die fünfzig mit vollkommen grauem Haar, aschfahlem Gesicht und verweinten Augen. Nur wer länger hinsieht, erkennt, dass es sich um Mutter und Tochter handelt. Wenige Wochen zuvor hat der NKWD sie verhaftet. Ebenso Alois, ihren Ehemann und Vater. Schon bei der Festnahme ist er in sich zusammengesunken. Die Enge im Lager mit all dem Ungeziefer, der tägliche Kampf um ein paar Brotstücke, das Schlafen in der Massenbaracke unter lauter fremden Männern, all das vertrug sein Herz nicht. Gestern ist er nicht mehr aufgewacht, als die brüllenden sowjetischen Aufseher die Pritschen in der Männerbaracke abschritten. Seinen Leichnam hat man in eine riesige Grube geworfen, zusammen mit vielen anderen, die in diesen Wintertagen gestorben waren.

»Mutter, weißt du noch, Weihnachten voriges Jahr?« Die Augen der Tochter leuchten. Trotz der harten Kriegszeiten feierten sie im Jahr zuvor ein luxuriöses Fest. Der Reichsminister Goebbels ließ ihnen einen Rehrücken zustellen. Mit Rosmarin angerichtet, mundete er vielleicht deswegen so besonders, weil damals eine Menge Leute hungerten. Auch sie rechneten nicht mit so einem Geschenk. Die Familie Lempertz ließ es sich gutgehen. Dank der gottbegnadeten Tochter.

Jetzt ist alles anders. Über ihnen liegt ein Fluch. Der Fluch, mit der Gestapo zusammengearbeitet zu haben. Der sowjetische Oberst, der über ihr Schicksal entschied, legte ihnen nach der Verhaftung einschlägige Dokumente vor. Hätte sich dieser Blohm ihr nicht verweigert, gäbe es jetzt keine Papiere der Gestapo gegen sie. Sie hasst ihn. Es ist ein tiefer, gefräßiger Hass, der sich in ihren Gehirnzellen eingenistet hat. Sie sitzen in diesem Lager fest. Niemand kann ihnen sagen, wie lange noch. Sie wissen nicht, ob sie überleben werden. Alois wurde schon dahingerafft. Hier in diesem Lager, in dem auch so auffallend viele junge Männer sind. Aber was heißt hier Männer: Kinder sind es noch, Fünfzehn-, Sechzehn-, Siebzehnjährige mit bleichen Gesichtern und ausgemergelten Körpern. Warum bist du hier, fragt Katharina Lempertz einen dieser Hänflinge. Ich soll ein Werwolf gewesen sein, presst er nach mehrmaligem Nachfragen heraus und rennt davon. Wenn an dem Werwolf-Vorwurf etwas dran ist, passt das Bild nicht. Wölfe stellt man sich doch sehnig, muskulös, mit mächtigen Schneidezähnen und sehr entschlossen vor. Diese Jungen aber flößen nicht einmal einem Hasen Furcht ein. Sie wirken so zart wie eine Puppe, zerbrechlich. Nicht wenige zerbrechen dann auch wirklich im Lager. Eine Katharina Lempertz ist da schon anders gestrickt. Sie wird sich auch im Lager durchsetzen. Trotz ihrer prekären Lage. Als Einzige hier besitzt sie eine Nagelfeile. Die hat sie im Mantelsaum ins Lager geschmuggelt. Ihre Mutter ist in einen wirren Schlaf gefallen. Niemand im ganzen Lager sieht, wie Katharina die Feile aus dem Mantelsaum holt. Dann feilt sie. Erst die Fuß-, dann die Fingernägel. Sie weiß um ihre Waffen.

20

Leipzig. Boomtown. Messestadt. Mit einer Andeutung von U-Bahn. Und einer neu entstandenen Seenlandschaft im Südosten. Leipzig blüht auf. Wie so manche andere Stadt im Osten. Dresden, Jena, Weimar, Erfurt. Wo Städte aufblühen, sind Betrug und Gewalt nicht weit. Unter den Blumenkübeln bildet sich gerne Schimmel. Außerdem gab es die, die von der wirtschaftlichen Entwicklung ausgeschlossen und sozial abgehängt waren. Daraus entstand Lebensfrust. Zunächst noch latent, brach er aus, wenn so viele allzu oft gute Laune zeigten. Bei Maximilian Stein kam das alles zusammen. Nach seiner Geburt haute sein Vater ab, wollte nichts von seinem Kind wissen. Genauso wie die Väter seiner zwei kleinen Halbschwestern. Drei Kinder, drei nicht vorhandene Väter. Und eine Mutter, die trank, rauchte und mit der ganzen Welt im Streit lag. Trotz seiner schlechten Startbedingungen zeigte Maximilian in der Grundschule gute Leistungen und schaffte den Sprung aufs Gymnasium. Aber die Pubertät fiel bei ihm mit schlechten Kontakten, Sich-ins-Koma-Saufen und Kiffen zusammen, das ganze Programm. Ein Vater zum Ablehnen, zum Rebellieren, als Folie zur Mannwerdung fehlte. Ersatzweise lehnte er den Staat, die bürgerliche Gesellschaft, das herrschende Moralsystem ab. Am Zwiebelmarkt zettelte er in den frühen Morgenstunden eine Schlägerei an; ein anderes Mal brach er mit zwei Kumpels in ein leerstehendes Haus ein und feierte eine Party. In beiden Fällen kam die Polizei und nahm eine Anzeige auf. Das störte ihn aber nicht weiter. Auch dass er in der Schule immer mehr zurückfiel, war ihm irgendwann egal. Wozu die lange Schulzeit, eine Ausbildung, ein Studium, wenn es so leicht war, auf andere Weise ans große Geld zu kommen? Ein paar kleine Drogendeals in Weimar brachten ihn auf den Geschmack. Nur dass ihn diese Anna nicht ablehnte, sie, die aus bestem Hause kam, irritierte ihn. Sie wirkte auf ihn wie ein Wesen aus einer anderen Welt. Eine Welt, in der man als Kind, als Heranwachsender geborgen war. Eine Welt, die er nicht kannte. Eine Welt, die er eigentlich ablehnte. Weil sie alle diese Spießer und Streber gebar, die in der Schule nicht abschreiben ließen, die sich später eine Eigentumswohnung kauften und sich als Helikoptereltern im Kindergarten vordrängelten. Nein, diese Welt fand er zum Kotzen. Nur Anna nicht. Sie war irgendwie so – anders.

Der Zugriff erfolgte exakt um zehn Uhr. Wenige Minuten zuvor hatte ein Kurier sieben große Kartons in Steins Wohnung im Zentrum Leipzigs gebracht. Er wehrte sich nicht, als die schwer bewaffneten Polizisten des SEK in sein Apartment stürmten und ihm Handschellen anlegten. Die Spürhunde schlugen sofort an. Die Pakete waren prall gefüllt mit Kokain, Ecstasy, LSD, Haschisch und Marihuana.

»Sie verstehen jetzt sicher, warum wir Stein nicht schon gestern befragen konnten«, erklärte sich der Leipziger Kripochef Jörg Haller wenig später am Telefon gegenüber seiner Weimarer Kollegin Hoppe, die ihn angerufen hatte. »Wir haben ihn seit Wochen beobachtet. Uns war klar, dass heute der Kurier aus den Niederlanden kommt. Mit viel Stoff. Jetzt kann ihn die Staatsanwaltschaft anklagen.«

Mit Stein war den Leipziger Ermittlern eine spektakuläre Festnahme gelungen. Obwohl er gerade einmal zwanzig Jahre alt war, zählte er zu den größten Drogendealern Europas. Binnen fünfzehn Monaten handelte er fast eintausend Kilogramm Drogen und verschreibungspflichtige Tabletten. Die ganzen Deals liefen zunächst über das Darknet. Um seine Daten anonym zu halten, setzte er eine speziell dafür entwickelte Software ein. Die Bezahlung erfolgte über Vorauskasse mit Bitcoins, eine Methode, die ebenfalls Anonymität gewährleistete. An seine Käufer verschickte er die Ware auf dem ganz normalen Postweg. Dieser Versandweg war ihm jetzt zum Verhängnis geworden. Denn mehrere Pakete waren bei der Post liegen geblieben, weil dem Kunden die Sache zu heiß geworden war. Als man die Pakete dort öffnete, sah man den brisanten Inhalt und schaltete die Polizei ein.

»Kollege Haller, ich hätte eine Bitte. Könnten Sie uns die erkennungsdienstlichen Ergebnisse von Stein zukommen lassen?«

»Klar, machen wir, sobald wir sie haben. Wegen der verschwundenen Schülerin in Weimar?«

»Ja, genau. Die Schülerin war angeblich mit Maximilian Stein befreundet.«

»Vermuten Sie einen Zusammenhang zwischen ihrem Verschwinden und Steins Drogenhandel?«

»Oh, so weit sind wir noch lange nicht. Aber wenn Sie ihn verhören, fragen Sie ihn bitte auch nach Anna Kellermann.«

»Geht klar. Ich muss jetzt mit der Staatsanwaltschaft telefonieren. Machen Sie's gut!«

Hoppe holte ihre Skizze mit den Schauplätzen hervor. Bayern, die USA, Homburg, Leipzig, Ilmenau, Arnstadt, Erfurt, dazu Weimar als Zentrum – einen Augenblick schweiften ihre Gedanken ab. 1999. Weimar war Kulturstadt Europas. Was waren das damals für Touristenströme gewesen! Noch einmal mehr als sonst ohnehin schon! Sie sah das Bild von Goethes Gartenhaus im Park an der Ilm vor sich. Damals hatte man das Haus gedoppelt und einfach noch ein baugleiches Gegenstück davon ein paar Meter weiter aufgestellt. Sie hatte sich im Tiefurter Park ein beeindruckendes Konzert mit dem West-Eastern Divan Orchestra unter Daniel Barenboim angehört. Israelische und arabische Musiker spielten gemeinsam klassische Musik. Ach, und dann die umstrittene Ausstellung mit DDR-Kunst im ehemaligen Gauforum. Wie lieblos die Bilder angeordnet worden waren! Auch für die Polizei war es ein aufregendes Jahr gewesen. Wer in Weimar lebte, hatte das Gefühl, nicht in irgendeiner Thüringer Kleinstadt zu leben. Man war ein bisschen Mittelpunkt Deutschlands, sogar Europas. Und lebte dieses Gefühl nicht unter den Weimarern über das Kulturstadtjahr hinaus fort? Sie überlegte. Auch sie war ein wenig stolz, wenn man sie bei einer Fortbildung in einem anderen Bundesland nach ihrer Herkunft fragte. Ja, Weimar war eine Stadt von Welt. Obwohl Weimar natürlich nach wie vor auch Kleinstadt und Provinz war.

Weimar, auf ihrem Blatt befand es sich nun ebenfalls im Zentrum. Dieses Mal mit Verdächtigen, die auf verschiedene Weise mit einer Siebzehnjährigen zusammenhingen, die verschwunden war. Sie griff zum Hörer und bat die Kripo in Homburg um Hilfe. Klaus Bachmann, der Bruder von Susanne Kellermann, entsprach mit seiner Biographie dem Profil eines potenziellen Entführers. Während die saarländischen Kollegen sich auf den Weg zu ihm machten, telefonierte sie mit Susanne Kellermann. Sie musste sich kurzfassen, um das Telefon nicht für einen eventuellen Erpresseranruf zu blockieren.

»Mit meinem Bruder habe ich, seitdem er im Gefängnis war, fast keinen Kontakt mehr«, sagte Annas Mutter.

»War er denn seitdem einmal bei Ihnen zu Besuch?«

»Ja, ein einziges Mal. Vor einem Jahr, als mein Mann seinen fünfzigsten Geburtstag feierte. Aber da passte mein Bruder nicht dazu.«

»Warum nicht?«

»Weil, na, er war durch die Zeit im Gefängnis ganz anders als früher. Völlig introvertiert.«

»Frau Kellermann, halten Sie es für möglich, dass Ihr Bruder etwas mit der Entführung zu tun hat?«

»Frau Kellermann?«, hakte Hoppe nach, als ihr Gegenüber stumm blieb.

»Nein, das kann ich mir nicht vorstellen. Er ist doch mein Bruder.«

Genau, dachte sich Hoppe, nachdem sie das Gespräch beendet hatte. Er ist ihr Bruder, das macht ihn ja gerade so verdächtig. Denn er kennt das Haus, er kennt das Opfer und ist in finanzieller Not. Und er war schon mal im Gefängnis und hat wohl nur noch wenig oder vielleicht gar nichts mehr zu verlieren.

Nicole Meisinger kam mit einer Mappe in Hoppes Büro.

»Bruce Bradley bereist die bayerischen Gartencenter von München aus. Er wohnt seit zwei Wochen im *Motel One* am Sendlinger Tor.«

»Sehr gute Arbeit, Nicole.«

»Er hat jeden Tag dort sein Frühstück eingenommen. Wer frühstückt, muss seine Zimmernummer angeben. Die wird dann auf einer Liste gestrichen.«

»Okay. Theoretisch kann das auch jemand anders für ihn gemacht haben. Aber gehen wir mal davon aus, dass er tatsächlich selbst jeden Morgen im Hotel gefrühstückt hat. Hat er jeden Tag Termine in Gartencentern?«

»Ja, sieht so aus. In Gartencentern und Baumärkten. Ich habe mit zahlreichen Leitern solcher Märkte in Südbayern telefoniert. Mir fehlt nur noch die Bestätigung vom Leiter des Gartencenters in Rosenheim. Dann haben wir eine lückenlose Terminkette. Am Tag von Annas Verschwinden war er in Memmingen, bis siebzehn Uhr.«

»Bis siebzehn Uhr?« Hoppe fuhr sich abwesend mit dem Bleistift durchs Haar. »Zeitlich würde das hinhauen. Er fährt nach Weimar los. Von irgendwoher hat er Annas Adresse. Er fährt dort oben auf dem Hypothekenhügel und am Klinikum rum, versucht, sie abzupassen.«

»Und hat dann die Spraydose auch noch dabeigehabt?«

»Hm. Lass mich das mal weiterspinnen. Er begegnet Anna in der Nähe des Klinikums. Sie will ihm ausweichen. Er flippt aus, wird gewalttätig und nimmt sie im Kofferraum seines Autos mit.«

»Und bringt sie in ein vorbereitetes Versteck, sitzt am nächsten Morgen wieder seelenruhig beim Frühstück und besucht anschließend ein Gartencenter? Sehr theoretisch, das alles, Mandy.«

»Vielleicht hat er einen Komplizen. Aber du hast recht. Das ist schon ziemlich konstruiert. Meinst du, du kannst irgendwie an ein Foto von diesem Bradley kommen?«

»Werde ich versuchen!«

Hoppe rief Woltmann an, ging mit ihm zu Remde ins Büro.

»Die Festnahme von Maximilian Stein schlägt medial hohe Wellen«, empfing er sie. »Die Leipziger Kollegen heimsen Lob ein. Und wir?«

Hoppe referierte ihre neuen Erkenntnisse, dann berichtete Woltmann von seinem Besuch im Goethegymnasium. Gemeinsam mit Scholz hatte er sich auf dem Schulhof und in den Klassen durchgefragt, bis sie zwei zwölfjährige Schüler fanden, die Anna am Abend ihres Verschwindens gesehen haben wollten. Ihren Angaben nach saß sie kurz nach achtzehn Uhr auf einer Bank in der Nähe des Römischen Hauses und blätterte in einer Mappe. Alleine. Ihr Fahrrad war an die Bank gelehnt. Die Schüler waren sich ganz sicher, dass es Anna gewesen war. Sie kannten sie, weil sie in ihrer Klasse einmal Zwieback-Pakete für die Klassenfahrt ausgeteilt hatte. Im Auftrag ihres Vaters. Seitdem wussten sie, wer die Schülerin mit den langen schwarzen Haaren war.

»Gut. Demnach war Anna um diese Uhrzeit also noch unterwegs. Aber das bringt uns keinen Schritt weiter. Wir haben einfach nach wie vor kein klares Profil für einen Täter, sofern ihr überhaupt etwas zugestoßen und sie nicht nur abgehauen ist«, sagte Remde.

»Zum einen könnte es ein Erpresser sein. Dieser Anrufer aus Erfurt, Arnstadt oder Ilmenau.« Hoppe schaute auf ihr Übersichtsblatt.

»Ja. Aber auch da tut sich nichts weiter. Wir haben zudem mindestens einen verdächtigen Verwandten. Diesen Bruder von der Kellermann.«

»Der Klaus Bachmann, Chef. Dann haben wir noch Maximilian Stein. Der kommt für eine Beziehungstat in Betracht.«

»Genau das trifft auch auf den Amerikaner zu. Bruce Bradley. Dumm nur, dass es keine Anrufe von ihm auf Annas Handy gibt. Die IT-Kollegen in Erfurt haben auch keine Mails von ihm oder an ihn auf Annas Computer gefunden. Deswegen ist es unwahrscheinlich, dass er sich mit ihr verabredet hat. Viele Spuren, aber nichts Konkretes. Bei einer Siebzehnjährigen, die verschwindet, müssen wir außerdem noch eine Sexualstraftat ins Kalkül ziehen.«

»Deswegen habe ich die Kollegin Meisinger bereits gebeten, die einschlägig bekannten Sexualstraftäter in Thüringen auf ihr Alibi hin überprüfen zu lassen.«

»Ach ja, der IT-Mann in Erfurt hat mir noch Annas WhatsApp-Verkehr mit Stein geschickt.« Remde warf ein paar Blätter auf den Tisch. »Sie hat von Steins Drogengeschäften gewusst, auch wenn ihr die Dimension wohl nicht klar war.«

»Und, was hat sie dazu gemeint?«

»Sie fand das gar nicht gut. Sie bettelte ihn richtiggehend an, damit aufzuhören. Einmal schreibt sie sogar: *Maximilian, ich mach mit dir Schluss, wenn du damit nicht aufhörst*, oder: *Du machst andere Leben kaputt, so einen will ich nicht als Freund …*«

»Von wann sind die Nachrichten?«

»Von vor vier Wochen, drei Wochen. Hm. Ist irgendwie merkwürdig, dass sie zwar ankündigt, Schluss mit ihm zu machen, es dann anscheinend aber doch nicht tut. Der hat ja mit dem Dealen nicht aufgehört, wie wir wissen.«

»Vielleicht hat er sie ja angelogen. Oder sie liebt ihn und kommt nicht von ihm los«, meinte Hoppe. Remde machte eine wegwerfende Handbewegung. Ihm wurde das Ganze zu gefühlig. Über Liebe mit Hoppe zu reden war nicht sein Ding. »Ich muss jetzt zu unserem Pressefritzen.«

Hoppe ging mit Woltmann ins Großraumbüro, wo Meisinger, Scholz und einige andere Kollegen an Computern saßen. Annas Verschwinden war weiterhin Stadtgespräch. Manche Eltern brachten ihre Kinder jetzt in die Schule oder holten sie von dort ab, obwohl diese ihren Schulweg schon seit langem alleine meisterten. Neben dem spektakulären Verschwinden musste sich die Kripo auch noch mit anderen Fällen befassen und ihre alltägliche Arbeit erledigen. So lag ihr eine anonyme Anzeige gegen Lothar Iffland vor, den Betreiber eines Ruhewalds im Weimarer Land. Angehörigen berechnete Iffland eine Sargfeier, die Verbrennung von Sarg und Leiche im Krematorium sowie die Urnenbeisetzung. In Wirklichkeit, so der anonyme Briefschreiber, würde Iffland die Leichen jedoch in vier Meter Tiefe verscharren und eine Urne mit Asche aus seinem privaten Kamin darüber beisetzen. Diese Urne grübe er dann einige Wochen später wieder aus, um sie erneut zu verkaufen. Um diesen Fall von der Entführung abzutrennen, bildete Remde eine Sonderkommission »Anna«: Hoppe, Scholz, Meisinger, Woltmann und er selbst kümmerten sich ausschließlich um den Fall der Schülerin. Die anonyme Anzeige gegen den Bestatter und die täglichen Fälle von Diebstahl, Sachbeschädigung und häuslicher Gewalt bearbeiteten hingegen die restlichen Kriminalbeamten.

»Schaut mal hier, das muss er sein!«, rief Meisinger. Ihre Kollegen erhoben sich vom Schreibtisch und stellten sich hinter Meisinger, um auf ihren Bildschirm zu sehen. Bruce Bradley stand da unter einem Porträtfoto einer amerikanischen Firma für digital gesteuerte Regentonnen. Das längliche Gesicht und der dünne Schnurrbart ließen keinen Zweifel zu. Den Herrn der Regentonnen hatte Hoppe schon einmal gesehen. In Anna Kellermanns Papierkorb, auf einem zerrissenen Foto, dessen Schnipsel sie wieder zusammengesetzt hatte.

21

Mai 1946, Buchenwald, Männerlager

Wen der NKWD nach Abzug der Amerikaner ab dem Sommer 1945 ins Lager Buchenwald einwies, der lebte auf blutigem Boden. Schläge, Tritte, Peitschenhiebe, Gewehrkugeln – der einst im KZ Buchenwald von den Nazis eingeforderte Blutzoll war hoch gewesen. Zehntausende waren hier gestorben. Auch die Erde um das Lager herum war von Blut durchtränkt. Vor allem jüdische Häftlinge hatten unter der barbarischen Folter der SS die betonierte Zufahrtsstraße zum Lager gebaut. Wer zu fliehen versuchte, starb im Kugelhagel oder war den eigens dafür abgerichteten Hunden eine willkommene Beute. So manche Flucht war keine, sondern eine auf diese Weise getarnte Mordaktion der SS. Als die Front näher rückte, schickten die SS-Leute Häftlinge aus anderen Konzentrationslagern auf endlose Märsche. Märsche, die die Greueltaten und die wahre Zahl der Häftlinge in den Lagern verdecken sollten. Märsche, die auch nach Buchenwald führten. Märsche, die für viele den sicheren Tod bedeuteten, weil sie zu schwach dafür waren. Skrupellos schossen SS-Leute diejenigen nieder, die ihren Befehlen zu folgen nicht mehr in der Lage waren. Kurz vor der Befreiung des KZ Buchenwald versuchte die SS, das Lager zu evakuieren und auch dessen Häftlinge auf Märsche zu schicken. Viele widersetzten sich. Viel Blut floss. Die Erde war rot. Fortan und für alle Zeiten warf der Berg, auf dem Buchenwald lag, einen langen Schatten auf Weimar, die Stadt im Tal.

Von alldem wissen Gustav Schlüter und Jürgen Lehmann jedoch so gut wie nichts. Dass Feinde des Führers in Arbeitslager gekommen waren, davon haben sie gehört. Die militärische Niederlage des Deutschen Reichs war auch keine Überraschung mehr. Doch was kam danach? Sie beide steckte man schon bald nach Kriegsende ins Gefängnis, danach brachte man sie in dieses Lager. Keinerlei Informationen dringen zu ihnen, wie es um das Deutsche Reich steht. Hatten sich die Amerikaner und mit ihnen die Briten und Franzosen mittlerweile wieder komplett in ihre Länder zurückgezogen? Gibt es das Deutsche Reich nicht mehr, und ist es komplett an die Kommunisten, an die Sowjetunion übergegangen? Sie haben den Winter im Lager überlebt. Obwohl es so gut wie kein Heizmaterial gab und sie Tag und Nacht froren. Obwohl es an manchen Tagen als einzige Mahlzeit eine Suppe gab, die kaum mehr als warmes Wasser war. Obwohl deswegen viele an Dystrophie, Tuberkulose, Lungenentzündung, Ruhr oder einer anderen Krankheit gestorben sind. Jeden Tag, im Morgengrauen, zogen Häftlinge eine Karre zu den Baracken, um die Toten dort einzusammeln. In einem Waldstück am Lagerrand warfen sie die Leichen in eine Grube. Weil sie dem Bestattungskommando angehörten, bekamen diese Häftlinge etwas mehr zu essen als die anderen.

Sie haben überlebt. Aber wozu noch leben, wenn es diese Art von Leben ist? Was sie und viele andere Häftlinge am meisten plagt, ist die ihnen auferlegte Monotonie. Sie haben nichts zu tun. Die einzige Abwechslung stellt die Kultura dar, eine Theatergruppe männlicher Häftlinge, die ab und zu Szenen aus Goethes *Faust* aufführt. Kartenspiele, die die Häftlinge vielleicht ablenken könnten, sind verboten. Freies Bewegen ist nur in einem engen, genau festgelegten Gebiet des Lagers möglich. Andere Räume als ihre eigene Baracke dürfen sie nicht betreten. Einzig Schachspielen ist erlaubt, was aber viele bald überfordert. Denn durch das Nichtstun und Nichtdenken stirbt auch der Geist ab. Das Einzige, an was man denkt, ist die eigene Person. Man zählt die Finger, um die Zeit totzuschlagen. Man knabbert Fingernägel, um das ständige Hungergefühl auszutricksen. Viele Häftlinge stieren vor sich hin und brummeln unverständliche Laute. Andere laufen wie Tiere im Zoo in einigem Abstand zum Stacheldrahtzaun stundenlang auf und ab. Am schlimmsten sind jedoch die Parolen, die immer wieder zu hören sind. Sie drehen sich um ein einziges Wort: Entlassung! Angeblich steht diese bevor. In zwei Tagen! In fünf Tagen! Dann warten sie mit einer nicht mehr für möglich gehaltenen Hoffnung auf den angesagten Tag. Aber die Entlassung findet nicht statt. Die Meldung ist aus der Luft gegriffen. Die Hoffnung stirbt, das seelische Loch wächst wie ein Krater, in den sie bald hineinstürzen. Am Fuße des Kraters wohnt der Wahnsinn, der sie mit gierigen Armen umfängt. Der ihnen ins Ohr flüstert: Du kommst hier niemals mehr raus! Der sie sinnlos auf und ab laufen lässt wie die Marionetten eines absurden Theaterstücks.

Jürgen und er haben überlebt. Nicht nur weil sie aufgrund ihrer Jugend körperlich stabiler als die Älteren sind. Auch weil sie sich gegenseitig Rätsel aufgeben, zum Nachdenken anregen und sich kleine Beschäftigungen ausdenken, um ihren Geist wach zu halten. Vor allem eine gedankliche Aufgabe schenkt ihnen die Energie, die sie von vielen im Lager unterscheidet: der Plan zur Flucht! Viele heimliche Gespräche führen sie über das Wie und Wann und Wo. Sie weihen einige andere ein, denen es gelungen ist, im Lager Arbeit zu finden: Manche schärfen Messer für die Küche, andere stellen Rasiermesser oder Haarschneidemaschinen her, wieder andere produzieren Scheren, medizinische Instrumente oder gravieren die Doppelflinten des Natschalniks, des Lagerleiters, der ein leidenschaftlicher Jäger ist.

Jürgen besitzt trotz seiner Jugend erstaunliche technische Kenntnisse. »Hab ich von meinem Vater geerbt, das handwerkliche Geschick, der war Elektriker«, sagt er, als er Gustav die mit Gummiflecken präparierten Handschuhe zeigt. Dank ihnen vor Stromschlag geschützt, will er den elektrisch geladenen Zaun anfassen und auseinanderschneiden.

Als sie alle notwendigen Materialien beisammenhaben, braucht es nur noch einen geeigneten Zeitpunkt. Ganz früh am Morgen eines nebligen Tages wollen sie fliehen. Die russischen Aufseher in den Wachtürmen sind dann, so hoffen sie, vom Wodka der Nacht angeschlagen und weniger aufmerksam. Außer Jürgen und ihm wagen noch fünf weitere Häftlinge die Flucht, nämlich die, die beim Beschaffen der Materialien geholfen haben. Diese Verbündeten zu gewinnen ist im Vorfeld die schwierigste Aufgabe gewesen. Wer andere hinsichtlich einer Flucht anspricht, muss damit rechnen, verpfiffen zu werden. Die Lagerleitung verspricht denen Privilegien, die auf diese Weise mit ihr kooperieren. Misslingt die Flucht, bestraft die Lagerleitung alle, auch die Unbeteiligten. Zum Beispiel durch Essensentzug. Das schürt eine ungute Stimmung unter den Häftlingen, führt zu Hass und Prügelattacken gegenüber denen, die an Flucht denken und sie planen. Wer dann bei der Flucht erwischt wird, kommt erst einmal für längere Zeit in einen ganz besonderen Bereich des Lagers: in den Isolator.

Alles ist im Vorfeld gutgegangen. Jetzt ist der neblige Morgen gekommen. Während die Mithäftlinge noch schlafen, huschen Jürgen, er und die anderen fünf aus der Holzbaracke, in die man sie Anfang des Jahres verlegt hat. Alles läuft nach Plan. Sie durchtrennen die drei Zäune der Lagerumgrenzung, schlüpfen durch die Löcher. Das grelle Scheinwerferlicht dringt nicht durch den Nebel. Als sie den Bretterzaun überwunden haben, rennen sie los. Kein Schuss fällt, keine russischen Kommandos sind zu hören. Sie rennen durch den schier endlosen Wald und schauen sich manchmal ungläubig an. Soll es wirklich so einfach gewesen sein?

»Mann, Jürgen, warum sind wir nicht schon früher geflohen?« Er bekommt kaum Luft, spürt aber mit jedem Schritt in die Freiheit ein immer stärkeres Beben in sich. Ein unbeschreibliches Glücksgefühl erfüllt ihn. Frei! Endlich! Dann reißt es ihn zu Boden. Die gefletschten Zähne bohren sich erst in seinen Oberschenkel, dann in den rechten Arm, den er schützend über den Kopf hält. Er ist wieder da. Der Osteuropäische Schäferhund. Natürlich haben sie bei den Vorbereitungen auch an ihn gedacht. Mit einer Tuchschere wollten sie sich seiner erwehren. Einer von ihnen hat sie aus der Schneiderei geschmuggelt. Doch jetzt, als die Situation real ist, wirkt die Idee wie der Versuch, die Saale mit einem Teelöffel am Fließen zu hindern. Als Jürgen die Schere hervorkramt und auf den Schäferhund einzustechen versucht, reißt ihn ein zweiter Hund nieder. Er sieht, wie Jürgen um sein Leben kämpft. Ein ganzes Rudel dieser Tiere fällt auch die anderen Fluchtkameraden an. Sein eigener Arm blutet von den Bissen, der Schäferhund würgt Fetzen seines Hemdes hinunter. Wo sind diese Hunde nur die ganzen Monate über gewesen? Oder haben sie das Bellen außerhalb des Lagers etwa stets überhört, um nicht den Mut zur Flucht zu verlieren?

Ein Bild, ein kurzer Traum überkommt ihn. Er sieht die Toten, die im Waldstück des Lagers verscharrt sind, aus ihren Gruben emporsteigen. Ihre langen Schatten zwängen sich zwischen den Buchen hindurch bis zu ihm, dessen armselige Kleidung von immer mehr Blut durchtränkt wird. Sie strecken ihre Arme nach ihm und seinen Kameraden aus, um sie hinabzuziehen in ihr Todesreich. Abwehrend streckt er ihnen seine Hände entgegen, die, blutverschmiert, rot leuchten.

Nach den Hunden kommen die Soldaten. Sie sehen noch eine Weile zu, wie sich die wütenden Tiere in die Häftlinge verbeißen. Erst als sich der Natschalnik nähert, treiben sie die Hunde zurück. Alle sieben Flüchtlinge liegen bewusstlos oder stöhnend zwischen den hochgewachsenen Buchen. Der Nebel hat sich verzogen. Aus dem Osten blinzelt höhnisch ein Sonnenstrahl zwischen den Baumstämmen hindurch und spiegelt sich in den von Blut verschmierten Gesichtern der Häftlinge. Wieder einmal sickert Häftlingsblut in die Erde des Buchenwalds.

Die Soldaten werfen die Häftlinge auf einen Lastwagen und fahren sie ins Lager zurück. Dort kommen sie in den Isolator, ein streng von den Baracken abgeschirmtes Gebäude mit vollkommen dunklen Einzelzellen. Im Dezember desselben Jahres verüben andere Häftlinge einen weiteren Fluchtversuch. Auch sie scheitern. Als Folge davon schließt der Natschalnik die Kultura, die fast einzige Abwechslung im sinnentleerten Lageralltag. Die Tage dehnen sich noch mehr. Die Hände haben immer häufiger zehn Finger, und die Nägel schmecken bitterer denn je.

Mai 1946, Buchenwald, Frauenlager

Die Frauenbaracken im Lager sind streng von denen der Männer getrennt. Auf den Kontakt mit männlichen Häftlingen, sollte er sich zufällig bei der Arbeit in der Küche, beim Reinigen oder in der Schneiderei ergeben, stehen hohe Strafen. Vor vier Wochen hat man Katharina Lempertz und ihre Mutter vom Lager Ketschendorf nach Buchenwald überstellt.

Sie ist froh, in der Schneiderei arbeiten zu können. Als Schauspielerin kennt sie sich mit Mode aus. Auch wenn das, was sie hier zu verarbeiten hat, alles andere als modisch ist. Den Uniformen der sowjetischen Aufpasser sind abgerissene Knöpfe anzunähen, zerrissene Hosenböden zu flicken oder wollene Socken und Mützen zu stricken. Doch die Tage gehen so schneller vorbei.

Katharina Lempertz glaubt, dass sie und ihre Mutter bald entlassen werden. Gegenüber den anderen Mitgefangenen verhalten sie sich distanziert. Sie bemerken wohl, wie sich unter den Frauen im Lager verschworene Gemeinschaften bilden. Sie, Tochter und Mutter, sind eine eigene Gemeinschaft. Sie teilen sich ein Doppelstockbett in der Steinbaracke. Ihre Mutter bekommt immer wieder Weinkrämpfe. Der Tod ihres Mannes Alois, so ganz ohne Abschied, macht ihr zu schaffen. Wenn das so weitergeht, besteht die Gefahr, dass ihre Mutter dem Wahnsinn verfällt. Auch körperlich schwächelt sie. Vor allem verstummt sie immer mehr. Der Tod von Alois hat ihr, wortwörtlich, die Sprache verschlagen. Kaum vorstellbar, dass sie den nächsten Winter überleben wird. Jetzt ist ihre Mutter eingeschlafen. Sie bettet sie sanft und steigt auf das obere Bett. Dort wartet sie, bis die anderen Frauen ebenfalls schlafen. Dann zieht sie aus ihrem Mantelsaum zwei Dinge hervor. Als Erstes die Scherbe eines Spiegels. Auch wenn es im Raum dunkel ist, sieht sie in den Spiegel. Sie glaubt, das Funkeln ihrer Augen darin wahrzunehmen. Ihr langes goldblondes Haar, das den Männern schon so oft den Verstand geraubt hat, haben ihr die Aufseherinnen in Ketschendorf beim Eintritt ins Lager zwar geschoren. Aber ihre himmelblauen Augen leuchten trotz der schweren Zeit im Lager verführerisch, wenn es sein muss. Dann zieht sie den kleinen metallenen Gegenstand hervor und beginnt zu feilen. Sie braucht nichts zu sehen. Sie hat Intuition, sie ist erfahren. Das genügt. Erst die Fuß-, dann die Fingernägel. Ja, sie weiß um ihre Waffen. Ihre Gelegenheit wird kommen.

22

Anna Kellermann war seit mehr als vierzig Stunden verschwunden. Die Fenster im Besprechungssaal der Weimarer Kripo standen weit offen. In der Ferne war ein Donnern zu hören, die Hitze der letzten Tage wollte sich entladen. Die Sonderkommission »Anna« trug alle Erkenntnisse zusammen, die zu Klaus Bachmann, Bruce Bradley und Maximilian Stein vorlagen.

Klaus Bachmann war untersetzt, hatte eine Hühnerbrust und ein pockennarbiges Gesicht. Der Sturz von einer Wendeltreppe hatte dem Heranwachsenden zusätzlich noch eine lange Narbe auf der linken Stirnhälfte beschert. Als Chefarztsohn besuchte er das private katholische Gymnasium Johanneum im saarländischen Homburg. Doch die religiöse Ausrichtung der Schule weckte im Laufe der Jahre in ihm den Widerspruchsgeist gegen alles, was ihn bis dahin geprägt hatte: das konservative Weltbild des Elternhauses, katholische Sexualmoral, bürgerliches Karrierestreben. Mit achtzehn Jahren brach er wenige Monate vor den Abiturprüfungen die Schule ab, plünderte sein dank Geburtstagsgeschenken reich bestücktes Sparbuch und tingelte durch die halbe Welt: Chile, Guatemala, Thailand, Südafrika. Als seine finanziellen Reserven aufgebraucht waren, eröffnete er zusammen mit zwielichtigen Geschäftspartnern aus Rumänien und Russland in Saarbrücken eine Import-Export-Firma für Baumaschinen und Nutzfahrzeuge. Die Radlader, Kettenbagger und Pritschenwagen verkauften sich gut. Ein paarmal gab es Ärger mit dem Finanzamt, Strafzahlungen, auch ein Gerichtsverfahren. Unklar blieb seine Rolle in einem Konflikt, bei dem die Polizei einen Rumänen in einer Blutlache auf seinem Firmengelände fand. Mit seinen Geschäften brachte er es zu einem gewissen Wohlstand. Sogar den Kontakt zu seinen Eltern und Geschwistern, die er wegen ihrer Lebensweise geringschätzte, nahm er zu Weihnachten und Geburtstagen wieder auf. Dann kam der alkoholbedingte Unfall, die Rentnerin, die dabei starb, die Fahrerflucht. Seine russische Lebensgefährtin wandte sich von ihm ab. Als der Prozess begann, war er völlig vereinsamt, trank mehr als je zuvor. Vom Gerichtssaal ging es direkt ins Gefängnis. Die Versuche, seine alten Geschäftskontakte nach der Haft wiederzubeleben, scheiterten. Mit dem wenigen Geld, das ihm verblieben war, eröffnete er einen Handel mit Socken und Schals. Er baute seinen Stand auf Wochenmärkten im Saarland und an der Mosel auf, schlitterte aber schon bald in die Insolvenz, auch privat.

Der Homburger Kripochef Rudi Bossong und seine Kollegin Marion Anstadt trafen Klaus Bachmann in Limbach, einem Ort in der Nähe der Kreisstadt, an. Bachmann war dort Hilfsarbeiter in einem Gestüt. Sie befragten ihn, während er die Ställe ausmistete, unter den neugierigen Augen und großen Ohren seines Chefs. Bachmann arbeitete täglich im Gestüt, nur am Tag des Verschwindens von Anna Kellermann hatte er seinen freien Tag gehabt. Den gab er an, in seiner Wohnung an der Kaiserstraße verbracht zu haben, einer viel befahrenen Durchgangsstraße von Limbach. Angesichts der Entführung von Anna Kellermann interessierten sich die Kripoleute auch für die weitläufigen Stallungen. Der Besitzer zeigte sie ihnen. In den Pferdeboxen entdeckten die Ermittler viele lose Holzplanken. Sollte sich irgendwo darunter ein Versteck befinden? Um das zu überprüfen, bedurfte es eines Durchsuchungsbefehls und eines systematischen Vorgehens, auch in den Nebengebäuden. Sie fuhren zu Bachmanns Wohnung. Die Nachbarn hatten ihn am Tag von Annas Verschwinden nicht bewusst wahrgenommen. Aber das taten sie nie. Er sei ein Eigenbrötler, sagten sie. Fakt war: Bachmann war ohne Alibi.

Bruce Bradley verlegte seinen Regentonnen-Radius in der Zwischenzeit vom Allgäu in die Oberpfalz. Aber auch die Oberpfalz bereiste er von München aus. In Amberg war ihm ein geschäftlicher Coup gelungen: Ein Gartenmarkt kaufte ihm, nach Rücksprache mit der Zentrale, gleich einhundert digital gesteuerte Regentonnen ab. Die Chefin schilderte Bradley als freundlichen und dynamischen jungen Geschäftsmann. Bei einem Kaffee habe er ihr seine Arbeitsweise geschildert. Wenn er nicht auf Achse sei, also vor allem am Abend, mache er seine Buchhaltung, koordiniere Termine, telefoniere mit der Zentrale in den USA. Konnte so jemand nebenbei noch eine Siebzehnjährige entführen und irgendwo verstecken? Oder sie gar ermorden? Zumindest deutete das zerrissene Fotoporträt in Annas Papierkorb in diese Richtung. Denn sie hatte es in zeitlicher Nähe zu ihrem Verschwinden zerrissen. Motive für eine Konfrontation Bradleys waren gleich mehrere denkbar: ein unerfülltes sexuelles Begehren Anna gegenüber, der Wunsch, Macht über sie auszuüben, Rachegedanken, weil er wegen ihr in den USA in Untersuchungshaft saß. Oder aber er wollte dafür sorgen, dass sie definitiv nie in seiner Angelegenheit aussagen würde.

Maximilian Stein gab in den Verhören, die der Leipziger Kripochef Jörg Haller persönlich mit ihm führte, nur wenig preis, was seine Drogengeschäfte betraf. Trotz seiner jungen Jahre wusste er, dass er sich dazu aus juristischen Gründen nicht äußern musste. Ein wenig redseliger zeigte er sich im Hinblick auf Anna Kellermann. Ja, sie seien befreundet gewesen. Nein, sie habe nichts von seinen Drogengeschäften gewusst. Ja, er habe sich mit ihr am Tag ihres Verschwindens getroffen. Mittags, vor der Schule, als sie eine Freistunde hatte.

Er habe sie vorne auf ihr Fahrrad gesetzt, und sie seien spaßeshalber ein Stück weit gefahren. Angesprochen auf die Telefonate mit Anna in der Zeit zwischen dreizehn und einundzwanzig Uhr zwanzig, behauptete er, nur über Belangloses mit ihr gesprochen zu haben. Hier taten sich Widersprüche auf. Denn ein Mitschüler hatte die beiden am Mittag zwar in besagter Freistunde gesehen, wie Woltmann und Scholz bei ihren Befragungen herausfanden. Aber Anna sei zu Maximilian Stein ins Auto gestiegen, wo sie sogleich heftig gestritten hätten. Schwer belastet wurde Stein auch durch die Ergebnisse der kriminaltechnischen Untersuchungen, die inzwischen vorlagen: Auf der Spraydose, mit der das signalrote Graffito am Supermarkt mit hoher Wahrscheinlichkeit gesprüht und die im Waldstück am Klinikum im Gebüsch gefunden worden war, fanden sich verschiedene Fingerabdrücke, darunter auch seine; in Steins Auto entdeckten die Spurensucher zudem Blutspuren von Anna Kellermann. Stein, damit konfrontiert, behauptete, Anna habe Nasenbluten gehabt. Fingerabdrücke auf der Spraydose, ja, er erinnere sich, bei seinem letzten Weimar-Besuch in einem Baumarkt nach einem Lackierspray für seine Yamaha geschaut zu haben. Gut möglich, dass er dabei eine solche Dose auch in der Hand gehalten habe. Die Aussage fiel in sich zusammen, als kurz darauf auch die Reifen und der Innenraum seines Autos überprüft waren: Der Waldboden am Klinikum war trotz der sommerlichen Hitze morastig. Am Tag vor Annas Verschwinden war ein wolkenbruchartiger Regen über Weimar niedergegangen und hatte in der erdigen Fahrrinne des Wäldchens kleine Tümpel gebildet, die nicht so schnell verdunsteten. Und in Steins Reifen, den Radkästen wie auch auf dem Boden seines weißen Audis ließen sich trotz der Fahrt nach Leipzig eindeutig Reste von der Erde im Wäldchen am Hypothekenhügel nachweisen. Stein war demnach mit seinem Auto in besagtem Waldstück gewesen, sehr wahrscheinlich am Tag von Annas Verschwinden. Er verstummte, beantwortete keine Fragen mehr. Er wollte seinen Anwalt sprechen.

»Der Kollege Haller hat noch etwas anderes in Steins Wohnung entdeckt«, sagte Hoppe. »Eine Mappe, auf der Annas Name handschriftlich geschrieben steht. Darin finden sich Kopien von Tierschutzorganisationen und eine Reihe Broschüren. Zum Beispiel zu Nerzfarmen in Dänemark.«

»Na und?« Remde spielte mit den Fingern auf der Tastatur seines Computers.

»In der Mappe sind auch Wegskizzen und grobe Grundrisse von einigen dieser Nerzfarmen. Gerade so, als wollte jemand diese aufsuchen.«

»Warum sollte er das tun?«

»Um die Nerze zu befreien. Ist zumindest nicht auszuschließen.«

»Und das soll die siebzehnjährige Schülerin vorgehabt haben? Ach was, das führt uns jetzt zu weit weg. Wir haben genug Spuren, die wir erst mal abarbeiten sollten.«

»Chef, es gibt noch eine weitere Spur.« Hoppe nickte Nicole Meisinger auffordernd zu.

»Ich habe inzwischen alle verurteilten, aber sich derzeit nicht im Gefängnis befindlichen Sexualstraftäter in Thüringen auf ihr Alibi hin überprüft. Oder besser: überprüfen lassen. Von den Kollegen in den zuständigen PIs. Und der hier hat kein Alibi für den Zeitraum von Annas Verschwinden.«

Meisinger reichte Remde ein Blatt.

»Detlef Zeller, geboren am zehnten Mai 1967 in Blankenburg, aktueller Wohnort Suhl, Beruf Schiffskoch. Ledig«, las Remde vor.

»Anna passt in sein Beuteschema. Er saß schon insgesamt zehn Jahre im Knast wegen vollzogener wie auch versuchter

Vergewaltigung an zwei Schülerinnen. Die eine war fünfzehn, die andere siebzehn. Außerdem hat er sich mehrmals auf Kinderspielplätzen exhibitioniert. Nach seinem Alibi befragt, hat Zeller gegenüber unseren Suhler Kollegen behauptet, den besagten Abend in seiner Wohnung zugebracht zu haben. Wegen einer Sommergrippe sei er im Bett gewesen. Bezeugen kann das niemand.«

»Ja, und? Wenn der alleine lebt, kann er keine Zeugen haben. Wir müssen uns jetzt doch nicht auch noch künstlich Verdächtige erschaffen, Mann!«

»Schon, aber sein weißer Subaru ist völlig verdreckt. Mit schwarzem Schlamm. Waldbodenschlamm. Sein Reifenprofil ist zudem mit dem identisch, das wir im Waldstück am Weimarer Klinikum vorgefunden haben«, sagte Meisinger.

»Dann müssen wir allerdings an Zeller dranbleiben. Das reicht vielleicht sogar für einen Haftbefehl. Ich kümmere mich darum, falls der wirklich zu dieser Zeit in Weimar war.« Remde suchte die Nummer des für Zeller zuständigen Richters im Computer, um diesen unmittelbar nach der Besprechung anzurufen. »Ich fasse also zusammen. Wir haben diesen kriminellen Onkel von Anna im Saarland. Wir haben diesen notgeilen Ami und diesen Drogenhändler in Leipzig. Wir haben zudem vielleicht irgendwelche Nerzfarmbesitzer. Wobei ich das eher ausschließe. Und jetzt haben wir auch noch einen in Thüringen lebenden Sexualstraftäter, der sich auf Minderjährige spezialisiert hat. Mann, so langsam reicht's mit den Verdächtigen!«

Hoppe trug auf ihrer Landkarte Suhl ein und ergänzte die Liste der Verdächtigen um den Namen Zeller. Remdes Telefon läutete. Heiko Denninger vom Landeskriminalamt war dran.

»Bei der Familie Kellermann hat sich der Erpresser wieder gemeldet. Wir haben das Gespräch aufgezeichnet. Ich sende es

Ihnen sofort als Mail-Anhang zu. Wir sind dran, die Herkunft des Anrufs herauszufinden, und melden uns, sobald wir was wissen.«

Remde starrte auf den Computer. Der Erpresser! Den hatte er bei seiner Auflistung vorher ganz vergessen. Noch war nicht klar, ob er mit einem der Verdächtigen identisch oder noch ein zusätzlicher Verdächtiger war. Zehn Sekunden später war die Mail da. Der Erpresser forderte dreißigtausend Euro. Auf dem gleichen Weg wie beim letzten Mal. Natürlich keine Polizei. Nur sollte Hagen Kellermann dieses Mal mit dem Auto nach Jena fahren. Genauere Anweisungen, wo er dort das Geld deponieren sollte, würden folgen.

»Der ist auf den Geschmack gekommen. Weil's gestern so problemlos lief!« Remde und Hoppe sprangen auf. Sie mussten Kellermann noch mit einem Sender, einer Minikamera, einem versteckten Mikrofon ausstatten.

»Hört euch noch mal die Aufnahme an, Scholz, Woltmann, da war was im Hintergrund zu hören!«, rief Remde im Hinausstürmen.

Wieder und wieder hörten Scholz und Woltmann den Text ab, vorgetragen von einer jungen Stimme, gedämpft und verfremdet vermutlich durch ein Tuch über dem Mikrofon. Sie hörten schließlich, wie der Anrufer sich an eine zweite Person wandte, wohl in dem Glauben, er habe das Gespräch bereits beendet. Die Worte waren unverständlich, von einem Rauschen übertönt. Aber ein einziges war klar herauszuhören: »Papa«. Gesprochen war das Wort in einem beschwörenden Duktus, als ob jemand seinen Vater verzweifelt um etwas bat.

23

Ein Mann lag in einem Gebüsch in Schwabing und spielte Indianer.

Schwabing. Münchens berühmtester Stadtteil. Treffpunkt der Maler und Dichter in der Prinzregentenzeit; Sammelpunkt für die Akteure der Räterepublik; Ort Lenins, Hitlers und der Geschwister Scholl. Und heute? Alte Bausubstanz gepaart mit dem spröden Charme der Nachkriegsarchitektur. Singles und Doppelverdiener ohne Kinder in der Überzahl. Mehr Autos als Parkraum. Ein Stadtteil ohne Zentrum. Wer Geld hatte, viel Geld, kaufte sich in Schwabing eine Wohnung. Um selbst darin zu wohnen oder als Renditeobjekt. Exklusive Villen mit parkähnlichen Grundstücken, altem Baumbestand? Die gab's in Bogenhausen. Oder in Grünwald, vor den Toren der Stadt im Süden. Aber auch in Schwabing gab es sie, im nördlichen Teil. Biedersteiner Straße, Osterwaldstraße, in diesen schlauchförmigen Alleen fanden sich bemerkenswerte Villen. Nicht wenige grenzten an den Englischen Garten, gingen manchmal sogar in ihn über.

Ein Mann lag in einem Gebüsch in Schwabing und spielte Indianer. Seit Stunden schon. Jetzt wartete er auf den Einbruch der Dunkelheit. Er beobachtete vom Englischen Garten her eine dieser exklusiven Villen in der Osterwaldstraße, errichtet im Bauhausstil. Es war einer der längsten Tage im Jahr. Grillen begannen ihr Konzert, eine Amsel ließ sich in einem Ahornbaum nieder und wippte aufgeregt mit dem Schwanz auf und ab. Im Wohnzimmer der Villa bewegte sich auch etwas. Durch die geöffnete Tür zur Terrasse hörte er die Erkennungsmelodie des Heute-Journals. Aus einem Beutel zog er ein kleines Fernglas. Er erkannte eine Frau um die fünfzig, solariumgebräunt, das dunkelblonde Haar so lang wie das einer Schülerin. Sie trug einen azurblauen Seidenkimono. Im hinteren Bereich des überdimensionalen Wohnzimmers war eine Bar mit hohen Hockern vor einem Glastresen zu sehen. Von dort kam die Kimonofrau mit einer Flasche Dom Pérignon. Sie schenkte sich ein hochstieliges Glas ein, warf sich auf das weiße Ledersofa und trank mehrere Züge, ehe sie sich in eine Zeitschrift vertiefte. Wenige Minuten später fuhr ein Porsche Cabrio auf den Kiesweg neben dem Haus. Ein Mann Mitte fünfzig in weißen Leinenhosen und mattblauem Seglerhemd schloss das Cabrio ab und ging ins Haus. Im Wohnzimmer beugte er sich zu der Kimonofrau hinab, begrüßte sie mit Küsschen und schenkte sich gleichfalls ein Glas Champagner ein. Sie stießen an, sprachen ein paar Worte miteinander, die der Beobachter hinter dem Gebüsch natürlich nicht verstand. Das muss der Ehemann sein, sagte er sich. Die beiden bewohnten die riesige Villa alleine. Die Kinder waren erwachsen, besaßen vermutlich ihre eigene Villa. Denn Geld war in dieser Familie kein Thema. Man hatte es.

So geht das nicht, dachte er sich und schaute in seine Ledertasche. Alles, was er für sein Vorhaben brauchte, befand sich darin. Aber dazu musste die Frau alleine zu Hause sein. Morgen, ganz früh, würde er wieder Stellung beziehen. Er schlich sich zu seinem weißen VW Transporter, der ein paar Straßenzüge weiter parkte. In seinem geräumigen Laderaum würde er die Nacht verbringen. Niemand konnte in den hinteren Teil des Kastenwagens hineinblicken. Morgen würde er einen neuen Versuch starten. Er legte die Ledertasche in den T5 und lief dann zur Münchner Freiheit. Döner, Pizza, Burger. Wenn er schon mal hier war, wollte er auch bayerisch essen. Eine Schweinshaxe wär doch mal was. Aber es dauerte, bis er ein Lokal mit bayerischer Kost fand, das keine unverschämten Preise verlangte. War gar nicht so einfach. Mitten in München. In Schwabing.

24

Auch die dreißigtausend bekam Kellermann problemlos in seiner Sparkasse ausbezahlt. Frau Zeitler bemerkte die ungewohnte Nervosität des Unternehmers, auch war ihr bekannt, dass seine Tochter als vermisst gemeldet worden war. Aber sie blieb diskret, seriös, kundenorientiert. Ihr gegenüber musste Kellermann auch dieses Mal nicht erklären, wofür er das Geld brauchte. Es war sein Geld, nicht das der Sparkasse. Sein Privatkonto war reich gefüllt. Das Geschäftskonto sowieso. Zwieback hatte immer Konjunktur.

Remde und Hoppe, die erst vor wenigen Minuten mit Kellermann telefoniert und nun in der Sparkasse eingetroffen waren, baten ihn in ein Zimmer, das ihnen der Sparkassenchef sofort bereitstellte. Eine Minikamera hatten die beiden Beamten auf die Schnelle nicht zur Verfügung gehabt, dafür aber einen Minisender. Sie befestigten ihn auf der Rückseite von Kellermanns Sakko-Revers. Ein kurzer Test, ob die Übertragung funktionierte, dann brauste Kellermann nach Jena, Remde und Hoppe in einigem Abstand hinterher. Die IT-Abteilung im LKA arbeitete gleichzeitig auf Hochtouren. Noch auf der Fahrt nach Jena erfuhren sie, dass der Erpresser erneut angerufen und sich dabei im oder in der Nähe des Audimax der Technischen Universität Ilmenau befunden hatte. Allerdings musste er das Handy danach zerstört oder den Akku herausgenommen haben, denn es sandte keinerlei Signale mehr.

»Das ist ein Profi!«, sagte Heiko Denninger. »Der weiß genau, wie schnell wir ihm sonst auf der Fährte sind. Der operiert mit mehreren Handys.«

Hoppe und Remde passierten das Ortsschild von Jena und hörten über den Sender, wie Kellermanns Handy klingelte.

»Ja?«

»Das Geld bringen Sie in die Goethe Galerie«, sprach die gedämpfte junge Stimme. »Dort stecken Sie das Geld in einen Umschlag und danach in eine Plastiktüte und werfen diese in der ersten Etage in den Abfalleimer vor der italienischen Eisdiele.«

»Aber ich habe keine Plastiktüte dabei!« Kellermann war ausgesprochen nervös. Aber sein schlichter Einwurf brachte überraschenderweise auch den Anrufer aus der Fassung.

»Wieso nicht? Das war doch schon letztes Mal so, ich meine …«

Ein Knacken im Hörer. Dann war kein Laut mehr zu hören. Remde und Hoppe waren schon fast an der Goethe Galerie angekommen. Kellermann bog etwa einhundert Meter vor ihnen in die Tiefgarage ein. Sie informierten umgehend die Kripokollegen in Jena, die bereits vorgewarnt und in der Innenstadt verteilt waren. In ziviler Kleidung machten sie sich auf den Weg zur Goethe Galerie. Zwei von ihnen saßen dort ohnehin schon in der zentral gelegenen Eisdiele.

Denninger gab ihnen, während sie in der Tiefgarage der Goethe Galerie einparkten, die Koordinaten des letzten Anrufs bekannt: Dieses Mal nicht aus Ilmenau, sondern aus Jena.

»Zwischen beiden Anrufen liegt eine gute Stunde. Das reicht, um von Ilmenau nach Jena zu fahren.« Hoppe sprang aus dem Wagen, um Kellermann nicht aus den Augen zu verlieren. Für sie war es nur ein kurzer Weg. Kellermann hechtete in den erstbesten Laden, einen für Dessous.

»Der Herr sucht ein Geschenk für eine Dame?« Die Verkäuferin schlug den Ton einer Bardame in einem Stripteaseclub an.

»Nein, ich nehme das hier!« Kellermann riss einen violetten BH von einem Bügel und warf ihn auf den Verkaufstisch.

»Aber, Sie schauen ja gar nicht nach der Grö…«

»Ich will das hier, verdammt! Hier das Geld!« Er knallte einen Hunderteuroschein auf den Geldteller. »Ich brauche vor allem eine Plastiktüte! Bitte, schnell!«

Die Verkäuferin bekam es nun mit der Angst zu tun und handelte wie von Kellermann gewünscht.

»Ihr Wechselge…«

Aber Kellermann war schon auf dem Weg zum Ladenausgang. Er bemühte sich nun darum, nach außen hin ruhiger zu wirken. Er fuhr mit der Rolltreppe in die erste Etage, direkt vor die Eisdiele. Dort sah er zwei Abfalleimer stehen. Verdammt, welchen von beiden meinte der Erpresser? Aber der eine, erkannte er innerhalb weniger Sekunden, war für das Personal der Eisdiele, das dort den Inhalt der Aschenbecher hineinpinselte. Also war es der andere Mülleimer, direkt dort, wo der Außenbereich der Eisdiele endete. Er lief zu ihm hinüber, schaute sich um. Ein Pärchen, beide mit gelben Kapuzenjacken, saß mit Reisekatalogen an einem Tisch neben dem Abfalleimer. Sie aßen Spaghettieis. Beobachteten sie ihn? Zum Glück klingelte bei einem der Kapuzenjacken das Handy. Der Mann nahm das Gespräch an, während die Frau sich weiterhin in einen der Kataloge vertiefte. Kellermann ging am Abfalleimer vorbei und warf den Plastikbeutel mit dreißigtausend Euro und einem violetten BH unauffällig hinein. Dann ging er weiter, umrundete den glasüberdachten Innenhof, versuchte zu erkennen, ob sich jemand dem Abfalleimer näherte.

Die bessere Position zum Beobachten hatten die Kripobeamten. Zwei von ihnen trugen gelbe Kapuzenjacken und machten auf Pärchen, das eine Reise plante. Gemütlich aßen sie ihr Spaghettieis und studierten die Kataloge, nur ab und an unterbrochen von Anrufen auf dem Handy, die der Mann annahm. Ein Mann tauchte auf, mit Basecap und Sonnenbrille. Er ging erst einmal mit einem neugierigen Blick am Mülleimer vorbei, drehte dann wieder um und griff schnell in den Abfalleimer. Doch noch ehe seine Hand wieder draußen war, verlor das Partnerlook-Pärchen das Interesse am Reisen. Sie nahmen den Basecap-Mann in den Polizeigriff, vorsichtshalber mit gezückter Waffe, und warfen ihn zu Boden. Das Basecap flog zur Seite, ein Bügel der Sonnenbrille brach. Menschen stoben auseinander, entsetzte Schreie von Passantinnen gellten durch die Galerie. Schon waren zehn weitere Kripobeamte zur Stelle, darunter Remde und Hoppe. Sie winkten Kellermann herbei, wollten gleich eine Gegenüberstellung. Der Unternehmer näherte sich, ungläubig schaute er den Erpresser an.

»Das kann doch nicht wahr sein!«, sagte Kellermann und hielt sich an der Brüstung fest.

25

Winter 1946/47, Buchenwald, Männerlager

Väterchen Frost verteilt seinen weichen Schnee übers Land. Wenn es dämmert, kommt er in die warme Stube. Die Babuschka zieht einen Bratapfel aus der Ofenröhre. Wie der duftet! Väterchen Frost beißt in ihn hinein und streckt sich dann auf der warmen Bank am Ofen aus. Eingekuschelt in die Daunendecke, trinkt er heißen Tee mit Wodka. Die Babuschka singt alte russische Lieder. Manchmal summt das Väterchen mit. Morgen muss er wieder früh sein Tagwerk beginnen. Schneeflöckchen, Weißröckchen, er ist ihr Tanzmeister.

Väterchen Frost ist ein Lügner. Der Schnee ist nur sein samtenes Tarnkleid. Was er mit sich bringt, ist eine Kälte, die alles durchdringt: Steinmauern, verfilzte Decken, Wollsocken, geflickte Jacken. Eine Kälte, die die Gehirnzellen einfriert, das Blut in den Adern stocken lässt.

Die Männer im Lager klatschen in die Hände, hüpfen auf und ab, beugen sich rauf und runter. Sie tun das, damit das Blut durch ihre Venen schießt. Wer ruht, ist dem Tode geweiht. Ein Wald voller Buchen, aber kein Holz zum Heizen. Kommt mal Kohle oder Brennholz im Lager an, braucht man es für die Lagerküche oder die Werkstätten. Mit klammen Fingern werkelt es sich schlecht.

Die Lagerleitung kürzt die Essensrationen drastisch. Kann man hungrig steigern? Hungrig, hungriger, am hungrigsten? Eher so: in den Städten und Dörfern das Hungern, im Lager das Verhungern. An manchen Tagen gibt es nicht einmal die übliche dünne Graupensuppe. Es gibt: nichts.

Auch Medikamente fehlen. Krankheiten wie Tuberkulose und Ruhr breiten sich aus. Die Leiber der Häftlinge sind übersät mit Ekzemen, Ödemen, Krätze. Das bis dahin einmal monatliche Duschen in Kompanie gibt es nicht mehr, da die Leitungsrohre eingefroren sind. Weil kein Brennmaterial vorhanden ist, entfallen auch die sonst zweimal im Monat üblichen Desinfektionen. Das Lager steht am Rande einer Epidemie. Mit ihren ausgemergelten Körpern, den knöchernen Schädeln und den löchrigen Zahnreihen wirkt das Heer der Häftlinge wie die Vorlage für ein apokalyptisches Bild von Pieter Bruegel.

Auch psychisch zerbrechen jetzt immer mehr Lagerinsassen. Die lange Zeit ohne Nachricht von den Angehörigen, das ungewisse Schicksal, die Fehlmeldungen von der bevorstehenden Entlassung – all das treibt viele Häftlinge endgültig und dauerhaft in den Wahnsinn.

»Jürgen, Junge, Mensch, du musst kämpfen!« Er klatscht dem Freund auf die Wangen. Nach ihrem Fluchtversuch sind sie fast ein halbes Jahr im Isolator gewesen, bevor sie wieder in die Holzbaracke durften. Auch dort sind sie isoliert. Wegen ihres Fluchtversuchs hat die Lagerleitung lange Zeit die Essensrationen reduziert. Für alle! Jürgen zittert ohne Unterlass vor Kälte, obwohl er alles am Leib trägt, was er besitzt: einen ausgedienten Tuchrock, von dem die militärischen Embleme entfernt sind, eine Hose, eine lange Unterhose, ein Hemd, ein Unterhemd, zwei paar Strümpfe.

»Hier, Jürgen, komm, zieh das an!« Er zieht sich bis aufs Unterhemd aus. Sein Hemd ist aus einem Kopfkissenbezug genäht. Er entkleidet Jürgen und zieht ihm das Hemd als zusätzliche Schicht gegen die Kälte über. Ein schleimiger Husten dringt aus Jürgens Kehle. Sein Atem riecht entsetzlich. Seit Tagen hat der Freund außerdem Durchfall, obwohl er kein Essen zu sich nimmt.

»Hier, iss das!« Er kramt ein Stückchen zerstoßener Holzkohle hervor und legt es ihm auf die Zunge. Er greift an Jürgens Stirn. Trotz der eisigen Kälte glüht sie. Irgendwann gleiten beide in einen erschöpften Schlaf. Jürgen erwacht nicht mehr aus ihm.

Im Lager herrscht bei Tagesanbruch eine unheimliche Ruhe. Die weiße Unschuld der frischen Schneedecke trügt. Wie ins Geschirr eingespannte Pferde ziehen acht gebeugte Männer eine zweirädrige Karre. Der Weg ist hart gefroren. Immer wieder rutscht einer von ihnen aus und schlägt auf dem eisigen Boden auf. Nur sehr langsam bewegt sich das Gefährt von der Todesbaracke zur Grube am Waldrand. Man hat den Toten die Kleider abgenommen, um sie anderen Gefangenen zu überlassen. Zwei Häftlinge steigen auf die Karre und werfen die bis aufs Skelett abgemagerten Leichen längsseitig in die Grube.

Manche Leichen verkanten sich oder drehen sich im Flug in eine andere Richtung. Dann sind die in der Grube stehenden Einbetter gefordert, die Leichen dort richtig zu positionieren. Nur so gelingt es, möglichst viele von ihnen in den Gruben unterzubringen. Angesichts der gefrorenen, schwer auszuhebenden Erde müssen sie effizient arbeiten.

Er findet in dieser Nacht keine Ruhe. Um fünf Uhr steht er auf und wartet, bis der Gespensterzug über das Gelände zieht. Gut fünfzig Meter von der Holzbaracke entfernt sieht er die Atemwölkchen der keuchenden Männer. Als Zeichen der Ehrfurcht gegenüber Jürgen zieht er seine Mütze. Ohne seinen Freund ist das Lagerleben noch schwerer auszuhalten. Der Schnee setzt wieder ein und schickt samtene Flocken über das Lager. Väterchen Frost hat eine scheinheilige Fratze. Er ist eine gottverdammte Erfindung der Bolschewiken. Väterchen Frost ist ein Mörder.

Winter 1946/47, Buchenwald, Frauenlager

Die Frauen frieren. Aber weil sie in der Schneiderei arbeiten, gibt es Spielräume. Die sowjetischen Aufseher sehen darüber hinweg, wenn die Frauen sich aus übrig gebliebenen Stofffetzen einen Rock, eine Bluse, eine Jacke nähen. Auch für sie fällt so manche Mütze und das ein oder andere Paar Socken außerhalb der offiziellen Zuteilungen ab. Die Härte des Winters macht die Aufseher weich. Auch von ganz oben drückt man ein Auge zu. Der Natschalnik erlaubt den Frauen sogar, was er den Männern vor kurzem verboten hat: das Einüben eines Theaterstücks. Der Grund, warum er das zulässt, sind zwei himmelblaue Augen, die ihn schon häufiger angefunkelt haben. Katharina Lempertz wirkt außerdem gepflegter als die anderen Frauen im Lager. Sie trägt ihm persönlich den Wunsch vor, vor ihm und dem sonstigen Lagerpersonal Theater zu spielen. Als sie sich mit einer scheinbar ungewollten Bewegung an die Brust fährt und diese nach oben schiebt, beginnt er, sie zu begehren. Weil es an Texten mangelt, üben die weiblichen Häftlinge ein pantomimisches Stück ein. Sie als Schauspielerin, die mit berühmten Regisseuren zusammengearbeitet hat, übernimmt die Leitung und die Hauptrolle. Bei der Aufführung im Kultursaal ist sie klug genug, den Natschalnik nicht allzu begehrlich anzuschauen. Nach außen hin muss der Lagerleiter als unanfechtbar, souverän, unnachgiebig dastehen. Am Tag nach der Aufführung bestellt er sie in sein Haus. Zwei Soldaten bringen sie dorthin. Mit einer Geste verscheucht er ihre Begleiter. Sie ist jetzt ganz alleine mit ihm in seinem wohnlich eingerichteten Haus außerhalb des Lagers. Durch ein Fenster sieht sie den Bretterzaun. Er kann ein bisschen Deutsch. Genug, um ihr Anliegen zu verstehen. Sie bittet ihn, ihre schwer lungenkranke Mutter freizulassen.

»Sie haben nichts von ihr zu befürchten, Hauptmann Wolkow.«

»So?«

»Sie ist stumm, sie wird niemandem etwas erzählen können.«

»Aber sie kann zeichnen, schreiben.«

»Nein, das wird meine Mutter nicht tun. Ich verbürge mich dafür. Wenn meine Mutter vom Lager erzählt, dürfen Sie mit mir machen, was Sie wollen.«

»Hahahahaha … das kann ich schon jetzt.« Er erhebt sich von seinem Stuhl und geht mit lüsternem Blick auf sie zu.

»Nur dass Sie, wenn Sie es nicht erzwingen, noch viel mehr von mir bekommen.« Sie steht auf und tritt so nah an ihn heran, dass sie seinen Atem spüren kann. Er sieht ihre perfekt gepflegten Fingernägel, ergreift ihre Hand und führt sie in sein Schlafzimmer. Als er sie nimmt und ihr dabei russische Worte ins Ohr flüstert, fühlt sie sich als attraktive Frau bestätigt. Aber das empfindet sie als normal. Das gleicht nicht aus, was Blohm ihr angetan hat. Wenige Tage später kommt ihre Mutter frei. Fortan beäugen sie die anderen Frauen im Lager argwöhnisch. Sie fragen sich, was es wohl damit auf sich hat, dass eine Gefangene einfach so entlassen wurde.

»Mutter ist nur in ein anderes Lager gekommen«, behauptet sie. So richtig glauben will ihr das niemand. Sie vermeiden den Kontakt mit ihr. So liegt sie oft alleine auf ihrer Pritsche, hört das Murmeln der anderen und beobachtet die Bettwanzen in den Mauerfugen.

26

Die Polizisten in der Goethe Galerie in Jena hatten große Mühe, Hagen Kellermann im Zaum zu halten. Eine große Menschenmenge versammelte sich an den Balustraden. Unter den Passanten machte das Gerücht die Runde, es handele sich um Filmaufnahmen. Viele zückten ihre Handys, posteten bei Facebook, ein Tatort aus Jena werde gerade gedreht. Sie seien die Ersten, die das große Geheimnis der ARD jetzt mit ihren Postings lüfteten.

»Dreckschwein! Wo ist Anna?«

Remde drängte sich zwischen die beiden Kontrahenten. Andere Beamten führten den Erpresser ab.

»Kennen Sie den Mann, Herr Kellermann?«

»Ob ich den kenne? Mann, natürlich! Das ist der Ziegler!«

»Ziegler?«

»Ja, Norbert Ziegler. Ein Abteilungsleiter in meiner Firma. Erst wollte er meine Firma mit Plastikteilen im Zwieback ruinieren. Und jetzt entführt er meine Tochter und erpresst mich.«

»Sie fahren jetzt sofort nach Weimar in Ihr Haus. Halten Sie sich dort jederzeit zu unserer Verfügung. Das mit der Geldübergabe haben Sie gut gemacht«, ordnete Remde entschieden an und gab Kellermann zum Abschied die Hand.

Woltmann rief bei Hoppe an, um sie darüber zu informieren, dass aus dem Hintergrundgeräusch, das sie am Ende des Erpresser-Telefonats gehört hatten, das Wort »Papa« herauszuhören war.

»Das wird wohl ein Sohn von diesem Ziegler gewesen sein, Chef«, kommentierte Hoppe.

»Nun, die Stimme von diesem Ziegler haben wir bislang ja noch nicht gehört. Wenn ich mich nicht irre, hat der seit der Festnahme noch kein Wort gesprochen.«

»Nein, hat er nicht. Aber jugendlich wird seine Stimme wohl kaum sein.« Hoppe sprach nun wieder in den Hörer. »Sascha, sag Nicole bitte, sie soll mal die Familienverhältnisse von Ziegler recherchieren. Danach fährst du mit Scholz umgehend zu dessen Haus.«

Remde und Hoppe eilten durch den gläsernen Vorbau der Landespolizeiinspektion Jena. Jetzt zählte jede Sekunde. Denn ein Entführer besaß meist Komplizen. Fasste man den Kopf der Bande, neigte der Rest zu Panikreaktionen. Hatte Ziegler Anna tatsächlich entführt, schwebte sie deshalb in höchster Lebensgefahr. Nur eine Entführte, die für immer spurlos verschwand, konnte nicht mehr aussagen.

Sie nahmen Ziegler in die Mangel. Aber er schwieg, sagte lediglich, er wolle seinen Anwalt sprechen. Der Anwalt hatte seine Kanzlei in Zieglers Wohnort Arnstadt. Das konnte dauern. Wenigstens hatte Ziegler jetzt gesprochen. Mit einer hohen, aber nicht jugendlichen Stimme. Als Anrufer schied er aus. Denninger rief an, nannte ihnen den genauen Ort des letzten Erpresseranrufs, der die Angaben zur Geldübergabe in Jena beinhaltet hatte. Der Anruf kam aus der Goethe Galerie selbst. Das Handy war auch weiterhin dort zu orten. Kaum legte sich die Aufregung über den Polizeieinsatz im Einkaufszentrum, eilten dieses Mal vor allem uniformierte Streifenpolizisten in die erste Etage. Denninger dirigierte sie telefonisch von Erfurt aus. Die Polizisten evakuierten die Eisdiele, gingen durch den schmalen Flur auf die Herrentoilette zu. Ein erschrockener Rentner stand vor einem Urinal. Sie brachten ihn wortlos mit eindeutigen Gesten dazu, sofort die Toilette zu verlassen. Mit gezückten Waffen standen drei Polizisten kurz darauf vor der hintersten Toilettentür, die verschlossen war.

»Kommen Sie mit erhobenen Händen raus!« Das Kommando war scharf, klar. Die Toilettenspülung rauschte, dann öffnete sich die Tür. Die Hände nach oben, trat ein junger Mann mit rotem Flaumbart nach draußen. Sie legten ihm Handschellen an. Im Toilettenbecken fanden sie ein Handy, Marke Nokia, Baujahr uralt.

Der Rotbärtige war eingeschüchtert. Auf die Frage eines Polizisten hin gab er an, Tobias Ziegler zu heißen. Die Kripo Jena brachte ihn in ein Verhörzimmer, das direkt neben dem von Norbert Ziegler lag. Im Unterschied zu diesem redete Tobias aber. Er stritt nicht ab, die Erpresseranrufe an die Kellermanns getätigt zu haben. In seinen Hosentaschen fanden die Ermittler außerdem handgeschriebene Zettel mit den Texten, die der junge Ziegler bei den Anrufen bei Hagen Kellermann gesprochen hatte. Erst als Remde und Hoppe ihn nach Anna Kellermann fragten, verstummte er.

Keine halbe Stunde später saßen Norbert und Tobias Ziegler in Untersuchungshaft. Remde und Hoppe fuhren nach Weimar zurück. Unterwegs hörten sie von Woltmann und Scholz, was diese in Zieglers Wohnung in Arnstadt gefunden hatten. Ergänzt von dem, was Nicole Meisinger über die Familie Ziegler herausfand, und mit den Informationen Heiko Denningers und Hagen Kellermanns ergab sich ein klares Bild. Tobias war der Sohn von Norbert Ziegler. Dessen geschiedene Ehefrau lebte in Wuppertal in einer neuen Beziehung. Tobias wohnte bei seinem Vater in Arnstadt, weil er in Ilmenau Informatik studierte. Ziegler war Abteilungsleiter in Kellermanns Zwieback-Fabrik. Dort war es vor wenigen Monaten zu einer großen Rückrufaktion gekommen. In einer Produktionsserie des Zwiebacks hatten sich kleine Plastikteile befunden. Anfangs glaubte Kellermann, jemand habe die Plastikteile mit Absicht in den Zwieback geschmuggelt, um ihn zu erpressen. Später war er überzeugt, in der Person Zieglers und dessen Schlamperei die Ursache gefunden zu haben. Er wollte Ziegler entlassen. Der Justitiar bereitete eine wasserdichte Kündigung vor. Ziegler bekam das mit. Zieglers Sohn war kaum älter als Anna. In Zieglers Wohnung fanden sich jede Menge alte Handys. Der IT-Student Tobias, ein leidenschaftlicher Sammler, baute Handys auseinander, setzte sie mit anderen Bauteilen zusammen. Auf jeden Fall war er ein absoluter Experte, wenn es um Erpresseranrufe ging. Vater Ziegler wusste, wie reich Kellermann war, er wusste auch, dass es ein Leichtes für den Unternehmer war, schnell und unkompliziert an größere Geldsummen zu kommen. Daher wohl sein Plan, Anna zu entführen und Kellermann zu erpressen. Außerdem kannte er Anna Kellermann. Einmal im Jahr lud Kellermann seine leitenden Mitarbeiter nach Weimar zur Grillparty ein. Den drohenden Rausschmiss vor Augen, versuchte Ziegler mit der Erpressung Kellermanns, seine finanzielle Existenz abzusichern. In Zieglers Wohnung fanden sich auch zwanzigtausend Euro in bar. Anhand der Seriennummern war die Herkunft des Geldes eindeutig.

Die scheinbar logische Beweisführung der Kriminalbeamten hatte nur einen Haken. Als das Weimarer Kripoteam im Besprechungsraum zusammensaß, rief der Arnstädter Anwalt von Ziegler an. Seine beiden Mandanten ließen mitteilen, sie hätten mit der Entführung Anna Kellermanns nichts zu tun. Zur Erpressung und zur Geldübergabe äußerte er sich nicht weiter. Diese zu bestreiten war angesichts der Beweislage allerdings auch schlecht möglich.

»Hier wird sich die Verteidigung eine Strategie überlegen, Leute, ist doch immer das Gleiche. Aber das interessiert mich jetzt nicht. Wo ist Anna?« Remde tippte nervös mit dem Kugelschreiber auf den Tisch.

»Wir gehen also weiter davon aus, dass die Zieglers Anna entführt haben?«, fragte Hoppe und fuhr, als Remde nickte, fort: »Dann müssen wir die Umgebung von Zieglers Haus in Arnstadt absuchen. Mit der Hundestaffel aus Gotha und so weiter. Und wir überprüfen, ob es weitere Komplizen gibt.« Sie schenkte sich ein Glas Wasser ein. Remde zeigte keine Regung. Er schaute die ganze Zeit aus dem Fenster. »Chef, ist was?«

»Sagt euch der Name Gäfgen etwas? Magnus Gäfgen?«

»Ja, Chef, ich erinnere mich!« Scholz richtete sich in seinem Stuhl auf. »Das war doch der Entführer dieses Bankierssohns. Wartet … jetzt fällt es mir wieder ein. Jakob von Metzler hieß er .«

»Genau, Scholz. Den Gäfgen haben sie festgenommen, als der entführte Junge noch nicht gefunden war. Und wie hat man den Gäfgen zum Reden gebracht?«

»Indem der stellvertretende Polizeipräsident einem Kriminalhauptkommissar die Anordnung erteilt hat, dem Entführer mit Gewalt zu drohen.«

»Und, hat das was gebracht?«

»Ja, der Entführer hat daraufhin gesprochen. Aber das entführte Kind war da schon tot. Man hat nur noch seine Leiche gefunden.«

»Was sagt uns das?« Remde fixierte jeden im Raum mit einem durchdringenden Blick. Bleierne Stille. Nach einer gefühlten Ewigkeit räusperte sich Hoppe.

»Chef, das ist jetzt nicht Ihr Ernst.«

Remde schwieg. Hoppe schaute betreten zu Woltmann, Scholz und Meisinger.

»Chef?«

»Ja, verdammt noch mal!« Remde haute wieder einmal auf den Tisch. Diesmal allerdings so heftig, dass alle zusammenzuckten. »Hat denn jemand eine bessere Idee? Da sitzt diese Siebzehnjährige in irgendeinem Verlies. Der Mund ist ihr zugeklebt. Sie bekommt nach den Festnahmen jetzt nicht einmal mehr etwas zum Trinken. Aber wir haben mal wieder alles Verständnis dieser Welt für die Herrn Entführer und …«

Hoppe stand auf, verließ wortlos den Raum. Das hatte noch nie jemand gewagt. Aber sie wollte ein Zeichen setzen. Sonst würde Remde durchdrehen. Gewalt gegen Verdächtige, nicht mit ihr. Sie war nervös, ging ins Großraumbüro. Die Tür zum Besprechungsraum öffnete sich ein weiteres Mal. Woltmann verließ ebenfalls den Raum. Soll er mich doch aus dem Ermittlerteam rauswerfen, sagte er sich. Es gab Grenzen. Kaum nahm er an seinem Schreibtisch Platz, kam auch schon Meisinger. Nur Scholz, Remdes treuester Diener, blieb bei ihm. Dachten die anderen. Aber dann kam auch er ins Großraumbüro. Sie sprachen nicht über das, was eben vorgefallen war.

Stattdessen ermittelten sie weiter. Remde blieb einfach außen vor. Sie hofften, er würde sich wieder einkriegen. Noch ahnten sie nichts von der Bombe, die bald hochgehen würde: der Remde-Bombe.

»Wir dürfen die anderen Spuren nicht aus den Augen verlieren.« Hoppe sprach sachlich. Ihre innere Erregung legte sich allmählich wieder. Obwohl ein ungutes Gefühl blieb. Was Remde jetzt wohl im Zimmer am Ende des Flurs ausheckte?

»Die anderen Spuren müssen wir auch deswegen weiterverfolgen, weil die Zieglers nur Trittbrettfahrer sein könnten. Ich kann mir nicht vorstellen, dass sie Anna wirklich entführt haben.«

»Warum nicht, Sascha?«

»Weiß nicht, ist mehr ein Gefühl. Wenn die Anna wirklich entführt und keine Komplizen haben, wird sie verhungern oder verdursten. Dann ist die Erpressung ein vergleichsweise harmloses Delikt. Eine Anklage wegen Mordes, ob sie das riskieren wollen? Oder aber, wonach es im Augenblick nicht aussieht, nicht lieber das Versteck verraten? Die Alternative hat ihnen ihr Anwalt doch sicher gesteckt. Die halten Anna nicht irgendwo gefangen. Der alte Ziegler ist einfach auf den Zug aufgesprungen, als er vom Verschwinden Annas gehört hat.«

»Möglich, aber so kommen wir jetzt trotzdem nicht weiter. Ich schlage vor, wir gehen noch mal die anderen Spuren durch. Ich hoffe nur, dass Remde die Suche in Arnstadt jetzt unmittelbar veranlasst. Wenn er das nicht tut, dann …« Hoppe fuhr sich mit der rechten Hand durchs Haar. Sie zögerte einen Augenblick.

»Dann?« Scholz blickte sie ernst an, sein Loyalitätskonflikt war ihm deutlich anzusehen. Bei der Polizei gab es strenge Hierarchien. Aber auch die Pflicht, gegen Entscheidungen des

Vorgesetzten Einspruch zu erheben, wenn diese nicht rechtmäßig waren. Die Pflicht zur Remonstration.

»Dann wende ich mich an die höhere Stelle. Aber so weit ist es noch nicht. Kommt, wir tragen zusammen, was es zu den anderen Spuren gibt.«

Maximilian Stein, so ergaben die weiteren Verhöre, rückte nur langsam mit der Wahrheit heraus. Er gab immer nur so viel zu, wie ohnehin schon feststand. So wusste Anna sehr wohl von seinen Drogendeals. Am Tag von Annas Verschwinden war es darüber zum Streit gekommen. Anna hatte mittags in Steins Auto ihre Beziehung beendet. In einem späteren Telefonat erklärte sie sich jedoch bereit, ihn noch einmal am Abend gegen einundzwanzig Uhr im Waldstück oberhalb der Klinik zu treffen. Stein behauptete, zur verabredeten Zeit dort auf sie gewartet zu haben. Aber sie sei nicht gekommen. Obwohl sie Geld von ihm wollte, das zu geben er ihr auch zugesagt habe und das sie für eine geplante Tierschutzaktion brauchte. Gegen dänische Nerzfarmen. Zusammen mit irgendwelchen Typen von der Animal Liberation Front, kurz ALF genannt, mit denen sie sich in Leipzig getroffen hatte. Bis einundzwanzig Uhr zwanzig habe er auf Anna im Waldstück gewartet. Sie sei aber nicht gekommen. Daraufhin sei er nach Leipzig zurückgefahren. Die leichte Körperverletzung, die in Steins Akten zu finden war, ging auf eine zwei Jahre zurückliegende Schlägerei in einer Weimarer Diskothek zurück. Damals stand Aussage gegen Aussage. Aber Stein hatte in jedem Fall eindeutig zugeschlagen, ob aus Notwehr oder als Aggressor, ließ sich nicht ermitteln. Kriminelles Potenzial besaß er also auch in dieser Hinsicht. Ob Annas Blut in seinem Auto wirklich nur von Nasenbluten herrührte, war fraglich.

Aus Homburg meldete sich Rudi Bossong, der Leiter der Kripo. Er berichtete, Bachmanns Chef, der Gestütsbesitzer, habe die Polizei nach deren Besuch noch einmal angerufen. Hinter einem Lagerraum hatte er, von Strohballen verdeckt, ein Versteck mit mehreren McDonald's-Packungen und leeren Flaschen entdeckt und daraufhin all seine Leute auf dem Gestüt zur Rede gestellt. Keiner wusste etwas von dem Versteck, nur einer wurde nun etwas redseliger: Klaus Bachmann, der Bruder von Susanne Kellermann. Er behauptete, zwei wandernden Zimmermannsgesellen den Platz als Nachtquartier überlassen zu haben. Ihn, seinen Chef, habe er dafür nicht um Erlaubnis gefragt, weil er zu dieser Zeit ja für ein paar Tage verreist gewesen wäre. Die Zimmerleute hätten ihm für seine Gefälligkeit ein paar Euro überlassen. Er bat den Gestütsbesitzer außerdem, ihn deshalb nicht hinauszuwerfen und der Polizei keine Meldung davon zu machen. Ob Bachmanns Aussagen glaubwürdig waren, war für die Weimarer Ermittler aus der Ferne schwer zu beurteilen. Und für eine Durchsuchung von Bachmanns Wohnung reichte das nicht aus, zumal nun klar war, dass er nicht der telefonische Erpresser der Kellermanns war. Blieben nur noch Rache oder Neid als mögliches Motiv. Seiner Schwester ging es gut, sehr gut sogar. Die ganze Familie Kellermann war das genaue Gegenteil von ihm: reich, erfolgsverwöhnt, mächtig. Indem er Anna entführte und tötete, könnte er dieses Glück zerstören. Aber darauf stand lebenslanges Gefängnis. War ihm das kurze Glück befriedigter Rache und des Frustabbaus diese Aussicht wirklich wert?

Bruce Bradley zog, nachdem er Bayern mit seinen digital gesteuerten Regentonnen beglückt hatte, weiter. In Weimar mietete er sich in ein Hotel ein, um von dort aus Thüringen, Sachsen und Sachsen-Anhalt zu bereisen. War das nur ein Zufall? Zumindest wusste er, dass Anna aus Weimar kam. Als Begrüßungsgeschenk hatte sie ihm damals in die USA *Todesblau,* einen Weimar-Krimi, der sich um den deutsch-amerikanischen Maler Lyonel Feininger, einen Meister des Bauhauses drehte, mitgebracht. Daran und an einige andere Details hatte sich Debbie Cochrane nachträglich erinnert und es Nicole Meisinger mitgeteilt. Die amerikanische Betreuerin hatte Anna nach ihrer Ankunft am Flughafen selbst zur Familie Bradley gebracht. Ob Bradley jetzt auf den Spuren dieses Krimis die Stadt erkunden wollte? Er ahnte vielleicht, dass die Polizei ihm auf den Fersen war. Er kannte die Leiter der Gartencenter und Baumärkte gut, weil er wenige Monate zuvor mit Rasenmährobotern im Angebot umhergereist war. Auch wenn die Weimarer Kripo die Filialleiter gebeten hatte, Bradley nichts von ihren Anrufen zu erzählen, war ihm als offenbar redegewandtem Verkäufer zuzutrauen, dass er etwas davon spitzbekommen hatte. Sollte er der Entführer oder Mörder von Anna Kellermann sein, könnte die Quartierwahl in Weimar ein geschickter Schachzug sein, um den Verdacht von sich wegzulenken. Andererseits, wo sollte er Anna versteckt halten, wenn er jetzt von einem Münchner in ein Weimarer Hotel umsiedelte? Unter diesem Gesichtspunkt war es wahrscheinlicher, dass er Anna ermordet hatte. Aber dafür gab es keinerlei Indizien oder gar Beweise. Er fuhr mittlerweile den dritten Leihwagen; die Leihwagen wurden nach jeder Nutzung gewaschen. Ob Bradley im Waldstück oberhalb des Klinikums gewesen war, ließ sich daher nicht mehr nachprüfen. Und nach wie vor war immer noch unklar, warum sein Foto zerrissen in Annas Papierkorb gelegen hatte.

Detlef Zeller, der Sexualstraftäter, verstrickte sich bei den Verhören mit den Suhler Kripobeamten in Widersprüche. Schließlich gab er zu, am Tag von Annas Verschwinden in Weimar gewesen zu sein. Er wollte sich einen Hund kaufen. Nicht irgendein Hund sollte es sein, nein, einen besonders gefährlichen brauchte er. Nachdem Unbekannte an den Plattenbau, in dem er wohnte, *Hier wohnt ein Kinderficker* geschrieben hatten, fühlte er sich bedroht. Über das Internet hatte er die Adresse von Werner Schlüter gefunden. Konkret interessierte er sich für einen Pitbull, dessen Foto er auf der Homepage der Hundezucht gesehen hatte. Er suchte Schlüter auf, der Hund gefiel ihm, aber die Preisvorstellungen des Züchters waren ihm zu hoch. Er bat sich Bedenkzeit aus und fuhr nach Suhl zurück. Woltmann rief die besagte Homepage auf und wählte die dort angegebene Handynummer. Werner Schlüter bestätigte Zellers Angaben. Allerdings sei der Pitbull inzwischen verkauft. Wenn Zeller noch an einem Hund dieser Rasse interessiert sei, müsse er sich gedulden. Auf die Frage, was er in dem Wäldchen am Klinikum gemacht habe, hatte Zeller auch eine Antwort parat: Er habe sich im nahe gelegenen McDonald's noch ein paar Cheeseburger und einen Erdbeershake gekauft und diese in dem Waldstück verzehrt. Warum gerade dort, konnte er nicht richtig erklären. Er gehe nicht gerne unter Menschen, behauptete er. Warum er das nicht schon alles bei seiner ersten Vernehmung gesagt habe? Er führte seine Angst an, gleich als verdächtig zu gelten. Er habe vom Verschwinden der Siebzehnjährigen in Weimar gehört. Mit seiner kriminellen Biographie wäre er dann doch sofort im Fokus der Ermittler gewesen. Tatsächlich war Zellers DNA auf einem McDonald's-Shakebecher nachzuweisen, den die Spurensicherung im Waldstück oberhalb des Klinikums fand. Wichtige Teile seiner Aussagen waren demnach wahr. Auf Maximilian Stein wollte er im Wäldchen nicht gestoßen sein, obwohl beide Männer, entsprechend ihrer Aussagen, gegen einundzwanzig Uhr dort gewesen waren.

Am Goethegymnasium war Annas Verschwinden nach wie vor Thema Nummer eins. Die Sommerferien waren in Reichweite. Es gab keine Klausuren mehr. Mit Projektwochen oder Klassenfahrten wurde die Zeit gestreckt. Manche Schüler in

Annas Klasse überlegten, die schon lange gebuchte Klassenfahrt zu stornieren. Aber es gab auch andere Stimmen, die die Fahrt jetzt erst recht antreten wollten. Anna hatte mehrere Themenvorschläge eingebracht, mit denen sie sich auf der Fahrt beschäftigen sollten. Manche in der Klasse hatten deswegen genörgelt. Aber sie war da energisch. Vor allem Nerze und der Kampf gegen deren brutale Misshandlung in großen kommerziellen Pelzfarmen mit qualvoll engen Käfigen lagen ihr am Herzen. »Wir wollen die Fahrt trotz der Sorge um Anna machen, das ist in ihrem Sinn«, argumentierten die Befürworter. Sie stimmten ab, zwei Drittel waren für die Fahrt. So brach die Klasse mit einem Bus, auf dessen Breitseite *Der Weimarer* stand, in die Stadt auf, die Anna unter anderen vorgeschlagen hatte: nach Kopenhagen.

Zwei Stunden saßen die Ermittler ohne Remde zusammen. Dann schlug sie ein, die Remde-Bombe. Der Staatssekretär im Innenministerium rief bei Remde an. Der tobte wie Rumpelstilzchen in seinem Zimmer. Türen schlugen auf und zu, dann herrschte Stille. Offenbar hatte Remde die Polizeiinspektion verlassen. Hoppes Telefon läutete. Der Staatssekretär war am anderen Ende der Leitung.

»Frau Kriminalhauptkommissarin Hoppe, ich habe Herrn Remde soeben mitgeteilt, dass er mit sofortiger Wirkung vom Dienst suspendiert ist.«

»Was ist denn passiert, Herr Staatssekretär?«

»Sagen wir mal so. Der Erste Kriminalhauptkommissar Remde hat einen Riesenfehler gemacht und ist deshalb in dieser Position nicht mehr tragbar. Zumindest vorübergehend nicht.«

»Hat er …«

»Bitte, Frau Kriminalhauptkommissarin, fragen Sie nicht weiter nach. Sie erfahren die Gründe so bald als möglich. Was ich Sie fragen möchte und muss: Würden Sie kommissarisch die Leitung der Weimarer Kripo übernehmen?«

Hoppe dachte an Anna Kellermann. Welcher Beamte könnte sich wohl so schnell in den Fall hineinfinden, um die notwendigen Entscheidungen zu treffen, wenn Remde nicht mehr da war?

»Frau Kriminalhauptkommissarin, ich brauche Ihre Entscheidung jetzt. Sie wissen doch, der Fall Anna Kellermann. Heute war er schon in den Tagesthemen, im Heute-Journal. Wir stehen unter enormem Druck. Die Zeit drängt. Die Sache mit Remde ist sehr, sehr unglücklich.«

Annas Leben stand auf dem Spiel. Konnte sie sich da aus der Verantwortung stehlen?

»Gut, Herr Staatssekretär, ich übernehme die kommissarische Leitung.«

27

Nur drei, vier Stunden schlief er. Als die ersten Strahlen über den Englischen Garten blinzelten, lag er hinter dem gleichen Busch wie am Abend zuvor, das Fernglas in der Hand. Schattengestalten waren hinter dem schweren Vorhang im ersten Stock zu sehen. Eine Frau mit langem Haar, die auf einem Mann ritt. Leises Stöhnen drang bis zu seinem Versteck.

»Na warte«, sagte er.

Eine halbe Stunde später sah er die Frau in der Küche hantieren. Kaffeekanne, Saftkaraffe, Semmelkorb. Auf einem Tablett trug sie alles auf die Terrasse. Sie trug eine knallblaue High-Waist-Pants und ein weißes Langarm-Shirt. Ihr Mann war mit einer weißen Hose und einem karamellfarbenen Lacoste-Shirt bekleidet. Er ließ sich auf einem der Terrassenstühle nieder und breitete die Süddeutsche vor sich aus. Ein heißer Tag stand bevor, schon um diese Uhrzeit näherte sich das Thermometer den zwanzig Grad.

»Ja, Schatz, ich freue mich auf Hamburg!«, rief der Mann nach drinnen, wohin die Frau wieder entschwunden war.

»Warum darf ich nicht mit? Hamburg, das würde mir jetzt auch gefallen.«

»Du weißt doch, Schatz, das ist rein geschäftlich.«

Sie kam aus dem Haus, setzte sich auf seinen Schoß.

»Oooch!« Sie zog eine Schnute. Beide lachten.

In der Nachbarschaft bellte ein Hund. Aber das hatte nichts mit ihm zu tun, da war er sich sicher. Sonst hätte der schon viel früher gebellt. Trotzdem robbte er unwillkürlich ein Stück weiter zurück ins Gebüsch.

Das Paar frühstückte ausgiebig. Dann ging der Mann in den ersten Stock hoch, kam mit einem Rollkoffer wieder zurück und verabschiedete sich von seiner Frau mit einem Küsschen links und rechts.

»Schatz, vergiss mich nicht!«, rief sie ihm hinterher.

Er drehte sich um, winkte ihr zu.

»Du weißt ja, die vielen schönen Hostessen auf dem Kongress …«

»An dich kommt keine ran.« Mit der Fernbedienung öffnete er das Cabriodach seines Porsches, schwang sich auf den Fahrersitz und brauste Richtung Flughafen davon.

Sie goss sich ein Glas Champagner ein. Versonnen dachte sie an den Liebesakt von vorhin. Sie war sich sicher, dass er sie betrog. Er sah immer noch gut aus, die Fältchen um die Augen und das silberweiße Haar an den Schläfen machten ihn nur noch interessanter. Er war außerdem …

Erst glaubte sie an einen Herzinfarkt, einen Stromschlag. Das Champagnerglas fiel ihr aus der Hand. Zum Schreien war es schon zu spät. Mit einem Stahldraht drückte ihr jemand von hinten die Kehle unerbittlich zu. Nur noch ein Röcheln brachte sie heraus. Mit letzter Kraft drehte sie den Kopf, sah den Mann, der sie erdrosselte, seine schneeweißen Handschuhe an ihrem Hals, die ihn für einen Augenblick wie einen Pathologen aussehen ließen.

»We-e-e-e-rrrrr …«

Dann sank sie kraftlos in sich zusammen und blieb bewegungslos auf dem Boden liegen. Der Todeskampf war zu Ende. Er bepackte das Tablett mit allen Sachen auf dem Frühstückstisch und brachte es in die Küche. Mit den Handschuhen sortierte er das schmutzige Geschirr in die Spülmaschine ein. Dann eilte er in den ersten Stock. Er wusste, in solchen Häusern gab es große Koffer. In einem Abstellzimmer fand er einen Samsonite XXL. Hastig warf er Hosen, Blusen, Unterwäsche aus dem Kleiderschrank hinein. Donna Karan, Tamara Mellon, Versace, alles vom Feinsten. Kurz hielt er inne, fuhr mit den Fingern über die rosafarbenen Schalen eines BH. Dann eilte er nach unten. Vorsichtig schloss er die Terrassentür von innen. Noch einmal prüfte er den Zustand von Wohnzimmer und Küche. Auch von der Wohnungstür aus blickte er sich um. In der kleinen Seitenstraße zur Osterwaldstraße, die direkt in den Englischen Garten mündete, war niemand zu sehen und zu hören. Er ließ die Eingangstür von außen ins Schloss fallen. Mit dem Koffer ging er den schmalen, von Sonnenblumen gesäumten Plattenweg an der Hauswand entlang in den Garten. Die Leiche auf der Terrasse starrte ihn mit weit aufgerissenen Augen an. Bevor er sich an sein Werk machte, schloss er ihr die Lider. Noch einmal schaute er sich um. Wieder bellte der Hund. Aber niemand in der Nachbarschaft schien etwas zu bemerken. Das Grundstück war von hohen Hecken und Buchsbäumen umgeben und von den benachbarten Häusern aus nicht einsehbar. Dessen hatte er sich schon im Vorfeld versichert. Nur zum Englischen Garten hin, dort, wo dichtes Gebüsch eine natürliche Grenze bildete, gab es einen Zaun. Er war hüfthoch und mit Knöterich und Hopfen zugewachsen. So bot der Garten einen totalen Sichtschutz vor den Nachbarn. Niemand sah in ihn hinein, was der Frau nun zum Verhängnis geworden war. Er band ihr die Arme mit Kabelbinder am Körper fest. Sie war zierlich, könnte also in den Koffer passen. Er zerrte sie auf den Rasen, um Spuren auf der Terrasse zu vermeiden. Dort öffnete er den Koffer neben ihr, hievte sie hinein. Er drehte sie auf die Seite, winkelte ihre Beine an und drückte den Oberkörper dann so fest in den Koffer, dass die Rippen knackten. Er positionierte sie mal quer, mal längs, mal die Beine weit nach hinten gebogen wie bei einer Gliederpuppe. Doch obwohl der Koffer riesig war, konnte er ihn nicht schließen. Darauf war er vorbereitet. Er zog einen riesigen blauen Müllsack aus der Ledertasche und streifte ihn der Leiche über. Noch einmal ein prüfender Blick nach allen Seiten, dann schleifte er die Leiche im Müllsack zum Zaun an der Grenze zum Englischen Garten und legte auch den Koffer dort ab. Er ging wieder an der Hauswand entlang nach vorn und auf die Straße, bog in die Osterwaldstraße ein, wo er seinen T5 geparkt hatte. Mit ihm fuhr er in die kleine Seitenstraße, parkte rückwärts mit der Ladefläche in Richtung Park ein. Mit seiner grünen Latzhose sah er aus wie der Mitarbeiter einer Landschaftspflegefirma. Das Autokennzeichen vorne und hinten hatte er vorsorglich so geschickt mit Erde beschmiert, dass man es nicht entziffern konnte. Jetzt musste alles schnell gehen. Er eilte zum Gebüsch, drückte sich durch es hindurch, stieg über den zugewachsenen Zaun, hievte Müllsack und Koffer hinüber, kletterte wieder über den Zaun und zog beides durch das Gebüsch bis zum Transporter. Ein letzter Kraftakt, und der Müllsack mit der Leiche fiel mit einem dumpfen Knall auf die schwarze Laderaumwanne. Dort verstaute er auch den Koffer, schloss die Heckklappe und fuhr davon. Nach einigen Minuten durchs Stadtgebiet hielt er in einer versteckten Zufahrt zum Olympiastadion an. Er nahm eine Flasche, goss Wasser über die beiden Nummernschilder und wischte mit der Hand so lange über sie, bis die erdige Schmiere verschwunden war. Nicht dass ihn deswegen noch die Polizei anhielt.

Zur gleichen Zeit traf der Prominentenanwalt Notker von Blumenstein auf dem Münchner Flughafen ein. Er stellte seinen Porsche im VIP-Parkhaus ab und betrat dann die Schalterhalle. Dort wartete eine deutlich jüngere Frau mit südländischem Aussehen auf ihn. Sie begleitete ihn auf seiner Reise. Zuständig war sie für die Zeiten zwischen den Geschäftsterminen. Und für die Nächte. Sechstausend Euro für drei Tage. Dafür keinerlei Beziehungsstress wie bei so mancher Geliebten.

28

Der letzte Mauerschützenprozess hatte 2004 stattgefunden. Jetzt war ein Doktorand der Friedrich-Schiller-Universität Jena noch einmal alle Unterlagen der Zentralen Erfassungsstelle der Landesjustizverwaltungen in Salzgitter durchgegangen. Seite für Seite, Name für Name, um zu prüfen, was diese Leute heute machten. Mehr zufällig stieß er dabei auf zwei Decknamen, die er mittels eines Registers in Klarnamen überführte. Beide Klarnamen waren mit Weimar verbunden: Volker Remde, jetziger Chef der Weimarer Kripo, und Peter Stoffels, Redakteur bei der Thüringer Rundschau. Während Stoffels seine Tätigkeit als Grenzsoldat mit kryptischen Worten in seiner Vita im Internet andeutete, war die Remdes in diesem Zusammenhang bislang völlig unbekannt. Der Jenaer Doktorand informierte seinen Professor über die Entdeckung. Gemeinsam formulierten sie einen Brief und sandten ihn ans Thüringer Innenministerium.

Vorsorglich weisen wir darauf hin, dass beim Erscheinen der Dissertation in einem renommierten wissenschaftlichen Verlag auch die Klarnamen genannt werden müssen, hieß es darin.

Im Innenministerium klingelten sofort die Alarmglocken. Die umgehende Suspendierung Remdes war ohne Alternative. Was genau damals an der Grenze vorgefallen war, inwieweit Remde in die tödlichen Schüsse auf einen DDR-Flüchtling verwickelt war, deuteten die Jenaer Wissenschaftler nur an. Aber allein der Umstand, dass der Name eines leitenden Polizeibeamten im Zusammenhang mit Todesschüssen an der ehemaligen Grenze auftauchte, genügte. Kritische Fragen würden auch so noch zur Genüge kommen: Wie war es möglich, dass Remde so lange Dienst tat, ohne dass man von seiner Zeit an der Grenze in der DDR wusste? Hatte Remde gar seine Vita gefälscht? Oder vielleicht ihn belastende Unterlagen im Zuge des politischen Umbruchs von 1989 selbst beseitigt? Denkbar war das. Er war schon zu DDR-Zeiten gut vernetzt gewesen. Vielleicht hatte ihm auch dieser Journalist Stoffels dabei geholfen, seine Vita in diesem Punkt zu fälschen. Eine Hand wusch die andere. Und wie eng Remde mit Stoffels bei Ermittlungen zusammenarbeitete, war ein offenes Geheimnis. Remde hatte noch ein Jahr bis zum regulären Ruhestand, da war es auch arbeitsrechtlich kein allzu großes Risiko, ihn vom Dienst zu suspendieren. Seine Bezüge liefen ohnehin weiter. Da zudem ein bislang durchschlagender Erfolg bei der Suche nach

Anna Kellermann fehlte, konnte man nicht auch noch solche Negativschlagzeilen gebrauchen.

Remde suchte unmittelbar nach dem Telefonat mit dem Staatssekretär den Journalisten Peter Stoffels auf. Sie stritten sich laut auf dem Goetheplatz. Passanten blieben stehen, hörten mit. Remde glaubte, dass Stoffels die Informationen den Wissenschaftlern in Jena aus irgendeinem Grund gesteckt hätte. Sinn machte das keinen. Denn schließlich bekam Stoffels nun auch Probleme mit dem Medienverbund, dem die Thüringer Rundschau angehörte. Auch wenn die Ereignisse schon lange zurücklagen, war man in der Geschäftsführung des Medienverbunds doch sensibel, was nachträglich sich ergebende IM-Tätigkeiten betraf oder wenn gar jemand in die Todesschüsse an der ehemaligen Grenze verwickelt gewesen war. Alle Redakteure mussten bei ihrer Einstellung deshalb auch eine Erklärung abgeben, in dieser Hinsicht nichts zu verschweigen.

Hoppe war nun kommissarische Kripoleiterin. Als Erstes besorgte sie in dieser Funktion und in Absprache mit den Kollegen in Arnstadt einen Durchsuchungsbefehl für Zieglers Wohnung. Sie forderte außerdem eine Einheit der Bereitschaftspolizei an, um die Umgebung der Zieglerschen Wohnung nach Verstecken abzusuchen. Auch die Bevölkerung wurde gebeten, Hinweise zu geben. Handzettel gingen an alle Haushalte raus, Lautsprecherdurchsagen. Als Nächstes trommelte sie alle Weimarer Kripoleute zusammen, auch Carola Weber, die Sekretärin.

»Also, ich bin ab sofort vorübergehend zur Leiterin der Kripo ernannt worden. Was mit unserem Chef ist, wurde mir nicht mitgeteilt. Nur dass er bis auf weiteres vom Dienst suspendiert ist.«

»Na, dann hol ich mal zur Feier des Tages eine neue Kanne Kaffee, Frau Hoppe, ich meine, Chefin.«

Hoppe lächelte.

»Ja, tun Sie das, Frau Weber. Den brauchen wir jetzt. Denn ich würde gerne unmittelbar mit euch am Fall Anna Kellermann wie auch an allen anderen Fällen weiterarbeiten.«

Nachdem ihr alle Kollegen ausnahmslos gratuliert hatten und dann schnell wieder an die Arbeit gegangen waren, steuerte Woltmann im kleineren Kreis des Kellermann-Teams die neuesten Infos zu Anna bei. Er hatte erneut mit seinem Sohn Ronny über die verschwundene Schülerin gesprochen. Der hatte ihm erzählt, dass Anna wie alle anderen in dieser Klassenstufe eine Seminarfacharbeit schrieb. Meist taten sich drei oder vier Schüler für eine solche Arbeit zusammen. Jeder schrieb einen Teil davon. Auf diese Weise übten sie wissenschaftliches Arbeiten ein, außerdem öffentliches Präsentieren und Teamworking. Woltmann hatte daraufhin mit Nicole Meisinger zusammen das Goethegymnasium aufgesucht, vor dem Annas Klasse gerade auf den Bus zur Klassenfahrt nach Kopenhagen wartete. Ein glücklicher Zufall, denn so konnten Meisinger und Woltmann, wenn auch nur kurz, noch mit Bianca Bader und Luise Müller sprechen, den beiden Schülerinnen, die mit Anna gemeinsam ihre Seminarfacharbeit schrieben.

»Komisch, dass die beiden sich damals nicht gemeldet haben, als ich mit Remde in der Klasse war«, sagte Hoppe, als Woltmann und Meisinger nun von dem Gespräch berichteten. Auch Scholz saß bei ihnen im Großraumbüro.

»Ja, deshalb haben wir sie auch gefragt, warum sie uns bisher nicht eingeweiht haben. Sie hatten ja mit Anna recht viel zu tun«, antwortete Woltmann.

»Und?«

»Sie fanden das nicht weiter erwähnenswert, da sie ihre Aufgabenbereiche klar voneinander abgegrenzt haben. Erst in der Endphase der Seminarfacharbeit würden sie enger zusammenarbeiten, meinten sie uns gegenüber.«

»Um welches Thema geht es denn in ihrer Arbeit?«

»Sie schreiben über die Auswilderung und Wiederansiedlung bedrohter Tierarten. Jede von ihnen hat sich ein Tier vorgenommen. Bianca Bader arbeitet über den Fischadler in der Oberpfalz, Luise Müller über den Europäischen Nerz. Der wird im Saarland wieder angesiedelt. Und Anna hat über Wölfe recherchiert.«

»Merkwürdig. In Steins Wohnung in Leipzig lag doch eine Mappe von ihr mit Unterlagen über Nerzfarmen in Dänemark. Und von Stein wollte sie auch Geld für eine Aktion gegen diese Nerzfarmen. Wieso hat sie dann die Nerze nicht auch in der Seminarfacharbeit behandelt?«

»Sie war wohl generell sehr am Thema Tierschutz interessiert. Nerze, Wölfe, Fledermäuse, Wildkatzen. Bianca und Luise haben sie wegen ihres Engagements bewundert. Auch wenn sie ihnen manchmal etwas fanatisch vorkam. Ihr ging es vor allem um die Erhaltung der Artenvielfalt. Wir bauen alles zu, zerstören die Lebensräume vieler Tierarten. In diesem Bereich hat sie sich engagiert. In ihrer Arbeit wollte sie das exemplarisch an Wölfen zeigen. Sie hatte auch schon viel Material über sie gesammelt«, ergänzte Meisinger.

»Das sie den Mitschülerinnen gezeigt hat?«

»Ja, es befindet sich zudem auch auf der Festplatte ihres Computers mitsamt dem Entwurf ihrer Arbeit. Sie wollte unter anderem herausfinden, ob es bereits in der DDR Wölfe gab. Und wie der Staat mit ihnen umging.«

»Also ob in der DDR die Wiederansiedlung der Tiere begrüßt oder bekämpft wurde?«

»Genau. Für die Abgabe der Arbeit haben sie noch bis zum Frühjahr Zeit.«

Woltmann klinkte sich gedanklich aus. Gab es in der DDR Wölfe? Er erinnerte sich daran, dass seine Mutter ihm als Kind Rotkäppchen und der Wolf vorgelesen hatte. Auch der Besuch einer Vorstellung von *Peter und der Wolf* fiel ihm ein, zusammen mit den Eltern im Weimarer Theater. Das musste kurz vor Weihnachten gewesen sein. Aber gab es richtige Wölfe in der DDR? Davon hatte er noch nie etwas gehört. Ein spannendes Thema, das Anna da bearbeitete.

Meisinger deutete auf ihren Computer. »Ich habe mich mal nach dieser Animal Liberation Front erkundigt, kurz ALF, von der Maximilian Stein gesprochen hat.«

»Der behauptet, sie habe einige von diesen ALF-Leuten in Leipzig getroffen.«

»Genau, Mandy. Und das ist echt ein krasser Verein.«

»Krass, wieso?«

»Weil er militant ist. In Amerika gilt er sogar als terroristische Vereinigung. Seine Mitglieder befreien Tiere aus Labors oder Zuchtfarmen.«

»Du vermutest also, dass Annas Engagement für Tiere auch konkretere Formen angenommen haben könnte und dass sie mit den ALFs aus Leipzig vielleicht nach Dänemark wollte, um dort eine Befreiungsaktion zu starten?«

»Ja, das halte ich durchaus für möglich.«

»Gibt es denn dafür irgendwelche Hinweise auf ihrem Computer?«, schaltete sich Scholz ein, der irgendwie konsterniert wirkte, vielleicht weil Remde suspendiert war.

»Weiß nicht«, sagte Meisinger. »Ich habe bei Heiko Denninger nachgefragt. Es gibt eine ganze Menge Dateien zu Tierschutzthemen auf Annas Computer. Aber ob da auch Anschlagspläne mit dabei sind, kann ich nicht sagen. Wenn ja, wird Denninger uns das mitteilen.«

»Wenn die Gruppe militant ist, arbeitet sie auch konspirativ, weil sie damit rechnen muss, dass ihre Computer gehackt werden.«

»Das glaub ich auch, Scholz«, pflichtete Hoppe bei. »Der Kollege Jörg Haller hat doch erzählt, dass sie in Annas Mappe in Leipzig auch Wegskizzen und Grundrisse von Nerzfarmen in Dänemark gefunden haben.«

»Wie ist sie denn an die Grundrisse gekommen?« Scholz schaute Hoppe gespannt an.

»Haller hat gesagt, die Grundrisse seien nur grob. Eher Lagepläne der Gebäude. Er vermutet, dass sie nach Google-Earth-Aufnahmen gezeichnet wurden.«

»Und dann machen die Schüler auch noch eine Klassenfahrt nach Kopenhagen. Auf Annas Betreiben hin. Das kann doch alles kein Zufall sein«, sagte Meisinger.

»Die Wohnung von Stein ist noch versiegelt. Da ist noch Annas Mappe drin. Sascha, wir beide fahren nach Leipzig und schauen uns das Ganze mal an.«

»Nur wegen der Mappe?«

»Nein, natürlich nicht nur deswegen. Wir werden dem Maximilian Stein noch ein paar Fragen stellen. Nicole, du versuchst derweil, die Namen der Leipziger Aktivisten von dieser Tierschutzorganisation rauszufinden, mit denen sich Anna in Leipzig getroffen hat.«

Die Autobahn war frei. Nach einer halben Stunde meldete Meisinger ihnen zwei Adressen von ALF-Leuten in Leipzig. Ob es allerdings die waren, mit denen sich Anna getroffen hatte, war unklar.

Mit dem Leipziger Kripochef Jörg Haller betraten sie bald darauf die Wohnung von Maximilian Stein. Sie breiteten die Skizzen und Grundrisse von mehreren dänischen Nerzfarmen aus Annas Mappe auf dem Tisch aus und sahen sich auch die darin befindlichen Artikel genauer an. Nach einiger Zeit waren sie sich sicher, dass nur ein Schluss möglich war: Hier wollte jemand in die Nerzfarmen eindringen, um die Tiere zu befreien. Eine Liste von Werkzeugen und Materialien lag mit dabei. Es handelte sich um ein aufwendiges Vorhaben, das auch ins Geld ging. Jetzt wussten sie, dass Steins Aussage diesbezüglich wohl stimmte und Anna ihn tatsächlich wegen dieser Aktion angepumpt hatte. Anna, die militante Tierschützerin, die in den USA aufgrund ihrer Mitgliedschaft bei ALF als Terroristin gegolten hätte. Aber bei ALF schien sie sich erst nach ihrer USA-Zeit engagiert zu haben. Zumindest trugen manche Skizzen ein Datum aus jüngster Zeit.

Nicht sehr viel weiter brachte die Weimarer Ermittler das Klingeln bei den beiden ALF-Aktivisten. Unter der ersten Adresse trafen sie niemanden an. Bei der anderen stießen sie auf einen verschnarchten Studenten, der behauptete, Anna nur ein einziges Mal kurz getroffen zu haben. Und da habe sowieso fast nur die andere ALF-Aktivistin mit ihr gesprochen, er habe kaum hingehört. Bei ALF mitzuarbeiten sei außerdem in Deutschland nicht verboten, solange man keine Straftaten begehe. Ob sie irgendwelche Beweise gegen ihn hätten, fragte er in leicht aggressivem Tonfall. Hatten sie nicht, darum fuhren Hoppe und Woltmann ins Untersuchungsgefängnis weiter. Mit Stein gingen sie noch einmal alle Details durch, die den Tag von Annas Verschwinden betrafen. Seine Begegnung mit ihr am Mittag, die Verabredung für den Abend. Sie konfrontierten ihn mit den Aussagen und einem Foto von Detlef Zeller, dem Sexualstraftäter, bezüglich der Zeiten, zu denen dieser im Wäldchen am Hypothekenhügel gewesen war. Anfangs mauerte Stein. Bei dem wenigen, was er sagte, verhakte er sich jedoch in Widersprüche. Schließlich räumte er ein, bei den Verhören zuvor nicht die ganze Wahrheit gesagt zu haben. Er habe das Waldstück zwar um zwanzig nach neun verlassen, weil Anna nicht gekommen sei. Vorher habe er aber diesen Zeller im Wald getroffen, der dort etwas Unglaubliches getan hätte. Weshalb ihm keine andere Wahl geblieben wäre. Er, Stein, habe ihm deshalb die Fresse polieren müssen.

29

24. Dezember 1949, Buchenwald, Männerlager

Durch einen Spalt zwischen den Baracken sieht Gustav Schlüter zwei Pkws mit lautem Knattern auf den Platz vor dem Lager fahren. Drei Männer in schwarzen Mänteln steigen aus. Ein Offizier der Lagerleitung tritt ihnen entgegen, begrüßt sie förmlich.

Er arbeitet mittlerweile in einem Reinigungskommando. Vier Jahre hat er auf eine Beschäftigung gewartet. Jetzt sieht er mehr, hört er mehr. Die quälende Monotonie des Alltags ist Dienstzeiten und einer sinnvollen Tätigkeit gewichen. Auch die Essensrationen sind für Häftlinge in Arbeitskommandos etwas größer.

Jetzt erkennt er einen Lkw, der gleich hinter den beiden Pkws hält. Ein Trupp Soldaten kommt dazu, entfernt die Plane und lädt große Mengen Bücher und Hefte aus den Pkws in den Lager-Lkw um. Wenig später rumpelt der Lkw in Richtung Kulturbaracke.

Weihnachten ist es, das weiß er. Nicht nur weil der Wind das Läuten der Glocken aus den umliegenden Dörfern nach Buchenwald trägt. Auch die anderen Häftlinge sprechen heute über das Fest. Seit dem Frühjahr 1948 dürfen sie die National-Zeitung gelegentlich lesen. Ihr Jahr hat wieder Tage, Jahreszeiten, christliche Feste, auf die manche von ihnen hinleben. An Ostern hat es erstmals Gottesdienste im Lager gegeben, zwar streng bewacht, aber offiziell gestattet. Im Lager sind auch Geistliche inhaftiert, die die Liturgie feiern. Nur die Predigt ist sehr kurz und weicht kaum vom Bibeltext ab. Da gibt es Auflagen von Seiten der Lagerleitung.

Auch für dieses Weihnachten sind Gottesdienste angekündigt. Weil die Kulturbaracke maximal zwölfhundert Männer fasst, die Nachfrage aber groß ist, sollen gleich zwei Gottesdienste nacheinander stattfinden. Er bekommt mit, wie die Schneiderei den Auftrag erhält, einen Talar herzustellen. An Heiligabend selbst weist man ihn an, die Kulturbaracke samt den Nebenräumen zu reinigen, und zwar vor und, bei Bedarf, nach den Gottesdiensten. Die Baracke füllt sich schnell bis auf den letzten Platz. Vorne auf dem provisorischen Altar brennt eine Kerze. Er kehrt den Vorraum, der dem Pfarrer als Sakristei dient. Als der Geistliche eintrifft, erkennt er ihn wieder. Es ist derselbe, der an Ostern den Gottesdienst gehalten hat. Jetzt trägt er den neu geschneiderten Talar. Er kann nicht länger in der Sakristei kehren. Das fällt sonst auf. Gerade als er wieder in den Saal zurückkehren will, gehen sie stumm an ihm vorbei: die drei Männer, die er vor einer Stunde am Lagereingang gesehen hat. Ihnen folgen zwei russische Offiziere. Er kehrt in der Nähe der Sakristei und spitzt die Ohren. Die drei Männer begrüßen den Häftlingspfarrer.

»Keine persönlichen Gespräche, verstanden?«, hört er die warnende Stimme eines der russischen Offiziere.

»Ja, gut. Sagen Sie, dürfen wir wirklich keine Gottesdienste im Lazarett und bei den Frauen feiern?« Das muss die Stimme eines der drei Männer vom Lagereingang sein. Im Gegensatz zur Stimme des Häftlingspfarrers kennt er diese nämlich nicht.

»Nein!«, antwortet der Offizier. »Im Lazarett und bei Frauen, eigene Pfarrer machen Gottesdienst, hier aus Lager. Er hier gehen jetzt!«

Er sieht, wie der Häftlingspfarrer mit Talar aus der Sakristei kommt und die Baracke verlässt. Nach dem, was Gustav mitgehört hat, sollte der Häftlingspfarrer die drei Männer von außerhalb des Lagers wohl nur kurz kennenlernen. Jetzt hat er sich ins Lazarett oder zu den Frauen aufgemacht, um die Christvesper zu halten.

Die drei Männer. Jetzt ziehen sie an ihm vorbei. Jeder trägt einen Talar, sie sind also Geistliche. Sie betreten den großen Saal der Kulturbaracke. Mit seinem Besen steht Gustav vorne an der Längsseite des Saals, direkt neben den ersten Reihen. Das sowjetische Lagerpersonal sitzt dort in Zivil. Die Schuhe glänzend, die Hemden gesteift, die Tuchröcke gebürstet. Da der Rest des Raumes dämmrig bis dunkel ist, sehen die Pfarrer von außerhalb des Lagers nur diese Männer. Wenn sie sie für Häftlinge halten, müssen sie glauben, das Lager sei ein Erholungsheim. Er verfolgt genau, wie der Gottesdienst abläuft. Trotz der vielen Menschen ist es still wie in einer Gruft. Nur bei den weihnachtlichen Liedern stimmen viele mit ein. Manch einer, der die Texte nicht kennt, summt mit.

»Jesus ist in Armut und Elend geboren«, hört er den Pfarrer, der eine markante Brille trägt, predigen. »Seine Geburt weist auf sein späteres Leben voraus. Er will bei denen sein, die arm, verlassen, vergessen sind. Bei denen, die leiden, weil sie sich ungerecht behandelt fühlen …«

Er spürt, wie ihm die Worte zu Herzen gehen. Nicht ganz so stark wie bei manch anderem, der still in Tränen ausbricht. Stille Nacht, heilige Nacht, stimmen sie jetzt an. Der Prediger zieht ein Taschentuch aus seiner Talartasche und wischt sich über die Augen.

»Der muss von draußen sein«, flüstert ein Häftling einem anderen zu. »So saubere Taschentücher gibt's bei uns nicht!«

Die Männer strömen aus der Kulturbaracke, aus der Gegenrichtung kommen ebenso viele herein. Auch die russischen Aufseher wechseln sich ab. Gustav wuselt mit seinem Besen durch die Gänge, vor allem vorne. Er fühlt sich privilegiert, darf er doch als Reinigungskraft gleich zweimal am Gottesdienst teilnehmen. Während andere, die keinen der Gottesdienste besuchen dürfen, in ihren Baracken eingeschlossen sind. Die Lagerleitung möchte verhindern, dass die Gäste allzu viel umherlaufendes Elend sehen.

Der zweite Gottesdienst läuft ähnlich ab wie der erste. Nur dass der Prediger seine Identität andeutet. »Ich, als Bischof, will Ihnen diese Worte der Hoffnung ganz persönlich zusprechen. Harre des Herrn! Sei getrost und unverzagt und harre des Herrn!« Ein Raunen geht durch die Reihen. Der Bischof höchstpersönlich an Heiligabend bei ihnen im Lager! Nicht in einem der großen Dome oder einer der altehrwürdigen Kirchen ist er, sondern in dieser schäbigen Baracke. Das erinnert an Jesus, der in einem armen Stall und in keinem Palast geboren wurde. Wenn das keinen Mut schenkt!

Am Abendmahl nimmt immer noch die Hälfte der Besucher teil. Direkt neben dem Bischof steht ein angeblicher russischer Dolmetscher. Gustav kennt ihn aber. Er spricht zwar perfekt Deutsch, ist aber einer von der Lagerleitung, der hier nur die Aufgabe hat, den direkten Kontakt zwischen den Gastpfarrern und den Häftlingen zu unterbinden. Ganz gelingt ihm das nicht. Einmal hört Gustav, wie einer dem Bischof bei der Entgegennahme der Hostie zuflüstert: »Vier Kinder. Ich habe nichts getan. Holen Sie mich hier raus.« Der

Bischof nickt unmerklich. Man sieht förmlich, wie er die Aussage in seinem Gedächtnis abspeichert.

Nach dem zweiten Gottesdienst verlassen alle den Saal. Am Ausgang nehmen sie sich eine Broschüre oder ein Buch mit, das die Gäste mitgebracht haben. Christliche Schriften, die sie ermutigen sollen. Gustav nimmt ein gebrauchtes Neues Testament mit. An einen Gott hat er nie geglaubt. Das Lager, sein erlittenes Unrecht sind für ihn die besten Beweise, dass es keinen Gott gibt. Jedenfalls keinen guten. Denn der würde das alles hier nie zulassen. Aber irgendetwas in der Predigt des Bischofs hat ihn verunsichert. Wenigstens habe ich jetzt etwas zum Nachdenken, sagt er sich.

30

Zeller onanierte in seinem Subaru. Auf dem Lenkrad vor ihm lag ein Heft mit Fotos von nackten jungen Mädchen. Von hinten näherte sich Stein dem Auto. Zeller, stark beschäftigt, merkte nichts. Stein riss die Türe auf, zog ihn aus dem Auto, schlug und trat ihn.

»Er ist ein pädophiles Schwein«, erregte sich Maximilian Stein jetzt, als er ihnen die unfreiwillige Begegnung mit Zeller im Waldstück oberhalb des Klinikums schilderte.

»Was ist passiert, nachdem Sie ihn zusammengeschlagen haben?«, fragte Hoppe, jetzt sichtlich angespannt. Die Ermittlungen waren endlich an einem wichtigen Punkt angelangt.

»Ich habe ihn durch den Wald gejagt. Dann bin ich zu der Stelle zurück, wo ich mich mit Anna treffen wollte. Die war ja einige Meter vor dem Wald.«

»Der Treffpunkt war ihr bereits bekannt?«

»Ja, da haben wir uns öfter getroffen.«

»Und dort haben Sie bis wann genau gewartet?«

»Na, es war so zwanzig nach neun. Ich habe sie noch ein letztes Mal angerufen. Dann bin ich gefahren.«

Hoppe und Woltmann schauten sich an. Die Uhrzeit, die Stein für seinen letzten Anruf nannte, stimmte mit der überein, die ihnen Heiko Denninger mitgeteilt hatte.

»Und wo war der Zeller, als Sie gefahren sind?«, setzte Woltmann die Befragung fort.

Stein antwortete nicht.

»Herr Stein, war der Zeller etwa noch im Wald, als Sie gefahren sind?«

»Ja, der war noch im Wald. Sein Subaru stand dort jedenfalls noch.«

»Wissen Sie denn, was das bedeutet?«

Stein sah zu Boden, schwieg. Hoppe räusperte sich.

»Das bedeutet, dass Sie ihm Anna Kellermann direkt ausgeliefert haben, verdammt!« Sie sprach jetzt laut. »Einem Mann, der mehrfach wegen Vergewaltigung und versuchter Vergewaltigung Minderjähriger verurteilt ist!«

»Das habe ich doch nicht gewusst!«

»Nein, das haben Sie nicht gewusst. Aber Sie haben eine junge Frau bei anbrechender Dunkelheit zu einem Treffpunkt im oder am Wald bestellt. Und Sie haben zuvor gesehen, dass mit diesem Mann sexuell was nicht stimmt!«

»Ich habe da doch keine Verbindung gesehen. Das waren ja Bilder von nackten Kindern, an denen der sich aufgegeilt hat. Dafür habe ich ihn ja auch abgestraft.«

»Sie haben sich doch nur abreagiert!«, schrie Hoppe jetzt fast. Ihr Hals war rot vor Wut, ihre Augen blitzten Stein an.

»Ja, dann hab ich mich halt abreagiert. Die ganze Scheiße

mit Anna an diesem Tag. Dass sie Schluss mit mir macht. Wegen meiner Drogendeals. Und gleichzeitig pumpt sie mich an. Weil sie diese Nerzfarm hochgehen lassen will. Und dafür Kohle braucht. Das war alles so verfahren. Oh Mann, ey! Außerdem ist Anna doch alt genug, um sich gegen so einen zu wehren.«

»Sie sind echt bescheuert, Stein. Komm, wir gehen!«

Hoppe packte Woltmann am Arm und ließ einen konsternierten Stein im Verhörraum zurück. Auf der Fahrt nach Weimar telefonierte Hoppe mit dem Haftrichter in Suhl. Zeller musste hinter Gitter, so schnell wie möglich. Zudem ärgerte sie sich über sich selbst, weil sie gegenüber Stein ausgerastet war. Ein Verhalten, das sie an Remde immer gestört hatte. Lag das an ihrer neuen Funktion? Rasteten Chefs schneller aus?

Ausfahrt Weimar. Sie starteten auf der Autobahn durch nach Arnstadt. Eine Hundertschaft durchkämmte das Umfeld von Zieglers Wohnung systematisch, in einem Radius von drei Kilometern. Mit dem Ergebnis: keine verdächtigen Kellerräume, kein verriegeltes Gartenhäuschen, kein mit Brettern und Zementsäcken zugedecktes Erdloch – nichts. Die Spurensicherung untersuchte jedes Staubkorn in Zieglers Wohnung – ebenfalls nichts. Die Erfurter IT-Abteilung untersuchte die Laptops von Ziegler senior und junior – keine verdächtigen Dateien oder E-Mails, nichts. In Zieglers Mercedes keine DNA, Fingerabdrücke oder Blutspuren von Anna. Absolut nichts, was auf eine Entführung hindeutete.

»Die beiden Zieglers waren Trittbrettfahrer.« Hoppe sah auf der Beifahrerseite in ihr Notizbuch.

»Und der Alte hat seinen Sohn wahrscheinlich zu der Erpressung genötigt. Weil er dessen technisches Wissen brauchte, unter anderem, um die Handyortung zu vermeiden.« Woltmann bog auf die Autobahn Richtung Erfurt ein.

»Ja, das glaub ich auch. Der schaute völlig verängstigt aus, der Sohn.«

»Was ist das doch für ein Scheißvater, der seinen Sohn zu so was missbraucht. Der verbaut ihm sein ganzes Leben.«

»Na, mal abwarten. Der Richter wird schon ein paar strafmildernde Umstände für Ziegler junior finden.«

»Trotzdem!« Woltmann bremste das Auto ab, weil ein Bus auf die Überholspur wechselte.

»Gehen wir mal davon aus, dass es gar keine Entführung gegeben hat. Denn wenn jemand anders Anna entführt hat, hätte er sich doch längst gemeldet.«

»Also bleibt nur noch ein Gewaltverbrechen. Oder die Variante, dass Anna einfach abgehauen ist.«

»Ja, das müssen wir im Kalkül behalten. Diese militanten Tierschützer erinnern mich an eine Sekte. Denen traue ich auch zu, dass sie Anna überredet haben, zu so einer Aktion mitzukommen.«

»So oder so durfte sie niemandem etwas davon sagen, weil sie sonst die ganze Aktion gefährden würde.«

»Dann wäre Anna allerdings ziemlich skrupellos. Erstens weiß sie, wie sehr sich ihre Eltern um sie sorgen werden. Und zweitens wird sie ja auch im Internet sehen, was ihr Verschwinden für Aktionen hier ausgelöst hat.«

»Dazu kommt noch, dass sie sich eine gute Ausrede ausdenken müsste, woher sie nach der Aktion so plötzlich wieder auftaucht.«

»Ja, das müsste sie.«

»Fände ich hammerhart, Mandy. Da setzt sie sich für Tiere ein, würde gleichzeitig aber Menschen quälen. Ihre Eltern, ihre Mitschülerinnen. Ganz Weimar steht seit ihrem Verschwinden ja doch irgendwie Kopf. Glaubst du echt, dass Anna so rücksichtslos sein könnte?«

Hoppe wusste, dass Woltmann den Schwachpunkt dieser Variante getroffen hatte und die eines Gewaltverbrechens wahrscheinlicher war.

Hinter Erfurt ging die Sonne unter. Der Ettersberg lag wie ein riesiger Schatten über Weimar. Das blaue Licht einer Tankstelle in Schöndorf war der einzige Farbtupfer, der von der Autobahn aus zu sehen war.

»Sascha, gehen wir mal von einem Gewaltverbrechen aus. Wer hätte ein Motiv gehabt, Anna zu ermorden?«

»Der Amerikaner.«

»Du meinst Bruce Bradley. Aber welches Motiv sollte er haben? Dass sie in den USA nichts von ihm wissen wollte, ihn verschmäht hat? Weil er Angst gehabt hat, dass sie irgendwann doch noch gegen ihn aussagt? Okay, das wäre möglich.«

»Dann bleibt noch dieser Sexualstraftäter. Detlef Zeller. Klar, den müssen wir vielleicht an erste Stelle setzen.«

»Da läuft der Antrag auf U-Haft, den Remde noch vor seiner Suspendierung gestellt hat. Den Zeller knüpfen wir uns morgen vor. Auch Annas Onkel im Saarland müssen wir im Blick behalten.«

»Weil er neidisch auf seine Familie war. Oder sich rächen wollte.«

»Ja, aber Bachmann steht im Ranking der Verdächtigen bei mir ganz hinten. Ebenso halte ich Stein wegen der Blutspuren von Anna in seinem Auto weiterhin für verdächtig.«

»Was hältst du denn davon, wenn wir auch Leute aus dem Umfeld der Tierschutzaktionen in den Kreis der Verdächtigen mit aufnehmen?«

»Du meinst Leute, die aktive Tierschützer als Gegner ansehen? Zum Beispiel die Besitzer solcher Nerzfarmen?«

»Ja, wieso nicht? Ich habe mal einen Film über diese Farmbesitzer gesehen. Die quetschen die Tiere auf engstem Raum zusammen. Zum Töten stecken sie sie in spezielle Kisten, in die heißes Auspuffgas strömt. Viele sterben aber dadurch nicht. Denen wird dann das Fell bei lebendigem Leib abgezogen. Weil die Firmen rein wirtschaftlich denken: Wenig Raum ist gleich wenig Kosten. Abgase statt Spritzen, auch das spart Geld.«

»Ist ja grausam.«

»Wer gegen Tiere so gnadenlos vorgeht, ist auch mit Menschen nicht zimperlich, die gegen sie agieren. Wenn sie zum Beispiel jemanden erwischen, der sich als Arbeiter bei ihnen einschmuggelt, um ein Undercover-Video zu drehen.«

»Und das dann an gut vernetzte Journalisten weiterleitet.«

»Exakt. In dem Fall könnte ich mir vorstellen, dass der Werkschutz in Erscheinung tritt. Das ist die freundliche Umschreibung für angeheuerte Schlägerbanden.«

Sie fuhren durch Gelmeroda Richtung Weimar. Woltmann war noch ganz ins Gespräch vertieft. Es blitzte auf.

»Mist! Ich bin über fünfzig gefahren.« Auch wenn dies für ihn als Fahrer eines zivilen Polizeiautos keine Konsequenzen nach sich zog, ärgerte er sich.

»Sascha, wir machen jetzt noch einen Schlenker zum Ehepaar Kellermann. Wir müssen die Eltern auf dem Laufenden halten.«

Mandy ist wirklich zäh!, dachte Woltmann. Die muss doch auch hundemüde sein. Er selbst wäre gerne direkt nach Hause gefahren. Aber sie hatte recht, die Kellermanns warteten und warteten und warteten auf ihre Tochter. Woltmann wusste zu diesem Zeitpunkt noch nicht, welch grauenhafte Nacht ihm bevorstand.

31

In München ging zur selben Zeit eine Vermisstenanzeige ein. Aufgegeben von Notker von Blumenstein. Der Prominentenanwalt hatte seine Frau tagsüber nicht erreicht, obwohl er es mehrmals versucht hatte. Nicht weil er sie so sehr liebte. Sondern weil nach ein bisschen Smalltalk über Hamburg, dem Hinweis auf geschäftlich ganz wichtige Termine bis spät in die Nacht und dem darauffolgenden Beileid seiner Ehefrau wegen so viel Stress der obligatorische Pflichtanruf erledigt gewesen wäre und er den Kopf für die schönen Dinge des Lebens frei gehabt hätte. Adriana hieß die Schöne, die ihm die Tage in Hamburg versüßen sollte. Seine Laune verschlechterte sich von Stunde zu Stunde, weil seine Frau nicht ans Telefon ging. Auch keine WhatsApp beantwortete sie. Schließlich informierte er ihren Bruder, der einen Hausschlüssel besaß, und bat ihn, nachzusehen, ob sie zu Hause sei. Der fand eine picobello aufgeräumte Wohnung vor. Nur im Ankleideraum entdeckte er etwas Verdächtiges. Er schickte seinem Schwager ein Foto des offen stehenden Kleiderschranks, auch eins vom Abstellzimmer, in dem einige Koffer durcheinander auf dem Boden lagen. Sie war doch nicht etwa alleine verreist, ohne ihn zu informieren, wunderte sich von Blumenstein. Reiste sie ihm etwa nach Hamburg hinterher? Nervös schaute er zu Adriana, die sich nackt auf dem breiten Wasserbett räkelte. Aber dann hätte seine Frau doch das Handy mitgenommen! Doch das lag, wie ihm sein Schwager mitteilte, friedlich und nichts verratend auf dem Wohnzimmertisch.

»Hier!« Hastig öffnete von Blumenstein mit einem Schlüsselchen eine Seitentasche seines Koffers, holte Geldscheine heraus. »Geh! Bitte geh sofort!«

Adriana schaute ihn mit großen Augen an, obwohl sie nicht wirklich überrascht war. Es war nicht das erste Mal, dass sie in so eine Situation geriet. Männer, bei denen Geld keine Rolle spielte, mieteten sich öfter mal ein Callgirl. Die Ehefrau schöpfte Verdacht und reiste hinterher. Einmal war sie sogar von einer solchen Ehefrau, als sie deren Gatten befriedigte, in flagranti erwischt worden. Mit ihrem Stöckelschuh ging die Gemahlin auf ihren Ehemann los. Heidewitzka. Sie selbst konnte gerade noch entwischen. Aber solange die Zahlung stimmte, war für sie alles in Ordnung. Sie zog sich schnell an, warf noch einen kurzen Blick in den Spiegel und eilte mit dem Koffer und sechstausend Euro in bar davon.

Notker von Blumenstein war ratlos. Die Polizei nahm seine Anzeige entgegen, gab aber zu bedenken, dass es für eine Suchaktion viel zu früh war. Mit dem ersten Flugzeug am nächsten Morgen würde er nach München zurückfliegen. Die Sache wird sich sicher auf eine lächerlich einfache Art auflösen, sagte er sich. Schlafen konnte er trotzdem nicht.

32

Anna klebte das verschwitzte, strähnige Haar im Gesicht. Drei grobschlächtige Männer mit Glatze, Muskelshirt und komplett tätowierten Armen umringten sie. Sie traten sie hin und her wie einen Fußball. Anna weinte, schrie, versuchte, den Ring zu durchbrechen. Sie wirbelten sie an ihren langen Haaren herum, als ob sie ein Lumpen wäre, mit dem sie den blutüberströmten Boden wischten. Manchmal krallte sie sich in den Oberarm eines dieser Männer, auf deren Shirts *Security* stand. Die Glatzköpfe wieherten vor Vergnügen wie Pferde und schüttelten sie ab, als ob sie Luft wäre. Hinter ihnen standen Käfige. Nerze, die meisten mit ausgestochenen Augen, sprangen wild darin hin und her. Da griff einer der Männer nach einem Schürhaken. In einem gewaltigen Bogen holte er aus und ließ das spitze Gerät auf Annas Schädel …

»Nein! Niiiiicht! Nehmt einen Nerz!«, schrie Woltmann.

»Hey, Sascha, was ist denn los?«

Woltmann war schweißgebadet. Nur langsam kam er in der Realität an und merkte, dass er zu Hause in seinem Bett lag. Die Tür zum Balkon war wegen der tropischen Hitze geöffnet. Über sich erkannte er die Umrisse seiner Frau Yvonne.

»Wie? Was?« Er stützte sich auf den Ellbogen auf. Vier Uhr, erkannte er auf dem Leuchtwecker.

»Schlaf wieder!« Yvonne hielt ihm die rechte Hand. Er schaute zur Decke, an der sich von irgendwoher ein Licht spiegelte. Es dauerte, bis er wieder einschlief.

Als er am Morgen aufwachte, fühlte er sich wie gerädert.

»Du hast im Traum irgendwas von Nerzen gemurmelt«, sagte Yvonne, als sie alle gemeinsam am Frühstückstisch saßen.

»Da weiß ich doch sofort, woher das kommt.« Ronny schlang noch ein Brot hinunter, bevor er in die Schule radelte. »Ich habe von ein paar Schülern erfahren, dass Anna sich diesbezüglich engagiert hat. Und Papa hat das sicher über die Kripo herausbekommen.«

»Stimmt!« Woltmann sprang auf. Eigentlich musste er sofort wieder ins Büro. Aber er plante, zuvor noch einen kleinen Abstecher zu machen.

»Einen Cappuccino, Ingo.«

Das Stehcafé von Ingo Baum war keine zehn Minuten später noch immer mit Schülern überfüllt, die sich kurz vor Schulbeginn noch etwas für die Pause kauften. Aber den Cappuccino für Woltmann schaffte Baum irgendwie doch. Mit dem Bäcker war er befreundet. Er war die erste neue Bekanntschaft, die er nach fast zwanzig Jahren bei seiner Rückkehr von Berlin nach Weimar hier gemacht hatte. Er mochte Baums joviale Art. Auch dienstlich war er für ihn wichtig. Denn Baum wusste immer, was in Weimar vorging. Und was er nicht wusste, fand er heraus. Vitamin B besaßen nicht nur seine Vollkornbrötchen. Beziehungen hatte er zu Hinz und Kunz. Ingo Baum war der Herr des Stadtgesprächs.

Arthrose-Brötchen, las Woltmann auf einem handgeschriebenen Zettel auf der Verkaufstheke.

»Ja, die gehen prima!« Baum bemerkte seinen Blick. Er verkaufte gerade zwei Grundschülerinnen je einen Kaugummi für fünf Cent.

»Heißen die so, weil man davon Arthrose bekommt?« Woltmann versuchte, nicht zu lachen. Baum stutzte.

»So ein Quark! Die Arthrose geht weg, wenn man die isst!«

»Glaubst du das wirklich?«

»Na, wenn ich dir das sage. Die Brötchen sind aus Hirseteig. Mineralien pur. Dazu Dinkel und Kerbel. Zum Entsäuern!«

»Du sprichst ja wie ein Doktor der Medizin!«

»Bin ich ja auch. Also nicht ganz. Aber ich kenne einen Arzt. Vom Klinikum oben. Doktor Bierbaum. Der war hier bei mir in der Backstube. Wir haben das Rezept gemeinsam entwickelt. Wir nennen uns jetzt Food Designer.« Baum lachte.

»Aha.«

»Willst mal eins kosten?«

»Ich habe doch gar keine Arthrose.«

»Ha! Wie übermütig! Die kommt von ganz allein. Es sei denn, du isst rechtzeitig viele meiner Arthrose-Brötchen. Die wirken nämlich auch provisorisch.«

»Du meinst prophylaktisch.«

»Egal. Hier!« Baum warf Woltmann eins der Brötchen über die Theke. Die Verkaufsstube leerte sich allmählich. Es war acht Uhr. Schulbeginn.

»Schmeckt ein bisschen bitter! Ich würde mir was wegen des Namens überlegen.«

»Arthrose-Brötchen?«

»Ja, habe mal gehört, man soll nicht mit negativen Begriffen werben. Und Arthrose ist …«

»Ist negativ. Da hast du recht, Sascha.«

»Wie wär's mit Baum-Bierbaum-Brötchen?«

»Viel zu lang!«

Der Bäcker stand an Woltmanns Tisch, genehmigte sich jetzt eine Tasse Kaffee. Woltmann kam zu seinem eigentlichen Anliegen.

»Sag mal, Ingo, gab's in der DDR eigentlich Wölfe?«

»Verfluchter Mist!« Baum hatte sich gerade die Zunge an seinem eigenen Kaffee verbrannt. Der Kaffeeautomat ähnelte einem Vulkan. Alle Getränke, die er ausspuckte, waren heiß wie Lava. Er rannte hinter die Theke und trank hastig ein paar Züge aus einer Wasserflasche.

»So, Sascha, was war noch mal die Frage? Ah, du wolltest wissen, ob es in Zonenzeiten Wölfe hier bei uns gab. Hm. Also, wenn ich mich richtig erinnere, hat der Hartmut Engler mal was von Wölfen erzählt.« Der Bäcker sah Woltmann an, als sei Hartmut Engler so bekannt wie ein Nobelpreisträger.

»Hartmut Engler?«

»Na, der war doch in Bad Berka Förster. Schon vor der Wende. Seit ein paar Jahren ist er im Ruhestand.«

»Wohnt der in Weimar?«

»Nein, der ist nach Tambach-Dietharz gezogen. Hat den Thüringer Wald direkt vor der Haustür. Für einen Förster ein Traum.«

Woltmann bedankte sich, zahlte seinen Cappuccino. Das Arthrose-Brötchen hatte ihm Baum spendiert. Auf dem Weg zur Polizeiinspektion kaute er den Rest. Nicht schlecht, aber ein bisschen trocken, dachte er sich. Plötzlich spürte er ein Ziehen im Knie. »Kann ja wohl nicht wahr sein!«

»Was hast du da gerade gemurmelt?« Wie aus dem Nichts tauchte Mandy Hoppe neben ihm auf. Gemeinsam gingen sie den restlichen Weg zu den Büros der Kripo.

»Ach nichts. Ich habe mich gerade nach dem Vorkommen von Wölfen in der DDR erkundigt.«

»Wegen der Seminarfacharbeit von Anna.«

»Ja.«

»Und? Gab's welche?«

»Das weiß ich nicht. Aber ich könnte einen Förster anrufen, der das vielleicht weiß. Seinen Namen habe ich von Ingo Baum.«

»Tu das. Ich sehe zwar nicht, was das bringen sollte. Aber wer weiß.«

»Noch was. Ich würde mir außerdem gerne einmal die Dateien über Nerzfarmen, Tierschutz und Animal Liberation Front in Annas Computer anschauen.«

»Annas Computer ist noch bei den Kollegen in Erfurt. Aber ruf Heiko Denninger an, damit er dir entweder Kopien von den Dateien oder gleich den Computer schickt.«

Sie betraten das Großraumbüro. Die Kollegen, die nicht in der Sonderkommission »Anna« waren, berichteten ihnen sofort von einem Ermittlungserfolg. Sie konnten nun nachweisen, dass Lothar Iffland, der Betreiber des Ruhewalds am Goethewanderweg, tatsächlich ein Bestattungsbetrüger war. Die Leichen, die er abholte, ließ er nicht, wie es gang und gäbe war, im Sarg in einem Krematorium verbrennen. Stattdessen bewahrte er sie tiefgefroren bei sich auf und gaukelte den Angehörigen die Urnenfeier nur vor. Für den Sarg, die eventuelle Sargfeier, Verbrennung, Urne und Urnenbeisetzung kassierte er kräftig ab, obwohl er keine dieser Leistungen erbrachte. Wo Urne draufstand, war bei Iffland Kaminasche drin. Und tief unterhalb der Urne vergrub er zuvor die Leichen. Doch er trieb es zu weit. Sprach vor Kunden von Urnenfeier, wenn es sich um eine Sargfeier handelte, und umgekehrt. Eine Verwirrungstaktik. Einer seiner Kunden war deswegen misstrauisch geworden. Jetzt hatte ihn die Kripo auf frischer Tat ertappt, als er mit seinem Kleinbagger in aller Frühe im Ruhewald ein vier Meter tiefes Loch aushob und die Leiche hineinwarf.

»Klasse! Gute Arbeit, Kollegen!« Hoppe freute sich. Der Fall beschäftigte die Weimarer sehr. Jetzt gab es wenigstens einen Ermittlungserfolg, auch wenn der Fall Anna Kellermann viel höhere Wellen in der Weimarer Öffentlichkeit und weit darüber hinaus geschlagen hatte. Hier mussten sie bald liefern!

Woltmann fand die Telefonnummer von Förster Engler in Tambach-Dietharz heraus, erreichte ihn aber nicht. Hoppe las in ihrem Computer die Nachricht, dass Zeller mittlerweile in der JVA Goldlauter bei Suhl in Untersuchungshaft saß.

»Sascha, ich schlage vor, wir fahren jetzt gleich nach Goldlauter. Auf dem Rückweg besuchen wir kurz diesen Förster in Tambach-Dietharz. Auch nach Erfurt fahren wir. Ich muss mit dem Chef vom LKA sprechen. Du kannst dir dann währenddessen bei Denninger Annas Dateien vornehmen und dir die interessanten selbst kopieren.«

Sie wollten gerade aufbrechen, da hielt Meisinger Hoppe am Arm fest.

»Schau mal, Mandy, wen wir hier haben.« Sie zeigte auf ihren Bildschirm und drehte ihn in die Richtung der anderen.

»Da ist einer geblitzt worden.« Hoppe ging mit dem Gesicht ganz nah an den Monitor, erkannte aber nicht, wer der

Fahrer des Wagens war. Auch das Autokennzeichen sagte ihr nichts.

»HOM. Das steht für Homburg. Der Fahrer ist Klaus Bachmann. Aufgenommen am Tag von Anna Kellermanns Verschwinden. Um zwölf Uhr zehn.« Meisinger zoomte das Bild noch größer.

»Wo?«

»Auf der Autobahn bei Frankfurt. Da galt um diese Zeit Tempo hundert. Bachmann ist fünfunddreißig Stundenkilometer zu schnell gefahren.«

»Uiuiui. Der hat es aber eilig gehabt.«

»So ist es, Mandy.«

Hoppe rief die Kripokollegen in Homburg an und bat sie, Bachmann erneut zu befragen. Warum er bei der ersten Vernehmung behauptet habe, er sei an besagtem Tag zu Hause gewesen. Was, wie nun eindeutig nachgewiesen werden konnte, gelogen war. Er sei am Mittag bei Frankfurt in eine Blitzerfalle geraten. Bei seinem Tempo wäre er gut zwei Stunden später in Weimar angekommen.

Eine Stunde später saß Hoppe Detlef Zeller in der Justizvollzugsanstalt Goldlauter gegenüber. In der Ecke des kahlen Raums nahm ein Justizvollzugsbeamter auf einem Stuhl Platz. Woltmann verfolgte die Vernehmung im Nebenraum hinter dem Einwegspiegel. Denn Hoppe fand es bei Tätern vom Kaliber Zellers besser, diese nur durch eine Person zu vernehmen. Woltmann sollte im Nebenraum Zellers Mimik und Körpersprache beobachten, die oft mehr sagten als tausend Worte.

Zeller war Mitte vierzig, klein, gedrungen. Sein Gesicht so pickelig wie das eines Konfirmanden. Geziert von einem Doppelkinn. Das Haar fettig, strähnig. Über dem Bund der viel zu engen Jeans wölbte sich ein Speckring. Seine Finger waren dürr und kurz, wie Kinderhände, sie passten nicht zu dem ansonsten feisten Körper.

»Sie waren gegen siebzehn Uhr am 22. Juni dieses Jahres in Weimar, korrekt?« Hoppe begann das Verhör mit unverdächtig erscheinenden Fakten. Sie nannte das *eine kommunikative Basis herstellen*. Unverfängliches am Anfang, dann kamen die harten Fragen.

Zeller nickte bejahend.

»Sie waren bei diesem Hundezüchter. Der Pitbull, für den Sie sich interessieren, ist Ihnen aber zu teuer. Sie verlassen nach einer guten Stunde die Hundezüchterei. Richtig?«

Zeller nickte erneut und fingerte an seinem Doppelkinn herum.

»Anschließend sind Sie zu McDonald's …«

»Nein, nicht. Erst bin ich noch in die Stadt.«

»Was haben Sie da gemacht?«

»Nichts.«

»Was heißt nichts? Man tut nie nichts. Haben Sie Geschäfte angeschaut, etwas gekauft? Waren Sie Eis essen? Irgendwas haben Sie dort doch gemacht!«

Zeller ballte die Hände so fest zu Fäusten zusammen, dass seine Knöchel weiß hervortraten.

»Herr Zeller, antworten Sie bitte!«

»Ich war bummeln.«

»Bummeln! Gut. Haben Sie Anna Kellermann in der Stadt gesehen?« Sie hielt ihm ein Foto der verschwundenen Schülerin hin. Nur kurz schaute er hin, dann wandte er ruckartig den Kopf ab.

»Wo haben Sie Ihr Auto abgestellt?«

»An diesem Schloss. Da, wo der Reiter ist.«

»An der Anna Amalia Bibliothek. Am Platz der Demokratie.«

»Kann sein.«

»Was heißt ›kann sein‹?«

»Kann sein, dass der Platz so heißt.«
»Wie lange waren Sie in der Stadt?«
»Zwei Stunden.«
»Das wissen Sie genau?«
»Ja.«
»Wieso so genau?«
»Weil der Parkschein so lange ging. Bis zwanzig Uhr. Danach kostete es nichts mehr.«
Er lügt nicht, dachte sich Hoppe. Zumindest nicht in diesem Punkt. Sie kannte die Parkautomaten am Schlossplatz.
»Dann sind Sie zu McDonald's. Was haben Sie sich gekauft?«
»Weiß ich nicht mehr.«
»Aber Sie haben diesbezüglich gegenüber unseren Suhler Kollegen doch schon einmal genaue Angaben gemacht.«
»Cheeseburger.«
»Was noch?«
»Einen Shake.«
»Was für einen?«
»Erdbeer.«
Hoppe dachte an den Bericht der Spurensicherung, der den Müll, der im Waldstück am Klinikum herumlag, minutiös verzeichnete. Ein Shakebecher mit Zellers DNA war dabei gewesen. Mit ihren schnell aufeinanderfolgenden Fragen wollte sie Zeller herausfordern. Wenn er log, würde er sich bald in Widersprüche verheddern. Wie ein Stör im Netz.
»Pommes waren auch noch dabei, glaub ich.«
Für einen Augenblick überkam sie Mitleid. Da saß dieser große Mann wie ein Riesenbaby vor ihr und beichtete seine Vorliebe für Cheeseburger und Pommes. Aber das Riesenbaby war ein Vergewaltiger. Da war Mitleid fehl am Platz!
»Das alles haben Sie sich im Drive-in gekauft? Oder im Restaurant?«

»Drive-in.«

»Sagen wir mal, Sie waren um halb neun mit dem Einkauf im Drive-in fertig. Was war dann?«

»Bin ich in den Wald gefahren.«

»Wieso in den Wald? Wieso gerade in diesen Wald?«

Zeller schwieg, zupfte sich an beiden Ohrläppchen.

»Herr Zeller, hallo! Warum in diesen Wald?« Hoppe rückte noch ein Stück näher an den Tisch. Sie roch seinen Schweiß, seinen säuerlichen Atem, wich aber nicht zurück.

»Das habe ich doch schon mal gesagt. Ich will nicht unter Leute. Ich bin einfach die Straßen da rumgefahren. Dann habe ich den kleinen Wald gesehen. War ja noch hell. Deswegen war es nicht gefährlich, da reinzufahren.«

»Wieso sollte das denn gefährlich sein?«

»Wegen des Bodens. Hat ja die Tage vorher stärker geregnet. Da ist es matschig. Da kann man stecken bleiben.«

»Okay, Sie haben dort Ihren Cheeseburger und Pommes vertilgt. Das dauert maximal eine Viertelstunde. Was war dann?«

Wieder schwieg Zeller. Die Adern an seinen Schläfen schwollen an.

»Ich will es Ihnen sagen. Sie haben Pornohefte angeschaut und sich dabei einen runtergeholt!«

Zeller zuckte zusammen, scharrte mit den Füßen.

»Ich will in meine Zelle zurück!«, sagte er.

»Das entscheiden nicht Sie, sondern ich! Ich muss noch etwas klarstellen, Herr Zeller. Sie haben sich nämlich nicht irgendwelche Pornohefte angesehen, sondern Pornohefte von Kindern, von kleinen Mädchen!«

Zeller drehte sich zu dem Vollzugsbeamten um. Der half ihm aber nicht. Warum sollte er auch? Zeller war fertig mit den Nerven. Seine Stirn war übersät mit winzigen Schweißperlen.

»Ich weiß das, weil Sie, während Sie onaniert haben, nämlich ein junger Mann überrascht hat. Der hat Sie daraufhin aus dem Auto gezerrt und verprügelt, stimmt's?« Hoppe erwartete keine Reaktion. Doch Zeller nickte. Sie durfte ihm nur Ja-Nein-Fragen stellen. Sonst verschloss er sich.

»Der Mann, der Sie verprügelt hat, ist dann um einundzwanzig Uhr zwanzig aus dem Wäldchen weggefahren, ja?«

»Kann sein.«

»Sein Auto hatte ein Leipziger Kennzeichen?«

Zeller nickte.

»Sie haben sich im Wald und in Ihrem Auto noch etwas erholt. In der Zwischenzeit war es im Wald komplett dunkel, korrekt?«

Zeller nickte wieder.

»Und dann?«

»Dann bin ich gefahren.«

»Sind Sie nicht!«

Zeller fuhr sich mit der breiten Hand über die Stirn, um den Schweiß abzuwischen.

»Sie haben einen weißen Subaru, ja?«

»Ja, einen Forester.«

»Was für ein Auto hat der Mann gehabt, der Sie verprügelt hat?«

»Einen Audi, glaub ich.«

»Farbe?«

»Weiß.«

»Genau. Ich sag Ihnen jetzt, was passiert ist. Der Leipziger ist zwanzig nach neun gefahren. Sie haben sich erholt. Vielleicht haben Sie auch weiter an sich rumgefummelt. Und plötzlich steht Anna Kellermann vor Ihrem Auto!«

»Nein!« Zeller sprang auf. Der Vollzugsbeamte erhob sich, ging auf ihn zu. Hoppe machte eine beschwichtigende Handbewegung.

»Setzen Sie sich wieder! Anna Kellermann war mit dem Mann verabredet, der Sie verprügelt hat. Sie hat das weiße Auto im Wald in der Dunkelheit gerade noch so erkannt. Das war ihr Verhängnis. Denn es war nicht das Auto ihres Freundes. Sondern es war Ihr Auto. Das Auto eines Vergewaltigers.«

»Neiiin!«

»Doch, Zeller, Sie waren das! Und Anna entsprach genau Ihrem Beuteschema!«

»Das stimmt alles nicht!«

»Stimmt nicht? Hier, Zeller, ich habe mir Ihre Akte angeschaut. Vergewaltigung einer Fünfzehnjährigen. Versuchte Vergewaltigung einer Siebzehnjährigen. Exhibitionistische Handlungen auf Spielplätzen. Und da sagen Sie, das stimmt alles nicht?«

»Doch.« Zeller drehte den Kopf ein wenig hin und her wie bei einer Nackenübung. »Das stimmt schon. Dafür war ich lange im Gefängnis. Aber mit dieser Anna habe ich nichts zu tun!«

»Sie haben sie ins Auto gezerrt. Oder in den Wald. Haben sie vergewaltigt. Oder es versucht. Niemand hörte Annas Hilferufe dort. Das war für Sie ein Geschenk, wie es schöner nicht sein konnte!«

Zeller schnaufte und quiekte jetzt wie ein Schwein vor der Schlachtung. Hoppe wusste, sie musste einen Gang zurückschalten, bevor Zeller zumachte oder kollabierte.

»Gut. Wenn Anna, wie Sie sagen, also nicht in den Wald gekommen ist, was haben Sie dann dort noch gemacht?«

»Nichts habe ich gemacht. Ich habe gewartet, bis von diesem Kerl nichts mehr zu hören und zu sehen war. Als es ganz dunkel war, bin ich zum Auto zurück und gefahren.«

»Direkt nach Suhl?«

»Ja.«

Hoppe schaute in Richtung des Einwegspiegels, hinter dem Woltmann das Verhör verfolgte.

»Sie hören von uns.« Sie gab dem Gefängnisbeamten ein Zeichen, Zeller abzuführen. Im Nebenraum schnaufte sie erst einmal durch, band sich die Haare zu einem Zopf.

»Was ist dein Eindruck, Sascha?«

»Schwierig. Aber er hat so manches gesagt, was er nicht hätte sagen müssen.«

»Was zum Beispiel?«

»Das mit dem weißen Audi. Da weiß er doch, wenn er auch nur ein bisschen mitdenkt, dass er sich damit selbst belastet.«

»Du hältst ihn für glaubwürdig?«

»Natürlich nicht durchgängig. Schließlich ist er nachgewiesenermaßen ein Sexualstraftäter.«

»Aber du kannst dir vorstellen, dass er Anna tatsächlich nicht getroffen hat?«

»Ja, zumal die Spurensicherung seinen Subaru überprüft hat und dort keine DNA, keine Fingerabdrücke, schon gar keine Blutspuren oder Kleidungsstücke von Anna gefunden hat.«

»Das stimmt. Außerdem müsste er auch Annas Fahrrad irgendwie entsorgt haben.«

Hoppe und Woltmann berichteten per Telefon dem zuständigen Richter von dem Verhör. Die U-Haft wackelte. Zu wenige Indizien. Wenn sich bis zum Abend keine neuen Verdachtsmomente ergaben, käme Zeller frei.

Als sie eine knappe Stunde später in Tambach-Dietharz ankamen, ging ein leichter Nieselregen über das verträumte Städtchen am Thüringer Wald nieder.

»Schau mal!« Woltmann zeigte auf den überdachten Stellplatz neben dem Haus.

»Ein weißer Subaru.«

»Ist das nicht komisch, Mandy?«

»Wenigstens passt der Modellname. Forester.«

Der Förster im Ruhestand empfing sie in Hausschläppchen und bat sie ins Wohnzimmer. Überall ausgestopfte Tiere: Dachs, Auerhahn, Eichhörnchen. An der Wand zwischen Geweihen eine riesige Kuckucksuhr. Auf dem Fenstersims ein gutes Dutzend Ferngläser, aufgereiht wie eine Armee.

Hartmut Engler war ausgesprochen redselig. Er fand es gut, dass die Thüringer Polizei jetzt ganz in Blau gekleidet war. Die Farbe Grün sollte den Förstern vorbehalten sein. Außerdem habe die Polizei ja auch ein Blaulicht und kein Grünlicht, meinte er.

»Herr Engler, wir haben ein konkretes Anliegen. Sagt Ihnen der Name Anna Kellermann etwas?«

»Anna Kellermann. Hm. Also, nicht wirklich.«

»Das ist die Schülerin, die in Weimar vermisst wird.«

»Ach die, ja klar! Darüber wird derzeit ja in allen Nachrichten berichtet.«

»Die Anna hat über Wölfe geforscht. Genauer gesagt über Wölfe in der DDR. Können Sie uns zu diesem Thema etwas sagen?«

Aus der Wanduhr schnellte ein Kuckuck hervor und schrie zweimal ganz laut. Engler schaute Hoppe verwundert an.

»Wie hieß die Schülerin noch mal?«

»Anna Kellermann.«

»Also, das ist merkwürdig. Vor ein paar Wochen hat eine Schülerin aus Weimar bei mir angerufen und mich nach Wölfen in der DDR gefragt.«

»War das Anna Kellermann?«

»Wenn ich das noch wüsste! Sie hatte meine Adresse von meinem Nachfolger, also dem Förster in Bad Berka. Der ist noch jung und weiß nichts von Wölfen in der DDR.«

»Hat Ihnen die Schülerin gesagt, wofür sie diese Infos braucht?«

»Ja, für irgendeine Abiturarbeit.«

Hoppe und Woltmann sahen sich an. Bei der besagten Schülerin konnte es sich nur um die verschwundene Anna Kellermann handeln.

»Und, haben Sie ihr helfen können? Gab es Wölfe in der DDR?«

»Ja, die gab es. Kamen immer wieder welche von Weißrussland über Polen rüber. Die waren allerdings zum Abschuss freigegeben.«

»Wer hat sie denn erschossen?«

»Also, um eins gleich mal klarzustellen. In der BRD wurden die auch abgeschossen.« Engler schlug plötzlich einen verteidigenden Tonfall an.

»Warum erwähnen Sie das mit der BRD, Herr Engler?«

»Weil diese Schülerin gesagt hat, das sei ein Mörderstaat, der so etwas erlaube. Die hat richtiggehend von Wölfen geschwärmt. Kam mir so vor wie eine Tierfanatikerin.«

»Müssten Sie das allein von Berufs wegen nicht auch ein bisschen sein? Zumindest ein Tierfreund? Aber geschenkt, Herr Engler. Ich hätte nur noch eine Frage. Wissen Sie, wer die Wölfe in DDR-Zeiten erschossen hat?«

»Ich kenne nur einen. Das war Theo Wohlfahrt in Apolda. Der hat mal einen am Ettersberg erlegt.«

»Haben Sie seinen Namen auch der Schülerin genannt?«

»Ich denke schon.«

Die beiden Beamten bedankten und verabschiedeten sich daraufhin von Engler und fuhren weiter nach Erfurt. Während Hoppe den LKA-Chef über den aktuellen Ermittlungsstand informierte, öffnete Woltmann in Denningers Büro die Dateien auf Annas Computer. Die erste Datei, die er im Ordner *Wolf* fand, enthielt Zeitungsartikel und Notizen zu Hitler und Winifred Wagner, die in der Nazizeit die Bayreuther Festspiele leitete. Schon 1926 war sie der NSDAP beigetreten und hatte am Reichsparteitag in Weimar teilgenommen. Sie lieferte Hitler während seiner Haftzeit im Festungsgefängnis Landsberg das Schreibpapier für *Mein Kampf* und hatte sogar einen Kosenamen für ihn: Wolf.

Woltmann öffnete weitere Dateien. Er staunte, was die Schülerin alles zum Thema Wolf herausgefunden hatte. Damit konnte sie fast schon eine Doktorarbeit schreiben. Einige der Dateien über Wölfe, auch die zu den Wölfen in der DDR, ließ er sich kopieren. Hoppe schlug er vor, gleich nach Apolda weiterzufahren, um diesen Theo Wohlfahrt zu befragen. Wenn Anna ihn aufgesucht hatte, war die Begegnung sicher nicht konfliktfrei abgelaufen. Ein Wolfsmörder. Das brachte sie doch auf die Palme. Aber vielleicht würde Wohlfahrt auch alles abstreiten, um sich nicht verdächtig zu machen.

Doch aus der Fahrt nach Apolda wurde vorläufig nichts. Rudi Bossong aus dem saarländischen Homburg rief an. Klaus Bachmann war seit zwei Tagen nicht zur Arbeit erschienen. Auch zu Hause hielt er sich nicht auf. In seiner Wohnung hatten sie neben einer Zigarettenpackung mehrere Gramm Amphetamine in Pulverform offen auf dem Küchentisch gefunden. Außerdem den Bußgeldbescheid wegen zu schnellen Fahrens bei Frankfurt. Herumliegende Kleidungsstücke und Gepäck deuteten auf eine übereilte Abreise hin. Sein Peugeot war ebenfalls weg. Hoppe dachte über eine stärkere Bestreifung von Kellermanns Anwesen nach. Wenn Bachmann seine Nichte aus Rache oder Neid auf das Glück seiner Schwester und ihrer Familie ermordet hatte, waren jetzt auch Susanne und Hagen Kellermann bedroht. Bachmann putschte sich zudem anscheinend mit Drogen auf. Auf diese Weise ferngesteuert, könnte er zu allem fähig sein. Als sie Rüdiger Vonhoff, den Chef der Weimarer Polizeiinspektion, wegen der stärkeren Bestreifung anrief, konnte sie kaum glauben, was er ihr erzählte.

Erst vor wenigen Minuten war ein Einsatzwagen zu den Kellermanns gefahren, nachdem der Unternehmer sie darum gebeten hatte. Denn er und seine Frau beobachteten schon seit Stunden einen Mann mit Basecap und Sonnenbrille, der vor ihrem Haus auf der gegenüberliegenden Straßenseite mit einem Handy auf und ab ging und immer wieder Fotos schoss. Als der Streifenwagen auftauchte, versuchte er zu fliehen. Aber die Polizei war schneller und fing ihn ein, als er ins Waldstück über dem Klinikum rannte. Sie riefen Hagen Kellermann herbei, damit er den Spanner eventuell identifizieren konnte. Der eilte sofort zum Wäldchen, das eine so wichtige Rolle in den Ermittlungen spielte, um dort den zweiten Verdächtigen in Augenschein zu nehmen.

»Wie kommt denn der hierher? Das gibt es doch alles nicht!« Kellermann raufte sich die Haare und starrte den Mann an, den zwei Polizisten festhielten.

Sein Schwager, Klaus Bachmann, war es jedenfalls nicht.

33

Dezember 1949 – Juli 1953, Buchenwald–Workuta–Weimar

An den Weihnachtstagen sterben mehrere Häftlinge des Beerdigungskommandos an Ruhr oder Dystrophie. Der Leiter der Operativen Gruppe, Hauptmann Baranow, versetzt Gustav deswegen zu diesem Kommando. Denn Tote gibt es zuhauf. Jetzt ist er also Einbetter. Eiskalt ist es. Überall steht der Nebel im Lager wie eine Wand, gegen die die Sonne mit ihren ersten dünnen Strahlen chancenlos ist. Die Häftlinge schieben keine Totenkarre mehr. Der technische Fortschritt besteht in einem donnernden und pfeifenden Lkw. Von dessen gekippter Ladefläche rutschen die Leichen in den Aushub wie Kies in eine Baugrube. Wenn er in der Grube steht und ihm die toten Leiber mit den schlackernden Extremitäten entgegenfliegen, kommt es ihm vor wie ein Gespenstertanz. Ein Tanz in der Hölle, das Ende der Welt. Mit letzter Kraft schafft er es, den aufsteigenden Brechreiz zu unterdrücken. Morgengrauen, für ihn ab jetzt, Tag für Tag, ein doppeldeutiges Wort.

An einem Vormittag im Januar ruft man ihn und andere aus dem Beerdigungskommando in einen Saal nahe dem Lazarett. Man befiehlt ihnen, sich in Reih und Glied aufzustellen.

»Schlüter! Vortreten!« Er wundert sich, wieso er als Erster dran ist. Er stellt sich vor den Holztisch, hinter dem vier russische Ärzte und eine Ärztin wie eine Jury aufgereiht sitzen.

»Ausziehen!«, befiehlt der Arzt mit der Brille, der in der Mitte sitzt. Gustav beeilt sich, möglichst schnell aus der löchrigen Hose, dem grauen Hemd und der vor Dreck starrenden Unterhose zu schlüpfen.

»Umdrehen!« Er tut wie ihm geheißen, spürt die Blicke der Russen im Rücken. Jetzt wird er sogar noch von einer Frau gemustert. Scham überkommt ihn. Plötzlich fühlt er ein Zwicken in der linken Pobacke, dann in der rechten. Einer der Ärzte steht nun direkt hinter ihm. Er riecht seinen bitteren Atem.

»Fleisch noch gut!« Der Arzt befummelt seine Hüfte. Da sein Strohsack völlig verdreckt und verwanzt ist, schläft er seit Monaten ohne ihn auf der nackten Pritsche. Deshalb hat sich an den Hüftknochen eine Hornschicht gebildet, so dick wie ein Schildkrötenpanzer. Ansonsten ist sein Körper völlig ausgemergelt. Die Knochen stechen spitz unter der Haut hervor.

Er weiß, was für einen abnormen Anblick er bietet. Aus den Augenwinkeln sieht er, wie die Ärztin Notizen in ein Buch macht. Der Arzt tastet mit behandschuhten Händen seinen Kopf ab, leuchtet ihm in den Mund, den er weit öffnen muss. Dann kommen die anderen Häftlinge dran.

Die Auflösung der Speziallager ist nur noch eine Frage der Zeit. Ehemalige Häftlinge, die nach ihrer Entlassung in den Westen geflohen sind, berichten den Medien von den dort herrschenden Zuständen. Der Druck auf die Sowjets wächst. Doch davon ahnt er nichts. Auch wenn es mehr Informationen von draußen gibt als in den ersten zwei, drei Jahren des Speziallagers, fällt es ihm schwer zu glauben, dass er irgendwann noch einmal freikommt. Etwas in ihm sträubt sich dagegen, die ärztliche Untersuchung in diese Richtung zu deuten. Zu oft schon stand die Entlassung angeblich bevor. Warum sollten ihn die russischen Ärzte erst noch untersuchen, bevor sie ihn freiließen? Außerdem ist er im Beerdigungskommando. Er weiß zu viel. Käme er jemals frei, was hätte er nicht alles zu berichten! Das ahnen die Sowjets und werden darum sicher alles tun, um es zu verhindern.

Am nächsten Tag bestellt ihn die Lagerleitung mit den anderen in die Kleiderkammer. Sonderbare Anzüge gibt man ihnen. Unter den Häftlingen geht das Gerücht um, sie stammten aus den Beständen der früheren Wehrmacht. Aber sie weisen keine Abzeichen auf und auch keine Flecken, dort, wo die Abzeichen einmal gewesen sein könnten. Erst nach einer Weile merken sie, was sie anziehen: einen Tarnanzug, beidseitig zu tragen, mit grünlich braunem Muster für den Sommer auf der einen Seite und weißem Leinen für den Winter auf der anderen. Dazu gibt es für jeden eine Mütze aus Kaninchenfell, außerdem Filzstiefel. Das alles deutet auf eine Reise in eine kältere Region hin. Mit einem Lastwagen bringt man sie zu einem

Güterbahnhof. Viehwaggons stehen bereit, je vierzig Häftlinge kommen in einen. Er denkt an seine im Thüringer Wald lebende Mutter, an seinen Bruder Heinz. Er weiß zugleich, dass die Reise nicht nach Hause führt.

Die Wartezeit auf dem Abstellgleis am Bahnhof scheint kein Ende zu nehmen. Stundenlang grübeln die Häftlinge, was ihnen bevorstehen könnte. Für die Notdurft in den dafür bereitstehenden Eimer rücken alle eng zusammen, damit der, der muss, ein wenig Platz findet, um sein Geschäft zu erledigen. Einer, dessen Stuhl rot ist, weil ihn die Ruhr erwischt hat, bricht über dem Eimer zusammen und haucht sein Leben mit weit aufgerissenen Augen aus.

Endlich, nachdem der Tote aus dem Waggon geworfen worden ist, fährt der Zug an. Die nächsten Tage bringen viele Stopps und stundenlanges Warten auf irgendwelchen Abstellgleisen mit sich. Alle frieren, alle hungern. Ab und zu reichen russische Soldaten den Häftlingen Stalinkuchen, eine Art Trockenbrot, oder eine erkaltete wässrige Suppe.

Der Gespensterzug rollt in Richtung der russischen Grenze. In Brest-Litowsk kommen die Häftlinge nach mehr als einer Woche erstmals aus den Waggons heraus. Der Güterbahnhof ähnelt einer großen apokalyptischen Bühne. Überall Viehwaggons, denen abgemagerte Gestalten mit leeren Gesichtern entsteigen.

»Alle in Fünferreihen bleiben. Wer ausschert, wird erschossen!«

Die sowjetischen Soldaten treiben sie durch die Stadt. Tauchen Bewohner auf, verscheuchen die Soldaten diese in die Seitenstraßen. Niemand soll den Marsch der Gespenster sehen. Die Häftlinge stützen die besonders Schwachen unter ihnen, damit keiner von ihnen aus der Fünferreihe ausschert und damit den Kugeln der Soldaten zum Opfer fällt. Er ist noch einer der Stärkeren. Auf seine Schulter stützt sich ein alter Mann, mit Ohren groß und verwachsen wie Blumenkohl. Plötzlich springt der Alte aus der Reihe, hüpft in Richtung eines Hauses am Straßenrand, breitet dann aber auf halber Strecke seine Arme weit auseinander. Drei Schüsse fallen. Er hat sie erwartet, erhofft. Sein Leiden findet damit ein Ende.

»Reihe auffüllen!« Beginnend mit der hintersten Reihe rückt jeweils ein Häftling in die vor ihm liegende nach, damit die vorderen Fünferreihen wieder komplett sind. Sie ziehen weiter. Er sieht, wie das Blut aus dem Schädel des Alten, der auf dem sandigen Boden liegt, in dessen riesige Ohrmuschel fließt. Irgendwann erreichen sie ein Lager, das sogar beheizt ist. Erschöpft werfen sie sich auf die Pritschen. Am nächsten Tag werden sie wieder von Ärzten untersucht. Dann geht die Reise weiter. Für ihn führt der Weg in die Hölle. Workuta. Selbst die Russen nennen diese Stadt: die Heimat des Teufels. Wegen ihres Arbeitslagers. Fast zweitausend Kilometer nordöstlich von Moskau. Jenseits des Polarkreises. Eine karge, klirrend kalte Gegend. Kein Kojote würde dort freiwillig leben. Aber unter dem vereisten Boden ruht so mancher Schatz. Kohle, das schwarze Gold, ist zu heben, damit Babuschka in Moskau die Füße an einen warmen Ofen strecken und Väterchen einen Bratapfel servieren kann.

Er fährt in die Tiefe. Tag für Tag. Monat für Monat. Jahr für Jahr. Was aussieht wie ein schwarzes Loch, ist ein quadratischer Schacht, dessen Wände von Holzstützen stabilisiert werden. Immer tiefer steigt er mit den anderen in den Schacht, um ihn zu befestigen und Kohle abzubauen. Oben die eisige Kälte, unten die stickige, nach Gift stinkende Luft. Die Essensrationen erreichen kaum tausend Kalorien am Tag. Er soll sich zu Tode arbeiten, merkt er schon bald. Aber er stirbt nicht. So wie die meisten seiner Mithäftlinge, die mit einem gequälten Stöhnen ihr Leben aushauchen. Er stirbt nicht. Aber er verliert immer mehr an Kraft. Eines Tages hält ihn einer der russischen Aufseher am Arm fest, begleitet ihn in eines der trostlosen Zimmer der Lagerleitung. Wieder untersuchen ihn Ärzte. Am selben Abend pfercht man ihn und fünfzig andere Häftlinge erneut in einen Viehwaggon. Diesmal fährt der Zug aber in die andere Richtung, entgegengesetzt zu der der letzten großen Reise. Eine Woche später kommen sie in Frankfurt an der Oder an. Tagelang dirigiert man sie hin und her. Als es endlich so weit ist, hat er keine Kraft mehr zu weinen: Er hat die Papiere in der Hand. Er ist begnadigt. Ein Zugticket bekommt er geschenkt. Er fährt in den Weiler im Thüringer Wald. Er klopft an die Haustür, steht rum mit seiner Kaninchenfellmütze. Seine Mutter erkennt ihn nicht, wird aggressiv, als er behauptet, er sei ihr Sohn. Doch ihre abwehrende Haltung ist nicht echt. Auch wenn er den Körper eines Greises hat, erkennt sie in seinen Augen den verlorenen Sohn. Die Situation ist so unwirklich. Sie hat ihn schon so lange tot geglaubt. Jetzt umarmt sie ihn mit einer Stärke, als wolle sie ihn erdrücken. All die Jahre hat sie sich nur noch blass an ihn erinnert. Jetzt verwandeln sich die traurigen Erinnerungen in ein unfassbares Glück. Es gibt so viel zu erzählen. Sein Bruder Heinz ist seit damals verschwunden. Ob er auch wieder so überraschend auftaucht? Die Mutter hat noch einmal geheiratet. Aber auch sein Stiefvater ist schon gestorben. Acht Jahre war Gustav weg. Eine Ewigkeit.

Sie päppelt Gustav wieder auf. Bekocht ihn. Er nimmt zu. Sieht nach einigen Monaten wieder aus wie ein Mensch. Er findet eine Stelle als Hilfsarbeiter in einer LPG bei Weimar. Die SED hat auf ihrer Parteikonferenz im Jahr zuvor die Bildung solcher Genossenschaften beschlossen. Ställe ausmisten, Gülle auf die Felder fahren, das ist ein Teil seiner Aufgabe.

Daneben richtet er die beiden Hunde ab, die die LPG bewachen. So langsam entwickelt er sich zu einem anerkannten Mitglied im Kollektiv, einer sozialistischen Persönlichkeit, in manchen Situationen zu einem echten Kameraden, der anderen auch mal eine Zigarette abgibt oder ein Bier schenkt. Er lernt das Lachen wieder, quatscht Banales und vergisst dann die Schattenjahre seines Lebens. Doch wenn er allein ist, spürt er oft einen schwarzen dämonischen Kern in sich schlummern, der immer wieder nach Ausbruchsmöglichkeiten sucht. Ein verdrängtes Geheimnis, ein Abgrund an Unmenschlichem, in den er dann hinabsteigt und der ihm menschliche Regungen fremd sein lässt. So ertränkt er Katzenjunge, wenn es zu viele in der LPG sind. Und es sind oft zu viele. Wenn er die geweiteten Augen des Tieres unter Wasser sieht und ihm gleichzeitig die Kehle immer fester zudrückt, überkommt ihn ein wohliges Gefühl. Tief in sich drin ist er dann zum Tier geworden. Einer, der seinen dunklen Instinkten gehorcht. Und der sich außerdem jetzt von Tag zu Tag stärker nach dem sehnt, was er bisher noch nie gehabt hat: nach einer Frau. Seine Lust ist eine animalische. Er wird sich eine nehmen. Bald. Wie auch immer. Das steht ihm jetzt zu.

Februar 1950 – Juli 1953, Buchenwald–Waldheim–Weimar

Das sowjetische Speziallager Nr. 2 in Buchenwald löst sich auf. Immer mehr Entlassungen gibt es. Aber der Schein trügt. Aus dem Speziallager entlassen zu werden bedeutet nicht die Freiheit. Die sowjetische Besatzungsmacht übergibt die Häftlinge der DDR-Justiz, die im eben erst gegründeten Staat noch im Aufbau ist. Nach bis zu fünf Jahren öden und eintönigen

Lebens in Buchenwald folgen nun die Strafprozesse. Die Prämissen für die im Zuchthaus Waldheim tagenden Sonderstrafkammern sind klar: Sie sollen demonstrieren, dass die Justiz der SED-Regierung mit aller Härte gegen NS-Täter vorgeht. Dass der weitaus größte Teil der Häftlinge keine Naziverbrecher in leitenden Positionen, sondern, wenn überhaupt, nur Mitläufer waren, interessiert dabei nicht. Die DDR ist ein neuer Staat, die Justiz funktioniert, sie urteilt, sperrt ein, lässt hinrichten. Ein Staat, der wie am Schnürchen läuft. Wer sich ihm widersetzt, gehört bald zu den Verlierern.

Die Ergebnisse der Prozesse stehen von Anfang an fest. Freispruch? Den kann es nicht geben. Denn sonst hätte der NKWD ja Unschuldige in den Speziallagern festgehalten. Haftstrafen unter zehn Jahren sollen eher die Ausnahme sein. Zweitrangig ist hingegen, ob die Häftlinge die Strafe auch voll verbüßen. Hauptsache, der Schein nach außen wird gewahrt: Die DDR ist stark, klar, hart.

»Nazihure«, »Faschistensau« – Katharina Lempertz und ein Dutzend anderer Frauen stolpern durch das Spalier der Volkspolizisten. Hinter deren Reihen steht eine aufgehetzte, geifernde Meute: »Hängt die Huren auf!«

Die letzten fünf Jahre zeichnen sich in ihrem Gesicht ab. Kleine bittere Falten um den Mund, das Haar jetzt strohern, die Hände aufgedunsen. Aber das Glitzern in ihren Augen, das so magisch auf Männer wirkt, ist geblieben.

»Vor den Zellen aufstellen!«

Sie zuckt zusammen, bildet mit den anderen eine lange Reihe im schmalen, endlosen Zellengang. Eine Gefängniswärterin nimmt ihnen das wenige ab, was sie besitzen. Damit hat sie gerechnet. Ihre Nagelfeile ist nicht in dem Holzkoffer. Sie hat sie in einer Körperöffnung versteckt, schmerzhaft ist das, aber dort schaut die Wärterin mit Sicherheit nicht nach.

Sie werden in die Zellen gestoßen, zu sechst. Der Platz reicht kaum, um nebeneinanderzustehen. Auf jeder Pritsche der zwei Dreier-Hochbetten liegt ein frisch gestopfter Strohsack. Aber die Freude darüber verfliegt wieder, als sie sehen, dass es keine Decken und keine Kopfkeile gibt. Schlafen wird auch hier zur Tortur. Nach einer Stunde sind dennoch alle ins Reich der schweren Träume weggedämmert. Nur sie ist wach. Sie entkleidet sich, massiert ihre kalten Hände und Füße. Erst dann zieht sie vorsichtig die Feile heraus. Während die anderen leise Schlafgeräusche von sich geben, macht sie sich an ihr Werk.

Der Prozess gegen sie dauert nur vierzig Minuten. Wie alle Häftlinge hat auch sie keinen Strafverteidiger. Die Liste der Gottbegnadeten, vor allem aber ihre Kooperation mit der Gestapo und ihre Aussagen im Fall Blohm werden ihr erneut zum Verhängnis. Ihre Nähe zu höchsten Naziverantwortlichen und ihre Treue gegenüber dem NS-Staat sind nach Ansicht der Staatsanwälte erwiesen. Die Richter und Schöffen schließen sich dem vollumfänglich an. Zehn Jahre Zuchthaus lautet das Urteil. Für einen Augenblick wird ihr schwarz vor Augen, als der Richter mit sächsischem Akzent die kurze Begründung verliest. Wird sie jetzt zerbrechen? Zehn Jahre in diesen verwanzten, versifften Zellen, in denen die Tuberkulose in den letzten Wochen schon Hunderte hinweggerafft hat? Nein, eine wie sie zerbricht nicht. Eine wie sie glaubt an Rache, an Vergeltung. Die Dinge werden sich wenden. Aufgeben wird sie erst, wenn sie tot ist. Privilegien bekommt, wer Privilegien gibt. Auch Gefängniswärter besitzen Triebe. Sie hat sinnliche Augen, feste Brüste, eine Feile.

Zwei Jahre später begnadigt man sie. Mit fast tausend anderen kommt sie frei. Die Situation ist irreal, weil völlig überraschend. Wie später herauskommt, ging den Begnadigungen ein Brief Thomas Manns an SED-Chef Walter Ulbricht voraus. Der berühmte Schriftsteller fand auch in Ost-Berlin Gehör. Als moralische Instanz, weil er dem Naziregime mutig die Stirn geboten hatte, genoss er sogar dort hohes Ansehen. Als einer, der anfänglich durchaus mit der DDR sympathisierte, mahnte er Ulbricht, Kruditäten und Grausamkeiten zu vermeiden, um den Kommunismus nicht auf das Niveau des Faschismus herabzusetzen.

Jetzt ist sie nach insgesamt sieben Jahren frei. Doch wo soll sie hin? Eine Schauspielerin mit ihrer Vergangenheit ist in der DDR chancenlos. In den Westen? Vielleicht. Doch erst muss sie ihr Werk vollbringen. Das ganze Elend hat mit Generalstabsoffizier Fritz Blohm begonnen. Er verweigerte sich ihr. Dafür soll er büßen. Sie reist durch die DDR, sucht ihn in Berlin, in Bansin. Dann erfährt sie, er sei an den Folgen eines Schlaganfalls gestorben. Seine Töchter sind verheiratet, aber sie tragen einen anderen Namen, den sie nicht herausfindet. Über viele Umwege aber erhält sie die Adresse seiner zweiten Ehefrau, einer Krankenschwester, die in einem kleinen Nest im Thüringer Wald lebt. Sie sucht sie auf und gibt sich als alte Bekannte von Fritz Blohm namens Veronika Steffens aus. Die gutgläubige Krankenschwester ahnt nicht, wer ihr da gegenübersitzt. Nach einigen Gläsern Weißwein – die Besucherin hat gleich drei Flaschen mitgebracht – vertraut Blohms Witwe ihr ein großes Geheimnis an. Ihr Sohn Gustav hat eine lange Zeit im Speziallager in Buchenwald verbracht, weil er angeblich ein Werwolf war. Ganz nebenbei plaudert die Krankenschwester aus, ihr Sohn lebe heute in Weimar. Als sie das Haus verlässt, besitzt sie die Weimarer Adresse von Gustav Schlüter, dem Stiefsohn Fritz Blohms. Sie muss ihn aufsuchen. Denn Blohm ist tot. Sein Stiefsohn muss als Stellvertreter herhalten. Blohm hat sie als Frau abgewiesen. Wie sie sich ihm damals angeboten, wie er sie in Bansin zurückgelassen hat, das empfand und empfindet sie noch immer als demütigend. Der Schmerz sitzt tief. Aber es gibt noch eine andere, tiefere Wunde. Hätte er sie nicht auf diese Weise gedemütigt, wäre es zu keiner Anzeige gegen ihn wegen Hochverrats gekommen. Es wären nach dem Krieg keine Gestapo-Unterlagen gefunden worden, in denen sie als Zeugin auftaucht. Die Jahre in Buchenwald und in Waldheim – all das hat sie Blohm zu verdanken. Noch ein Mal will sie sich mit Blohm konfrontieren – erst dann wird der Blick nach vorne frei sein. In ihrer Manteltasche spürt sie das kleine Eisen. Sie drückt es, sie quetscht es. Mit Daumen und Zeigefinger. So fest sie kann.

34

Mister Regentonne saß vor Hoppe und Woltmann. Hagen Kellermann hatte ihn erkannt, weil Anna ihren Eltern damals bei ihrer Ankunft am Flughafen in Kansas City ein Bild von ihm zugeschickt hatte. Darauf waren die Gesichter der pummeligen Gastmutter und des leptosomen Gastvaters in Großaufnahme hinter einer Torte mit amerikanischer Fahne und einem Banner *Welcome Anna* deutlich zu sehen gewesen.

»Herr Bradley, Sie sind um das Anwesen der Familie Kellermann geschlichen!«, eröffnete Woltmann das Gespräch.

»Ja, und? Darf ich das etwa nicht? Ist doch nicht verboten, sich Häuser von außen anzuschauen.« Bradley sprach gut Deutsch, hatte nur einen leichten amerikanischen Akzent.

»Sie haben das Haus auch fotografiert.«

»Wie kommen Sie darauf?«

»Man hat Sie dabei beobachtet.«

»Ich habe nicht das Haus fotografiert. Ich habe Pflanzenfotos gemacht. Im Haus neben der Familie Kellermann blüht ein herrlicher Strauch!«

Woltmann und Hoppe schauten sich kurz an. Nahm er sie gerade auf den Arm?

»Hier, schauen Sie.« Er hielt ihnen sein Handy hin. Sie sahen ein Gewächs mit leuchtend roten Früchten. »Ich liebe Schattengewächse. Das ist ein Bittersüßer Nachtschatten.«

»Sind Sie Botaniker?«

»Nur in meiner Freizeit. Beruflich verkaufe ich digital gesteuerte Regentonnen.«

»Herr Bradley, Sie stehen im Verdacht, Anna Kellermann während ihres USA-Aufenthalts unsittlich berührt zu haben. Sie hat deswegen die Gastfamilie gewechselt. Jetzt ist sie seit Tagen verschwunden. Sie tauchen hier vor dem Haus ihrer Familie auf. Haben Sie dafür eine Erklärung?«

»Das mit den unsittlichen Berührungen ist erfunden. Das wollte ich auch mit ihr klären. Ich bin sowieso dienstlich in Weimar. Da lag es nahe, die Sache endgültig aus der Welt zu schaffen.« Bradley sagte das ganz ruhig, selbstbewusst. Woltmann und Hoppe beobachteten seine Mimik. Er grinste sie an. Der breite, lippenlose Mund im viel zu langen Gesicht. Bruce Bradley sah aus, als wäre er einem Comicheft entsprungen.

»Und von Annas Verschwinden wollen Sie nichts gewusst haben?«

»Doch. Zumindest habe ich es mir gedacht, als ich beim Einchecken im Hotel hier in der Zeitung davon gelesen habe. Da stand was von Anna K., Unternehmertochter.«

»Warum sind Sie dann zu Annas Haus gefahren? Sie wussten doch, dass sie verschwunden ist.«

»Wegen des Bittersüßen Nachtschattens.«

»Herr Bradley, das glaubt Ihnen keiner! Woher wollen Sie denn vorab gewusst haben, dass so ein Strauch dort gleich nebenan wächst?«

»Weil ich am Morgen dort vorbeigekommen bin. Ich war auf dem Weg zum Gartencenter in Nohra. Da bin ich diesen Schleichweg gefahren. Dabei habe ich den Strauch entdeckt.«

»Und das war zufällig dort, wo gegenüber das Haus von Anna Kellermann steht? Das ist doch gelogen!«

»Oh my goodness, Herr Kommissar! Nicht so böse Worte. Aber gut. Ich gebe zu, dass ich die Adresse von Anna natürlich kannte. Die stand ja in den Unterlagen für das Austauschjahr.«

»Und was wollten Sie dann dort?«

»Mir vorstellen, wie sie gelebt hat.«

»Wieso gelebt hat? Sie lebt hoffentlich noch.«

»Oh ja, natürlich.«

Woltmann kam nicht weiter. Hoppe schaltete sich ein, fragte Bradley nach seinem Alibi für den Zeitpunkt von Annas Verschwinden. Memmingen, München, die Angaben kannten sie. Theoretisch möglich, dass er die Strecke nach Weimar hin und zurück nach seinem Besuch des Memminger Gartencenters schaffte. Theoretisch. Mehr aber auch nicht. Es gab keine Beweise. Woltmann zückte sein Handy, zeigte Bradley das Graffito am Supermarkt. Der zuckte nur die Schultern. Für ihn gab es die sexuellen Übergriffe nicht. Also musste er auch für nichts um Vergebung bitten. Sie hatten nichts gegen Bradley in der Hand, um ihn weiter festzuhalten. Mit einem süffisanten Lächeln verließ er den Raum und zog seiner Wege.

»Was meinst du, Sascha? Können wir den aus dem Kreis der Verdächtigen streichen?«

»Ich weiß nicht. Ist schon merkwürdig, dass er ausgerechnet jetzt in Weimar aufschlägt. Anna ist bereits seit einem Jahr aus den USA zurück. Aber just zu dem Zeitpunkt, wo sie verschwindet, ist auch er in Deutschland.«

Hoppes Handy klingelte. Rudi Bossong aus Homburg war dran.

»Ei, gun Dach, Frau Kolleschin. Mir hann das Auto vum Klaus Bachmann gefunn. Es steht uff em Waldwee zwische Limbach unn Kergel.«

»Und Bachmann, wo ist er?«

»Ei, wenn mer das wisse dädde.« Der Kollege hat seinen Dialekt nicht im Griff, dachte Hoppe kurz, fand das aber auch irgendwie sympathisch.

»Gibt es irgendwelche Besonderheiten am oder im Auto?«

»Ei jo. Ich hann mir im Nawi die ledschde Ziele aangeguggt. Do war aach Weimar debei.«

»Konnten Sie sehen, wann genau das war?« Hoppe dachte an Kellermanns Feier zum fünfzigsten Geburtstag vor einem Jahr. Daran hatte Bachmann teilgenommen.

»Ei nee. Ned direkt. Das könnde die Teschniker in unserem LKA herausfinne. Awer ich vermude, das war erschd vor korzem. Die Adress stand als Erschdi unner de ledschde Ziele.«

»Okay, Herr Bossong, noch was?«

»Also, ich wees jo ned, ob das fa Sie inneresand is. Aber im Handschuhfach hann mir e Quittung vom OBI-Markt in Weimar-Sießeborn gefunn.«

»Das ist sogar sehr interessant. Was steht denn drauf?«

»E Spraydoos, signalrot.«

»Oh, danke, sehr wichtig für uns. Mit welchem Datum?«

Als sie und Woltmann das Datum hörten, waren sie elektrisiert. Die Spraydose war am Tag des Verschwindens von Anna Kellermann gekauft worden. Um neunzehn Uhr zwanzig. Hatte Bachmann also das Graffito gesprayt? Auch was diesen Punkt anging, schien Maximilian Steins Version augenscheinlich zu stimmen. Er hatte die Spraydose, die im Waldstück am Klinikum im Gebüsch gefunden worden war und einen Fingerabdruck von ihm aufwies, im Baumarkt wohl tatsächlich nur in der Hand gehabt, um zu prüfen, ob sie zum Lackieren seines Motorrads taugte. Am Tag von Annas Verschwinden kaufte Bachmann genau diese Dose. Ein unglaublicher Zufall. Doch nun sprach einiges dafür, dass er derjenige war, der das Graffito an den Supermarkt gesprayt hatte. Doch wofür bat er Anna um Vergebung? Und warum hatte er die Spraydose im Waldstück des Klinikums zurückgelassen?

Hoppe ging die Telefonliste von Annas Handy durch. Mehrere amerikanische Handynummern waren darunter. Wie Heiko Denninger, der IT-Experte im LKA, herausgefunden hatte, waren darunter auch viele von Handys mit Prepaidkarten, von denen man nicht wusste, ob die von den Käufern der Prepaidkarten angegebenen Adressen echt oder fingiert waren. Waren diese Prepaidkarten im Internet bei dubiosen Anbietern bestellt worden, gab es unter Umständen gar keine Adresse. Dass so viele Anrufe mit Nummern von Prepaidkarten in Annas Kontaktliste waren, verwunderte nicht weiter: Schüler konnten sich oft keine Verträge leisten beziehungsweise war ihnen auf diese Weise ein festes Budget zum Chatten und Telefonieren vorgegeben. Außerdem waren unter Annas Kontakten viele ausländische, nicht nur in den USA, wo es weit weniger strengere Regelungen zum Registrieren von Prepaidkarten gab. Der Name Klaus Bachmann tauchte unter den Anrufnummern nicht auf, auch nicht bei den Prepaidkarten. Aber Hoppe hatte Denninger gebeten, ein Bewegungsprofil all der Nummern in Annas Liste zu erstellen, die nicht zweifelsfrei einer realen Person zuzuordnen waren. Sie rief ihn an. Denninger sprach angesichts der vielen Nummern von einem kaum zu bewältigenden Aufwand. Die Sache sei in Arbeit. Als sie ihm den Hinweis auf den Verdächtigen im Saarland gab, versprach er jedoch, sich sofort darum zu kümmern. Eine halbe Stunde später rief er zurück und bestätigte bei einer Nummer, was Hoppe schon vermutet hatte: Der Kartenbesitzer war bei den Telefonaten vor allem im Saarland unterwegs, speziell im Raum Homburg. Die meisten Anrufe lagen einige Monate zurück. Sie wählte die Nummer der Kellermanns.

»Kann es sein, dass Ihr Bruder, Frau Kellermann, einen Grund gehabt hatte, sich bei Anna für irgendetwas zu entschuldigen?«, fragte Hoppe.

»Ich wüsste nicht. Nein, das kann ich mir nicht vorstellen.«

»Bitte überlegen Sie. Ist zwischen den beiden vielleicht etwas auf der Geburtstagsfeier Ihres Mannes vor einem Jahr vorgefallen? Haben die beiden sich miteinander unterhalten? Vielleicht haben ja andere Gäste etwas mitbekommen! Versuchen Sie, sich zu erinnern, und fragen Sie nach. Bitte!«

Hoppe beendete das Gespräch.

»Mandy, wir haben doch den Bericht der Spurensicherung. Ich meine den zum Wäldchen am Klinikum«, schaltete sich nun Woltmann ein.

»Ja, hier!« Sie reichte ihm einige Blätter.

Woltmann überflog sie. McDonald's-Tüten, ein verrostetes Fahrradschloss …

»Hier. Eine Zigarettenpackung, Marke Gitanes, in Frankreich hergestellt. Mandy, das Saarland liegt doch an der französischen Grenze, oder?«

Hoppe griff erneut zum Telefon, wählte die Nummer des Homburger Kollegen.

»Ei das ging aber mol schnell!«, sagte Bossong.

»Herr Bossong, Sie haben uns von den Amphetaminen erzählt, die in Bachmanns Wohnung lagen. Wenn ich mich richtig erinnere, sprachen Sie auch von einer Zigarettenpackung.«

»Ei jo, das schdimmd. Der hat sich in Frankreich ingedeggt. Med Gitanes.«

»Sehr gut. Was ich noch fragen wollte: Sie haben uns bisher noch nichts von einem Handy Bachmanns berichtet.«

»Ei jo, das is komisch. Aber mir hann kenns gefunn. Enner vom Geschdüd hat gesaat, der Bachmann hätt nur so e eenfaches unn uraldes gehadd, mit Prepaidkarde.«

»Aber ein modernes Navi hat er gehabt!«

»Ei jo, so sinn se, die Mensche. E riesisches Rätsel.«

»Danke, Herr Bossong, Sie haben uns sehr geholfen. Sobald Sie Bachmann finden, melden Sie sich, ja?«

»Ei med Sicherheed.«

War Bachmann auch in dem Waldstück gewesen? Ein Anruf aus dem Raum Homburg war vier Tage vor Annas Verschwinden registriert. Hatte er sich da mit ihr verabredet? Oder hatte er sie vor der Schule oder auf dem Weg von oder nach zu Hause abgepasst? Hoppe grübelte. Wie sollte sie das herausfinden? Sie wühlte in ihren Unterlagen, fand das Blitzer-Foto von Bachmann, auch die Fotos, die Scholz bei INPOL rausgezogen hatte. Das Blitzer-Foto war zu unpräzise, um etwas Markantes in Bachmanns Gesichtszügen zu erkennen, zudem überbelichtet. Würde er gegenüber der Bußgeldstelle behaupten, er sei das nicht, hätte er gute Chancen, damit durchzukommen. Aber die anderen Fotos zeigten scharf die Konturen von Bachmanns Gesicht: Auf seiner linken Stirnhälfte war eine markante Narbe zu sehen. Hoppe durchsuchte die Dateien mit den bisherigen Befragungen.

»Da, die beiden zwölfjährigen Schüler. Komm, Sascha! Wir befragen die noch mal. Vielleicht haben wir Glück.«

Sie fuhren zuerst zu Julius, einem der beiden Schüler, die Anna um kurz nach achtzehn Uhr am Tag ihres Verschwindens noch gesehen hatten. Der Schüler zögerte, als er das Foto sah. Er war sich sicher, Anna alleine auf der Bank sitzen gesehen zu haben. Auch jetzt, als ihn die Kriminalbeamten direkt mit Bachmanns Gesicht konfrontierten, kamen ihm diesbezüglich keine Zweifel.

»Also Anna saß da alleine. Aber …«

»Was aber?« Hoppe sah den Schüler mit großen Augen an.

»Aber je länger ich das Foto anschaue …«

»Was?«

»Je länger ich es anschaue … Ich glaube, diesen Mann habe ich auch gesehen. Die Narbe, die ist mir aufgefallen.«

»Sicher?«

»Na ja, nicht ganz. Aber ziemlich.«

»Wo war dieser Mann?«

»Der saß nicht bei Anna. Der ging auf dem Weg zum Römischen Haus.«

»Auf Anna zu?«

»Ja, wenn er weitergelaufen ist, müsste er an der Bank vorbeigekommen sein, wo Anna saß.«

Als Nächstes fuhren Hoppe und Woltmann zu Robert, dem anderen Zwölfjährigen, der am Tag von Annas Verschwinden durch den Park geradelt war. Er überlegte lange, glaubte dann aber auch, sich an den Mann mit der Narbe zu erinnern. Ganz sicher war er sich nicht.

Für die Kriminalbeamten war damit zwar nicht erwiesen, aber wahrscheinlich, dass sich Anna mit ihrem Onkel Klaus Bachmann in Weimar getroffen hatte, kurz bevor sie verschwunden war. Kurz nach achtzehn Uhr redete er mit ihr. Es sprach einiges dafür, dass er sie im Park auf ihrem Weg von oder in die Stadt abpasste. Um neunzehn Uhr zwanzig kaufte er dann das Farbspray.

»Aber wieso das Graffito?«, fragte Woltmann.

»Weil sie gestritten haben?«

»Ja, vielleicht. Aber wie kommt die Spraydose dann in das Wäldchen?«

Im Moment kamen sie an dieser Stelle nicht weiter. Sie fuhren nach Apolda. Zu Theo Wohlfahrt, der in DDR-Zeiten einen Wolf erlegt hatte. Sie klingelten, stellten sich über die Sprechanlage vor.

»Der ist im Partykeller«, krähte eine weibliche Stimme. »Hinter dem Haus die Treppe runter.«

Die Beamten gingen daraufhin um das Haus, stiegen die Außentreppe in den Keller hinab. Dort tönte Musik aus einem CD-Player. Russische Lieder in deutscher Sprache, gesungen von Ronny Weiland, dem Volksmusikstar aus Apolda. Woltmann stieß mit der Hand gegen die nur angelehnte Tür. Im Dunkel des Partyraums erkannte er die Umrisse eines sprungbereiten Tieres. Zwei kalte starre Augen blickten ihn an. Die Augen eines leibhaftigen Wolfs. Unwillkürlich griff er zur Dienstwaffe im Hüftholster.

35

Anwaltsgattin von Blumenstein nach wie vor spurlos verschwunden, titelte die Münchner Morgenzeitung.

Schwere Zeiten für den Promianwalt. Nicht nur weil seine Frau weg war. Er brauchte jetzt in eigener Sache juristischen Beistand. Eine Anzeige wegen besonders schwerer Vergewaltigung war gegen ihn eingegangen. Eine fünfunddreißigjährige Gymnasiallehrerin aus Augsburg behauptete, in ihrer Wohnung von ihm gefesselt worden zu sein. Danach habe er sich an ihr vergangen. Sie legte die Befunde einer ärztlichen Untersuchung vor. Hämatome an Armen und Beinen, eine Schnittwunde im Halsbereich.

Von Blumenstein stritt alles ab, musste aber zugeben, die Lehrerin aus Augsburg nicht nur zu kennen. Er räumte gegenüber der Münchner Kripo ein, mit dieser Frau seit einigen Jahren ein Verhältnis zu haben. Auch hätten sie sexuelle Praktiken ausgeübt, die man dem Sadomaso-Bereich zuordnen könne. Er wusste, was leicht zu beweisen war. Die Lehrerin hatte einige Rohrstöcke und Peitschen mit seinen Fingerabdrücken zu Hause. Da war es taktisch unklug, ihre Beziehung abzustreiten. Aber alles sei nur mit dem Einverständnis, ja sogar auf Wunsch der Lehrerin geschehen. Die Hämatome müsse sich die Lehrerin selbst zugefügt oder auf andere Weise zugezogen haben.

Die Staatsanwaltschaft überzeugte das nicht. Von Blumenstein wurde verhaftet. Wegen Fluchtgefahr musste er in Untersuchungshaft in die JVA München-Stadelheim. Aber für den Anwalt kam es noch dicker. Die Enthüllungen der Lehrerin rückten ihn jetzt auch in den Fokus der Ermittlungen um seine so rätselhaft verschwundene Ehefrau. Hatte er sie etwa beseitigt, um den Weg für seine Geliebte, die Lehrerin, frei zu machen? War die Geliebte entsetzt darüber gewesen, dass er so kaltblütig war, und fürchtete sich jetzt vor ihm?

Doch die Yellow Press fand ganz andere Motive für die Anzeige der Lehrerin. Sie bekam mit, dass von Blumenstein ein ganzes Netz von Affären pflegte. Immer mehr Frauen meldeten sich jetzt, zum Teil anonym, die von Blumenstein in ein extrem schlechtes Licht rückten. Nicht nur der Augsburger Lehrerin, ihnen allen hatte er vorgegaukelt, sie seien seine Prinzessin, seine Traumfrau. Sein ganzes Leben habe er nur auf sie gewartet. Bei teuerstem Essen in Düsseldorfer, Berliner oder Hamburger Hotels, wohin er sie auf seine Kosten kommen ließ, gestand er ihnen bei Kerzenschein, dass nur ihnen allein sein ganzes Herz gehöre. Durch das Verschwinden seiner Frau flog dieser organisatorisch meisterhafte Massenbetrug auf. Die enttäuschten Geliebten sahen sich betrogen, verletzt, gedemütigt. Sie packten aus. Gnadenlos, vollumfänglich, mit beißender Härte. Da hatte sie einer benutzt, ausgebeutet, missbraucht. Die Klage der Augsburger Lehrerin war nur die Spitze des Eisbergs. Die Yellow Press feierte ein Hochamt nach dem anderen.

Um den vielen ins Kraut schießenden Spekulationen Einhalt zu gebieten, gab die Münchner Polizei eine Pressekonferenz in der Causa von Blumenstein. Der juvenile, hochpräsente Pressesprecher Martin Luja hatte die Lage im Griff. Er war bekannt für seinen lockeren und zugleich verbindlichen Stil. Sogar noch die schlimmsten Verbrechen vermochte er erträglich rüberzubringen. Was Notker von Blumenstein und den Vorwurf der schweren Vergewaltigung betraf, bereite die Staatsanwaltschaft eine Anklage vor, teilte er mit. Vor Gericht werde sich hoffentlich zeigen, ob und inwieweit der Anwalt schuldig sei oder nicht. Eine Journalistin meldete sich und wollte wissen, ob das Verhalten des Herrn von Blumenstein denn nicht schon jetzt als moralisch zutiefst verwerflich anzusehen sei. So viele Frauen zu belügen und zu betrügen. Dies zu beurteilen, antwortete Martin Luja, sei weder seine noch die Aufgabe der Polizei. Er gehe jetzt zum Fall der verschwundenen Ehefrau des Anwalts von Blumenstein über. Man stehe hier vor einem Rätsel. Keine Zeugen, kaum Spuren. Lediglich im an das Grundstück angrenzenden Gebüsch habe man Schleif- und Lagerspuren gefunden, vermutlich von einem Müllsack. Ob ein Verbrechen vorliege, für das der Ehemann als Schuldiger in Frage komme, sei aus polizeilicher Sicht zu diesem Zeitpunkt rein spekulativ. Nein, er werde deshalb nichts weiter dazu sagen, das wäre sonst unseriös.

Notker von Blumenstein verschwand von der Bildfläche. Wie seine Ehefrau. In Stadelheim machte er einen Bastelkurs. Und seine Frau?

36

Der Wolf blickte die Beamten aus Glasaugen an. Das ausgestopfte Tier war das Prunkstück in Theo Wohlfahrts Partykeller. Hoppe und Woltmann erzählten Wohlfahrt von Engler, der ihnen seine Adresse gegeben hatte. Beide betrachteten sie immer wieder fasziniert den Wolf.

»Das war ein Einzeltier. Es ist Richtung Hainich gezogen. Ich war in Ettersburg, Fasane schießen. Da taucht der Wolf plötzlich auf. Ein Schuss und bums!, war's auch schon geschehen.«

Stolz blickte der Jäger die beiden Besucher an.

»Und den durften Sie einfach so abschießen?« Hoppe presste die Augen ein wenig zusammen.

»Wölfe waren damals zum Abschuss freigegeben. Wissen Sie, der Kommunismus wollte immer alles berechnen. Rehe, Hasen, Fasane, Wildschweine, sogar Hirsche. Da kannte man die Reviere, die Wildwechsel, die Würfe. Aber Wölfe? Dazu noch ein Einzeltier? Nein, nein, die mussten weg.«

»Verstehe ich nicht. Nur weil ihre Zahl nicht so leicht festzustellen war? Im Westen hat man die Wölfe doch auch abgeschossen.«

»Im Westen war es wegen der Angst, Wölfe könnten auch Menschen angreifen.«

»Und hier bei uns?«

»Schauen Sie, Frau Kommissarin. In der Planwirtschaft, da hat man zum Beispiel die Zahl von so und so vielen Schafen berechnet. Wenn so ein Wolf in einer Herde einfällt, tötet der schon mal zehn, zwölf Schafe. Obwohl er die gar nicht alle fressen kann. Er hat auf Vorrat getötet. Für die Planwirtschaft war das nix.«

»Na, der Wolf hat dann eben seine eigene Planwirtschaft. Aber deswegen sind wir nicht hier, Herr Wohlfahrt. Sagt Ihnen der Name Anna Kellermann etwas?«

Wohlfahrt öffnete eine Bierflasche hinter dem Tresen, bot den beiden Polizisten aber nichts zum Trinken an. Er setzte sich auf einen der Barhocker.

»Anna Kellermann. Ist das die Schülerin, die ständig in der Zeitung steht? Die verschwunden ist?«

»Ja, genau die.«

»Mich hat mal eine Schülerin angerufen. Ich habe mir ihren Namen aber nicht gemerkt.«

»Was wollte die Schülerin von Ihnen?«

»Die wollte wissen, ob ich eine Ahnung von Wölfen in der DDR habe.«

»Was haben Sie ihr geantwortet?«

Wohlfahrt gurgelte mit einem Schluck Bier, lachte kehlig.

»Na, was denn wohl? Haben Sie eben nicht zugehört?«

»Natürlich habe ich zugehört. Aber für uns ist es wichtig zu wissen, was Anna genau von Ihnen erfahren hat. Wusste sie von diesem erlegten Tier hier?«

»Das hat ihr der Engler erzählt.«

»Und wie hat sie reagiert?«

»Na, frech. Sie hat mich beschimpft. Ich sei ein Mörder. Da hab ich aufgelegt.«

»Dann war das also nur ein kurzes Gespräch?«

»Na, so kurz nun auch wieder nicht. Sie war ja nicht von Anfang an frech.«

»Was haben Sie ihr sonst noch erzählt? Bitte lassen Sie sich doch nicht alles aus der Nase ziehen. Es geht um das Leben einer siebzehnjährigen Schülerin!«

Wohlfahrt schnaufte tief durch. »Ich habe ihr erzählt, wie das in der DDR mit der Jagd lief. Es gab ja nicht viele Jäger.

Wegen der fehlenden Gewehre. Wir hatten ja keine eigenen wie die Jäger in der BRD. Wir mussten die bei den Polizeidienststellen ausleihen. Die Waffen waren Staatseigentum. Nach der Jagd gingen sie an die Polizei zurück.«

»Wer durfte denn damals jagen?«, fragte Woltmann.

»Nur, wer Mitglied in einer Jagdgesellschaft war.«

»Und wie kam man in die rein?«

Wohlfahrt trank wieder, schaute Woltmann nicht an. »Na, mit der persönlichen politischen Eignung.«

Die der Wohlfahrt demnach gehabt haben muss, dachten sich Woltmann und Hoppe.

»Hat Sie Anna Kellermann nach dem Telefonat denn noch einmal kontaktiert? Hat sie Sie vielleicht sogar hier aufgesucht?«

»Nein.« Wohlfahrt hielt Hoppes prüfendem Blick stand. »Hat sie nicht. Ich wusste bis eben nicht einmal, dass sie die vermisste Schülerin ist.«

»Wissen Sie noch von weiteren Jägern, die in DDR-Zeiten einen Wolf erlegt haben? Haben Sie Anna einen Namen genannt?«

Nur für den Bruchteil einer Sekunde huschte ein nervöses Zucken über Wohlfahrts Gesicht. Die Ermittler bemerkten es dennoch.

»Herr Wohlfahrt, wir ermitteln unter Umständen in einem Mordfall! Sie müssen uns alles erzählen, was Sie wissen!«

Wohlfahrt trank noch einmal einen Schluck Bier. Er räusperte sich.

»Hermann Kasunke. Der war viele Jahre lang Vorsitzender der LPG. Auch der Jagdgesellschaft hat er vorgestanden. Jahrzehntelang. Der hat sogar zwei Wölfe erschossen.«

»Haben Sie Anna Kellermann seinen Namen genannt?«

»Kann sein, ja, ich glaube schon.«

37

Er war nicht mehr fähig, seinen normalen Alltag zu bestreiten, seitdem seine Tochter verschwunden war. Tag um Tag verstrich, und das klamme Gefühl, Anna nicht lebend wiederzusehen, lähmte ihn immer mehr. Trotzdem versuchte Hagen Kellermann, sich in die Arbeit zu flüchten. Aber alle drei Minuten ging sein Blick zum stummgeschalteten Handy, um zu sehen, ob eine neue Nachricht eingetroffen war. Von der Kripo. Von Susanne. Vielleicht sogar von Anna? Wie absurd ihm diese Hoffnung mittlerweile erschien!

Susanne Kellermann sagte bis auf weiteres alle Yogakurse ab, die sie an der Weimarer Volkshochschule leitete. Sie vermied jeden Kontakt zu Menschen, wollte ihr verweintes Gesicht niemandem zeigen.

Abends flüchteten sie sich beide in Wunschträume, in denen sich Anna lediglich auf und davon gemacht hatte, weil ihr das Elternhaus und Weimar zu eng geworden waren. Sie lebte auf irgendeiner Tierfarm in Neuseeland, züchtete Schafe. Oder kümmerte sich in Rumänien um verwilderte Straßenhunde, die die Behörden zum Abschuss freigegeben haben. Anna mit ihrer übergroßen Tierliebe. Aber eines Tages würde sie wieder auftauchen und ihnen von ihren Rettungsabenteuern erzählen.

»Ich denke ganz oft an deinen fünfzigsten Geburtstag, Hagen.« Susanne Kellermann saß im Lesestuhl am Fenster vor der Terrasse. Der Rollladen war wegen der tiefstehenden Sonne halb hinabgelassen.

»Weil die Kripo von dir wissen wollte, ob es während der Feier zu einer Auseinandersetzung zwischen Anna und Klaus kam?«

»Ja, aber ich kann mich nicht einmal daran erinnern, die beiden miteinander im Gespräch gesehen zu haben.«

»Es waren ja auch an die zweihundert Leute. Da kann man nicht alle im Blick haben.«

Susanne kam eine Idee. Sie stand auf, ging zum Zirbenholzschrank neben dem Fernseher und entnahm ihm mehrere Fotomappen, die sie danach auf den Wohnzimmertisch legte.

»Komm, wir schauen die Alben mit den Aufnahmen von der Feier mal durch. Vielleicht entdecken wir auf einer davon Anna und Klaus oder sonst irgendetwas Auffälliges.«

Sie sahen sich still die Fotos der Geburtstagsfeier an. Nach fünf Minuten hielt Susanne ihrem Mann ein Foto hin.

»Schau mal, das ist doch dein Cousin Jörg. Der steht direkt hinter Anna. Und siehst du, mit wem sie sich unterhält?«

»Mit Klaus. Ich ruf den Jörg gleich mal an.«

Kellermanns Cousin in Dortmund wusste noch nichts von Annas Verschwinden. Sie hatten wenig Kontakt miteinander. Kellermann erzählte ihm so knapp wie möglich, was vorgefallen war. Dann fragte er ihn nach Annas damaligem Gespräch mit Klaus. Der Cousin erinnerte sich noch gut daran. Die beiden hatten sich über das Gestüt im Saarland unterhalten, auf dem Klaus arbeitete. Pferde zum Springreiten wurden dort gezüchtet und trainiert. Anna empfand das als Tierquälerei, vor allem als Klaus erzählte, dass die Pferde dort gebarrt wurden. Da sei sie fast ausgetickt. Barren sei kriminell, sagte sie. Den armen Pferden die Stangen nach dem Absprung gezielt anzuheben, damit sie sich schmerzhaft daran stießen und deshalb immer höher und höher sprangen, wäre ein Wahnsinn. Jörg hatte sich hilflos gefühlt, als er das Gespräch mithörte, und sich deswegen auch nicht eingeschaltet.

Hagen Kellermann informierte Hoppe über das Gespräch.

Im Großraumbüro war Woltmann inzwischen tief in die Wolf-Dateien von Anna Kellermann eingetaucht. Anna hatte sich eine Fülle von Literatur besorgt. Für die Seminarfacharbeit stellte sie Thesen zusammen, die das verbreitete Bild von Wölfen als blutrünstigen Bestien mehr als in Frage stellten.

Wölfe wurden schon immer vom Menschen für diabolische Projektionen missbraucht, stand als erster Satz in dem entsprechenden Kapitel über diese und andere Projektionen des Menschen auf das Raubtier. In Stichpunkten waren Beispiele für solche Projektionen aufgelistet: die Griechengöttin Hekate, die hexte, zauberte und sich von Wölfen begleiten ließ; das Märchen von Rotkäppchen und dem bösen Wolf; Hermann Hesses Steppenwolf; die Werwolf-Mythologie und ihre Ausschlachtung durch die Nazis. Anna hatte sogar mit den berühmten Wolfsforschern im Banff-Nationalpark in den kanadischen Rocky Mountains korrespondiert und deren jahrzehntelange Beobachtungen zu Wölfen zu schlagkräftigen Thesen zusammengefasst. Wölfe waren demnach fürsorgliche Familientiere. Sie verfügten über ein vorbildliches Sozialverhalten. Von wegen gnadenloser Konkurrenzkampf! Von wegen bloßes Hierarchiedenken und Alphatier-Verhalten! In vieler Hinsicht konnte der Mensch von den Wölfen lernen. Umso verwerflicher war es, wenn man diese Tiere willkürlich abschoss. Entweder weil man mangels Aufklärung noch den alten Deutungsmustern anhing, der Wolf sei eine mordende Bestie. Oder weil dessen Jagdverhalten nicht in die ideologisch verfestigte Planwirtschaft passte, so wie in der DDR. Anna listete Zahlen auf. Demnach hatten Jäger vom Ende des Zweiten Weltkriegs bis zur Deutschen Einheit dreizehn in die DDR eingewanderte Wölfe und neun in der BRD abgeschossen. Von einer noch deutlich höheren Dunkelziffer sei auszugehen, schrieb sie. Auch ein vorläufiges Schlusskapitel für ihre Seminarfacharbeit fand Woltmann. Darin kreidete sie der modernen Agrarpolitik expansive Monokulturisierung und die damit verbundene Zerstörung der Lebensräume vieler Tierarten an. Auch die zunehmende Versiegelung der Böden trage dazu bei. Der Lobby der Schafzüchter brachte sie zum Teil Verständnis entgegen. Zugleich warf sie Jagdverbänden vor, scheinheilig zu argumentieren. Diese gäben vor, den Wolf zu bekämpfen, weil er Schafherden dezimiere und dem Menschen gefährlich werde. In Wahrheit sähen sie im Wolf aber nur den Konkurrenten, der ihnen als natürlicher Fressfeind von Rehen und Hirschen die Jagdbeute wegnähme. Außerdem sei ein ausgestopfter Wolf die Zierde jeder Jägerstube.

Hoppe schaute Woltmann über die Schulter. »Na, wirst du jetzt zum Wolfsexperten?«

»Es ist faszinierend, was Anna Kellermann da zusammengetragen hat. Wenn sie diese Arbeit zu Ende schreibt, bekommt sie einen Orden.«

»Dafür müssen wir sie aber lebend auffinden.«

Das Telefon klingelte. Claudia Zott, die mit Anna in den USA gewesen war, war noch etwas eingefallen. Auf der Kopenhagen-Reise hatte sie immer und immer wieder ihre Gespräche mit Anna rekapituliert.

»Sie hat mir bei unserem letzten Treffen in den USA gesagt, sie werde zwei Jahre nach den Ereignissen alles vernichten, was sie noch an diesen Bradley erinnert.«

»Warum nach genau zwei Jahren?«

»Weil sie zuvor ja noch ein ganzes Jahr in den USA war. Und danach noch ein weiteres abwarten wollte, ob da noch was nachkommt.«

»Dann hätte sie die Sache für immer abgehakt?«

»Ja, zumindest hat sie das gesagt.«

Hoppe dachte an das zerrissene Foto von Bradley in Annas Papierkorb. Sie ließ sich von Claudia Zott noch einmal die genauen Daten von Annas USA-Aufenthalt bestätigen. Sie passten exakt. Anna hatte also genau zwei Jahre nach ihrem traumatischen Erlebnis mit Bradley abgeschlossen. Sie war gewissenhaft, ordnungsliebend, auch pedantisch. Das sah man nicht nur an den Entwürfen zu ihrer Seminarfacharbeit. Auch für die Verarbeitung ihrer negativen USA-Erfahrung hatte sie sich einen exakten Zeitrahmen gesetzt. Eine Form von psychischer Hygiene. Was wäre das wohl für ein Schock für sie gewesen, hätte sie jetzt miterlebt, dass Bradley ausgerechnet nach dem Zerreißen seines Fotos vor ihrem Elternhaus auftauchte und sie stalkte? Obwohl er angeblich ja nur am Bittersüßen Nachtschatten interessiert war.

Die Zentrale stellte einen Anruf aus Leipzig durch.

»Hi, ich bin die Conny. Ihr wart doch bei Micha. Wegen unserer Aktionen gegen Tierquälerei.«

Hoppe, irritiert durch die vertraute Anrede mit »ihr«, brauchte ein bisschen, bis sie die Anruferin zuordnen konnte. Aber dann war ihr klar, dass es sich dabei um die zweite Kontaktperson neben dem verschnarchten Studenten handeln musste, die Anna wegen der Nerzfarmen in Dänemark und der Befreiung der Tiere in Leipzig aufgesucht hatte. Die Animal Liberation Front.

»Ja. Freut mich, dass Sie sich melden.«

»Ich wollte nur sagen, dass wir nie wirklich vorhatten, in Dänemark eine Aktion zu starten.«

»Warum teilen Sie uns das mit, Conny?«, wollte Hoppe wissen, für die das so klang, als habe da jemand kalte Füße bekommen.

»Na ja, ich habe gehört, was mit der Anna passiert ist. Micha hat mir gesagt, dass sie verschwunden ist …«

Also war Micha der Besuch der Polizei doch nicht so gleichgültig gewesen, wie er tat? Immerhin hatte er seiner Mitstreiterin davon erzählt.

»Außerdem …«

»Was außerdem?«

»Haben Sie denn noch nicht von dem Überfall auf die Nerzfarm gehört?«

»Nein.«

»In Vildbjerg. Da sind mehr als tausend Nerze befreit worden.«

»Ah ja? Da könnte vielleicht Anna mit dabei gewesen sein?«

»Kann ich mir nicht vorstellen. Die hatte, glaube ich, andere Pläne. Gibt ja hierzulande auch genug Tierquäler.«

»Warum hat sie sich dann an euch gewandt?«

Eine Weile war es still. Hoppe hörte, wie Conny sich flüsternd mit jemandem besprach. Vermutlich mit Micha.

»Anna wollte damals nur ganz allgemeine Infos von uns, wie man so eine Aktion durchführt. Sie hat uns etwas von Pferden erzählt, die gebarrt werden würden.«

Das Gestüt im Saarland!

»Wie seid ihr denn mit ihr verblieben?«

»Nun, sie war ja kein Mitglied von ALF. Aber wir wollten weiterhin lockeren Kontakt zueinander halten. Vielleicht mal eine Aktion miteinander machen. Natürlich legal.«

»Natürlich. Haben Sie mir sonst noch etwas mitzuteilen?«

»Nein.«

»Okay, dann danke für den Anruf.«

Sie drückte das Gespräch weg.

»Puh«, sagte sie.

Woltmann hatte das Gespräch mitgehört. »Jetzt ist Kopenhagen also auch noch mit im Rennen. Kann doch sein, dass dich diese Conny in Leipzig gerade belogen hat. Oder dass Anna noch andere Kontakte bei ALF besessen hat. Vielleicht direkt in Dänemark.«

»Du meinst, sie ist heimlich abgehauen, weil sie nur so eine Chance sah, an der Nerz-Befreiungsaktion teilzunehmen?«

»Na ja. Also ihren Eltern konnte sie ja schlecht sagen, dass sie mal kurz nach Dänemark fährt, um dort Nerze zu befreien. So nach dem Motto: ›Tschüss, bis in zwei Wochen.‹«

»Aber sie war doch in der Schule so ehrgeizig. Meinst du, da haut sie einfach so ab?«

»Was ist ihr denn schon groß entgangen? So kurz vor den Ferien findet doch kaum noch richtiger Unterricht statt. Frag mal meinen Ronny.«

»Und ihre Klasse hat sich für die noch verbleibende Schulzeit sowieso auf Klassenfahrt begeben.«

»Nach Kopenhagen.«

»Genau. Das war ihr zu spießig. Zwar hat sie sich für dieses Fahrtziel eingesetzt. Aber das war wahrscheinlich ihr Alternativplan. Wenn sie kein Geld für die Fahrt zusammenbekommen hätte, wäre sie eben auf der Klassenfahrt kurz abgehauen, zur Nerzfarm. Und später wieder aufgetaucht.«

»In diesem Fall müsste sie bald zurückkommen. Denn die Nerze in Vildbjerg sind ja gestern befreit worden.« Woltmann hatte zwischenzeitlich im Internet die entsprechenden Meldungen gefunden und drehte seinen Bildschirm nun in Hoppes Richtung, so dass sie den von ihm aufgerufenen Artikel gut lesen konnte. Trotz guter elektrischer Sicherung des Zauns war es den Tätern demnach gelungen, in die Nerzfarm einzudringen. Sie schlugen einen Security-Mann nieder, durchtrennten die Zäune der Käfige und ließen die Tiere laufen. Auch wenn sie wussten, dass die Nerze mit dem Leben in der freien Natur überfordert waren und die meisten von ihnen wohl verenden würden. Es sollte wohl mehr eine Geste sein, um auf die Missstände in den Zuchtfarmen aufmerksam zu machen.

»Nicole, klär du mal mit der Bundespolizei und dem BKA, inwieweit die etwas mit unseren Infos zu Anna Kellermann anfangen können.«

»Mach ich, Mandy. Hier!« Sie hielt ihr einen Zettel vor die Nase. Darauf stand die Adresse von Hermann Kasunke, dem ehemaligen Vorsteher der Jagdgesellschaft in der DDR. Hoppe und Woltmann machten sich auf den Weg zur Seniorenresidenz am Schönblick. Noch im Auto klingelte Hoppes Handy. Rudi Bossong teilte ihr mit, dass die Homburger Polizei Klaus Bachmann gefunden hatte. Erhängt an einem Baum in einem Wäldchen nahe seinem Wohnort. In seiner Jackentasche war ein Abschiedsbrief gefunden worden.

38

November 1953, Weimar

Manchmal laufen ihm zufällig frühere Häftlinge aus dem Speziallager über den Weg. Sie sind mit einer Frau zusammen, gründen eine Familie und versuchen, die schreckliche Zeit, die hinter ihnen liegt, zu überwinden. Viele gehen in den Westen, erlernen angesehene Berufe und übernehmen Ämter und gesellschaftliche Verantwortung. Über die Lagerhaft reden wollen die wenigsten.

Bei ihm läuft es anders. Er vertraut sich, was die Lagerzeit betrifft, seiner Mutter an. Beruflich fasst er in der LPG Fuß, die um Weimar herum mehrere Betriebe unterhält. Nach wie vor brennt in ihm der Wunsch, endlich mit einer Frau zu schlafen. Doch die Frauen, die in der LPG arbeiten, zeigen kein Interesse. Die meisten sind verheiratet oder zu alt. Obwohl, er nähme fast jede. Er ist vierundzwanzig. Manchmal kann er an nichts anderes mehr denken und verliert fast den Verstand.

Eines Tages klingelt es. Vor ihm steht eine Frau, vielleicht zehn Jahre älter als er. Der Blick ihrer blauen Augen ist leicht stechend, kleine Fältchen umgeben die Mundwinkel. Sie trägt eine weiße Bluse, die Knopfleiste spannt oben herum und gibt ein winziges Stück des weißen Busens frei. Er merkt, wie er zu zittern beginnt, hört nur noch halb zu, was ihm die Fremde erzählt.

»Veronika Steffens ist mein Name. Ich war auch in Buchenwald im Russenlager. Wir haben uns vielleicht mal auf die Ferne gesehen. Waren Sie nicht im Reinigungskommando?«

Sie streckt ihm die Hand entgegen. Er ergreift sie, spürt einen warmen Gegendruck. Zu seinem Erstaunen fährt sie mit ihren gepflegten Fingernägeln ein kleines Stück seinen blanken Unterarm hoch. In diesem Augenblick weiß er: Sie will auch. Er zieht sie an der Hand in die Wohnung. Für einen Augenblick hält er inne. Strengstes Schweigen über die Lagerzeit hat man ihm auferlegt. Was, wenn sie ein Spitzel ist? Wenn sie prüfen soll, ob er sich an die Schweigepflicht hält, und nur vorschiebt, selbst im Lager gewesen zu sein? Aber er blendet diese Gedanken gleich wieder aus. Er muss jetzt sofort diese Frau haben! Wenn sie auch in Buchenwald gewesen ist, muss sie die gleichen Bedürfnisse haben wie er.

Sie stehen im engen Flur. Sie mit dem Rücken fast in der Stehgarderobe.

»Komm! Los, los, komm!«

Er zerrt sie in seine Stube, die zugleich Küche und Schlafzimmer ist.

»Oh! Junge!« Sie sieht ihn kalt und bitter an. Über die Jahre hinweg hat sie der Hass fast zerfressen. Jetzt ist die Gelegenheit gekommen, den Hunger zu stillen, zu vergelten, abzuarbeiten, was sie so tief bewegt. Er bemerkt den eisigen Blick nicht, ahnt nicht die bitteren Gedanken. Er reißt ihr den obersten Knopf der Bluse auf, zerrt ihre Brüste heraus.

»Nicht so schnell, Mann!«

Er wirft sie auf das Schlafsofa, fingert ungeschickt und hektisch an ihrem Rock herum. Als er in sie eindringt, beobachtet sie die zitternden Zeiger der Küchenuhr.

Erschöpft rollt er sich von ihr herunter. Sie richtet sich auf, sitzt mit dem Rücken zu ihm auf der Sofakante und zieht sich an. Er beobachtet sie genau, hat er doch noch nie eine Frau nackt gesehen. Mit einer blitzschnellen Bewegung fährt sie herum, stößt ihm einen kleinen spitzen Gegenstand in die Rippen. Sein aufmerksamer Blick rettet ihm das Leben. Mit der rechten Hand fängt er die ruckartige Bewegung noch etwas ab. Sie zieht rasch das blutverschmierte Eisen, das wie eine Feile aussieht, aus seinem Brustkorb und stürmt aus der Wohnung. Sie weiß, dass er nicht die Polizei rufen wird. Denn die würde ihn genau befragen. Als ehemaliger Lagerhäftling wäre er verdächtig, schuld an dem Vorfall zu sein. Man würde ihn wieder wegsperren. Einmal Häftling, immer Häftling.

Sie behält recht. Er verbindet die Wunde, geht am nächsten Tag wieder zur Arbeit in die LPG. Wenn ihm der Schmerz zusetzt, trinkt er heimlich einen Korn. Er muss sich betäuben. Was war das nur für eine Frau, die ihn so schnell mit sich schlafen ließ und ihn dann zu ermorden versuchte? Nicht einmal eine Adresse hat er. Eine Veronika Steffens ist nirgends zu finden.

39

Ich habe Anna nicht entführt oder umgebracht. Anna war die Einzige, die sich für mich interessiert hat. Im Unterschied zu meiner ganzen restlichen Familie hat sie mich gefragt, wie das mit dem Gefängnis gekommen ist. Vielleicht hat sie mich sogar verstanden. Aber als sie verlangte, ich solle mit ihr gemeinsam eine Aktion durchführen und die Pferde auf dem Gestüt freilassen, habe ich sie enttäuscht. Ich hatte endlich noch mal einen Job. Den hätte ich dann verloren. Auch am Tag ihres Verschwindens habe ich noch einmal mit ihr darüber gesprochen. Ja, ich war in Weimar. Wegen des Blitzer-Fotos hätte die Polizei das früher oder später herausgefunden. Und dann wäre ich dran gewesen. Wer schon einmal im Gefängnis war, landet dort immer wieder. Alte Häftlingsweisheit. Ich habe mich mit Anna für 22:00 Uhr noch mal verabredet. An der Straße oberhalb des Klinikums, wo es in den Wald geht. Sie kam nicht. Es gibt ein Beweisstück. Eine Spraydose. Mit der habe ich ein Graffito geschrieben. Jetzt liegt diese Dose dort irgendwo im Wald. Ich kann sie nur dort verloren haben, weil ich, nachdem ich sie gekauft habe, nirgendwo anders mehr war. Ein Beweisstück, das man wunderbar gegen mich verwenden kann. Aber ich habe Anna nichts getan. Weil mir das niemand glauben wird, wähle ich diesen Ausweg. Niemand wird mich wirklich vermissen. PS: Anna, wenn Du wieder auftauchst: Bitte vergib mir. Ich hätte die Pferde befreien sollen. Sie werden wirklich gequält.

Der Abschiedsbrief von Klaus Bachmann, eingescannt von der Homburger Polizei. Hoppe und Woltmann fuhren zum Hypothekenhügel, informierten das Ehepaar Kellermann über den Tod Klaus Bachmanns. Als sie das Haus wieder verließen, hörten sie unten in der Stadt die Glocken der Stadtkirche Sankt Peter und Paul zum Abendgebet rufen.

40

August 1954, Weimar

Bald nach dem Besuch der mysteriösen Frau zieht er von seiner winzigen Stadtwohnung in ein völlig heruntergekommenes Haus an der Belvederer Allee um. Der LPG-Chef Hermann Kasunke, kaum älter als er selbst, schätzt ihn, trotz seiner Vergangenheit. Er ist fleißig, er ist zuverlässig, so etwas kommt bei Kasunke gut an. Die Immobilie ist durch Enteignung an die LPG gekommen. Man überlässt ihm das Anwesen in Ehringsdorf mit der Auflage, es zu pflegen und das Haus wieder herzurichten. Wenn Parteiprominenz oder sogar ausländische Gäste zum Schloss Belvedere hochfahren, sollen sie kein so verwildertes Gelände samt verfallener Hütte zu sehen bekommen. Außerdem kann er im weitläufigen Areal um das Ehringsdorfer Haus die Schäferhunde, die das LPG-Gelände bewachen, besser dressieren. Mit seinen Kontakten in der Partei ist es Kasunke ein Leichtes, ein paar Hundekäfige zu organisieren. Der Grundstein für die Hundezucht auf dem Gelände, die er schon bald beginnt, ist damit gelegt.

An einem heißen Sommertag bellen sie wie wahnsinnig. Das ist nichts Ungewöhnliches. Ein dreister Specht, eine selbstsichere Katze, ein knatterndes Moped – die Schäferhunde finden leicht einen Anlass, die Käfigstäbe mit fletschenden Zähnen hochzuspringen und sabbernd Dominanz zu signalisieren. Erst seine Schreie, manchmal auch Schläge mit einem Feuerhaken oder einem Knüppel bringen sie zur Ruhe. Dieses Malträtieren der Hunde befriedigt ihn ebenso stark wie früher das Ertränken der Katzen. Doch an diesem Tag tritt nicht wie sonst gespenstische Ruhe ein, wenn die geprügelten Hunde ihre Wunden lecken. Ein durchdringender Schrei dringt aus dem hohen Gras im vorderen Bereich des Grundstücks. Ein Schrei, hell und dünn, der nicht abebbt, sondern eher zunimmt. Mit aufgeblasenen Backen und zornigem Blick, den Feuerhaken in der Hand, nähert er sich dem Maschenzaun, der das Grundstück umgibt. Dann sieht er ihn: den hellbraunen Karton, in dem ein Baby liegt. Gewickelt in eine grobe Leinenwindel, ist das Gesicht krebsrot vom Schreien. Niemand ist weit und breit zu sehen. Ohne genau erklären zu können, warum, nimmt er den Karton mit dem Baby ins Haus. Er reicht dem Schreihals ein wenig Milch. Schlagartig kehrt Ruhe ein. Das Baby schläft ein. Doch was nun? Er sitzt in dem alten Schaukelstuhl, den er auf dem Dachboden gefunden und wieder hergerichtet hat. Er schaukelt vor und zurück, das schlafende Baby im Schoß. Sein hart gewordenes Herz ist plötzlich weich. So etwas wie Rührung liegt in seinem Blick, wenn er das Kind, das ihm da zugefallen ist, betrachtet. Öffnet das Baby die klaren wasserblauen Augen, kommt es ihm so vor, als blicke das kleine Wesen bis auf den Grund seiner Seele. Irgendetwas hält ihn davon ab, das Findelkind den staatlichen Behörden zu übergeben. Ganz weit hinten in seinem Kopf kommt ihm ein Gedanke, wieso jemand gerade bei ihm dieses

Baby abgelegt hat. Er wird über einen Bekannten seine Mutter benachrichtigen, sie möge schnellstmöglich nach Weimar kommen. Bei der LPG meldet er sich vorsorglich für die ganze restliche Woche krank. Schon am nächsten Tag trifft die Mutter ein.

»Das Kind lag einfach so vor der Tür, Gustav?« Ihre Blicke wandern vom Baby über die verdreckte Küche wieder zum Baby zurück. Baby und Küche rufen nach einer Frau, sagt sie sich.

»Ich werde es zur Stadtverwaltung bringen. Die haben da sicher eine Stelle für solche Findelkinder. Dann wird es zur Adoption freigegeben.« Er sagt die Worte mit fester Stimme, aber nicht vollkommen überzeugt. Vor neun Monaten hat er zum ersten und bislang einzigen Mal mit einer Frau geschlafen. Veronika Steffens. Jetzt liegt das Baby vor seiner Tür. Seine Mutter hört das leichte Fragezeichen in seiner Stimme.

»Gustav, schau doch mal, wie das Baby deine Finger umklammert!«

Die Mutter fährt eine Stunde später zurück in ihr Nest im Thüringer Wald. Sie bittet die Nachbarn, ihre kleine Landwirtschaft vorübergehend mitzuversorgen, und packt einen großen Koffer. Am nächsten Tag zieht sie bei ihm ein und kümmert sich um das Baby. Bald arbeitet er wieder in der LPG. Wenn irgendwo eine Tanzmusik am Wochenende aufspielt, schickt sie ihn hin.

»Lern endlich mal eine Frau kennen«, befiehlt sie ihm, obwohl sie weiß, wie verklemmt ihr Sohn ist. Ganz anders als sie. Sie streckt ihre Fühler aus und präsentiert ihm wenige Wochen später Rita. Eine Frau mit Hasenscharte, kleinwüchsig und acht Jahre älter als er. Aber eine, die heiraten möchte. Das geschieht bald. Mit Kasunkes Hilfe (ihm vertraut er sich an, erzählt ihm von dem Findelkind) gelingt es dem frisch getrauten Paar, das Baby zu adoptieren. Ein Junge ist es. Sie geben ihm den Namen Werner. Neun Jahre später stirbt Rita Schlüter aufgrund eines angeborenen Herzfehlers.

Er zieht Werner ab da fast alleine groß. Ab und zu kommt die Mutter, entlastet ihn. Aber er lässt Werner in den Ferien nicht zur Oma in den Thüringer Wald reisen. Zu groß ist seine Angst, dort könnten ihn irgendwelche Männer unter einem Vorwand einfach mitnehmen.

Werner wächst heran.

Er erzieht ihn streng. Schlägt ihn manchmal.

Aber er erzählt Werner auch alles.

Alles, was in Buchenwald geschehen ist.

Alles, was in Workuta geschehen ist.

Alles.

Nur in einem Punkt enthält er Werner lange Zeit die Wahrheit vor. Wir haben dich adoptiert, hat er ihm schon früh gesagt. Die Version, die auch seine Mutter kennt und Werner gegenüber vertritt. Nein, seiner Mutter will er nichts von einer Veronika Steffens erzählen, von dem Beischlaf mit ihr und dem Angriff mit der Feile. Das ist ihm alles peinlich. Seine Mutter hat schon genug in ihrem Leben durchgemacht, auch mit ihm. Da ist die Variante mit dem Findelkind die erträglichste. Er ahnt nicht, dass seine Mutter selbst von dieser Veronika Steffens aufgesucht worden ist. Die Mutter hat der fremden Frau seine Adresse in Weimar gegeben. Aber wo man die wesentlichen Dinge verschweigt, lebt man aneinander vorbei. 1972 finden Nachbarn seine Mutter tot im Stall. Sie ist vom Heuboden in die Tiefe gestürzt.

1973 erkrankt er an Krebs. Auf dem Sterbebett erzählt er seinem Sohn von Veronika Steffens. Der Frau, mit der er geschlafen hat. Ein Mal.

»Neun Monate später lagst du vor meiner Tür, Werner. Wenn ich dich so anschaue, siehst du aus wie ich mit zwanzig. Du hast eindeutig meine Gene. Du bist mein leiblicher Sohn.«

Gustav Schlüter stirbt wenige Tage später. Werner übernimmt den Hundezuchtbetrieb und macht sich auf die Suche nach Veronika Steffens. Seiner Mutter. Er findet keine Frau mit diesem Namen. Irgendwann gibt er es auf.

41

Seniorenresidenz. Nicht selten ein Euphemismus für einen Ort, an dem das Alter seinen Tribut fordert, wo ohne Windeln nichts mehr geht, wo Schnabeltassen normal und alle noch so kleinen Schritte mit dem Rollator ein Erfolgserlebnis sind.

Das zehngeschossige Haus am Schönblick gab es schon zu DDR-Zeiten. Der Ausblick, den man von dort aus genoss, rechtfertigte den Namen: Man hatte einen phantastischen Blick über die im Tal liegende Stadt. Über dieser erstreckte sich der lange Rücken des Ettersberges. Rechts, auf der anderen Seite, waren sanfte Hügel zu sehen, die erst kurz vor Jena ins Mühltal abfielen.

Hoppe und Woltmann klopften an Hermann Kasunkes Tür. Sie stand halb offen. Ein junger Mann kam aus dem Bad. Es roch nach Chlor, als sie das Zimmer betraten. Auf dem Bett saß ein alter Herr mit schlotternden Knien. Trotz der sommerlichen Temperaturen fror er. Eine brünette Frau um die dreißig zog ihm eine Strickjacke an.

»Ich bin Sophie. Sophie Kasunke. Ich bin seine Enkelin.« Sie bot den beiden Polizisten die einzigen Stühle im Zimmer an, für sich selbst holte sie einen Hocker aus dem Bad. Kasunke blieb auf dem Bett sitzen.

»Herr Kasunke!« Hoppe sprach laut, als sie das Hörgerät auf Kasunkes Nachttisch sah. Keine Reaktion.

»Warten Sie!« Die Enkelin hatte nun auch das Gerät auf dem Nachttisch bemerkt und steckte es Kasunke an. Es fiepte, es pfiff. Es dauerte eine Weile, bis es funktionierte.

»Herr Kasunke!«, wiederholte Hoppe. Der erschrak daraufhin, drehte den Kopf nur leicht in ihre Richtung.

»Herr Kasunke! Wir sind von der Kriminalpolizei. Wir hätten ein paar Fragen an Sie.«

Kasunke drückte das Kreuz durch, sein Kopf wackelte jetzt leicht. Aber er schaffte es nicht, die Polizisten anzuschauen. Stattdessen blickte er zur Enkelin. Die musterte ihn besorgt.

»Kriminal…« Kasunkes Augen weiteten sich, dann lachte er. Er lachte, als habe man ihm gerade den Witz seines Lebens erzählt. »Kriminal… Kriminaaalll…«

»Das hat keinen Sinn«, sagte Woltmann.

»Der alte König in seinem Exil …« Hoppe dachte an das Buch, das sie im letzten Urlaub gelesen hatte, und an ihren eigenen Vater, der dement gewesen war.

»Was meinst du damit?«

»Äh, ich glaube, Herr Kasunke lebt in einer anderen Gedankenwelt als wir. Es wird schwer sein, ihn mit unserem Anliegen zu erreichen.«

»Manchmal hat mein Opa auch helle Momente. Dann erinnert er sich gut. Fast könnte man dann meinen, er sei gar nicht dement. Aber dann gibt es wieder Tage wie heute. Leider werden die hellen Phasen immer seltener. Was wollen Sie denn von ihm wissen?«

Hoppe erläuterte der Enkelin, was sie interessierte.

»Ob Opa sich noch an irgendwelche Jagderlebnisse erinnert, na ja, kann schon sein. Er erzählt oft von früher. Sie müssen ein anderes Mal wiederkommen.«

»Es geht uns nur um die Wölfe, die er eventuell erschossen hat. Hat er Ihnen oder Ihrer Familie nie etwas davon erzählt?«

Die Enkelin schaute ihren Opa an, fasste sich in den Nacken.

»Davon weiß ich nichts, nein …« Sie trank einen Schluck Wasser. »Aber warten Sie mal. Ich habe eine Idee, wie wir etwas darüber erfahren.«

»Und die wäre?«

»Dazu müssten wir uns in meiner Wohnung treffen. Ich wohne in der Nähe des Hauptbahnhofs. Könnten Sie so in zwei Stunden vorbeikommen? Ich muss zuvor leider noch einiges erledigen.«

Sie fuhren in die Polizeiinspektion zurück. Nicole Meisinger berichtete ihnen von einem Zeugen, der sich bei den dänischen Kollegen in Vildbjerg gemeldet hatte. Er wohnte etwa zwei Kilometer von der Nerzfarm entfernt und wollte am Tag vor der Befreiungsaktion zwei junge Frauen und einen Mann gesehen haben. Die drei hätten direkt am Straßenrand schräg gegenüber von seinem Haus mit dem Auto angehalten und verdächtig lange bei laufendem Motor gestikuliert und immer wieder in Richtung der Farm gedeutet. Eine der beiden Frauen habe langes schwarzes Haar gehabt, von den zwei anderen Insassen aber habe er so gut wie gar nichts erkennen können.

»Die drei haben ein Auto mit deutschem Kennzeichen gefahren.«

»Lange schwarze Haare, deutsches Auto, beides könnte auf Anna hinweisen.«

»Aber auch auf eine Million andere junge Frauen, Mandy. Und da in einem deutschen Auto auch Nicht-Deutsche mitfahren können, sind es sogar Hunderte Millionen.« Meisinger zog die Augenbrauen hoch. »Aber keine Sorge, ich bleibe da natürlich dran.«

»Okay, Nicole. Wir fahren nachher zur Enkelin von Hermann Kasunke. Vielleicht kann sie uns dann ja sagen, ob er Wölfe erschossen hat.«

»Ach, da fällt mir noch was ein. Heute hat die Münchner Kripo angerufen. Die Kollegin, die dort auf Recherche spezialisiert ist. Sie heißt Nadine Schwab.«

»Also dein bayerisches Gegenstück.«

»Genau. In so einer großen Stadt wie München sind Vermisste keine Besonderheit. Allerdings gibt's da jetzt einen prominenten Fall.«

»Wer ist denn verschwunden?«

»Die Gattin des Promianwalts Notker von Blumenstein. Fünfundfünfzig Jahre alt. Ihr Mann war dienstlich in Hamburg, als sie spurlos verschwunden ist. Ein großer Koffer von ihr und einige Kleider fehlen.«

»Vielleicht ist sie ihrem Mann einfach nur weggelaufen«, sagte Woltmann.

»Wie kommst du denn darauf? Du kennst den Ehemann doch gar nicht?«

»Nein, den kenne ich nicht. Aber wenn ich das schon höre: Promianwalt.«

»Wo ist das Problem?«

»Als ich noch in Berlin gearbeitet habe, gab's viele solcher Fälle. Das sind Familienmodelle aus den fünfziger, sechziger Jahren.«

»Wie darf ich das verstehen?«

»Na, der Mann ist zum Beispiel Promianwalt. Der verdient einen Haufen Kohle. Die Frau ist für ihn nur schmückendes Beiwerk, definiert sich nur über ihren Mann. Der hat nebenbei noch jede Menge Geliebte laufen. Ist es da ein Wunder, wenn die Ehefrau das irgendwann mal satthat?«

Woltmann schaute die beiden Kolleginnen herausfordernd an, die reagierten aber nicht.

»Wir hier in der ehemaligen DDR kennen das so nicht«, fuhr er fort. »Ich meine in diesem Ausmaß. Bei uns haben fast alle Frauen gearbeitet. Aber im Westen war das oft anders.«

»Aber heute ist das doch dort auch nicht mehr so«, entgegnete Hoppe.

»Die bauen jetzt überall die Kitas aus. Machen es jetzt möglich, dass beide Eltern arbeiten. Jetzt schimpft keiner mehr über die Krippen, die wir hier im Osten noch von DDR-Zeiten her haben.« Woltmann lehnte sich in seinem Stuhl zurück.

»Also haben wir doch etwas, was sich der Westen von uns abguckt, Sascha.«

»Kann man so sehen. Aber in Frankreich gibt's die Kinderbetreuung von früh an auch schon lange. Ich kann mir jedenfalls vorstellen, dass diese Frau das Leben als Anhängsel des Herrn Promianwalts satthatte.«

»So viel für heute zur deutsch-deutschen Geschichte. Was wollen die Münchner Kollegen jetzt von uns?« Hoppe sah Meisinger an.

»Sie gehen allen möglichen Spuren nach. Die Mutter der verschwundenen Ehefrau war mal als junge Frau Häftling in Buchenwald.«

»Im KZ?«

»Nein, in der Zeit danach, als es ein Speziallager war.«

Es wurde still. Hoppe und Woltmann kramten in ihren Erinnerungen aus dem Schulunterricht. Aber die Schublade war leer. Zu DDR-Zeiten gab es nur die KZ-Zeit im Unterricht. Kommunistischer Widerstand und Selbstbefreiung.

»Das sogenannte Speziallager Nr. 2.« Meisinger war ein paar Jahre jünger als ihre zwei Kollegen. Ihr war das Thema vertrauter. Sie spürte deren Unsicherheit und wollte ihnen unauffällig auf die Sprünge helfen. »Wir waren mit der Abiturklasse bei der Einweihung der Ausstellung dabei, die dort später auf dem Gelände in einem eigenen Gebäude eingerichtet wurde. Wir haben damals ein kleines Theaterstück aufgeführt. Das hatte unsere Geschichtslehrerin Frau Luther mit uns eingeübt. Bei der hat der Unterricht echt Spaß gemacht.«

»Jetzt, wo du es sagst, fällt mir das mit dem Speziallager auch wieder ein.« Hoppe war vor einigen Jahren mit einer Tante und deren Kindern in Buchenwald gewesen. Für das Museum über das Speziallager hatte die Zeit jedoch nicht mehr gereicht. Woltmann war das Thema peinlich. Er war zu DDR-Zeiten nur einmal mit seiner Klasse in Buchenwald gewesen. Danach, als er in Berlin lebte und immer nur kurz in Weimar bei den Eltern auf Besuch war, hatten sie nie daran gedacht, nach Buchenwald zu fahren. Die Ausstellung über das Speziallager zu besichtigen, würde er bei nächster Gelegenheit nun endlich nachholen.

»Im Speziallager haben die russischen Besatzer ehemalige Nazis inhaftiert. Aber auch viele Unschuldige.« Meisinger schaute auf die Notizen, die sie sich während des Anrufs aus München gemacht hatte.

»Und was können wir da tun, Nicole?«

»Nadine Schwab hat gefragt, ob wir nicht Mitarbeiter der Weimarer Gedenkstätte oder andere Experten hier in der Region mit Zugang zu den Dokumenten zur Geschichte des Speziallagers befragen könnten. Speziell, ob die Mutter der vermisst gemeldeten Frau von Blumenstein im Lager eine besondere Rolle gespielt hat. Die kann im Augenblick nämlich nichts dazu sagen, weil sie unter Schock steht, seitdem ihre Tochter verschwunden ist.«

»Warum rufen die Kollegen nicht einfach selbst die Experten an?«

»Haben sie ja. Aber am Telefon wollte man ihnen diese Auskünfte nicht geben. Man hätte da schon so manchen Missbrauch erlebt. Durch politische Extremisten. Oder weil sich jemand Informationen erhoffte, um irgendeinen Erbschaftsstreit damit zu befeuern. Diese Leute hätten sich am Telefon immer als jemand anders ausgegeben. Von daher lehne man solche Telefonanfragen grundsätzlich ab. Und selbst die Polizei müsse sich aus diesem Grund als solche erst legitimieren.«

Hoppe bat Meisinger und Scholz deshalb, besagte Experten aufzusuchen. Die Amtshilfe für die Münchner Kollegen war wichtig. Wer wusste schon, ob sie deren Hilfe nicht auch einmal benötigen würden.

42

In Schwabing fühlte er sich schon fast zu Hause. Er kannte die Leopoldstraße, den Englischen Garten, den Markt auf dem Elisabethplatz.

In der Metzgerei am Bonner Platz kaufte er sich öfter ein paar Scheiben Gelbwurst und eine Semmel. Die Verkäuferin mit dem blonden Zopf war aber auch so was von freundlich! Deswegen ging er heute wieder hin. Sonst vermied er zwischenmenschliche Kontakte eher, kaufte immer nur frisch abgepackte Wurst in einem der riesigen Supermärkte ein. Die blonde Verkäuferin bediente auch heute hinter der Essenstheke. Warum sollte er nicht auch einmal ein richtiges Essen bei ihr bestellen? »Ein halbes Hendl bitte.« Karin Unterweger, las er auf dem Schildchen an ihrer Brust.

»Noch was dazu, bittschön?« Wie sie ihn anstrahlte! So etwas kannte er gar nicht. Vielleicht hätte er schon viel früher mehr Kontakt suchen sollen – so wie jetzt. Wenn man dafür so ein Lächeln wie das in der Metzgerei am Bonner Platz geschenkt bekam! Aber jetzt war es zu spät. Er musste nur noch sein Werk vollenden. Was danach kam, war ihm gleich.

Ainmillerstraße. Er bog von der Leopoldstraße her in die Straße ein. Es war nicht schwer gewesen, die Adresse herauszubekommen. Wer zu den oberen Zehntausend gehörte, stand meistens im Netz. Man musste nur lang genug suchen und scrollen, dann kam man an die private Adresse. So wie bei diesem Vorstandsvorsitzenden einer großen Baumarktkette, deren Firmensitz sich in München befand. Irrtümlicherweise war im Zusammenhang mit einer Benefizveranstaltung statt der Dienst- die Privatadresse des Mannes ins Internet gelangt. Jetzt erreichte er das Haus, blieb auf dem Gehweg stehen. Doch was hieß hier Haus?! Ein breites, mächtiges Gebäude war es, dessen Fassade von bunten Ornamenten überzogen war. Von der anderen Straßenseite aus betrachtete er staunend die filigran gearbeiteten Details.

»Da schauen S', gell?«, krächzte eine taprige Frau mit knöchernen Spinnenfingern und Einkaufswägelchen. »Jugendstil. Vom Feinsten. Davon haben wir noch mehr in unserem schönen Schwabing. Hier haben schon viele berühmte Leute gelebt!«

Was will die Alte denn von mir? Es gefiel ihm gar nicht, wenn ihn jemand ansprach. Schon gar nicht hier. Quatschte ihn dieses Weibsbild doch einfach so an. Ungebeten. Und machte keinerlei Anstalten weiterzugehen.

»Kennen Sie den Wassily Kandinsky? Und die Gabriele Münter? Der Blaue Reiter ist ja … Tssstssstsss, wendet sich der einfach um und geht weg, der Herr. So ein Banause.« Sie zog weiter, drehte sich nach einigen Metern noch einmal kurz um und schüttelte den Kopf.

Endlich war sie weg. Er durfte hier keiner Menschenseele auffallen. Als er außer einem eiligen UPS-Mann nur noch ein paar mit sich beschäftigte Passanten sah, schlich er sich zu dem Haus auf die andere Straßenseite, suchte nach Klingelschildern. Aus dem Optikerladen im Erdgeschoss kam eine Kundin. Er drückte sich in den Hofeingang. Da sah er die Leiste mit dem silbernen Rahmen und den weißen Beschriftungen. Die Namen waren paarweise angeordnet. Von Zittzwitz, Henk von Basedow-Klein, Guppy von Göschenstein, Ranft von und zu Koberschmiden – bei den meisten Schildern bekamen die Buchstaben Platzangst. Umso mehr fiel das obere Schild auf. Es reichte über beide Reihen hinweg und trug nur einen einzigen Buchstaben: D.

Schon den zweiten Tag beobachtete er das Wohn- und Geschäftshaus mit der Jugendstilfassade. Um nicht aufzufallen, stellte er sich in immer andere Hauseingänge. Auch parkte er seinen Transporter in Sichtweite. Ab und zu setzte er sich dort in den Laderaum und beobachtete mit einem Feldstecher das Kommen und Gehen vor dem Hauseingang. Nebenbei aß er Semmeln mit Gelbwurst. Gestern Abend, gerade als er kurz vor Mitternacht schon resignieren wollte, brauste ein knallroter Ferrari mit mächtigen Bremslichtern heran. Der Fahrer öffnete mit einer Fernbedienung Hoftor und Tiefgarage und verschwand dann im Betonschlund unter dem Haus. Danach hatte er sich auf die Isomatte im Laderaum gelegt und den Wecker auf sechs Uhr gestellt. Gerade noch rechtzeitig, um den Ferrari wieder davonpreschen zu sehen. Am dritten Tag beobachtete er wie am Vortag, wer zu bestimmten Zeiten das Haus verließ oder betrat, und notierte diese in sein kleines Notizbuch, zeichnete Spalten, bildete Tabellen. Einmal gelang es ihm sogar, in das Hausinnere zu gelangen. Während der UPS-Mann ein schweres Paket im Erdgeschoss ablieferte, schmuggelte er sich bis zur vierten Etage hoch. Schon das Treppenhaus war gediegen. Stuckgesimse, Wandfriese, Eichenholzparkett. Warmes, weiches Licht flutete durch bleiverglaste Fenster. Er holte sich den Lift, las die Etagenbeschriftung und stellte fest, dass es ein großes Problem gab: Die fünfte Etage, in der sich die Penthaus-Wohnung von D. befand und die sich über die ganze Hausbreite erstreckte, musste einen separaten Zugang über den Lift haben. Das Untergeschoss mit der Tiefgarage und die Wohnung von D. waren im Lift zwar angezeigt. Aber man brauchte einen digitalen Schlüssel, um ins Untergeschoss oder in die Etage von D. zu gelangen. Wie sollte er an den herankommen? Ihm musste etwas einfallen. Ihm blieb nicht mehr viel Zeit. Das spürte er. Noch einmal zurück zum Bonner Platz. Zwei Semmeln, bitte. Ja, genau, mit dreihundert Gramm Gelbwurst. Sie strahlte wieder. Und er versuchte es auch. Aber das Gebiss rutschte ihm dabei halb auf die Unterlippe. Sein Gesicht wurde zur Fratze. Der Blondzopf lächelte trotzdem.

43

»Ich suche schon die ganze Zeit. Sie haben ja gesehen, wie wenig Platz mein Opa in seinem Zimmer am Schönblick hat. Darum verwahre ich einige seiner Sachen bei mir auf. Jetzt habe ich es gefunden. Hier!«

Sophie Kasunke streckte Hoppe und Woltmann ein verblichenes, ehemals grünes Album entgegen. Die Kommissarin öffnete es. Auf der ersten Seite stand handgeschrieben: *Jagd-*

erlebnisse 1950–1990. Sie blätterte. Die Motive auf den Fotos waren ausschließlich jagdliche. Jäger beim Aufbrechen von Rehen, Wildschweine, zur Strecke gebracht, Schützen, die mit einem toten Hasen in der Hand still triumphierend in die Kamera schauten. Schon fast am Ende angelangt, hielt Hoppe inne. Auf graubraunem Schnee zeichnete sich die Silhouette eines toten Tieres ab, das auf den ersten Blick wie ein Hund aussah. Darunter stand: *Wolf, erlegt 1974*.

»Also stimmt, was uns der Wohlfahrt in Apolda erzählt hat!« Woltmann nahm das geöffnete Album, hielt es gegen das Licht, das von der über dem Hauptbahnhof stehenden Sonne in die Wohnung von Sophie Kasunke schien.

»Und hinter dem Wolf sieht man noch die Spitze eines Männerschuhs.«

»Also waren es mindestens zwei Jäger. Einer fotografiert. Einer schaut zu. Blätter mal um.«

»Da, schau dir das an!« Woltmann löste ein an einigen Stellen festklebendes Spinnenpapier.

Wolf, erlegt vom wahrhaft guten Schützen, 1975.

»Zwei Wölfe in zwei aufeinanderfolgenden Jahren.«

»Sascha, schau dir den Mann hinter dem Wolf an.« Hoppe zeigte mit dem Finger auf einen Fellmützenträger.

»Schaut wie Anfang zwanzig aus.«

»Würde ich auch tippen. Aber wer ist das?« Sie bat Sophie Kasunke, sich den Mann genau anzusehen.

»Tut mir leid, den kenne ich nicht.«

»Wissen Sie, ob Ihr Großvater fotografiert hat?«

»Oh ja, schauen Sie doch hier!« Sie zeigte auf den offen stehenden Schrank, aus dem sie das Album mit den Jagdaufnahmen gezogen hatte.

»Was ist in den anderen Alben?«

»Familienfotos. Die allermeisten sind Familienfotos.«

»Die allermeisten, sagen Sie. Was ist auf den anderen zu sehen?«

»Warten Sie.« Sophie legte einige Alben auf den Boden, öffnete ein paar andere und las vor, was jeweils auf der ersten Seite stand. »Einschulung Sophie ... VIII. Parteitag der SED in der Werner-Seelenbinder-Halle Berlin ... Festakt zwanzig Jahre LPG Weimar ...«

»Stopp! Frau Kasunke, dürfen wir einige dieser Alben mitnehmen? Auch das mit den Wölfen. Ich verspreche Ihnen, Sie bekommen alles wieder.«

Kasunkes Enkelin war einverstanden. Sie packten die Alben in eine große Ikea-Tasche, die ihnen Sophie zur Verfügung stellte, und verabschiedeten sich.

»Theoretisch kommen zwei bis zu vier Personen für die beiden getöteten Wölfe in Frage«, sagte Hoppe auf dem Weg zum Auto zu Woltmann.

»Ja, zwei, wenn der, von dem man nur die Schuhe beziehungsweise das Gesicht mit Fellmütze sieht, und der, der fotografiert hat, auf beiden Fotos dieselben Männer sind. Drei Männer, wenn der Fotograf jeweils derselbe ist, aber die Schützen wechseln oder umgekehrt.«

»Genau, Sascha, und vier, wenn wir es auf den beiden Jahresfotos jeweils mit zwei unterschiedlichen Jägern und Fotografen zu tun haben.«

»Der mit der Fellmütze hat einen triumphierenden Blick. Und auf den muss sich die Bildunterschrift vom ›wahrhaft guten Schützen‹ beziehen. Der wird wohl der Schütze gewesen sein. Zumindest vom Wolf von 1975.«

»Sehe ich auch so. Vielleicht finden wir in den Alben ja noch ein Foto, unter dem der Name des Fellmützenträgers steht.«

Auf dem kurzen Weg zurück zur Polizeiinspektion griff sie Woltmann am Arm. »Du gehst die Alben als Erstes jetzt mal grob durch. Der oder die Wolfstöter oder, wenn sie selbst tot sind, Nachfahren oder Bekannte von ihnen stehen irgendwie in Zusammenhang mit Anna. Wir müssen sie finden und befragen, ob Anna zu ihnen Kontakt hatte.«

Zur gleichen Zeit saßen Nicole Meisinger und Mike Scholz mit Guido Spitzer in seiner Wohnung zusammen. Der Professor für Geschichte war seit kurzem im Ruhestand. Für die Zeit des Speziallagers galt er als der absolute Experte. Er schrieb an einer Publikation über die hygienischen Bedingungen im Speziallager. Er kramte Karteikarten hervor, holte Aktenordner mit Listen, breitete Passfotos von Häftlingen vor ihnen aus. Zwischendurch telefonierte Meisinger mit ihrer Münchner Kollegin Nadine Schwab, stellte ein paar Rückfragen zu Ina Dietl, wie die Mutter der verschwundenen Anwaltsgattin hieß. Nach einer Stunde zeichnete sich ein klar konturiertes Bild ab. Ina Dietl war die frühere Schauspielerin Katharina Lempertz. Während der Nazizeit war sie in einen Fall verwickelt gewesen, der mit dem Hitler-Attentat vom zwanzigsten Juli und einem Generalstabsoffizier zu tun hatte. Sie hatte gegen diesen Offizier in einem Prozess ausgesagt, der sogar vor dem Volksgerichtshof verhandelt werden sollte. Wegen ihrer Nähe zu führenden Nazigrößen und ihrer Zusammenarbeit mit der Gestapo saß sie bald nach Kriegsende erst im Lager Ketschendorf und dann im Speziallager Nr. 2 in Buchenwald bis zu dessen Auflösung ein. Danach war sie in einem der Waldheimer Prozesse zu zehn Jahren Zuchthaus verurteilt, nach zwei Jahren aber begnadigt worden. Was sie unmittelbar nach der Haft tat, war nicht bekannt, aber im Jahr darauf meldete sie zum ersten September einen Wohnsitz in München an. Sie begann, wieder zu schauspielern. In München bekam sie zunächst nur kleinere Rollen an Kellerbühnen. Sie tingelte mit freien Ensembles durch Kurorte und spielte im Sommer auf den Bühnen der von Touristen bevölkerten Kleinstädte in Oberbayern und im Allgäu. In München zählte sie trotz ihrer bescheidenen Erfolge als Schauspielerin bald zur Prominenz. Vor allem wegen ihrer Heirat mit Bernhard Dietl, dem ungekrönten Immobilienkönig der fünfziger und sechziger Jahre. Er häufte so viel Haus- und Grundbesitz an, dass er nach zwanzig Jahren aus deren Miet- und Pachteinnahmen sorgenfrei leben konnte. Segelboot auf dem Starnberger See, Finca auf Mallorca, eine Yacht in Florida. Auch seine Frau lebte seit der Heirat mit ihm auf großem Fuß. Sie verkürzte ihren Vornamen und nahm den Nachnamen ihres Mannes an. Neuer Name, neues Leben. Katharina Lempertz, mit der hatte sie nichts mehr zu tun. Ina Dietl war die Mutter zweier erfolgreicher Kinder. Nichts deutete darauf hin, dass sie ihre schlimme Zeit in den sowjetischen Lagern und im Gefängnis noch beschäftigte. Es war ihr gelungen, sich eine zweite glückliche Existenz aufzubauen. Ein Glück, das Jahrzehnte hielt. Bis ihre Tochter verschwand. Deren Ehemann Notker von Blumenstein war als Vergewaltiger angeklagt worden. Wie sich herausstellte, hatte er ihre Tochter notorisch betrogen.

»Dann hat sie ihre Nazizeit ja offenbar jahrzehntelang völlig verdrängt.« Meisinger war fasziniert von dem, was sie mit Nadine Schwab am Telefon in München und dank Guido Spitzers Archivmaterial alles binnen einer Stunde über das spannende Leben der Schauspielerin herausgefunden hatten.

»Sieht so aus. Aber vor kurzem ist sie wieder daran erinnert worden.« Spitzer nahm die Brille ab, lehnte sich auf dem Holzstuhl zurück.

»Inwiefern?«

»Sie kennen doch *Stenz*. Diese Talkshow.«

»Klar.«

»Da war Ina Dietl zu Gast. Habe ich zufällig gesehen. Als Emeritus kann ich ja bis in die Puppen wach bleiben.«

»Und was hat sie da zu ihrer Nazivergangenheit gesagt?«

»Nichts. Aber sie hat Mühe gehabt, das Thema wegzudrängen. Schauen Sie sich doch die Sendung mal in der Mediathek an.«

»Mach ich, Herr Spitzer, vielen Dank für Ihre Unterstützung!«

Mandy Hoppe ging noch einmal die neuesten Erkenntnisse durch. Das Gespräch mit Theo Wohlfahrt. Das Jagdalbum von Kasunke. Anna Kellermann kontaktierte den pensionierten Förster Hartmut Engler ebenso wie den Jäger Theo Wohlfahrt. Wohlfahrt nannte ihr den Namen von Kasunke. Aber hatte Anna Kasunke daraufhin überhaupt ausfindig gemacht und wenn ja, dann auch aufgesucht? Hoppe griff zum Telefon. Sie fragte sich durch, erreichte eine Schwester, die Hermann Kasunke im Schichtbetrieb mitbetreute.

»Hoppe, Kripo Weimar. Wir waren vorhin bei Herrn Kasunke. Sagen Sie, hat Herr Kasunke in der letzten Zeit Besuche gehabt von einer Schülerin? Ganz konkret: Hat ihn eine Schülerin namens Anna Kellermann besucht?«

»Die verschwundene Schülerin? Ich habe ihr Foto in der Zeitung gesehen. Nein, die war, während ich Schicht hatte, nicht hier. Aber …«

»Aber?«

»Aber jetzt, wo Sie es sagen, fällt mir ein, dass neulich zwei andere Schülerinnen hier waren, die unseren Herrn Kasunke sprechen wollten.«

»Wissen Sie, wer die Schülerinnen waren? Was sie von ihm wollten? Und können Sie mir außerdem noch sagen, wer die anderen Schichten bei Herrn Kasunke übernommen hat?«

»Also, wegen der Schichten muss ich erst nachfragen, aber die beiden Schülerinnen waren wegen einer Arbeit da, die sie für die Schule geschrieben haben.«

»Die Namen der Schülerinnen, wissen Sie die noch?«

»Nein, oder warten Sie, doch. Die eine hat denselben Vornamen wie meine Tochter. Den habe ich mir gemerkt. Sie hieß Bianca.«

Bianca Bader.

»Wissen Sie, von welcher Schule die beiden kamen?«

»Ich glaube, die waren vom Goethegymnasium, aber sicher bin ich mir nicht.«

Hoppe dankte der Schwester. Wenn die beiden Schülerinnen Bianca Bader und Luise Müller waren, gab es eine direkte Verbindung zu Anna über die Seminarfacharbeit. Doch welchen Grund hatten die beiden gehabt, Kasunke aufzusuchen?

Sie suchte die Nummern der beiden Schülerinnen heraus, da klingelte ihr Festnetztelefon.

»Hoppe, Kripo Weimar.«

Am anderen Ende rauschte es. Sie hörte Atemgeräusche. Diese Situation kannte sie. Jemand rief an, traute sich dann aber nicht zu reden. Allerdings kannte der Anrufer ihre Durchwahl. Also musste es jemand sein, dem sie diese Nummer gegeben hatte. Die Nummer des Anrufers war unterdrückt. Aber der sollte eigentlich wissen, dass es für die Polizei ein Leichtes war, ihn dennoch herauszufinden. Es sei denn, er rief von einem Handy mit Prepaidkarte an, das er anschließend zerstörte oder wegwarf. So wie dieser Tobias Ziegler und sein Vater, die beiden Erpresser, die allem Anschein nach nur Trittbrettfahrer waren.

»Hallo? Bitte sprechen Sie! … Ich höre Sie doch atmen. Bitte sprechen Sie.«

»Ich wollte Ihnen was zum Fall der verschwundenen Schülerin Anna Kellermann mitteilen.«

Jetzt erkannte sie die Stimme.

»Herr Zeller, dann sprechen Sie bitte.«

Zeller drückte den Anruf weg.

»Mist! Ich kann doch jetzt nicht nach Suhl fahren!« Manchmal sprach sie laut vor sich hin. So wie jetzt. Sie scrollte im Adressverzeichnis. »Die Handynummern von Bianca Bader und Luise Müller habe ich mir nicht eingespeichert. Aber die hat ja Nicole. Hol ich mir dort!«

»Soll ich das mit Suhl übernehmen?«

»Ja, Scholz, danke.« Sie bemerkte ihn erst jetzt. »Fahren Sie nach Suhl und informieren Sie die Kollegen dort. Einer von ihnen kann vielleicht mit dabei sein, wenn Sie Zeller befragen. Aber zuvor besprechen wir uns noch kurz mit Woltmann und Meisinger.«

Ein wenig später saßen alle etwas abgekämpft zusammen, brachten sich gegenseitig auf den neuesten Stand: die Wolfserlebnisse, das Buchenwaldgespräch, der Fall in München. So richtig voran ging es nach wie vor nicht.

»Soll ich mal in diese Talksendung reinschauen? *Stenz,* mit dieser Frau Dietl?« Meisinger schaute auf die Uhr.

»Nein, das geht jetzt nicht. Der Münchner Fall lenkt uns von unseren eigenen Ermittlungen ab. Wir müssen am Fall Anna Kellermann dranbleiben. Kannst du mir die Adressen von Bianca Bader und Luise Müller organisieren?«

»Mach ich gleich, Mandy. Danach muss ich meine Kleine aus der Krippe holen. Vielleicht schaue ich mir die Sendung heute Abend zu Hause an.«

»Gut. Sobald du die Adressen hast, fahren wir beide, Sascha, zu den Schülerinnen. Scholz, Sie fahren, wie besprochen, nach Suhl.«

Zwanzig Minuten später klingelten Hoppe und Woltmann an der Haustür der Familie Bader. Das Einfamilienhaus in der Tiefurter Allee war gepflegt, der Vorgarten aber völlig verkitscht: Gartenzwerge, Plastikbambi, ein winziger Springbrunnen. Es dauerte eine Weile, dann öffnete ihnen Bianca die Haustür. Ihre Haare waren noch vom Duschen nass.

»Bianca, sagt Ihnen der Name Hermann Kasunke etwas?«

»Ja, klar, das ist der frühere Chef der Jagdgesellschaft in Weimar.«

»Haben Sie und Luise Müller ihn einmal in seinem Seniorenheim besucht?«

»Äh, ja. Wegen der Semi-Arbeit.«

Bianca erläuterte den Beamten nun genauer, warum sie bei Kasunke waren. In ihrer Arbeit behandelte sie auch den Versuch, den Fischadler in der Oberpfalz wieder anzusiedeln. Luise beschrieb ähnliche Projekte für den Europäischen Nerz im Saarland. Sie gingen zudem der Frage nach, ob man diese in Europa gefährdeten Tierarten auch in Thüringen auswildern und ansiedeln könnte. Dazu brauchten sie einen Experten. Den Namen Hermann Kasunke hatte ihnen ihr Klassenlehrer genannt.

»Hat euch dieser Herr Kasunke geholfen?«

»Puh, eher nicht. Der war ziemlich durcheinander. Aber er hat gesagt, dass Fischadler natürliche, große Seen mögen. Die gibt es in Thüringen nicht. Nur Talsperren und Stauseen. Deswegen auch keine Fischadler.«

»Warum war Anna nicht mit?«

»Die braucht das nicht. Die ist schon viel weiter als wir.«

»Weiter inwiefern?«

»Na, sie hatte die Frage schon geklärt, ob es Wölfe in der DDR gab.«

»Die gab es?«

»Ja, sie hat sogar mit Leuten gesprochen, die einen erschossen haben.«

»Bianca, wer sind diese Leute? Erinnern Sie sich an Namen?«

»Einer war in Apolda.«

»Theo Wohlfahrt?«

»Ja, so hieß der, glaube ich.«

»Und der andere?«

»Dessen Namen hat uns Herr Kasunke genannt. Anna hat uns gebeten, ihn danach zu fragen. Sie war an dem Tag in Leipzig. Sie wollte sich dort mit Tierschützern treffen.«

»Bianca, wie hieß der andere Mann, den euch Herr Kasunke genannt hat?«

»Tut mir leid, das weiß ich nicht mehr.«

»Überlegen Sie bitte! Das ist ausgesprochen wichtig!«

»Ich habe die Anna gleich angerufen und ihr den Namen genannt.«

»Aber der Name allein hilft ihr doch nicht. Sie müssen ihr doch zusätzlich zumindest einen Ort durchgegeben haben.«

»Nein, habe ich nicht. Der Herr Kasunke war plötzlich wieder so weggetreten. Hat wirres Zeug geredet. Wir haben nur den Namen des Mannes von ihm erfahren.«

»Warum habt ihr uns das nicht schon in der Schule erzählt?«

»Wir wussten nicht, dass das wichtig ist. Wir haben ja auch noch so viele andere Leute wegen bedrohter Tierarten angerufen. Oder angeschrieben. Oft zu dritt.«

»Wen zum Beispiel?«

»Den Vorsitzenden vom NABU Thüringen, den Leiter des Weimarer Umweltamtes, die Thüringer Ministerin für Umwelt, Energie und Naturschutz, den BUND, den Direktor des Erfurter Zoos …«

Mann, sind die fleißig, dachte Woltmann und fragte sich zugleich, ob sein Ronny das auch war. Er hielt ihn eher für die phlegmatische Variante eines Abiturienten.

»… Greenpeace, die Animal Liberation Front …«

»Stopp! Wer von euch hat die Animal Liberation Front kontaktiert?«, ging Woltmann dazwischen.

»Das war Anna.«

»Und hat sie euch danach von dem Gespräch erzählt?«

»Sie hat gesagt, die seien wenigstens konsequent. Tiere würden so oft misshandelt. Deswegen müsse man sie befreien. Auch wenn es nur symbolisch ist.«

»Hat Anna mal was von Nerzfarmen in Dänemark erzählt?« Woltmann sah Bianca konzentriert an.

»Ständig. Ich bin mir ziemlich sicher, dass sie sich deswegen auch für Kopenhagen als Ziel unserer Klassenfahrt starkgemacht hat. Sie wollte dort ein Referat über die Nerzfarmen halten. Am besten direkt vor Ort, wir sollten mit dem Bus zu einer hinfahren. Aber das hat die Klassenleitung abgelehnt.«

»Warum?«

»Zu weit weg von Kopenhagen.«

»Ah, okay. Wenn Ihnen der Name dieses Wolfsschützen noch einfällt, melden Sie sich bitte unverzüglich bei uns.«

Sie verabschiedeten sich, blieben noch kurz vor der Haustür stehen. Im Bad im ersten Stock hörten sie gleich darauf einen Föhn.

»Das ist schon merkwürdig. Bei Sophie Kasunke und jetzt bei Bianca waren wir ganz nah an dem Namen von dem, der die Wölfe erschossen hat, dran. Aber wir haben ihn immer noch nicht.«

»Stimmt, Mandy. Aber wir sollten uns nicht nur auf diese Spur versteifen. Kann doch sein, dass es wie bei Wohlfahrt ablief. Der Mann, der die Wölfe erlegt hat, wohnt vielleicht irgendwo im Thüringer Wald. Anna ruft ihn an. Er verteidigt seine Schüsse auf die Wölfe. Sie wird aggressiv. Er legt auf. Fertig. Vielleicht hat Anna ja aber auch gar keinen Kontakt mehr zu ihm aufgenommen, auch das ist möglich.«

»Ja, natürlich kann es so gelaufen sein. Konzentrieren wir uns also erst mal vorrangig auf die Nerzfarmen in Dänemark.

Anna hat sich mit diesen militanten Tierbefreiern getroffen. Und diese Conny könnte uns ja auch nur deshalb angerufen haben, um genau davon abzulenken.«

»Ja, die klang am Telefon ja fast so friedlich, als wäre sie von der Heilsarmee.«

»Eben. Dabei wissen wir ja mittlerweile, dass diese Animal Liberation Front nicht zimperlich vorgeht, sondern ihre Methoden brutal und in höchstem Maß konspirativ sind.«

»Du meinst, dazu würde auch gut passen, dass eines ihrer Mitglieder uns anruft und behauptet, nie etwas Gewaltsames zu tun?«

Hoppe nickte. Sie stiegen in den Insignia ein. Scholz rief aus Suhl an.

»Dicke Luft hier. Die Bewohner im Treppenhaus haben mich angegiftet. Eine hat mich dabei beobachtet, wie ich bei Zeller geklingelt habe. Da hat sie die Tür geöffnet und mich gefragt, was ich denn bei dem Kinderschänder will. Daraufhin sind auch fast alle anderen Türen im Treppenhaus aufgegangen. Ein Mann mit Feinrippunterhemd und Schwabbelbauch hat gebrüllt, der Kinderficker gehöre aufgehängt.«

»Auwei, haben Sie denn einen Suhler Kollegen mit dabeigehabt?«

»Ja, der hat dann auch einen Brüller losgelassen, damit die sich wieder in ihre Wohnungen trollen.«

»Erzählen Sie, was hat der Zeller denn gesagt?«

»Der saß völlig eingeschüchtert auf seinem Sofa. Auf dem Tisch vor ihm lag ein Blatt mit einer Zeichnung, das einen Mann am Galgen zeigte, und darunter stand geschrieben: *Dich kriegen wir, Drecksschwein.*«

»Die Zeichnung hat der Suhler Kollege sicher mitgenommen.«

»Klar. Mit dem Zeller zu reden war schwierig. Der hat nur rumgedruckst. Wenn ich ihn richtig verstanden habe, behauptet er Folgendes: Er hat am Tag von Annas Verschwinden das Waldstück um drei viertel zehn verlassen. Er hat sich so lange im Wald versteckt, weil er Angst gehabt hat. Angst vor dem jungen Schläger. Dass der ihm auflauere oder noch mal wiederkomme.«

»Das halte ich durchaus für glaubwürdig. So ähnlich hat er es mir auch schon erzählt.«

»Ja, und als er dann gefahren ist, sei da gerade ein Mann mit dem Auto auf der Straße vorgefahren. Den habe er aus der Ferne noch eine Weile beobachtet. Der sei vor dem Waldstück auf und ab gelaufen.«

»Auch das kann stimmen.«

»Du denkst an den Bruder von Susanne Kellermann, an Klaus Bachmann?«, fragte Woltmann Hoppe.

»Exakt! Der hat doch in seinem Abschiedsbrief geschrieben, er hätte sich mit Anna um zehn Uhr vor dem Wäldchen verabredet.«

»Ich habe den Zeller gefragt, warum er das nicht früher schon gesagt hat.«

»Und?«

»Er hat Angst gehabt. Dass es ihn verdächtig machen würde, wenn er noch bis fast zweiundzwanzig Uhr im Waldstück war. Der Mann, den er beobachtet hat, wäre ja vielleicht Anna Kellermanns Entführer und Mörder gewesen. Wenn ihn die Kripo schon in U-Haft gebracht habe, hätte sie ihn sicher für das Verschwinden der Schülerin drankriegen wollen. Die Polizei brauche Erfolge. Da wäre ihr seine Aussage doch gerade recht gekommen.«

»Das ist doch Quatsch. Er ist doch schon wieder frei. Weil wir ihm nichts beweisen können.«

»Schon. Aber er hat wahnsinnige Angst, wieder eingebuchtet zu werden. Er hat gesagt, im Gefängnis werde er misshandelt. In der Gemeinschaftsdusche. Dort gelten eigene Gesetze.

Kinderschändern zeige man dort, dass sie in der Gefängnishierarchie ganz unten stehen.«

»Danke, Scholz.«

Sie waren an der Polizeiinspektion angelangt.

»Gebracht hat uns das Gespräch von Scholz mit Zeller nichts.«

»Außer dass es bekräftigt, was Bachmann in seinem Abschiedsbrief geschrieben hat.«

»Irgendwas muss an diesem Abend zwischen sieben und zehn Uhr mit Anna passiert sein.«

Hoppes Telefon klingelte erneut.

»Hallo, Frau Hoppe. Hier ist Sophie Kasunke. Ich war noch mal bei meinem Opa. Er sitzt mir gegenüber. Ich habe ihm von dem Fotoalbum mit den toten Wölfen erzählt. Suchen Sie immer noch nach dem Namen des Mannes, der die Wölfe erlegt hat?«

»Ja, natürlich!«

»Ich glaube, er hat ihn mir genannt.«

44

Kein guter Tagesbeginn. Beim Gelbwurstkauf war der Blondzopf nicht da. Stattdessen ein Verkäufer, der wie ein Schüler aussah und mit ungeschickten Fingern die Semmel belegte. Semmel, so sagten die hier. Als er zum ersten Mal um ein Brötchen gebeten hatte, zeigten Blondzopfs Wangen Grübchen. Auffallen durfte er nicht. Also Semmeln.

Am vierten Tag der Observation stand er hinter einem Baum am Habsburgerplatz und linste zum Hauseingang hinüber. Er beobachtete Begrüßungs- und Abschiedsszenen an der Eingangstür zum Wohnpalast, schoss heimlich Handyfotos. In der Hand hielt er sein Notizbuch. Er blätterte nach, trug jedes Mal ein, wenn jemand das Haus verließ, ordnete, wenn er eine Anrede hörte und die betreffende Person dann später an einem der Fenster oder Balkone sah, deren Namen den entsprechenden Wohneinheiten zu. Der Ferrari-Fahrer war demnach Vater mindestens einer erwachsenen Tochter. Die fuhr gerade in einem sonnenblumengelben Alfa Cabrio mit Münchner Kennzeichen vor. Auf der Rückbank zwei Kleinkinder in speziellen Sitzen. Die Alfa-Fahrerin besaß einen dunklen Teint, Kastanienhaut. Das war das Erbgut ihrer Mutter, der Ehefrau des Vorstandsvorsitzenden, die neben ihrer Tochter saß. Sie war gertenschlank, die Beine dünn wie Mikadostäbchen, hoch gewachsen. Als ob sie damit nicht schon giraffengleich genug den Rest der Menschheit überragte, trug sie zudem noch schwarze High Heels mit Lederriemchen. Äthiopierin? Somalierin? Oder doch eine Inderin? Aus der Ferne schwer auszumachen. Frauennachmittag. Mutter, Tochter, Enkel. Wobei die Oma höchstens Mitte vierzig war und überhaupt nicht wie eine solche ausschaute. Die Tochter trug ein Kuchenpaket in der Hand, auf dem anderen Arm die kleine Tochter. Der Junge war in Trachtenjanker und Lederhose gekleidet. Er ergriff den Arm der Giraffen-Oma und zog sie ins Haus.

Mal sehen, ob das Cabrio ein paar Informationen hergab. Er musste vorsichtig sein. Der Optikerladen verfügte über große Scheiben. Ein Optiker sah alles. Er nahm sich eine Zeitung aus einem der Verkaufskästen. Las ganz angestrengt, schlängelte sich durch zwei parkende Autos. War das ein spannender Artikel, er musste sogar stehen bleiben. Wie einst in der Schule machte er es jetzt. Hielt den Kopf auf die Zeitung gerichtet, während die Augen nach links auf die Beifahrerseite des Cabrios wanderten. So wie früher, als dieser Streber neben ihm saß, der immer die besten Noten abräumte. Bis der eines Tages den Abschreiber bemerkte und sein Mäppchen der Länge nach zwischen sie stellte. Dieser Dummkopf! Als ob die Schieltaktik nicht auch über das Mäppchen hinweg funktionierte!

Tatsächlich, da lag ein Brief, von irgendeiner Versicherung. *Henriette*, las er. Als Nachname ein Doppelname. Der ihn interessierende Teil des Nachnamens passte. Sie war tatsächlich die Tochter des Vorstandsvorsitzenden. Dazu die Adresse. Sie wohnte in Grünwald. Er schüttelte die Zeitung gerade und wollte weitergehen. Da fuhr er vor. Der knallrote Ferrari. Was machte der denn schon um diese Uhrzeit hier? Das Garagentor öffnete sich. Für den Bruchteil einer Sekunde begegneten sich ihre Augen. Dann rauschte der Ferrari in die Tiefe.

Er ging zurück zum Transporter, schaute sich seine Notizen an. Die neuesten Fotos zeigten die Begrüßungsszene. Er zoomte die Personen heran. Tochter, Mutter, Küsschen, Küsschen. Auf dem nächsten Bild erkannte er, wie die Tochter der Mutter ein Päckchen in Geschenkpapier überreichte. Ein Geburtstag! Deswegen war der Ferrari also so früh gekommen. Aber was brachte ihm das? Er könnte sich einen Blaumann kaufen und einen auf Handwerker machen. Eine Stromleitung durchtrennen und dann als Havarie-Kommando anrücken. Würden sie ihn daraufhin in die Wohnung lassen? Wohl eher nicht, außerdem sehr riskant. Denn wenn er damit nicht durchkam, flog er auf. Zudem wäre die ganze Geburtstagsrunde dabei. Das erschwerte die Situation, machte sein Vorhaben im Grunde unmöglich. Nein, so ging es nicht. Sein Fokus richtete sich immer stärker auf die Tiefgarage, aus der der Ferrari gerade wieder herausschoss. Was für ein kurzer Geburtstagsbesuch! Gerade mal eine Stunde! Wenn er den Baumarktkettenchef alleine erwischen wollte, war es nur dort unten möglich. Er griff zum Stahldraht, zog ihn straff. Wenn sich die Garage für eins der wenigen Autos öffnete, die dort ihren Stellplatz hatten, gab es ein kurzes Zeitfenster, um sich hineinzustehlen. Danach war Warten angesagt. Am helllichten Tag wagte er es nicht, die Garagenöffnung abzupassen. Zu gefährlich. Man könnte ihn dabei beobachten. Zum Beispiel vom Optikerladen mit den großen Scheiben aus. Spätestens gegen Mitternacht käme der Ferrari-Fahrer wieder. Er griff in die Plastiktüte, wickelte das Papier auseinander und begann zu kauen. Gelbwurstsemmel.

45

Den Namen habe ich schon mal gehört!«

Woltmann zermarterte sich das Hirn. Hoppe saß am Computer und schaute, was ihr die Eingabe des Namens für Einträge bescherte. Kasunke hatte seiner Enkelin nur den Nachnamen des Wolfstöters genannt. Sonst nichts. Eine ganze Weile scrollte Hoppe sich durch diverse Internetseiten. Aber den Nachnamen gab es in Deutschland tausendfach. Sie rief Bianca Bader an, die ihr bestätigte, exakt diesen Namen von Kasunke gehört zu haben. Aber an den dazugehörigen Vornamen erinnerte sie sich trotzdem nicht.

Woltmanns Handy vibrierte. Er sah den Namen von Ingo Baum auf dem Display. Eigentlich hatte er jetzt gar keine Zeit für ihn. Dennoch ging er ran, denn der Bäcker hatte ihn schon so manches Mal mit der ein oder anderen wichtigen Information überrascht.

»Woltmann.«

»Sascha, hier ist Ingo, hallo. Ich habe hier bei mir im Café einen Wolfsexperten. Komm bitte schnell rüber. Ich kann das

Telefon nämlich nicht so lange blockieren. Erwarte fürs Wochenende mehrere Großaufträge! Hochzeiten!«

Hoppe und Woltmann brachen auf. Zur Bäckerei waren es nur fünf Minuten.

»Schön, dass ihr gleich gekommen seid!« Der Bäcker strahlte sie an, als habe er den Nobelpreis für den Sieg über die Arthrose bekommen. »Hier ist der Wolfsexperte. Oder eigentlich Hundeexperte. Hab ihn schon ein bisschen eingeweiht. Dass ich auf den Andreas nicht gleich gekommen bin, ich Schussel!«

»Andreas Necke. Ich habe eine Hundeschule in Tröbsdorf. Angenehm.«

Hoppe und Woltmann reichten ihm die Hand.

»Was können Sie uns zu Wölfen in der DDR sagen?«, begann Woltmann das Gespräch.

»Die gab es. Aber selten. Wenn sie auftauchten, war es für die Jäger ein Fest, einen zu erlegen. Das war ja staatlich so vorgegeben.«

Necke trug den Beamten zur Jagd vor, was diese schon von Theo Wohlfahrt in Apolda erfahren hatten.

»Woher wissen Sie das alles so genau, Herr Necke?«

»Nun, ich habe in DDR-Zeiten Jagdhunde ausgebildet. Hauptsächlich war ich für die Polizei- und NVA-Hunde zuständig. Ich kenne übrigens Ihren Chef, den Volker Remde, von daher. Der war ja an der Grenze ein harter Hund! Aber dazu will ich nichts gesagt haben, gell?«

Die Ermittlungen gegen Remde und seine Suspendierung waren noch nicht in der Presse erschienen.

»Obwohl ja das Gerücht kursiert, der Remde sei schwer krank und einstweilen außer Gefecht?« Necke schaute die beiden Ermittler herausfordernd an, die aber nicht auf seine Frage eingingen.

»Wenn Sie sich mit Wölfen auskennen, Herr Necke, hat Anna Kellermann denn dann auch mit Ihnen Kontakt aufgenommen?« Woltmann stützte sich auf dem Stehtisch ab und sah dem Hundeexperten in die Augen.

»Die verschwundene Schülerin? Nein.«

»Kennen Sie Jäger, die Wölfe erschossen haben?«

»Einige.«

»Können Sie uns vielleicht deren Namen nennen?«

»Also einer heißt Theo Wohlfahrt. Meines Wissens wohnt der jetzt in Apolda.«

»Wer noch?«

»Dann hatte ich mal einen Hund zur Ausbildung für die Jagd. Sein Besitzer kam aus Dresden. Hieß, glaub ich, Georg Neubert.«

»Okay. Sonst noch jemand?«

»Ja, hier in Weimar gibt's auch einen. Oder vielleicht sogar zwei. So klar war bei den beiden nie, wer geschossen hat. Es gab da so Gerüchte. Der eine war der Chef der Jagdgesellschaft und Vorsitzende der LPG.«

»Hermann Kasunke?«

»Ja. Sie wissen Bescheid?«

»Nein, nicht wirklich. Wer war der andere? Bitte!«

»Das war ein Mitarbeiter des Kasunke in der LPG. Werner Schlüter.«

Schlüter, dachten Hoppe und Woltmann gleichzeitig. Den Namen hatte ihnen auch Kasunkes Enkelin genannt.

»Was genau meinen Sie mit Gerüchten, Herr Necke? Gerüchte wegen der Schüsse auf die Wölfe?«, übernahm Hoppe die Gesprächsführung.

»Wissen Sie, Frau Kommissarin, ich will wirklich keine Gerüchte streuen. Der Werner Schlüter und ich sind ja Konkurrenten. Zwei Hundeschulen in einer Stadt, Sie verstehen?«

Richtig, genau, daher kannten sie den Namen Schlüter, fiel es Woltmann jetzt ein. Zeller, der Sexualstraftäter, hatte bei seinem Weimar-Besuch einen Pitbull bei ihm kaufen wollen.

»Also diesen Vorbehalt möchte ich machen. Ich will den Schlüter nicht schädigen. In Ordnung?«

»Ja, ja. Was wollen Sie uns sagen?«

»Der alte Schlüter, also der Gustav, der war ein Nazi. Jedenfalls haben ihn die Russen nach dem Krieg deswegen eingesperrt. Hier in Buchenwald.«

»Im Speziallager Nr. 2.«

»Ja. Genau. Der war nach der Buchenwald-Zeit auch noch in Workuta im Lager. Danach hat er hier in Weimar Arbeit gefunden. In der LPG.«

»Mit Hermann Kasunke als Chef?«

»Irgendwie muss der Kasunke einen Narren an dem Gustav Schlüter und später auch an seinem Sohn Werner gefressen haben. Er hat ihm sogar ein Haus in Ehringsdorf organisiert. Dort, wo die Belvederer Allee zum Schloss hochführt. Der Kasunke hat den Werner Schlüter dann, nach Gustavs Tod, auch zur Jagd mitgenommen, was er eigentlich nicht gedurft hätte.«

»Wegen der angeblichen Nazivergangenheit des Vaters?«

»Ja, an Waffen kam man in DDR-Zeiten nur über die Polizei. Der Sohn eines von DDR-Gerichten verurteilten Nazis hätte da nie eine Chance gehabt. Da gab's auch so was wie unausgesprochene Sippenhaft.«

»Aber der Kasunke hat den Werner Schlüter trotzdem mitgenommen?«

»Ja, weil der Schlüter unbedingt schießen wollte. Vor allem hat er einen Traum gehabt. Nämlich einen Wolf abzuschießen. Das soll ihm der Kasunke auch ermöglicht haben.«

»Warum denn das?«

»Dazu will ich mich jetzt lieber nicht äußern ...«

»Genau das könnte aber wichtig für uns sein!«

»Wissen Sie, man sagt, der Gustav Schlüter wäre gegen Ende des Dritten Reiches ein Werwolf gewesen. Werwölfe wurden die Nazis genannt, die die Feinde aus dem Hinterhalt angegriffen haben. Dafür haben die das Bild von den Wölfen hergenommen, das verbreitet war. Hinterhältige Rudeltiere, die gnadenlos morden.«

»Gehen wir mal davon aus, dass der Gustav Schlüter wirklich ein Mitglied der Werwölfe war. Was hat das dann mit Werner Schlüters Wunsch zu tun, unbedingt einen Wolf zu erschießen?«

»Frau Kommissarin, das liegt doch auf der Hand. Gustav Schlüter saß im Lager, weil man ihn als Werwolf erwischt hat. Deswegen hat der einen Hass auf Wölfe entwickelt. Weil er da hineingeraten ist. Als er dann freikam, wollte er unbedingt einen Wolf erschießen. Aus Rache oder als symbolischer Akt, weil es ohne Wölfe auch nicht die Idee zu diesen Werwölfen gegeben hätte. Aber es fand sich bis zu seinem Tod 1973 nie eine Gelegenheit. Sein Sohn Werner aber hatte ein sehr enges Verhältnis zu ihm. Trotz der strengen Erziehung. Der wollte den Wunsch seines Vaters erfüllen. Wie eine Art Vermächtnis, das ihm der Vater hinterlassen hatte.«

»Ich weiß nicht.« Hoppe sah skeptisch drein. »Klingt sehr spekulativ.«

»Der Gustav Schlüter hat in Ehringsdorf Wachhunde für die LPG abgerichtet. Später ist daraus eine richtige Hundezucht geworden. Die hat sein Sohn, der Werner, übernommen und ausgebaut. Der Werner soll übrigens ein Adoptivkind gewesen sein.«

Da sag noch mal einer, dass wir Frauen Tratschweiber sind, dachte sich Hoppe. Dieser Necke würde jedenfalls jeden Klatschwettbewerb gewinnen.

»Ein Adoptivkind?«

»Ja, er soll angeblich eines Tages als Baby vor der Tür von Gustav Schlüter gelegen haben. Es gibt auch das Gerücht, der Gustav habe ihn zwar gezeugt, aber die Frau, also die Mutter von Werner, sei ihm Hals über Kopf davongelaufen.«

»Gut, das reicht, Herr Necke.« Hoppe zog den Reißverschluss ihrer karminroten Lederjacke hoch.

»Ach so? Na gut. Ich hätte ja noch was zu erzählen. Aber wenn es Sie nicht interessiert …«

Hoppe rollte mit den Augen, schaute Woltmann an. Der übernahm.

»Was haben Sie denn noch für uns?«

»Nein, wenn's nicht interessiert …«

»Herr Necke, jetzt erzählen Sie halt! Seien Sie doch keine solche Mimose!«

»Mimose? Das ist eine Beleidigung …«

»Andreas, lass gut sein. Der Sascha meint das nicht so.«

Woltmann schaute verblüfft zu Baum. Was sagte der Ingo denn da?

»Also gut. Ich wollte noch sagen, dass es noch einen anderen Bezug zwischen dem Schlüter und den Wölfen geben könnte. Ich betone: geben könnte!«

Necke holte weit aus. Er berichtete von Jenaer Historikern, die über die Hunde im KZ Buchenwald forschten. Die Nazis hätten die Hunde zu Kampfmaschinen abgerichtet, deren vornehmliche Aufgabe es war, Häftlinge zu verletzen oder gar zu töten. In der Zeit des Speziallagers nach Kriegsende gab es diese Hundestaffeln nicht mehr. Aber auch die Russen setzten Hunde ein, um Häftlinge von der Flucht abzuschrecken.

»Unsere russischen Freunde haben ja schon immer gerne einen über den Durst getrunken.« Neckes Ärger von eben war schon wieder verraucht, er lächelte. »Da war so ein nüchterner

Hund ganz gut, denn sonst wären eines Tages keine Häftlinge mehr im Lager gewesen, weil die Aufseher irgendwo als Wodkaleichen herumlagen.«

»Mit diesen Hunden hat also auch Schlüter Kontakt gehabt?«

»Ach so, klar, das ist ja der Grund, warum ich Ihnen das erzähle. Die Russen haben im Lager auch eine Hunderasse gehabt, die Wölfen nahekommt.«

»Welche?«

»Osteuropäische Schäferhunde. In den vierziger Jahren haben russische Hundezüchter Deutsche Schäferhunde mit aggressiven Hunderassen ihrer Regionen gekreuzt. Da kamen einige graufellige Exemplare heraus, die Wölfen im Aussehen nahekamen, auch in ihrem aggressiven Verhalten. In den Speziallagern hat man getestet, ob diese neu gekreuzten Tiere als Diensthunde taugten.«

»Und Sie meinen …«

»Genau, dass die Osteuropäischen Schäferhunde vielleicht die Wut Gustav Schlüters auf Wölfe noch verstärkt haben.«

»Weil er einmal von einem solchen Schäferhund erwischt wurde?«

»Das weiß ich nicht. Aber da kommt der Georg Neubert aus Dresden ins Spiel.«

»Der Jäger, der auch einen Wolf erlegt haben soll?«

»Richtig. Den hat mal ein Osteuropäischer Schäferhund gebissen. Er hat mir seinen Arm gezeigt. Eine Riesennarbe. Der Hund hat sich tief in ihn reingebissen. Deswegen hat Neubert einen Riesenhass auf diese Rasse. Weil die aber zum Abknallen nicht frei rumlaufen, hat er sich auf Wölfe konzentriert.«

»Hat denn dieser Neubert auch einen Vater, der im Speziallager war?«

»Das weiß ich nicht.«

»Gut. Das war's dann, glaub ich. Danke.« Hoppe wandte sich zum Gehen.

»Den Werner Schlüter kenne ich auch«, sagte Baum auf einmal, während er geschäftig die Theke abwischte. »Unter dem Siegel der Verschwiegenheit erzähle ich euch das, ja? Ihr versprecht mir, dass ihr mich als eure Quelle deckt?«

»Großes Ehrenwort, Ingo!«

»Gut. Ihr wisst doch, dass ich bei den Weimarer Hobby-Radfahrern bin?«

Hoppe öffnete die Ladentür schon mal halb.

»Da ist auch der Wolfgang Bursian mit dabei. Der arbeitet im Veterinäramt und hat gesagt, dass er bei dem Schlüter immer ganz besonders genau hingucken muss. Er hat den Verdacht, der misshandelt die Hunde. Deswegen macht er ihm auch viele Auflagen. Verpflichtet ihn, an Weiterbildungen für Hundezüchter teilzunehmen. Sonst ist finito.«

Hoppe und Woltmann verließen die Bäckerei. Sie mussten diesen Schlüter befragen, ob Anna ihn besucht hatte. Hoppe scrollte nach Werner Schlüter in ihrem Smartphone. Die Hundezucht leistete sich nur einen kargen Internetauftritt. Doch die Adresse war vorschriftsmäßig angegeben. Auf dem Smartphone leuchtete eine Nachricht von Scholz auf. Mit Hilfe eines weiteren Zeugen war es der dänischen Polizei gelungen, ein Phantombild von einem der drei Eindringlinge in die Nerzfarm zu erstellen. Sie öffnete den Anhang mit dem Phantombild.

»Na, sieh mal einer an!« Woltmann schüttelte den Kopf.

»Unglaublich!«, kommentierte Hoppe und setzte sich die Sonnenbrille auf.

46

Die Dämmerung warf ein schummrig düsteres Licht auf Weimar. Nicht weit weg blitzte es gewaltig. Die Autofahrer fuhren einen Tick schneller, um noch im Trockenen die Garage zu erreichen. Die Schwalben flogen tief über Hoppe und Woltmann hinweg, als sie sich dem Anwesen von Werner Schlüter näherten. Noch ehe sie die Klingel an der rostigen Tür im Zaun drücken konnten, knurrten und kläfften die Hunde. Mit dem ersten Klingelton steigerte sich ihr Bellen zu einem infernalischen Getöse. Niemand reagierte. Erst nach einer Weile war zwischen all dem Gebell eine menschliche Stimme zu hören.

»Ruhe! Ist jetzt vielleicht mal Ruhe!« Zwischen Baumstämmen erkannten sie einen übergewichtigen Mann, der eine Reitgerte in der Hand hielt. Ab und zu ließ er sie durch die Luft sausen. Der Hundelärm ebbte ab, der Mann mit der Reitgerte kam allerdings nicht zur Gartentür, sondern verschwand wieder im Haus. Sie klingelten erneut. Wieder ging das Bellen los, dauerte aber nicht mehr so lange wie beim ersten Mal. Jetzt sahen sie, wie der übergewichtige Mann durch die ungemähte Wiese auf sie zuwalzte. Das karierte Hemd hing lose über der kurzen grauen Hose. Als er sie schon fast erreicht hatte, strauchelte er, stürzte mit dem Gesicht nach vorne gegen das Torinnere und blieb benommen liegen. Woltmann stieg über das schulterhohe Tor, drückte die Klinke von innen herunter und ließ Hoppe herein. Die kniete sich sofort neben den Bewusstlosen, fühlte ihm den Puls und schlug ihm leicht auf die Wangen, damit er wieder zu sich kam. Die Hunde tobten orgiastisch. Woltmann rief einen Notarztwagen.

»Wer sind Sie?« Hoppe war noch immer über den Mann gebeugt, der aus dem Mund stark nach Zwiebeln roch. Seine

Zunge hing ihm links aus dem Mund heraus. »Sind Sie Werner Schlüter?«

Er antwortete nicht. Seine Augenlider waren jetzt geschlossen. Schaumbläschen bildeten sich in seinen Mundwinkeln.

»Ist das ein epileptischer Anfall?« Hoppe warf Woltmann einen beunruhigten Blick zu.

»Nein, glaub ich nicht. Er krampft ja nicht.«

»Hallo, hören Sie mich? Sind Sie Werner Schlüter?«

Er öffnete die Lider, seine Augäpfel rollten. Dann ging sein Blick zu Hoppe hin, blieb aber ein paar Meter über ihr in einer Baumkrone hängen.

»Nein, das ist mein Vater … Ich bin Gero.«

Er richtete sich ein wenig auf, fasste sich ans linke Bein. Durch die zerrissene Hose hindurch war dort eine Platzwunde zu sehen, die allerdings nur schwach blutete.

»Ich bin … Diabetiker.«

Sie schauten zum Wohnhaus mit den Zwingern, in denen die Hunde an den Käfigstangen hochsprangen. Schlüters Kopf hing jetzt zur Seite. Er war wieder weggetreten.

»Diabetiker ist er. Mann, da braucht er doch Insulin. Geh mal ins Haus und schau mal im Bad, ob du da was findest.«

Woltmann rannte an den Hundezwingern vorbei ins Haus. Das Bad war ein einziger Verhau. Schmutzige Wäsche auf dem Boden, ein ekliger Gestank kam aus der Dusche, breite gelblich grüne Kalkränder überzogen das Waschbecken. Auf der Ablage darüber standen zwei Fläschchen. Das eine enthielt irgendein Pulver, das andere steriles Wasser. Außerdem lagen dort noch einige verpackte Spritzen. Woltmann kannte sich nicht aus. Er packte alles zusammen und stürmte aus dem Haus.

Die Hunde waren kurz vor dem Kollabieren, so, wie sie schnaubten und schäumten.

Der Notarztwagen kam mit Blaulicht und Signalhorn angerauscht. Eine Ärztin und ein Notfallsanitäter stiegen aus.

»Hier. Er hat Diabetes.« Woltmann war noch ganz außer Atem. »Ist das das Insulin?«

Die Ärztin musterte die Fläschchen. »Nein, wo haben Sie denn das her? Das ist der Gerinnungsfaktor. Den löst man in dem sterilen Wasser auf und spritzt es dann Leuten, die an Hämophilie leiden.« Sie sah die fragenden Blicke der Kriminalbeamten. »Man nennt Personen, die davon betroffen sind, auch Bluter.« Sie gab dem Notfallsanitäter Anweisungen.

»Leiden Sie etwa an Hämophilie?« Sie hielt mit beiden Händen Gero Schlüters Kopf fest. Er war wieder bei Bewusstsein.

»Nein, mein Vater.«

»Sie haben Diabetes? Haben Sie kein Insulin gespritzt?«

»Nein.«

»Warum denn das nicht?«

»Vergessen. Vater ist nicht da. Da musste ich mich ganz alleine um die Hunde kümmern.« Während Schlüter sprach, war der Notfallsanitäter ins Haus gerannt, durchsuchte ebenfalls das Bad und fand das passende Insulin. Die Ärztin zeigte es Schlüter.

»Ist das Ihr Insulinpräparat?«

Er machte eine zustimmende Handbewegung. Sie verabreichte ihm eine Dosis. Ein paar Minuten warteten sie. Smalltalk mit Woltmann, der von seinem Vater berichtete. Der gehe viel zu selten zum Arzt. Obwohl er jetzt, wo er im Ruhestand sei, doch genügend Zeit habe. Dann ging es Schlüter sichtlich besser. Er erhob sich. Die Ärztin blickte Schlüter an, wollte die Weite seiner Pupillen kontrollieren. Aber er schaute immer nur nach oben. Der Notfallsanitäter desinfizierte Schlüters Wunde am Knie und machte ein Pflaster drauf.

»Wir nehmen Sie zur Sicherheit in die Klinik mit.«

»Das geht nicht. Ich muss mich um die Hunde kümmern.«

Die Ärztin zuckte die Schultern.

»Wann kommt denn Ihr Vater zurück?« Hoppe sah zu den Hunden, die sich allmählich beruhigten.

»Das weiß ich nicht genau.«

»Wo ist er denn?«

»In Kassel.«

»Und wo genau ist er da?«

»Weiß ich nicht. Fragen Sie den Bursian.«

Bursian, Bursian, den Namen hatten sie doch gerade erst gehört. Hoppe kam aus der Hocke hoch, drehte sich zu Woltmann.

»Wer war das noch mal?«

»Der Mann vom Veterinäramt.«

»Und Sie haben sonst niemanden, der sich um die Hunde kümmern kann?«

»Nein.«

Während der Notfallsanitäter die Sachen packte, holte die Ärztin ein Formular aus ihrer Tasche.

»Wenn Sie wirklich nicht mit uns mitfahren wollen, geschieht das auf Ihren Wunsch und Ihre eigene Verantwortung hin. Hier, lesen Sie sich das Formular durch und unterschreiben Sie es dann.«

Schlüter unterschrieb, der Rettungswagen fuhr davon.

»Wo ist eigentlich Ihre Mutter, Herr Schlüter?«

»Abgehauen. Nach Amerika.«

»Schon länger?«

»Schon lange.«

»Herr Schlüter, sagt Ihnen der Name Anna Kellermann etwas?«

Schlüter stand jetzt wieder. Sein Blick sprang zwischen verschiedenen Baumkronen an der Belvederer Allee hin und her. Die Zunge hing ihm noch immer links aus dem Mund.

»Nein. Der sagt mir nichts. Warum?«

»Lesen Sie denn keine Zeitung?«

»Nein.«

»Wirklich nicht?« Hoppe zeigte auf die metallene Zeitungsrolle an der Außenseite des Eingangstors, aus der Papier herausschaute.

»Das ist die Hundeschau. Und Werbung.«

»Sie wollen Werbung?«

»Ja. Vater.«

»Ihr Vater hat in den siebziger Jahren zwei Wölfe erschossen, wissen Sie das?«

Schlüter machte ein undefinierbares Geräusch durch die Nase. »Wölfe? Ja, hat er vielleicht erzählt.«

»Vielleicht?«

»Ich muss jetzt die Hunde füttern.« Schlüter trippelte nervös hin und her.

»Hier ist meine Karte, Herr Schlüter. Sobald Ihr Vater aus Kassel zurück ist, soll er mich bitte anrufen, ja?«

»Ja.«

Schlüter stiefelte davon. Dabei bewegte sich sein ganzer Oberkörper hin und her. Wie Grashalme im Wind. Nur dass er bei weitem nicht so filigran war.

»Glaubst du ihm, dass er noch nichts von Anna gehört hat, Sascha?«

»Tja, er scheint mir ja nicht nur körperlich, sondern auch geistig behindert zu sein. Hast du gesehen, wie ihm die Zunge raushing?«

»Ja. Und dieser Schaum vor dem Mund. Direkt anschauen konnte er mich auch nicht.«

»Der lebt mit seinem Vater in einer eigenen Welt. Kann schon sein, dass die von der unseren da draußen nicht viel mitbekommen.«

Sie parkten den Wagen vor der Polizeiinspektion und gingen ins Großraumbüro.

»Was machst du denn hier, Nicole? Ich dachte, du musst deine Kleine von der Kita abholen.«

»Dachte ich auch. Aber meine Mutter ist gekommen und passt jetzt auf sie auf. Ich kann außerdem nicht ruhig zu Hause sitzen, während sich hier so viel tut.«

»Das kann man wohl sagen. Fassen wir zusammen, was wir an neuen Erkenntnissen haben.«

Hoppe ging zur Wandtafel, schrieb einige Namen und Orte darauf. Sie berichtete, was sie von dem Leiter der Hundeschule in der Bäckerei erfahren hatten.

»Finde ich megaspannend, was der Hundemensch sagt. Dieser Andreas Necke«, sagte Meisinger, als Hoppe fertig war. »Wenn das stimmt, was er behauptet, war Gustav Schlüter im Speziallager in Buchenwald. Er kommt später frei, arbeitet bei Kasunke in der LPG und baut sich dann eine Hundezucht auf. Außerdem adoptiert er diesen Werner.«

Hoppe nickte und wählte die Nummer von Wolfgang Bursian, dem Mitarbeiter des städtischen Veterinäramts.

»Was der Necke sagt, ist nämlich …«

Hoppe bat mit einem Zeichen um Stille. Bursian meldete sich bereits nach dem ersten Anläuten und erklärte sich mit der Lautschaltung einverstanden.

»Stimmt es, Herr Bursian, dass Sie bei der Hundezucht von Werner Schlüter besonders wachsam sind?«

»Ja, den Schlüter muss man streng rannehmen. Was der macht, ist hart an der Grenze zur Tierquälerei. Vermutlich sogar schon drüber. Aber ich kann ja nicht rund um die Uhr bei ihm sein.«

»Gero Schlüter hat erzählt, sein Vater sei in Kassel.«

»Da habe ich ihn hingeschickt. Zu einer Weiterbildung des Verbands für das Deutsche Hundewesen. Es geht vor allem um Impfungen. Aber auch um Vorbeugung und darum, wie man Staupe, Borreliose, Zwingerhusten, Leptospirose und so weiter erkennt.«

»Wissen Sie, wie lange die Weiterbildung dauert?«

»Sie dauert eine Woche. Der Schlüter muss mir zehn Tage Weiterbildung im Jahr nachweisen, sonst verliert er seine Lizenz.« Der städtische Angestellte machte eine kleine Pause. »Tut ihm auch sonst gut, dann kommt er wenigstens mal unter Leute.«

»Wie meinen Sie das?«

»Das werden Sie sofort merken, wenn Sie ihn mal treffen und mit ihm sprechen. Der ist nicht sehr … sagen wir mal, nicht sehr sozial interessiert.«

»Danke, Herr Bursian.«

Hoppe trug Kassel in die Ortsliste ein. »Nicole, entschuldige, ich habe dich vorher unterbrochen. Aber der Bursian war gleich in der Leitung.«

»Schon gut, Mandy. Was der Necke sagt, ergibt für mich eine bemerkenswerte Parallele zu dem Münchner Fall. Die Ina Dietl war auch im Speziallager.«

»Daran habe ich schon in der Bäckerei gedacht.« Woltmann blinzelte zur Tafel hin. »Wir wissen außerdem, dass der Vater von Gero Schlüter, also Werner Schlüter, mindestens zwei Wölfe erschossen hat.«

»Und das hat Anna Kellermann erfahren. Sie hat Schlüter angerufen. Oder ihn aufgesucht. Den wahrhaft guten Schützen, wie es im Fotoalbum heißt, das Sophie Kasunke aufbewahrt. Der war sicher stolz wie Bolle auf die Abschüsse.«

»Und ist bei Anna mit diesem Stolz an die Falsche geraten.«

»So, wie auch der Theo Wohlfahrt in Apolda bei ihr mit seinem Abschuss nicht punkten konnte.«

»Der hat aufgelegt, als sie aus seiner Sicht frech wurde.«

»Vielleicht war die Anna am Tag ihres Verschwindens bei Schlüter? Hat ihn besucht?« Hoppe spürte, wie ihr Herz schneller schlug. »Kasunke hat Bianca Bader und Luise Müller auch Schlüters Vornamen genannt. Damit war er für Anna leicht über die Homepage seiner Hundezucht zu finden.«

»Und er hat sie vielleicht aus der Welt geschafft. Weil sie in seine mit ihren Anschauungen überhaupt nicht reinpasste. Im Gegenteil. Bei ihm der vom Vater geerbte Hass auf Wölfe, bei ihr das Engagement als Tierschützerin, gerade auch für Wölfe. Da sind zwei Welten aufeinandergeprallt.«

Alle schwiegen, dann ergriff Meisinger das Wort.

»Ich bin mir fast sicher, dass es zwischen Ina Dietl in München und dem Gustav Schlüter irgendeine Verbindung gibt. Aber im Moment weiß ich noch nicht, welche. Außerdem haben wir noch eine andere heiße Spur.«

»Ja. Klar. Das Phantombild aus Vildbjerg«, sagte Woltmann.

»Was ist mit dem?«, fragte Scholz. »Kennt ihr den Typen?«

»Und ob wir den kennen! Das ist dieser verschnarchte Student aus Leipzig. Micha heißt er. Der hat uns offensichtlich ganz schön verarscht, als wir bei ihm waren. Ebenso wie seine Mitstreiterin Conny, die bei uns angerufen und uns eingewickelt hat. Ich bin mir ganz sicher, dass sie eine der beiden Frauen ist, die der zweite Augenzeuge zusammen mit Micha gesehen hat.«

»Und die andere könnte Anna sein. Aber wo ist sie jetzt?« Scholz schaute in die Runde.

»Untergetaucht? In der Wohnung eines dieser Tierbefreier vielleicht?«

Alle sahen wieder zu den Aufzeichnungen an der Tafel.

»Außerdem haben wir mit Georg Neubert noch einen weiteren Wolfstöter«, sprach Hoppe. »Auch den könnte Anna ausfindig gemacht haben. Die hat ja so ziemlich alles in Erfahrung gebracht, was mit Wölfen zu tun hat.«

»Ach, der aus Dresden. Richtig, auch von dem hat uns Necke erzählt«, sinnierte Woltmann.

»Bleiben wir mal lieber an dem Schlüter dran. Erzählt mal, wie es bei ihm war«, bat Meisinger.

»Nun, Gustav Schlüter ist 1973 gestorben. Sein Sohn Werner war nicht zu Hause, sondern auf einem Lehrgang, wie wir gerade erfahren haben. Und dessen Sohn Gero – also der wirkte auf mich irgendwie so, wie soll ich sagen, so lebensuntüchtig. Das Einzige, was der kann, ist Hunde.«

»Und er ist extrem übergewichtig«, ergänzte Hoppe. »Das kommt bestimmt von dem Diabetes.«

»Der wäre uns beinahe hopsgegangen. Wie der so dalag, fürchterlich.«

»Aber so komisch das klingt, seinen Vater hat es noch viel schlimmer erwischt.«

»Wieso schlimmer, Mandy?«

»Sascha hat im Bad Medikamente von Werner Schlüter, also von Geros Vater, gefunden. Der ist nämlich Bluter.«

Meisinger zuckte zusammen. Sie schüttelte ungläubig den Kopf. »Was sagt ihr da?«

47

Nichts tat sich. Die Bewohner des Hauses gingen ein und aus. Sie hatten einen Alltag. Er hatte keinen mehr. Er war nur noch ein Wartender. Ein Mann, der auf eine günstige Gelegenheit wartete.

Einmal gab es eine Abwechslung. Blondzopf fuhr auf dem Fahrrad an ihm vorbei. Dieses Mal mit offenem Haar und ohne

Metzgerschürze. Wegen der Hitze hatte er die Fahrertür seines Transporters halb geöffnet. Fast streifte sie ihn, so nah kam sie ihm mit dem Fahrrad. Geistesgegenwärtig rief er ihr ein Grüß Gott zu. Sie sah ihn. Aber sie reagierte nicht. Blickte durch ihn hindurch, als ob er Luft wäre. War sie vielleicht nur mit Zopf und Metzgerschürze so nett? Spielte sie im Laden eine Rolle? Meinte ihn da gar nicht selbst, wenn sie so freundlich tat, sondern war zu allen Kunden gleich nett? Solange sie hinter dem Tresen stand? Mit dem Geld für die Gelbwurst bezahlte er gleichzeitig auch für ihr freundliches Wesen. Noch so ein Miststück. Für einen Augenblick überlegte er, ob er ihr hinterherfahren, sie zur Rede stellen, sie beleidigen sollte. Aber das ging nicht. Er musste hier noch einen Auftrag erledigen.

Als es dunkel wurde, schlich er sich wieder zum Jugendstilhaus. Tagsüber durfte er sich dort nicht mehr so oft zeigen. Er würde sich sonst verdächtig machen. Die Augen des Optikerladens waren riesig. Eine rothaarige Mittvierzigerin fuhr mit ihrem metallicblauen Mini Cabrio in die Tiefgarage. Das war die Gelegenheit, auf die er gewartet hatte. Er schaute sich um, huschte dann im Schutz der Dunkelheit in die Garage und drückte sich so lange an die Wand, bis die Schritte der Rothaarigen verhallten. Das Garagenlicht dimmte sich von alleine herunter. Er hatte eine Taschenlampe dabei. Vierzehn markierte Stellplätze zählte er. Hinter einer gemauerten Umhausung standen die Mülltonnen. Sie boten ein gutes Versteck.

Er wartete seit zwei Stunden in Lauerhaltung. Den Stahldraht zog er ständig straff, simulierte die Situation, wenn der Ferrari-Fahrer hereinfahren würde. Nur noch zwei Parkplätze waren frei. Der ganz vorne, direkt beim Lift, musste der seine sein. Hier würde er ihn von hinten anspringen. Wieder straffte er den Stahldraht. Heute dauerte es länger als sonst, bis der Ferrari zurückkam. Schon war Mitternacht überschritten. Endlich öffnete sich das Tor, Scheinwerfer tauchten die Garage in gleißendes Licht. Der Ferrari fuhr an der Umhausung vorbei, bremste ab. Der Fahrer stieg aus, beugte sich noch einmal ins Auto zum Beifahrersitz. Er kam hinter den Tonnen hervor, wollte den Vorstandsvorsitzenden schon anspringen, doch da kam ein zweites Fahrzeug die Abfahrt in die Garage gefahren. Er schaffte es gerade noch, sich rechtzeitig wieder hinter die Mülltonnen zurückzuziehen.

»Danke, dass Sie auch mir das Tor geöffnet haben!« Ein lautes Lachen. Das musste die von Zittzwitz sein. Er verfolgte sie mal zum Bäcker, um sie in seinen Plan der Hausbewohner richtig einzutragen. Diese blöde Kuh. Versaute ihm diese einzigartige Chance.

»Sie kommen aber auch spät«, sagte der Ferrari-Fahrer.

»Ja, ich war auf dem Geburtstag meiner Schwester in Starnberg.«

»Ah, Geburtstag, so was haben wir hier auch.«

»Sagen Sie mal, hat sich eigentlich Ihre Schwester inzwischen gemeldet? Ich habe gar nichts mehr von ihr gelesen.«

»Nein, hat sie nicht. Aber entschuldigen Sie, ich muss jetzt hoch.«

»Und Ihr Schwager, sitzt der immer noch in Untersuchungshaft?«

»Tut mir leid. Ich …«

Durch einen Spalt der Umhausung beobachtete er den Lift, der sich öffnete und die Ankömmlinge verschluckte. Aus der Garage herauszukommen war kein Problem. Eine Tür seitlich des Haupttores besaß innen eine Klinke, die er nur drücken musste. Jetzt stand er wieder im Freien. Morgen musste es gelingen. Sonst brach er die Aktion ab. Es gab auch noch eine andere Option. Sie war ihm eingefallen, nachdem der Blondzopf ihn ignoriert hatte. Er zog ein letztes Mal für heute den Stahldraht straff.

48

»Der ist Bluter?« Die Gedanken schossen in Meisingers Kopf hin und her wie Flipperkugeln. »Der Werner Schlüter ist Bluter? Gebt mir eine Minute, in der ihr bitte, bitte mal kein Wort sagt. Ich muss nachdenken!« Sie legte ihre Hände an die Schläfen, als könnte sie ihre Gedanken auf diese Weise besser bündeln. »Leute, jetzt ... haben wir ... die ... Verbindung zu unserem Fall!«

»Erklär es uns, Nicole!«

»Ich habe mir, bevor ich wieder ins Büro gefahren bin, zu Hause doch diese Talkshow *Stenz* in der Mediathek aufgerufen. In der Show war Ina Dietl mit zu Gast, die dem Moderator ständig ausgewichen ist, sobald er sie nach ihrer Zeit im Lager und im Gefängnis gefragt hat.«

»Ja, und?«

»Sie hat vor allem von ihrer Zeit als Schauspielerin erzählt. Auch von dem privaten Glück, das sie im Westen gefunden hat. Mit Mann und Kindern und Enkeln und so. Nur von einem Wermutstropfen hat sie gesprochen. Eine Erbkrankheit, an der ihr Sohn Clemens leidet.«

»Was für eine Erbkrankheit denn?«

»Clemens Dietl ist Bluter.«

Für einen Augenblick war es absolut still im Großraumbüro. Wie wenn ein Tuch bei einer Vernissage von einem Bild gezogen wird, erkannten sie auf einen Schlag noch einmal ganz neue Zusammenhänge.

»Der Werner Schlüter ist ein Adoptivkind, und Ina Dietl ist seine Mutter. Sie hat das Kind mit Gustav Schlüter gezeugt. Beide, Gustav Schlüter und die Dietl, waren in Buchenwald. Nach der Talkshow habe ich mir das mit den Blutern und den

Chromosomen angeschaut. Demnach überträgt die Mutter das X-Chromosom mit dem krankhaften Gen, ohne selbst an der Krankheit zu leiden. Übertragen wird es fast nur an männliche Nachkommen. Wenn ich jetzt höre, dass der Werner Schlüter Bluter ist, kann es gar nicht anders sein«, sagte Meisinger.

»Aber warum hat die Dietl ihr Kind im Stich gelassen und ist in den Westen abgehauen?« Hoppe schaute auf ihre Stichworte an der Tafel.

»Ich weiß es nicht. Da sind mehrere Gründe vorstellbar. Zum Beispiel weil sie das Kind nicht wollte. Oder weil sie befürchten musste, in der DDR wieder eingelocht zu werden. Und der Schlüter vielleicht nicht mit in den Westen wollte.«

»Dann hat dieser Andreas Necke mit seinen Spekulationen und Gerüchten nicht mal unrecht gehabt. Können wir darüber noch Genaueres herausbekommen?«, fragte Hoppe.

»Ich denke schon, ich rufe Professor Spitzer an. Den Historiker, der über das Speziallager in Buchenwald forscht. Von dem können wir sicher mehr über Gustav Schlüter und seine Zeit im Lager erfahren. Der hat Zeitzeugen nach anderen Mithäftlingen befragt und für alle ihm greifbaren Häftlinge Karteikarten mit biographischen Details erstellt. Auch die Fluchtversuche hat er, soweit möglich, dokumentiert.«

»Halt mal! Nicole, hör mir erst noch mal zu und sag mir dann, ob ich das auch alles richtig verstanden habe. Der Clemens Dietl ist der Halbbruder von Werner Schlüter?«, hakte Woltmann nach.

»Ja.«

»Hat er sonst noch Geschwister?«

»Ja, die Ina Dietl hat bei *Stenz* von zwei Kindern gesprochen.«

»Wer ist das zweite Kind?«

»Das ist die Frau, die die Münchner Kollegen suchen. Die verschwundene Cosima von Blumenstein, eine geborene Dietl.«

»Was?«

»Ja, vieles deutet jetzt auf Werner Schlüter als Verdächtigen hin. Der könnte die besagte Sendung von *Stenz* gesehen haben. Über die Lagerzeit hat ihm sein Vater erzählt. Wer seine Mutter war, wusste er nicht. Vielleicht hat der Vater sie unter dem Namen Katharina Lempertz gesucht und nicht mehr gefunden, weil sie mit einem neuen Namen im Westen lebte. In der Talkshow ist die Ina Dietl jedenfalls den Fragen von Stenz zu ihren Naziverstrickungen ausgewichen. Auch zu Buchenwald und dem Lager.«

»Das könnte den Schlüter hellhörig gemacht haben.«

»Genau. Schlüsselerlebnis war Dietls Aussage, sie habe einen Sohn, der Bluter sei.«

»Da ist bei Schlüter der Groschen gefallen.«

»Noch mehr. Die Schauspielerin hat erzählt, was für ein glückliches Leben sie im Westen seit ihrer Übersiedlung führt.«

»Und ihn hat sie wie eine räudige Katze ausgesetzt.«

»Deswegen will er ihr auf die alten Tage dieses Glück noch zerstören.«

»Er entführt ihre Tochter. Cosima von Blumenstein.«

»So, wie er Anna Kellermann entführt haben könnte. Die ihn wegen seiner Wolfsgeschichten vielleicht angegriffen hat. Oder auch wegen seiner Hundezucht.« Meisinger legte ihre Zettel beiseite.

»Die Adresse von Cosima von Blumenstein hat er im Internet gefunden. Sie leitet einen Literaturzirkel in ihrem Privathaus in der Osterwaldstraße«, ergänzte Hoppe, die auf den Monitor ihres Computers schaute und dort den Namen der

Münchnerin eingegeben hatte. »Und der Name Cosima von Blumenstein ist in der Sendung gefallen?«

»Nein.« Meisinger griff noch mal zu einem Notizzettel. »Nur der Vorname. Nicht mal, dass Ina Dietl in München lebt, kam dort zur Sprache. Aber sie hat einen Wikipedia-Eintrag. In dem stehen auch die Namen ihrer beiden Kinder.«

»Wir sprechen uns mit den bayerischen Kollegen ab. Und dann müssen wir den Werner Schlüter befragen, sobald der greifbar ist«, entschied Hoppe.

»Der ist in Kassel auf der Weiterbildung«, sagte Woltmann. »Ich rufe gleich noch mal den Bursian vom Veterinäramt an.«

Hoppe schaute auf die Uhr. »Ob der noch ans Telefon geht? Wenn nicht, versuch jemand von diesem Verband des Deutschen Hundewesens zu erreichen. Frag in Hotels, ob die Hundezüchter dort tagen. Wir müssen herausbekommen, ob er wirklich in Kassel ist. Vor Schlüters Anwesen lasse ich ab sofort eine Streife das Haus bewachen. Dass da niemand unerkannt ein und aus geht. Und wenn er heimkommt, befragen wir ihn gleich. Außerdem müssen wir die Münchner Kollegen warnen.« Hoppe zögerte einen Augenblick. »Wenn Schlüter Cosima von Blumenstein entführt hat, ist auch Clemens Dietl bedroht. Zumal wenn beide mit vollem Namen auf Ina Dietls Wikipedia-Seite stehen.«

»Ich halte es für möglich, dass der Schlüter von Kassel nach München durchgestartet ist. Wenn er überhaupt in Kassel war.« Woltmann nahm sein Smartphone und gab etwas in Google Maps ein. »Er will das Glück seiner Mutter zerstören. Ina Dietl, die ihn als unschuldiges Kind verstoßen hat, soll von nun an Unglück erfahren. Ein unschuldiges Kind von ihr hat er schon entführt. Vielleicht sogar ermordet. Denkbar, oder?«

Am nächsten Morgen wählte Meisinger um sechs Uhr Professor Spitzers Privatnummer und entschuldigte sich bei ihm für diesen unchristlich frühen Anruf. Spitzer zeigte sich gelassen und bat um etwas Zeit, die er für die Recherche in seinen Unterlagen zu Hause brauchte. Eine Stunde später meldete er sich. Meisinger rief ihre Kollegen herbei und stellte das Telefon auf laut.

Spitzer hatte in seinen langen Berufsjahren mit vielen ehemaligen Häftlingen des Speziallagers in Buchenwald gesprochen. Er kannte außerdem die Dokumente der Sowjets zum Gefängnis in Saalfeld, zum Speziallager, die Unterlagen zum Fall Fritz Blohm von 1944/45 und zur Schauspielerin Katharina Lempertz, die behördlichen Einträge zu Gustav Schlüters Eltern. All das fand er auf seinen Karteikarten als Ertrag jahrzehntelanger Forschungsarbeit vor. So war er in der Lage, den Beamten ein vergleichsweise abgerundetes Bild von Werner Schlüters Vater Gustav zu zeichnen. Der NKWD verhaftete Gustav Schlüter kurz nach Kriegsende unter dem Vorwurf, ein Werwolf gewesen zu sein. Man erpresste unter Folter seine Unterschrift unter ein in russischer Sprache verfasstes Geständnis. Gustavs Vater war im Krieg gefallen. Seine Mutter hatte noch einmal geheiratet, und zwar den ehemaligen Generalstabsoffizier Fritz Blohm. Dieser war unter den Nazis in Ungnade gefallen. Angeblich zeigte er Sympathien für die Hitler-Attentäter vom zwanzigsten Juli. Kronzeugin gegen ihn war die Schauspielerin Katharina Lempertz gewesen.

»Ina Dietl!«

»Ja, genau, Frau Meisinger. Den Namen Ina Dietl hat sie geführt, nachdem sie nach München umgesiedelt ist und dort geheiratet hat. Ich habe noch etwas zu Gustav Schlüter, was Sie interessieren könnte.«

Spitzer berichtete von einem Fluchtversuch aus dem Speziallager. Der sei gescheitert. Russische Hunde hätten die Ausbrecher, darunter Schlüter, gestellt.

»Wissen Sie, was für Hunde das waren?«

»Ja, die hatten Osteuropäische Schäferhunde.«

»Unglaublich«, sagte Hoppe. »Damit ist der Andreas Necke von der Hundeschule bei mir komplett rehabilitiert. War also doch kein Getratsche, was er uns da alles erzählt hat.«

»Der Gustav Schlüter war nach dem Angriff des Schäferhunds übel zugerichtet. Die haben ihn im Wald außerhalb des Lagergeländes angefallen.«

»Deswegen hat er später auch die LPG- und seine eigenen Hunde gezüchtigt«, sagte Woltmann. »Und das an Werner weitergegeben. Und dieser wiederum an seinen Sohn Gero.«

»Eine Spirale des Hasses gegen Hunde. Und wie ist es nach seiner gescheiterten Flucht mit Gustav Schlüter weitergegangen, Herr Spitzer?«, fragte Meisinger.

»Danach kam er in den Isolator. Verschärfte Haftbedingungen. Schlüter blieb bis kurz vor der Auflösung des Speziallagers in Buchenwald. Anschließend brachte man ihn nach Workuta, ein äußerst brutales Arbeitslager. Nach mehr als drei Jahren hat man ihn und andere, die diese Hölle überlebt haben, aufgrund der politischen Großwetterlage begnadigt.«

»Ich muss noch mal auf Ina Dietl alias Katharina Lempertz zurückkommen, Herr Professor«, sagte Hoppe. »Die hat sich demnach also vom Stiefsohn des Generalstabsoffiziers Blohm, den sie ursprünglich hat ans Messer liefern wollen, schwängern lassen. Wie passt das denn zusammen?«

»Tja, was diesen Punkt betrifft, bin ich am Ende meines Lateins. Wenn Sie sonst noch was brauchen, melden Sie sich bitte.«

Hoppe wählte die Nummer der Münchner Kripo und informierte die Kollegen über die Ergebnisse aus Weimar im Fall Cosima von Blumenstein.

»Danke, Kollegin Hoppe, wir werden das Haus von Clemens Dietl bestreifen. Das von Ina Dietl sicherheitshalber auch.«

»Sie informieren mich sofort, falls Werner Schlüter in München auftaucht?«

»Selbstverständlich.«

Woltmann legte gleichzeitig mit Hoppe den Hörer auf und meldete seine neuen Erkenntnisse.

»Schlüter hat in einem Hotel in Kassel ein Zimmer für eine Woche gebucht. Das hat mir eine Frau von diesem Hundeverband mitgeteilt. Der Verband hat dort Kontingente angemeldet. Schlüter ist allerdings im Hotel nicht zu erreichen. Er ist zwar am ersten Tag der Weiterbildung in der Frühe am Tagungsort des Hundeverbands erschienen, hat sich aber in der ersten Pause krankgemeldet. Er sagte, er müsse ins Krankenhaus, er habe Probleme mit Injektionen, die er sich selbst verabreichen müsse.«

»Das wiederum kann stimmen. Als Bluter muss er sich spritzen. Du hast doch dieses Pulver und die Spritzen bei ihm zu Hause im Bad gefunden.«

»Ja, vielleicht gab es da irgendwelche Schwierigkeiten. Oder er hat zu wenig davon auf die Reise mitgenommen.«

»Ruf sicherheitshalber mal in den Kasseler Krankenhäusern an.«

»Mach ich.«

»Habt ihr gerade von Krankenhäusern gesprochen?« Scholz betrat Hoppes Büro.

»Ja. Warum?«

»Schaut euch das an. Bericht der Kripo Suhl.«

Unbekannte hatten Detlef Zeller vor seinem Wohnblock übel zugerichtet. Er befand sich mit schweren Kopfverletzungen und inneren Blutungen im Krankenhaus.

»Der lag über eine Stunde auf dem Bürgersteig, bevor jemand die Polizei und einen Krankenwagen gerufen hat. Da wohnen so viele Leute, die ihn mit seinen Verletzungen auf der Straße liegen gesehen haben müssen. Erst eine Rentnerin hat schließlich den Notruf ausgelöst.«

»Die wollten den sterben lassen«, sagte Hoppe.

»Weil das Sterben auf die von ihnen gewünschte Weise nicht geht.«

»Was meinen Sie damit, Scholz?«

»Steht ganz unten im Bericht. Die Täter haben Zeller ein Schild umgehängt. Darauf steht: *Todesstrafe den Kinderschändern!* In der Fraktur-Schrift der Nazis.«

49

Wieder so eine Scheißnacht im Transporter. Kein Waschbecken, keine Dusche. Er parkte heute am Luitpoldpark. Seine Notdurft verrichtete er dort in einem Gebüsch. Zu dieser frühen Stunde drehten nur ein paar Jogger ihre Runden.

Zu Fuß machte er sich in die Ainmillerstraße auf. Wenn er dort noch einmal parkte, würde das Kennzeichen sicher jemandem auffallen. Der Entschluss, zu Fuß zu gehen, zahlte sich unverhofft aus: Er sah Blondzopf ein großes Mietshaus in der Isabellastraße verlassen. Sie pumpte Luft in den Reifen, dann radelte sie in Richtung Bonner Platz. Als sie nicht mehr zu sehen war, inspizierte er die Klingelschilder. *K. Unterweger,* las er. Sehr schön, sehr schön, sie schien dort alleine zu wohnen.

Hinter den Bäumen am Habsburgerplatz bezog er Position. Von hier sah man gut zum Haus mit dem Optikerladen. Der Ferrari-Fahrer war heute wohl schon weg. Aber wer weiß, vielleicht kam er wie gestern unerwartet zurück. Zur Tarnung holte er sich eine Zeitung aus einem Verkaufskasten. Er las darin, schielte aber sofort zum Hauseingang schräg gegenüber, sobald dort die Tür auf und zu schlug. Oder wenn ein Auto vorfuhr.

Jetzt fuhr eins vor. Für einen Augenblick dachte er sich nichts dabei. Das Auto war silbern und blau. Langsam fuhr es die Ainmillerstraße westwärts, umrundete den Habsburgerplatz und fuhr die Ainmillerstraße in Richtung Leopoldstraße wieder hinunter. Instinktiv versteckte er sich hinter seiner Zeitung, als der Wagen nur wenige Meter von ihm entfernt kurz anhielt. Er sah das Auto aus den Augenwinkeln heraus.

Er musste weg von hier. Oder war das mit dem Polizeiauto eben ein Zufall gewesen? Egal. Dann sollte es eben nicht sein. Zum Glück gab es einen Plan B. Seit kurzem. Bevor er ihn ausführte, wollte er sich noch einen Kick geben.

Er faltete seine Zeitung zusammen, bog nicht in die Ainmillerstraße ein. Denn dort fuhr schon wieder ein Polizeiauto in Schrittgeschwindigkeit. Er ging zur Franz-Joseph-Straße, auf der immer viele Menschen unterwegs waren. Von dort bog er in die Leopoldstraße ein. Geschafft. Über die Münchner Freiheit ging er zum Bonner Platz. Blondzopf hatte wieder diese roten Backen, wie ihre Kolleginnen auch. Das kam vom Kühlraum.

»Gelbwurstsemmel?«

Plötzlich kannte sie ihn wieder. Dieses Miststück.

50

In Leipzig verhörte Kripochef Jörg Haller den Studenten Micha zusammen mit einem seiner Mitarbeiter. Nach zwei Stunden legte der Tierschützer ein Geständnis ab. Gemeinsam mit Conny und Inessa, einer weiteren Aktivistin von der Tierbefreiungsfront, war er in die Nerzfarm in Vildbjerg eingedrungen, wo sie mehr als tausend Nerze befreit hatten.

»Ich habe nicht viel Ahnung von der artgerechten Zucht und Haltung von Nerzen. Aber ich habe einen Freund, der Biologe ist. Und der hat mir auf meine Nachfrage hin gesagt, dass das, was Sie da gemacht haben, kein Tierschutz ist. Die Nerze werden in der freien Natur alle umkommen. Die sind doch nur Käfige gewohnt.«

»Stimmt wohl«, sagte Micha. »Aber in den Käfigen wären sie auch alle krepiert. Elend. So haben sie wenigstens eine kleine Überlebenschance und werden zu Märtyrern.«

»Zu Märtyrern?«

»Weil sie mit ihrem Tod ein Zeichen setzen. Ein Zeichen gegen die Quälerei ihrer Artgenossen in so vielen industriellen Tierfarmen.«

»Eine merkwürdige Sicht der Dinge. Gibt's dafür keine anderen Wege? Pressekampagnen? Unterschriftenaktionen?«

»Das alles machen wir auch. Aber manchmal braucht es eben solche spektakulären Aktionen. Nur dann springt die Presse wirklich auf das Thema an.«

»Und Sie verpfuschen sich damit Ihr Leben. Warten Sie mal ab, was Sie für eine Strafe bekommen. Wenn's schlecht für Sie läuft, kommt das in Ihr polizeiliches Führungszeugnis. Dann wird es schwierig mit einem Job für Sie.«

»Das ist es mir wert«, erwiderte Micha.

Jörg Haller schüttelte den Kopf. »Noch was. Meine Weimarer Kollegen haben Sie ja wegen der entführten Schülerin befragt. Anna Kellermann. Jetzt können Sie es doch offen sagen. Was wollte die von Ihnen?«

»Tipps. Wissen, wie man Zäune durchtrennt, Tiere freilässt und was man tut, damit die Tiere in so einer Situation nicht durchdrehen.«

51

Ina Dietl trug ihre weiße Trachtenbluse. Dazu einen grünen Faltenrock aus schwerem Stoff und ein rotes Mieder mit silbernen Ornamentknöpfen. Auch wer auf die hundert zuging, musste ihrer Meinung nach nicht auf Mode verzichten. Ihr weißes Haar zierte ein grauer Trachtenhut.

Das Taxi war für neun Uhr bestellt. Sie stand, das Kinn ein wenig nach oben gereckt, an der Straße vor ihrer Villa im Münchner Nobelstadtteil Bogenhausen. Als der Taxifahrer ausstieg, erschrak sie. Seine Haut war schwarz, er überragte sie um einen halben Meter. Also nein, jetzt sind auch noch die Taxifahrer schwarz, furchtbar, dachte sie sich. Schon als ihr Sohn mit dieser riesengroßen Äthiopierin angekommen war, hatte sie das entsetzt, wenn sie es nach außen hin auch nicht gezeigt hatte. Immerhin schenkte diese Frau ihr später Enkel. Hübsche, kluge Enkel.

Der Taxifahrer begrüßte sie mit einem Grüß Gott und sprach tiefstes Bayerisch. Jetzt war sie etwas beruhigt. Sie nannte ihm das Ziel. Sie musste einfach wieder einmal rauskommen. Konnte nicht immer nur am Telefon sitzen und warten, ob ihre Tochter anrief. Dass ihr Schwiegersohn aber auch so ein Halunke war und mit anderen Frauen rummachte! Sollte ihre Tochter abgehauen sein, konnte sie das sehr gut verstehen. Sie würde immer auf der Seite ihrer Kinder stehen. Auch auf der ihrer Enkel und Urenkel natürlich. Als Familie musste man zusammenhalten. Gerade wenn's einem von ihnen dreckig ging. Dieser schnöselige von Blumenstein war ihr von Anfang an suspekt gewesen. Jetzt hatte er mit seinem Verhalten die Familienehre besudelt. Sie würde sich von ihm abgrenzen. Wenn diese Pressemeute wieder auf sie losginge, würde sie ihr das deutlich sagen: Der von Blumenstein hat mit Ina Dietl und ihrer Familie nichts gemein. Wenn doch Cosima sich nur bei ihr melden würde! Sie hatte ihr so viel zu sagen. Sie mussten die Reihen schließen. Weil Cosima nicht erreichbar war, schuf sie eben auf andere Weise den Zusammenhalt in der Familie. Einer Ina Dietl fiel immer was ein. Egal, wie groß die Not war!

Kaum war das Taxi um die Ecke, tauchte ein Streifenwagen in der Straße auf, in der Ina Dietls Villa stand. Er passierte das Haus und fuhr danach auch noch die unmittelbare Umgebung der Villa langsam ab.

52

Gero Schlüter sah verzweifelt aus, als er das Büro von Mandy Hoppe betrat. Erst wollte er nur seinen Vater als vermisst melden, weil er sich seit Tagen nicht mehr gemeldet hatte. Doch dann sprach er. Abgehackt, unsicher, mit vielen Pausen, aber er sprach. Redete sich von der Seele, was ihn seit Jahren belastete. Nachdem er eingeräumt hatte, dass eine Schülerin am 22. Juni spätabends von seinem Vater auf dem Grundstück an der Belvederer Allee überrascht worden war, kollabierte er. Während ein Notarzt Gero Schlüter versorgte, sprach Hoppe mit dem Staatsanwalt. Womöglich wurde Anna Kellermann ja auf dem Gelände in einem Versteck festgehalten. Auch waren mögliche Beweismittel zu sichern. Wegen Gefahr im Verzug ordnete der Staatsanwalt eine Hausdurchsuchung an und verabredete sich mit Hoppe und der Spurensicherung vor dem Anwesen an der Belvederer Allee.

Als die Polizisten und der Staatsanwalt dort ankamen, liefen mehrere Hunde frei im Gelände umher und fletschten beim Anblick der Besucher die Zähne. So konnten sie das Gelände nicht betreten. Sie verständigten Wolfgang Bursian vom Veterinäramt, riefen auch den Experten der Gothaer Hundestaffel an. Wenig später kam Bursian angefahren, mit ihm Andreas Necke. Der Leiter der Hundeschule beruhigte die aufgebrachten Tiere, lockte sie wieder in die Käfige.

Die Spurensicherung durchsuchte systematisch das Wohnhaus von Werner und Gero Schlüter. In Werner Schlüters Schlafzimmer fanden sie unter dem Doppelbett einen riesigen Koffer mit Damenhosen, Blusen, Slips.

»Alles Markenware«, sagte Jürgen Seifert, der Tatortspezialist vom LKA, zu Hoppe und Woltmann. Die beiden standen am Eingang des Schlafzimmers und hielten den muffigen Geruch, der ihnen entgegenschlug, kaum aus. »Donna Karan, Tamara Mellon, Versace.« Seifert hielt die Kleidungsstücke jeweils in die Höhe. Es war nur eine Seite des Doppelbettes benutzt. Als Seifert die Decke auf der anderen aufschlug, kam ein ausgebreiteter rosafarbener Schalen-BH zum Vorschein.

»Der Schlüter ist ein Fetischist!«, sagte Hoppe.

»Schau mal hier, Mandy.« Woltmann hielt Hoppe zwei Mappen hin, die er in einem Regal in der Küche entdeckt hatte. Auf einer stand handgeschrieben *Bluter*. Darin Broschüren zu der Krankheit. Auf der anderen der Schriftzug *Veronika Steffens*. Darin ein paar vergilbte Zettel mit handgeschriebenen Adressen von Familien mit dem Nachnamen Steffens und DDR-Telefonnummern sowie Angabe von Tag und Uhrzeit. Der erste Eintrag stammte aus dem Jahr 1973, der letzte von 1987. Hinter allen Namen war ein Haken, geradeso als habe jemand die Nummern angerufen und danach im Sinne von erledigt markiert. Ganz unten stand nur ein Wort: *sinnlos*.

»Der hat nach einer Frau mit diesem Namen gesucht, Sascha.«

»Und sie nicht gefunden.«

Sie gingen die Treppen runter und nach draußen. Die Beamten der Bereitschaftspolizei wirkten mit ihren blauen Uniformen im hohen Gras, als habe man sie in ein Gemälde von van Gogh montiert.

»Was für ein Fahrrad hatte die Anna Kellermann noch mal, Mandy?«, rief Mark Achill, der Chef der Bereitschaftspolizei, vom Eingang eines Schuppens. Er und Hoppe kannten sich von ihrer gemeinsamen Ausbildungszeit bei der Polizei.

»Warte, ich schau nach.« Hoppe scrollte im Dienst-Tablet. »Mintgrünes Damenrad, Sechs-Gang-Kettenschaltung, brauner Lenkerkorb.«

»Dann komm mal her.« Genau ein solches Fahrrad stand im Schuppen. Ein Anruf von Nicole Meisinger bestätigte Hoppe wenig später, wem Koffer und Damenkleider in Schlüters Schlafzimmer gehörten. Die Fundstücke befanden sich auf der Liste der Münchner Polizei. Sie fehlten im Hause von Blumenstein seit dem rätselhaften Verschwinden der Anwaltsgattin. Nun stand so gut wie fest, dass Cosima von Blumenstein weder mit einem anderen Mann durchgebrannt noch vor ihrem betrügerischen Ehemann irgendwohin geflohen war. Werner Schlüter hatte sie entführt oder gar ermordet.

»Mark, kommst du mal?« Zwei Bereitschaftspolizisten winkten Achill, Hoppe und Woltmann zu sich in den hinteren Teil des Geländes, direkt an den rostigen Drahtzaun. Der Zaun war offensichtlich vor kurzem an dieser Stelle repariert worden. Man sah einige nagelneue, rostfreie Drähte zwischen den verrosteten eingeflochten.

»Hier hat jemand ein Loch in den Zaun gemacht. Groß genug, dass die Hunde durchpassen, Mandy.« Achill war in die Hocke gegangen, um sich den Zaun genauer anzuschauen.

»Anna Kellermann. Die wollte die Hunde befreien. Sie muss eine Metallzange dabeigehabt haben.«

»Wie das Aufbrechen eines Zaunes geht, hat sie von den Tierbefreiern in Leipzig erfahren. Schlüter muss Anna dabei erwischt haben«, sagte Woltmann.

»Vielleicht war sie aber auch hier, um wegen der toten Wölfe mit ihm zu sprechen. Dabei hat sie dann die Haltebedingungen der Hunde vor Ort gesehen, und es kam zum Streit.«

»Bei ihrem Engagement für den Tierschutz liegt das nahe. Schlüters Namen hat sie jedenfalls von Bianca Bader und Luise Müller erfahren. Die beiden haben ihn ihr nach ihrem Besuch bei Kasunke im Zusammenhang mit den Wölfen genannt.«

»Und dann hat sie kombiniert.«

»Mit Schlüter hat sie einen Wolfstöter und Hundequäler in einem vor sich gehabt. Das muss sie auf die Palme gebracht haben.«

Sie waren wieder an den Käfigen angekommen. Andreas Necke verstand sein Fach, die Hunde waren weitgehend ruhig.

»Herr Necke, was ist das da hinten im äußersten Käfig für ein Hund?« Woltmann zeigte auf den Käfig.

»Ein Osteuropäischer Schäferhund.«

Hoppe und Woltmann näherten sich dem von einer Buche beschatteten Käfig. Der Schäferhund mit dem kurzen grauen Fell knurrte wie eine Motorsäge im Leerlauf. Mit dem rechten Auge funkelte er die Beamten an, als ob er sie gleich zerfleischen wollte. Seine linke Augenhöhle war leer, verwachsen. Er hatte ein Auge verloren.

»Haben Sie eine Vermutung, was mit diesem Hund passiert ist?« Woltmann sah Necke an.

»Nein. Aber von Osteuropäischen Schäferhunden habe ich Ihnen schon mal erzählt. Sie erinnern sich?«

»Klar!« Hoppe und Woltmann nickten gleichzeitig. Die russischen Hunde im Speziallager. Von ihnen hatte er ihnen bei Ingo Baum, dem Bäcker, berichtet.

»Ja, Herr Necke. Sie haben uns damit sehr geholfen.« Hoppe lächelte dem Hundelehrer zu. »Auch Professor Spitzer aus Jena hat uns von diesen Hunden erzählt. Werner Schlüters Vater Gustav hat versucht zu fliehen. Dabei hat ihn ein solcher Hund gestellt und schlimm gebissen.«

Sie gingen zurück zum Wohnhaus und zu Mark Achill.

»Wir haben Kleidungsstücke von Cosima von Blumenstein gefunden. Das Fahrrad von Anna Kellermann. Aber bislang keine Leichen oder Leichenteile.« Hoppe sah Woltmann und Achill an.

»Abwarten, Mandy, die Spurensicherer werden nachher auch mal das Gelände durchforsten. Wir haben da so einige Stellen …«, sagte Achill.

»Theoretisch, ich betone, theoretisch ist es doch denkbar, dass die beiden Frauen noch leben.«

»Du meinst, er hat sie irgendwo weggesperrt?«

»Ja, in so ein Verlies, wie es Natascha Kampusch hatte.«

»Das prüfen wir natürlich auch. Wenn es etwas Ähnliches im Haus oder auf dem Gelände gibt, finden wir es. Aber …«

»Aber wenn er sie irgendwo anders untergebracht hat?«

»Ja, dann brauchen wir einen Hinweis, um das Versteck aufzuspüren.«

»Ich geh rein ins Haus, Mandy«, sagte Woltmann. »Ich schau mal in den Schubladen nach Urkunden, Einträgen ins Grundbuch und so weiter. Kann doch sein, dass der Schlüter noch irgendwo eine Datsche hat.«

»Ich komm gleich mit. Weißt du eigentlich, was aus den ehemaligen LPG-Gebäuden geworden ist? Dort, wo Gustav Schlüter und anfangs auch Werner Schlüter gearbeitet haben?«

»Oh, das ist eine schwierige Frage. Ist schon mehr als ein Vierteljahrhundert her.«

»Prüf das bitte nach, Sascha.«

»Mach ich.«

Hoppe informierte die Münchner Kollegen. Für Clemens und Ina Dietl bestand nun akute Gefahr. Die Münchner Polizei würde die Häuser in der Ainmillerstraße und in Bogenhausen nicht nur bestreifen, sondern Mutter und Sohn Dietl müssten auch ab sofort Personenschutz erhalten. Werner Schlüter, unterwegs mit einem weißen Transporter in München, war bereits zur Fahndung ausgeschrieben. Die Münchner Polizei twitterte das Weimarer Kennzeichen. Auch bayerische Rundfunksender – der BR, Antenne und Arabella – machten mit.

Clemens Dietl erfuhr die Neuigkeiten zwischen zwei Sitzungen in seinem Büro über den Dächern Münchens. Sofort rief er seine Mutter an. Mit dem gleichen Erfolg wie die Münchner Polizei: Sie ging nicht ans Festnetztelefon. Sich ein Handy zuzulegen, hatte sie sich immer geweigert. Mit über neunzig wollte sie mit diesem neumodischen Schnickschnack nichts mehr zu tun haben. Die Münchner Polizei gab einen Suchaufruf durch. Wer Ina Dietl sah, sollte sich unverzüglich melden.

53

Immer mehr Polizeiautos. Ganz Schwabing schien auf einmal voll mit ihnen zu sein. Er schlängelte sich durch Seitenstraßen zum Mittleren Ring. Das war gerade noch einmal gutgegangen. Er schaute die Adresse nach, gab sie in sein Navi ein. Es musste jetzt schnell gehen.

Als er ankam, sah er über dem Eingangstor die Kamera. Zum Glück war er darauf vorbereitet. Er hatte bei einem Faschingsartikelversand die Dienstjacke eines fiktiven Paketdienstes gekauft. Zwei eingepackte Pakete befanden sich bereits im Laderaum. Außerdem ein Handscanner, den er bei eBay gekauft und schon in der Ainmillerstraße hatte einsetzen wollen. Dort hatten sich die Mitbringsel für einen Einsatz als ungeeignet erwiesen. Aber hier würden sie ihm gute Dienste leisten.

Er fuhr in eine andere Straße, stieg in den Laderaum und zog sich die Paketdienstjacke an. Das Auto ließ er stehen. Ging die paar Schritte zu Fuß. Die Pakete zwischen Arm und Kinn eingeklemmt, klingelte er, wedelte mit dem Handscanner in die Kamera. Das Tor öffnete sich sehr langsam. Er ging die drei, vier Stufen zum Eingang hoch. Die schwere Eichentür öffnete sich. Sie war es. Kein Kindergeschrei. Vermutlich waren die noch im Kindergarten.

»Grüß Gott«, sagte er. Hielt ihr den Handscanner und einen Stift hin.

»Grüß Sie Gott, wo soll ich unterschreiben?«

»Hier!«

Sie drehte sich ein wenig zur Seite, damit ihr die Sonne nicht länger direkt ins Gesicht schien und sie blendete.

Wie praktisch.

Er griff in die Jackentasche.

Der Stahldraht.

»So, bittschö-ö-ööööneeeeeeiiiii…«

Sie sackte zu Boden.

Schnell zog er sie an den Füßen ins Haus. Legte sie wie eine Schaufensterpuppe ins Wohnzimmer. Schaute sich das Haus an. So wohnte man also hier.

54

Der Taxifahrer brachte sie schnell und sicher ans Ziel. Trotzdem war sie froh, endlich aussteigen zu können. Mit so einem schwarzen Fahrer wusste man ja nie. Sie gab ihm ein fürstliches Trinkgeld und drückte auf den Klingelknopf. Das marmorne Schild am gusseisernen Mauertor trug nur zwei Nachnamen. Aufhäuser und Aufhäuser-Dietl. Schön hatte sie's hier in Grünwald, ihre Lieblingsenkelin Henriette. Frühstücken wollten sie zusammen. Und einschwören würde sie sie. Auf die Familienehre. Und auf das Zusammenhalten.

55

Es klingelte.

Er sah den kleinen Monitor der Überwachungskamera unter dem Schlüsselbrett.

Draußen stand eine alte Frau in Tracht. Einen Hut trug sie auch. Er konnte ihr Gesicht nicht sehen.

Er wollte nicht öffnen.

Die würde sich schon wieder verziehen.

Tat sie aber nicht. Sie klingelte wieder und wieder.

Sie nahm ihren Hut ab. Schüttelte empört den Kopf in Richtung Kamera.

Als er ihr Gesicht sah, öffnete er.

56

Hatte ihre Enkelin denn vergessen, dass sie kam? Das konnte doch nicht sein. Sie waren für heute um zehn Uhr verabredet. Natürlich war sie pünktlich. Gut, es waren noch drei Minuten bis zehn Uhr.

Sie klingelte wieder. Und wieder.

Also das gibt es doch nicht! Aber vielleicht denkt Henriette ja auch, dass ich eine Vertreterin bin, die ihr einen Staubsauger verkaufen will oder sonst irgendwas? Ich zieh mal lieber den Hut ab. Hier, die Kamera. Na, Henriette, bist du jetzt beruhigt?

Der Toröffner summte. Endlich!

Ganz langsam ging das Tor auf.

Jetzt aber schnell.

Sie sprang die Treppe wie ein junges Mädchen hoch. Fast wie ein junges Mädchen. Sie wog auch fast nichts. Sie stand vor der Eingangstür. Die Tür ging auf.

Sie erstarrte. Ein fremder Mann. Wer war das?

Sie schauten sich in die Augen.

»Wer sind denn Sie?«, skandierte sie überdeutlich.

Er fasste sie grob am Arm, zerrte sie in den Eingangsbereich.

»Du Drecksweib! Dir zertrümmere ich deine verlogene Fresse!« Er hatte die Augen weit aufgerissen, holte mit dem rechten Arm weit aus, zielte mit der Faust mitten in ihr Gesicht.

57

Der Taxifahrer hörte Radio. Verkehrsfunk, das tat er nur manchmal, meist wenn er aus München rausfuhr. In der Innenstadt war das nicht nötig. Dort verließ er sich rein auf seinen Instinkt. Seit zwanzig Jahren war er Taxifahrer. In der City wusste er ganz genau, wann er auf welche Schleichwege ausweichen musste. Aber jetzt in Grünwald hatte er den Sender eingeschaltet.

Er fuhr an. Wie ihn die alte Frau die ganze Zeit über gemustert und immer, wenn er in den Rückspiegel schaute, ganz schnell weggesehen hatte!

Dringend gesucht wird ein VW Transporter mit Weimarer Kennzeichen …, hörte er den Nachrichtensprecher im Radio sagen.

Weimarer Kennzeichen, dachte er. Die haben doch WE, wenn ich mich richtig erinnere. Als die nachfolgenden Ziffern des Kennzeichens genannt wurden, hörte er schon nicht mehr richtig hin.

Denn keine zehn Meter vor sich sah er doch genauso einen weißen Transporter, einen VW mit Kennzeichen WE, am Straßenrand stehen. Das konnte der gesuchte sein. Das war ja ein Ding! Aber warum suchte die Polizei das Auto?

Den von vielen gelobten Twitter-Auftritt der Münchner Polizei kannte er. Zeitnahe Infos, die bekam man am besten dort. Also schaute er nach. Hier, da war die Suche nach dem Transporter.

Tatsächlich! Das Kennzeichen stimmte. Da muss ich gleich die Polizei anrufen, dachte er sich.

Er scrollte weiter und spürte, wie sich sein Puls beschleunigte.

Die Münchner Polizei sucht Ina Dietl, las er. Eine kurze Personenbeschreibung, das Alter. Er schaute in seinem Fahrtenbuch nach. *Dietl,* die Villa in Bogenhausen.

Ihm war zwar nicht klar, wie das alles zusammenhing. Aber er wusste, dass er schnell etwas tun musste.

Er sprang aus dem Taxi, hechtete um die Ecke die vielleicht fünfzig Meter zur Villa zurück, vor der die alte Dame namens Dietl ausgestiegen war. Gerade trat sie durch das Tor. Er beschleunigte nochmals, quetschte sich gerade noch so durch das sich schließende Eingangstor hindurch und rannte die Treppenstufen zur Haustür hoch, da sah er, wie ein zornesroter Mann zum Schlag ausholte.

»Du Drecksweib! Dir zertrümmere ich deine verlogene Fresse!«

Er packte den Mann am Arm. Griff mit der anderen Hand nach dem nächstbesten Gegenstand, den er erreichen konnte, und schlug ihm damit auf den Kopf. Scherbengeräusche. Eine Vase aus Meissener Porzellan rettete Ina Dietl das Leben.

58

München feierte einen Taxifahrer. Jakob Mercier war ganz verschämt.

»I hob nur dees gmachd, wos a jeda doa daad.«

»Schön wär's, Herr Mercier«, sagte der smarte Pressesprecher Martin Luja. »Was Sie gezeigt haben, ist Zivilcourage! Von Ihnen können wir uns alle eine Scheibe abschneiden!«

»Ja mei, do bringa S' mi in Verlengheid. Do laaf i jetz glei rod o!«

»Das dürfte schwierig werden«, konterte Luja.

»Des mid ›se a Scheim owaschneidn‹ is aa so a Sach. Oiso, wenn ihr des bei mir macha daads, des wissd's scho, dass des sicha koa Weiswuaschd wern daad …?«

Der afrikanische Bayer lachte. Der Pressesprecher lachte. Die Journalisten lachten.

Aber nur kurz. Dann berichtete der Münchner Kripochef vom Mord an Henriette Aufhäuser-Dietl. Erläuterte, wer Werner Schlüter war, der mit hoher Wahrscheinlichkeit auch für das Verschwinden von Cosima von Blumenstein, der Tante Henriette Aufhäuser-Dietls, verantwortlich sei.

Die Münchner Kripo informierte die Weimarer Kollegen. Noch gab es einen Rest Hoffnung. Vielleicht lebte Cosima von Blumenstein noch. Und Anna Kellermann. Zuzutrauen wäre Werner Schlüter ein solches Wegsperren in ein Verlies durchaus, darin waren sich die Weimarer und die Münchner Kripo einig. Was es hieß, seine Opfer möglichst lange zu quälen und die Angehörigen ebenso lange im Ungewissen zu lassen, hatte Schlüters Vater in Buchenwald und Workuta am eigenen Leib erlebt. Jetzt konnte Werner Schlüter dies an der

Frau rächen, die ihn als Baby ausgesetzt und verstoßen hatte: an seiner Mutter Ina Dietl und ihrer Familie. Anna Kellermann war bei dem Ganzen aus seiner Sicht gesehen nur ein Kollateralschaden.

59

Werner Schlüter besaß keine Datsche in einer Kleingartenanlage. Woltmann fand jedenfalls keine Hinweise darauf in seinem Wohnhaus. Wozu hätte er die Datsche auch gebraucht? Zum einen besaß er ein riesiges Anwesen und hatte genügend zu tun. Zum anderen waren Kleingartenanlagen Horte der Geselligkeit. Und Geselligkeit war genau das, was der Misanthrop Werner Schlüter nicht suchte.

Woltmann fuhr gemeinsam mit Meisinger die früheren LPG-Standorte ab. Die Kollegin saß mit ihrem Tablet neben ihm im Auto und studierte die Grundrisse und Lagepläne aus dem Katasteramt. Sie begannen in Oberweimar, fuhren dann nach Umpferstedt. Die alten Gebäude standen dort nur noch zum Teil und wurden mittlerweile anderweitig genutzt. In Kromsdorf bildete die Erzeuger-Genossenschaft Landwirte aus und baute Weizen, Gerste, Raps und, als Spezialität, Erdbeeren an. Einem Rentner, der sich dort als Aushilfe ein bisschen zur kargen Rente dazuverdiente, erklärten sie ihr Anliegen. Er erzählte ihnen von einem alten Schuppen auf den Feldern in Richtung Apolda, der schon zu DDR-Zeiten als Abstellplatz für landwirtschaftliche Geräte und als Heulager gedient hatte. Ein anderes Gebäude, das als Versteck taugte, fiel ihm nicht ein. Über schmale Feldwege gelangten sie zu der

Scheune, deren Höhe auch Mähdreschern die Einfahrt erlaubte. Sie rüttelten am Holztor, das kein Schloss trug, aber dennoch verschlossen war. Sie umrundeten den Schuppen. Nirgendwo sonst ein Eingang. Woltmann warf sich gegen das Eingangstor, ohne Erfolg.

»Ich frage mich, wieso das Tor von innen verriegelt ist.«

»Bist du dir da sicher, Sascha? Kann doch auch sein, dass die Bauern da ihre eigenen Methoden haben, irgendeinen Trick.«

»Ja, vielleicht.«

Sie wandten sich zum Auto. Plötzlich blieb Woltmann wie erstarrt stehen, hielt Meisinger am Arm fest und führte den rechten Zeigefinger vor die Lippen.

»Hörst du das?«

Ein Specht pochte am Stamm der Linde neben dem Schuppen, dem einzigen Baum weit und breit. Aber dieses Geräusch meinte Woltmann nicht.

Jetzt hörte es auch die Kollegin.

Im Schuppen flüsterte jemand. Mindestens zwei aufgeregte Stimmen waren es.

60

Zwanzig Minuten später war der Schuppen von einem Spezialeinsatzkommando umstellt. Mandy Hoppe sprach über den Lautsprecher eines Einsatzwagens.

»Wir wissen, dass Sie da drin sind. Öffnen Sie das Tor und kommen Sie mit erhobenen Händen heraus.«

Quälend lange Sekunden vergingen. Die Nervosität bei allen Beteiligten stieg. Dann knirschte ein Holzstück im Scheuneninneren, gefolgt von einem lauten Scheppern. Das Tor öffnete sich langsam.

Als Erster kam ein ungefähr zwanzig Jahre alter Zimmermannsgeselle heraus. Die Hände erhoben, staunte er mit offenem Mund über das Schauspiel, das ihm die hochgerüstete Polizei bot.

»Nicht schießen, bitte, das, das ... das ist alles ein Missverständnis.«

Jetzt folgte ihm eine nicht mehr ganz so junge Frau mit zerzaustem Haar aus der Scheune. Der Saum des roten Rocks war hinten zu ihrem Unglück beim offenkundig hastigen Anziehen im Strumpfgürtel stecken geblieben. Die Gürtelbänder und halterlosen Strümpfe lagen frei. Ihr Gesicht leuchtete feuerrot.

Hoppe gab dem Leiter des SEK mit dem Kopf ein Zeichen. Seine Leute setzten die Waffen ab. Hoppe befragte den Zimmermann, die Frau.

Bald stand fest, dass die beiden ein Schäferstündchen miteinander verbracht hatten. Oder eins verbringen wollten. Der Frau war das Ganze irrsinnig peinlich. Sie lebte in einem der umliegenden Dörfer und war verheiratet. Wenn das ihr Mann erfuhr! Der war im Dorf so etwas wie der König. Ein SEK auf dem Feld vor ihrem Dorf. Das reichte für zehn Jahre Tratsch und Gelächter. Warum hatte sie sich auf dieses Abenteuer nur eingelassen! Andererseits hörte sie von so vielen Männern, die sich mit jüngeren Frauen vergnügten. Auch über ihren Mann gab es da so manches Gerücht. Stand ihr es da nicht zu, auch einmal aus ihrer fünfundzwanzig Jahre alten Ehe, in der der Lack ab war, auszubrechen?! Trotzdem bereute sie es nun zutiefst. Wie sie jetzt dastand vor all den Polizisten, von denen einige das Schmunzeln nicht verbergen konnten. Furchtbar!

Der Zimmermannsgeselle hatte es plötzlich eilig. Nachdem die Personalien aufgenommen waren, zog er seines Weges. Die Frau des Dorfkönigs schob langsamen Schrittes ihr Fahrrad den Feldweg entlang. Sie wollte gar nicht mehr nach Hause.

61

Die Laborbefunde aus der Jenaer Gerichtsmedizin und die Ergebnisse der kriminaltechnischen Untersuchungen ließen keine Zweifel zu. In den Hundezwingern waren nicht nur tierische Knochen gefunden worden. Werner Schlüter hatte Anna Kellermann und Cosima von Blumenstein ermordet und sie danach an die Hunde verfüttert. Dazu zersägte er die Leichen in einer alten, verrosteten Badewanne, die in einem Schuppen auf dem Gelände untergebracht war. Zur Tarnung deckte er die Wanne zusätzlich mit Heu ab. Was die Hunde nicht verschlingen konnten, vor allem die Haare, entsorgte Schlüter im Kamin, der das Wohnzimmer heizte. Keinem Nachbarn war aufgefallen, dass mitten im Hochsommer Rauch aus dem Schornstein stieg. Aber nicht nur darüber waren die Ermittler entsetzt. Noch mehr packte sie das nackte Grauen, als sie von Knochenpartikeln einer dritten Person erfuhren. Ein DNA-Abgleich mit Kleidern und Haarbürsten aus Schlüters riesigem Schlafzimmerschrank gestaltete sich sehr aufwendig. Doch dann war jeder Zweifel ausgeräumt: Er hatte den Hunden noch eine dritte Frauenleiche zum Fraß vorgeworfen und im Kamin entsorgt: die der Tschechin Tereza, seiner Frau. Von wegen, sie habe sich mit einem Amerikaner aus dem Staub gemacht! Seinem Sohn Gero gegenüber hatte sich Schlüter über die treulose Mutter all die Jahre immer wieder aufgeregt, um nur ja jeden Verdacht von sich abzulenken. Warum er Tereza ermordete, blieb unklar. Werner Schlüter saß im Untersuchungsgefängnis in München-Stadelheim und verweigerte jede Aussage. Aber er war herrisch. Er war brutal. Und cholerisch. Konnte man sich die Ehe mit ihm anders vorstellen als eine Hölle? Eine Hölle, aus der es kein Entrinnen gab? So, wie für Gustav Schlüter Buchenwald und Workuta die Hölle gewesen waren?

Wie man Angehörigen eine Todesnachricht überbrachte, hatten Hoppe und Woltmann in ihrer Ausbildungszeit gelernt. Trotzdem gab es keine Routine bei einer solchen Aufgabe. Schon gar nicht in diesem Fall, in dem sie Hagen und Susanne Kellermann besonders grausame Details mitteilen mussten.

»Puh«, sagte Woltmann. »Wir müssen jetzt zu den Eltern fahren.«

»Und haben nicht mal eine Leiche, die sie bestatten können.«

»Hattest du so was schon mal?«

»Nein, in zwanzig Jahren noch kein einziges Mal.«

62

Um die Hunde kümmerte sich zunächst Wolfgang Bursian vom Veterinäramt der Stadt. Werner Schlüter würde das Gefängnis wohl nie mehr verlassen. Wie es mit Gero Schlüter weiterging, war ungewiss. Ob er Mitwisser oder sogar Mittäter war, musste sich erst noch weisen. Vorerst lag er im Krankenhaus. Die Hunde aber brauchten fachkundige Betreuung. Der Staatsanwalt besprach sich mit Schlüters Pflichtanwalt.

Die Hunde kamen, zumindest vorerst, in die Obhut der Hundeschule Andreas Necke.

Woltmann besprach sich mit Hoppe in ihrem Büro, als sie eine Nachricht aus Suhl erreichte. Detlef Zeller war an seinen inneren Blutungen gestorben. Woltmann erwischte sich kurz bei dem Gedanken, dass das vielleicht sogar besser für ihn war. Was hätte Zeller denn jetzt noch für ein Leben vor sich gehabt? Aber dann verbat er sich ein solches Denken. Mord war Mord. Die Suhler Kollegen hatten bisher nur wenige Hinweise auf die Täter. Einiges sprach dafür, dass sie aus der Skinhead- und Naziszene kamen.

»Hoffentlich haben sie die bald«, sagte er zu Hoppe.

»Ja, die Neonazis werden den Ruf Thüringens noch vollkommen ruinieren.«

»Du denkst an die NSU-Mordserie?«

»An die besonders. Aber nicht nur an die. Wegen dieser Arschlöcher nennt man uns im Westen ›Dunkeldeutschland‹.«

Woltmann spürte, wie sehr ihr das Thema naheging. Das Wort Arschlöcher hatte er bislang noch nie aus ihrem Mund gehört. Aber sie waren in diesem Moment auch unter sich gewesen. Als amtierende Kripochefin drückte sie sich in der Öffentlichkeit natürlich diplomatischer aus.

»Nazis gibt's im Westen auch.« Er schaute sie an, aber sie reagierte nicht.

Das Telefon klingelte. Olena Tröger war es, eine Psychologin bei der Münchner Polizei. Hoppe hatte den Münchner Kollegen einen ausführlichen Bericht über die Weimarer Ermittlungen zugesandt. An den Zentralen Psychologischen Dienst richtete sie die Bitte, dass doch bitte eine Kollegin ein Gespräch mit Ina Dietl führen möge. Denn sie wollte wissen, ob die frühere Schauspielerin alle Ausführungen zu ihrer Person und ihrer Vergangenheit bestätigte, die im Weimarer Polizeibericht standen.

»Katharina Lempertz, jetzt Ina Dietl, hat sich mit Gustav Schlüter ausgerechnet den Stiefsohn von Fritz Blohm ausgesucht. Haben Sie herausgefunden, warum, Kollegin Tröger?«

»Leider hat mir Frau Dietl diese Frage, die ich ihr natürlich gestellt habe, nicht direkt beantwortet. Sie hat dazu nur den einen Satz gesagt, den sie auch auf meine anderen Fragen über ihre Zeit im Lager und im Gefängnis stereotyp wiederholt hat.«

»Was für einen Satz?«

»Wusste gar nicht, dass die Polizei so viel Phantasie hat …«

»Aha.«

»Aber, liebe Kollegin, das, was Sie in Ihrem Bericht über Katharina Lempertz schreiben, hat sie alles genau verstanden. Und es entspricht auch ganz sicher der Wahrheit. Denn Frau Dietl hat ihre Gesichtsmuskeln nicht im Griff gehabt. Ich habe sie ganz genau beobachtet, während ich sie mit Ihren Erkenntnissen konfrontiert habe. Anfangs sind ihre Augen noch wie kleine Murmeln hin und her gerollt. Dann aber, als es um ihren persönlichen Werdegang ging, sind sie erstarrt.«

»Mit anderen Worten: Sie hat unsere Aussagen mit ihrer Körperhaltung bestätigt?«

»Ja, eindeutig. Das Motiv, sich von Blohms Stiefsohn schwängern zu lassen, ist ganz offensichtlich sehr emotional besetzt. Die Antwort ist so gut wie gegeben.«

»So gut wie gegeben?«

»Nun ja, so viele stark emotional besetzte Beweggründe gibt es ja nun auch wieder nicht. Ich könnte mir Rache als Motiv vorstellen.«

»Sie wollte sich dadurch an Blohm rächen? Der schon lange tot war. Wofür denn?«

»Überlegen Sie mal mit. Welche Motive machen aus erfolgreichen Frauen kaltblütige Rächerinnen? Dazu muss man doch nur mal in die Literatur schauen. Sie sind doch in Weimar. Da kennt man doch die Klassiker.«

»Na ja, meine Schulzeit liegt nun wirklich schon lang zurück, Frau Tröger. Aber ich könnte mir vorstellen, dass Frauen wahnsinnig werden, wenn man ihnen ihr Kind wegnimmt. Oder gar umbringt.«

»Möglich. Aber das hätte sie in dem Prozess gegen Blohm unter den Nazis sicher vorgetragen.«

»Erzwungene Abtreibung?«

»Das halte ich für wahrscheinlicher. Aber vielleicht war es auch nur verschmähte Liebe. Sie war damals eine attraktive Schauspielerin und hat vermutlich jeden Mann gekriegt, den sie wollte.«

»Und der Blohm hat sich ihr nicht gefügt.«

»Die Wahrheit werden wir wohl nie erfahren. Die nimmt Frau Dietl mit ins Grab.«

»Und was glauben Sie, hat wiederum den Gustav Schlüter dazu bewogen, sich mit der Schauspielerin einzulassen?«

»Wir wissen, dass traumatische Erfahrungen von Lagerhaft und Kriegsgefangenschaft Menschen isolieren. Es ist für viele nicht einfach, sich danach wieder in die Gesellschaft zu integrieren.«

»Und diese gemeinsame Erfahrung könnte Gustav Schlüter mit Ina Dietl verbunden haben?«

»Dazu wissen wir zu wenig von ihm. Gut möglich, dass er in Katharina Lempertz viele Hoffnungen projizierte.«

»Die sie gezielt genährt hat?«

»Das ist spekulativ. Jedenfalls sind beide durch ihre langen Zeiten in Lagern gezeichnet gewesen.«

»Gibt es nach Ihrer Erfahrung einen Zeitpunkt, an dem man das alles einmal überwunden hat?«

»Das hängt von der psychischen Stabilität der betroffenen Person ab. Aber häufig, sehr häufig kommen solche traumatischen Erlebnisse ein Leben lang immer mal wieder hoch. Die ehemaligen Häftlinge reagieren oft hochsensibel, wenn man sie auf dieses Thema anspricht.«

Die beiden Kriminalbeamtinnen hingen ihren Gedanken nach, schwiegen.

»Haben Sie gegenüber Frau Dietl den Namen Veronika Steffens genannt?«, nahm Hoppe das Gespräch nach einer Weile wieder auf.

»Ja, kurz. Aber sie hat auch darauf so reagiert, wie ich es Ihnen vorhin beschrieben habe. Mit starrem Blick, steifer Haltung.«

»Schon Wahnsinn, wie sich Ina Dietls Rache dann fortgesetzt hat«, sinnierte Hoppe vor sich hin. »Die Dietl rächt sich an Blohm, indem sie mit Blohms Stiefsohn ein Kind zeugt. Setzt das Kind, das dafür nichts kann, bei ihm aus. Nennt Gustav Schlüter vielleicht mit Veronika Steffens einen falschen Namen, damit er sie nicht finden kann.«

»Sie haben mir die Mappe mit dem Namen Veronika Steffens beschrieben, Frau Hoppe, die bei Werner Schlüter gefunden wurde. Auch die Zettel mit den abgehakten Namen und Telefonnummern, wo zuletzt ganz unten das Wort *sinnlos* stand. Das deutet darauf hin, dass er eine Person dieses Namens verzweifelt gesucht hat.«

»Steffens könnte der Name gewesen sein, den er für den seiner leiblichen Mutter hielt. Wo er den wohl herhatte?«

»Nun, vieles deutet auf eine enge Vater-Sohn-Beziehung hin. Daher ist es wahrscheinlich, dass sein Vater Werner Schlüter anvertraut hat, wer die Mutter sein könnte.«

»Veronika Steffens. Aber dieser Name war falsch. Selbst wenn Gustav Schlüter irgendwie herausbekommen hätte, dass Katharina Lempertz die Frau war, die ihn aufgesucht hat, wäre er ihr nicht auf die Spur gekommen. Denn die gab es schon bald nach dem Fund des Säuglings nicht mehr. Als Ina Dietl und zudem im Westen hatte sie eine neue Identität angenommen und war für ihn nicht länger greifbar.«

»Aufgrund der engen Beziehung dürfte Gustav Schlüter seinem Sohn alles aus dem Lager erzählt haben. Seine Gefangennahme, die Verhöre in Saalfeld, Buchenwald, Workuta. Alles. Diesen Schluss kann man jedenfalls aus Ihrem Bericht ziehen. Dann war es die Talkshow *Stenz,* die Werner Schlüter die Augen geöffnet hat.«

»Frau Dietl war Häftling im Speziallager in Buchenwald. Die weiblichen Häftlinge waren dort eine Minderheit. Werner Schlüter kennt sich mit der Bluterkrankheit aus. Er hört von Clemens Dietl, dem Sohn von Ina. Der ist Bluter. Sein Vater hat mit einer Frau geschlafen, die Häftling im Speziallager in Buchenwald war. Er selbst ist wie Clemens Dietl Bluter. Eine seltene Krankheit. Übertragen von der Mutter. Da musste er nur noch eins und eins zusammenzählen.«

»Werner Schlüter will erst die Familie seiner endlich gefundenen leiblichen Mutter zerstören. Sie soll leiden. Als Letzte soll sie selbst dran glauben. Weil sie zu lange gut gelebt hat, ohne sich um ihn, ihr leibliches Kind zu scheren. Rache ist generell ein sehr starkes Motiv für Mord.«

»Rache ist süß.«

»Das ist ein falscher Gedanke, der sich in diesem Spruch ausdrückt. Denn Rache schafft immer nur eine kurzfristige Befriedigung. Schon bald danach schreit unser Innerstes nach noch mehr Rache. Das kann zu einer Sucht werden. Oder aber unser Gewissen rührt sich, und wir hinterfragen, ob das mit der Rache wirklich gut war. Rache zerstört auch den Rächer. Jedenfalls ist sie alles andere als süß.«

»Aber sagen Sie mal, Frau Tröger, eine Mutter, die ihr Kind nicht liebt, es einfach aussetzt. Das gibt es ja öfter. Bei uns in Thüringen hat man deswegen Babyklappen eingeführt.«

»Das muss nicht heißen, dass keine Mutterliebe vorhanden ist. Oft ist es die soziale Situation, die Mütter zu diesem Schritt treibt.«

»Es gibt auch Mütter, die ihre Babys umbringen ...«

»Oh ja, da kommen viele Faktoren zusammen. Wenn eine Frau in der eigenen Kindheit keine elterliche Zuwendung erfahren hat, kann das eine Ursache für die Tötung sein. Oder das Neugeborene ist kein Wunschkind und durchkreuzt den Lebensentwurf. Gegenüber Kindern, die bei einer Vergewaltigung entstehen, bauen Mütter oft eine innere Distanz auf. Fehlende Unterstützung durch den Partner ist manchmal auch eine Ursache. Oder die Mutter neigt zu Depressionen, ist von Drogen abhängig – es gibt viele Gründe, die dazu führen, dass Mütter ihre Kinder nicht lieben. Meist ist es ein Mix aus mehreren.«

»Noch etwas, Frau Tröger. Gustav Schlüter hat seinem Sohn Werner auch die Hundezucht beigebracht. Kann man demnach sagen, auch bestimmte Formen von Aggressivität sind vererbbar? So wie die gegen die Hunde, die Werner Schlüter von seinem Vater Gustav übernommen hat?«

»Vererbt nicht. Aber wenn der Sohn diese Aggressivität von Kindheit an miterlebt, ist sie für ihn persönlichkeitsbildend. Vaterfiguren sind immer Vorbilder, auch im Negativen. Es ist Werners Versuch, dem Vater und seinem Leiden in Lager und Gefängnis posthum auf diese Weise eine Kompensation zu verschaffen. Die Hunde übernehmen da eine Stellvertreterfunktion.«

»Stellvertretend für die Menschen, die den Vater grausam behandelt haben.«

»Ja, so würde ich das sehen.«

»Danke, Frau Tröger. Wenn Sie mal in Weimar sind, melden Sie sich bitte. Dann lade ich Sie zum Essen ein.«

63

Die Trauerfeier für Anna war die größte, die Weimar je erlebt hatte. Allein mehr als tausend Schüler kamen, auch aus anderen Weimarer Schulen. Anna war konfirmiert. Also hielt ein Pfarrer die Feier in der Weimarer Stadtkirche Sankt Peter und Paul.

»Angesichts eines solchen Todes gibt es keinen Trost. Zumindest nicht für den Augenblick. Meine Worte können nur leer sein. Lasst lieber Anna selbst zu uns sprechen«, hörten Hoppe, Meisinger, Woltmann und Scholz den Geistlichen sagen. Sie standen ganz hinten im Kirchenraum, wo die Treppen zu den Emporen hochführten.

Bianca Bader und Luise Müller traten ans Pult. Beide kämpften mit den Tränen.

»Wir lesen euch jetzt vor, was Anna für unsere Semi-Arbeit geschrieben hat. Es ist nur ein Entwurf. Bitte bedenkt das. Annas Anteile für die Semi-Arbeit waren noch lange nicht fertig. Sie hätte das Ganze sicher noch wissenschaftlicher ausgedrückt. Luise fängt an.«

Die Gänge, die Emporen waren voller junger Menschen, doch es herrschte absolute Stille.

»Wölfe wurden schon immer vom Menschen für diabolische Projektionen missbraucht … Wölfe sind soziale Wesen. Wie sie für ihre Familie sorgen, ist vorbildlich für den Menschen … Wenn wir die wenigen Wölfe ausrotten, machen wir uns alle arm … Es gibt ein wenig Hoffnung für uns in Thüringen, auf dem Truppenübungsplatz Ohrdruf ist eine Wölfin gesichtet worden …« Luise trat einen Schritt zurück, damit Bianca ans Mikrofon treten konnte.

»Anna hat in ihrem Schlusskapitel etwas über die Artenvielfalt geschrieben.« Bianca schneuzte sich, dann senkte sie den Blick auf das Blatt mit Annas Worten. »Merkt ihr denn nicht, wie kaputt unsere Welt jetzt schon ist? Wir holzen den Regenwald ab, zerstören damit die Lebensgrundlage für so viele Tierarten. Aber auch bei uns wird so viel Fläche zubetoniert, alles im Geiste eines wahnsinnigen Fortschritts- und Wachstumsglaubens. Ich sage euch: Ob diese Welt eine Zukunft hat, wird sich am Schicksal der Wölfe zeigen. Benutzt euren letzten Funken Verstand! Schont die Tiere und schenkt ihnen Lebensraum! Und akzeptiert die Regeln der Natur: Wenn ein Wolf Schafe reißt, tut er das nicht, weil er eine blutrünstige Bestie ist. Solche gibt es nur unter den Menschen. Der Wolf reißt andere Tiere, weil er überleben will. Und er tut es, weil er für seine Familie, sein Rudel sorgt. Sapere aude, haben wir im Lateinunterricht gelernt. Wage es, deinen eigenen Verstand zu bedienen. Warum wagen wir es nicht?«

Bianca und Luise setzten sich wieder auf ihre Plätze in der ersten Reihe. Die Stille verströmte etwas Heiliges, nur gelegentlich durchbrochen von Schluchzern. Dann passierte es. Auf der Empore begann ein Schüler leise zu klatschen, andere stimmten ein, und bald klatschte die ganze Kirche. Ein Applaus wie eine Sinfonie der Hoffnung. All diejenigen, die saßen, erhoben sich von ihren Sitzen. Sie applaudierten einem Sarg, in dem nur ein paar Haare von Anna und ihre Kuscheltiere aus Kindertagen lagen. Aber irgendwie war Anna mitten unter ihnen.

Ein Meer von Blumen schmückte den Altarraum. Ganz vorne lag ein Kranz aus roten Rosen. Ganz klein war das Kärtchen eines Leipziger Blumendienstes auf ihm zu erkennen. Der Kranz war über den Gefängnisseelsorger in Auftrag gegeben worden. Auf der Schleife stand nur ein Wort: Maximilian.

Annas Mitschüler trugen den Sarg von der Kirche über den Frauenplan in Richtung Friedhof. Die ganze Stadt ging mit. Am Goethegymnasium stoppte der Zug. Die Mitschüler bauten Lautsprecher und eine Musikanlage auf. Die Polizei sperrte die Marienstraße für den Autoverkehr ab. Jetzt stand die riesige Menschenschar vor der Schule und hörte, was da aus den Lautsprechern ertönte. Die Mitarbeiter des Banff-Nationalparks in den kanadischen Rocky Mountains hatten der Schule eine Aufnahme zugesandt. Das Heulen der Wölfe.

64

Bäcker Ingo Baum wusste mal wieder alles.

»Das Thüringer Innenministerium hat euren Chef Remde in den vorzeitigen Ruhestand versetzt. Und der Medienverbund der Thüringer Rundschau schickt den Peter Stoffels zum Ostfriesenboten. Da war doch ein bisschen zu viel Stasi an den beiden dran«, orakelte der Bäcker und stellte Hoppe und Woltmann jeweils einen dampfenden Becher Kaffee hin. »Jetzt erzählt noch mal ganz genau, wie das mit dem Hundezüchter abgelaufen ist.«

»Och nee, Ingo, kommt gar nicht in die Tüte«, sagte Hoppe, die inzwischen auch per du mit dem Bäcker war. Sie trug modische Turnschuhe, einen knappen Sommerrock, im Haar einen roten Reif. »Keine dienstlichen Sachen jetzt. Wir haben frei. Erzähl uns lieber, wie deine Arthrose-Brötchen gehen.«

»Gehen! Hach! Sehr guter Witz!«, freute sich Baum und holte aus. »Also, der Doktor Burghart hat mir mit einer Strafanzeige gedroht. Der ist Orthopäde. Ich würde ihm mit meinen Arthrose-Brötchen die Geschäftsgrundlage zerstören.

Wenn ich diese Brötchen weiter anbieten würde, brauchte Deutschland bald keine Orthopäden mehr, sagt er.«

»Ingo, der nimmt dich doch voll auf den Arm! … Autsch!« Woltmann hatte sich gerade mal wieder die Lippen am Kaffee mit Lavatemperatur verbrannt.

Hoppes Handy vibrierte. Woltmann sah den Namenszug des Anrufers auf ihrem Display. Der Innenminister persönlich war es. Mit eindringlicher Gestik bat er den Bäcker um absolute Ruhe.

»Frau Hoppe, Sie haben sich ja ein paar Tage Bedenkzeit erbeten«, hörten die beiden Männer die Stimme des Ministers nun aus Hoppes Handy schallen. »Wie haben Sie sich denn jetzt entschieden? Ich würde mich sehr freuen, wenn Sie die Leitung der Weimarer Kripo übernehmen.«

Woltmanns und Baums Ohren wuchsen gerade, damit ihnen nur ja kein weiteres Wort des Ministers entging. Gleichzeitig feixten sie still, aber wild zu Mandy hin. Erhobene Daumen, zum High Five bereite Hände.

Hoppe sagte aber nichts.

»Frau Hoppe, ich weiß, Sie tun sich mit der Entscheidung schwer. Ihr Vorgänger war sehr dominant, prägend, er hat …«

»Herr Minister, es ist alles in Ordnung, ich mach es.«

Der Minister dankte ausführlich. Das Gespräch war zu Ende. Die Bäckerei glich einem Tollhaus. Baum und Woltmann jubelten, als habe Mandy bei der Fußball-WM den entscheidenden Elfmeter versenkt.

»Ingo, hast du Schampus?«

»Ja, klar.« Der Bäcker verschwand in der Backstube.

»Mandy, vielleicht denkst du, ich freu mich nur, weil ich mir jetzt bessere Chancen ausrechne, zur Kripo zu kommen.«

Hoppe schaute in seine Silberblickaugen. »Nein, Sascha, das glaub ich nicht.«

»Das ist gut. Ich freue mich nämlich für dich. Und für die Weimarer Kripo. Du hast eine gute Art, andere mitzunehmen. Du hörst dir an, was sie sagen, korrigierst dich auch mal. Bist echt eine super Chefin!«

»Danke, Sascha.«

Der Bäcker tanzte mit einer Flasche Rotkäppchen-Sekt in den Verkaufsraum.

»Ich habe doch nach Schampus gefragt, Ingo!«

»Rotkäppchen ist der Schampus der armen Leute. Schluss! Aus! Basta!« Er ließ den Korken mit einem lauten Knall in die Luft fliegen und schenkte den Sekt in Kaffeetassen ein. »Außerdem passt Rotkäppchen heute besser!« Er zeigte auf Mandys roten Haarreif und ging vor Lachen fast in die Knie.

»Trinken wir auf Mandy, unser Rotkäppchen!«

»Ja, und auf den Wolf!« Sie wischte sich eine Träne aus den Augen.

Woltmann fuhr nach Hause. Wegen des Falles Anna Kellermann hatte er seine Familie in der letzten Zeit kaum gesehen. Als er schon auf der Belvederer Allee war, musste er an einer Ampel anhalten. Vor ihm stand ein Fahrschulauto, das den Schüler auf dem Motorrad vor sich durch die Stadt lotste. Der behelmte Schüler drehte sich kurz um. Woltmann glaubte an eine Halluzination. Denn durch das Visier des Helms blickten ihn die Augen seines Vaters an. Aber das konnte nicht sein. Denn der war in den Ruhestand gegangen. Das muss ein ganz normaler Motorradschüler sein, bin anscheinend ganz schön überarbeitet, sagte sich Woltmann.

Zu Hause warf er sich aufs Sofa. Seine Frau Yvonne machte ihm ein paar Wiener warm. Er schaltete den Fernseher an. Im MDR-Fernsehen lief ein Bericht über den ersten seit der Deutschen Einheit gesichteten Wolf in Thüringen. Truppenübungsplatz Ohrdruf. Genauer gesagt war es eine Wölfin. Davon hat doch die Schülerin bei der Trauerfeier gesprochen, erinnerte er sich, oder vielmehr aus Anna Kellermanns Text vorgelesen. Er drückte die Fernbedienung. *Stenz*. Eine Talkshow. Schamanen und Geisterbeschwörer waren dieses Mal bei Stenz zu Gast. Bald schon langweilte er sich. Er zappte weiter. Bei einer Dokumentation über das Attentat auf Hitler am zwanzigsten Juli 1944 blieb er hängen. Die Augen fielen ihm zu. Er bekam nicht mehr mit, wie Historiker den Fall des Generalstabsoffiziers Fritz Blohm analysierten.

65

Das Privatflugzeug aus München setzte mit leichtem Rumpeln auf der Landebahn des Flughafens Erfurt-Weimar auf. Ein hochgewachsener Mann und eine gebeugte alte Frau mit Stock stiegen aus. Sie schlugen sich die Mantelkragen hoch und passierten den Terminal. Mit einem Taxi fuhren sie auf das Gelände des früheren Lagers Buchenwald.

Sie passierten den Trakt mit dem Tor. Die alte Frau stützte sich auf ihren Stock. Ein paar Schneeflocken tanzten vor ihnen wie von unsichtbaren Fäden gezogen auf und ab. Nur langsam kamen sie voran. Die gebeugte Frau schaute sich immer wieder um. Die beiden redeten kein Wort miteinander, bis die Frau nach zehn Minuten stehen blieb.

»Hier … hier muss die Baracke gestanden haben.«

Sie zog ein Stofftaschentuch hervor und wischte sich die vom kalten Wind tränenden Augen.

»Weißt du, Clemens, was das Perverse war?« Sie machte eine kleine Pause, ohne eine Antwort zu erwarten. »Das Perverse war, dass wir in all den Jahren nur Pritschen mit versifften Strohsäcken besessen haben. Wir hatten nie Betten. Aber jede Menge Bettwanzen. Verstehst du das? Keine Betten. Aber Bettwanzen.«

Sie hängte sich an den Arm ihres Sohnes, gab ihm den Stock zum Tragen und ging ein paar Schritte mit ihm. Wieder ließ sie den Blick über das Gelände schweifen.

»Das klingt jetzt vielleicht komisch für dich. Aber mir haben die Bettwanzen das Leben gerettet.«

Clemens Dietl blieb stehen, schaute seine Mutter ernst an.

»Erklär es mir, Mama.«

Sie räusperte sich, fuhr sich mit dem Taschentuch über die Wange.

»Sonntags musste ich nicht in der Schneiderei arbeiten. Da habe ich immer Bettwanzen gefangen. In den Ritzen der Wand. Unter dem Holz der Pritschen. In den Spalten des Bretterbodens. Wenn ich eine gefunden habe, habe ich sie mit nach draußen genommen. Irgendwohin, wo mich niemand so genau gesehen hat. Die Bettwanze habe ich dann eine Weile hin und her laufen lassen. Dann habe ich sie zerquetscht.«

Sie griff in die Manteltasche und zog eine kleine Nagelfeile hervor. Sie hielt sie ihm hin.

»Damit, Mama?«

»Damit! Wer sagt denn, dass dieses schöne Stück nur zum Nagelfeilen da ist?«

Ina Dietl schnaufte schwer.

»Wenn eine Bettwanze geplatzt war, habe ich sie in der Erde vergraben. Und dann …« Sie hustete.

»Mama, wir sollten wieder zurückgehen. Die rauhe Luft tut dir nicht gut.«

»Und dann, Clemens, habe ich in die Barackenwand einen kleinen Strich mit der Feile eingeritzt. Dort, wo die Baracke immer im Schatten lag. Da haben es die Aufseher nicht entdeckt. Jeder Sonntag hatte so eine bestimmte Anzahl Striche. Mal fünf, mal siebzehn. Wenn ich mal an einem Sonntag keine Bettwanze gefangen hatte, ritzte ich einen Kreis. Wenn ein Monat vorbei war, habe ich an einer anderen Stelle der Wand weitergemacht. Ganz präzise war die Anzahl der Striche nicht. Aber darauf kam es nicht an. Ich brauchte dieses Gefühl, die Zeit unter Kontrolle zu haben.«

Der Sohn gab ihr wieder den Stock. Sie kehrten um.

»Die Striche haben mir die Zeit gegliedert. Ich wusste, wie viele Sonntage vergangen sind, wie viele Monate, Jahre.«

Das Gelände war jetzt leicht ansteigend. Sie blieb noch einmal stehen, um durchzuatmen.

»Die Bettwanzen … die Bettwanzen haben meinem Leben eine Struktur gegeben … Deswegen habe ich überlebt.«

66

Sie pirschte sich über das weite Gelände bei Ohrdruf. Eine Herde Schafe graste arglos vor sich hin. Nur ein leichter Maschenzaun schützte sie.

Sie spitzte die Ohren.

In ihren Augen blitzte es. Die Zunge hing ihr aus dem Maul. Sie setzte unhörbar einen Schritt vor den anderen. Ein Lamm riss die Augen weit auf. Sie verlagerte ihr Körpergewicht leicht auf die Hinterläufe.

Ein Schuss fiel.

Sein Hall endete nicht.

Man hört ihn um die ganze Welt.

DANK

Sie lebt mit zwanzig Wölfen zusammen. Tatjana Schneider leitet den Wolfspark *Werner Freund* in Merzig. Sie hat mir von Wölfen und ihrem sozialen Verhalten anschaulich und mitreißend erzählt. So manches ist in die Gedankenwelt und das Engagement der Schülerin Anna Kellermann eingeflossen. Wer den Wolfspark im Saarland unterstützen möchte, findet unter www.wolfspark-wernerfreund.de die notwendigen Informationen. Vielen Dank, liebe Tatjana, ich bewundere dich!

Was das Verhalten von Hunden, speziell in Lagern totalitärer Regime, betrifft, haben mir Susanne und Thomas Kümmel von der Hundeschule Passion in Weimar sehr geholfen. Ihre Hinweise habe ich mit dichterischer Freiheit übernommen. Noch größer ist diese Freiheit beim Beschreiben der Hundeschulen in diesem Krimi: Sie sind mit der Hundeschule *Passion* in keiner Weise zu vergleichen. Danke, liebes Ehepaar Kümmel!

Erinnerungen an eine Lagerhaft jahrzehntelang zu unterdrücken, das tut weh und greift die Psyche an. Wie schwer es ist, beschreibt der frühere Schweriner Domprediger Günter Pilgrim in seiner Erzählung »Das Geheimnis des Freundes«. Vielleicht war es sein gleichnamiges Buch, das mir, unbewusst, den Anstoß zu *Schattenrot* gab. Günter Pilgrim war mir ein lieber Freund. 2010 mussten wir ihn zu Grabe tragen. Die Gespräche mit ihm auf langen Waldspaziergängen fehlen mir sehr.

Sehr hilfreich war mir der Gedankenaustausch über die Zeit des Speziallagers Nr. 2 Buchenwald mit Ministerpräsidentin a. D. Christine Lieberknecht, dem langjährigen Oberbürgermeister der Stadt Weimar Dr. Volkhardt Germer, Michael Baar, Thomas Veit und dem Historiker und Geschwister-Scholl-Experten Dr. Detlef Bald.

Ohne die profunde und wissenschaftlich exzellente Literatur der Gedenkstätte Buchenwald hätte ich dieses Buch so nicht schreiben können. Ich nenne hier den Katalog zur ständigen Ausstellung *Das sowjetische Speziallager Nr. 2 1945–1950* (2., überarbeitete Auflage 2008) sowie das Buch von Kathrin Krypczyk und Bodo Ritscher: *Jede Krankheit konnte tödlich sein. Medizinische Versorgung, Krankheiten und Sterblichkeit im sowjetischen Speziallager Buchenwald 1945–1950*, beide erschienen im Göttinger Wallstein Verlag. Außerdem habe ich die Berichte ehemaliger Häftlinge zu Rate gezogen, zum Beispiel die in Büchern erschienenen Erinnerungen von Benno Prieß. Danke auch hier an meine Gesprächspartner.

Danken möchte ich auch dieses Mal herzlich dem Team von Droemer Knaur: den Geschäftsführern Bernhard Fetsch, Josef Röckl, Dr. Hans-Peter Übleis, dem Verlagsleiter Belletristik Steffen Haselbach, außerdem Katharina Ilgen, Patricia Keßler, Hanna Pfaffenwimmer, Brigitte Loesdau, die die Öffentlichkeit für meine Krimis suchen und finden. Ganz besonders danke ich Christine Steffen-Reimann, die als Verantwortliche für Akquise und Autorenentwicklung immer für mich da ist. Auch danke ich Michael Gaeb von der gleichnamigen Agentur für seinen Einsatz, ebenso der Lektorin Dr. Heike Fischer. Und: Vielen Dank, liebe Franka Zastrow!

Froh und dankbar für Informationen zur Polizeiarbeit bin ich meinen Kontakten bei der Polizei, sei es in Weimar dem Leiter der Polizeiinspektion, Polizeidirektor Ralf Kirsten, oder in Bayern vielen Polizistinnen und Polizisten der Bereitschaftspolizei, bei der ich als Seelsorger arbeite und Berufsethik unterrichte.

Mein größter Dank gilt aber natürlich Ihnen, liebe Leserin, lieber Leser! Sie haben mir Stunden Ihres Lebens durch das Lesen von *Schattenrot* geschenkt. Wenn Sie mir schreiben, ob

Ihnen mein Krimi gefallen hat, freue ich mich und antworte natürlich (felixleibrock@gmail.com). Bei Facebook oder Twitter finden Sie mich unter meinem Realnamen, und ich befreunde mich gerne mit Ihnen oder folge. Veranstaltungen finden Sie unter www.felixleibrock.de. Vielleicht lernen wir uns bei so einer Gelegenheit einmal persönlich kennen? Es wäre mir ein Fest!

Der erste Fall für die beiden Ermittler
Sascha Woltmann und Mandy Hoppe aus Weimar

Felix Leibrock

TODESBLAU

Kriminalroman

Aus Sorge um seine pensionierten Eltern lässt sich Polizist Sascha Woltmann aus Berlin in seine Heimatstadt Weimar versetzen. Allerdings bleibt sein Traum von einer Arbeit bei der Kripo erst einmal unerfüllt. Wie gut, dass wenigstens seine ehemalige Schulfreundin Mandy Hoppe ihn als Hauptkommissarin ab und zu mit internen Informationen versorgt. Als Woltmann zu einer Wohnung gerufen wird, in der die Leiche einer Frau liegt, ahnt er nicht, dass er schon bald mit einem brisanten Fall konfrontiert wird, der weit in die deutsche Vergangenheit zurückreicht. Warum hatte die mittellose Tote ein Gemälde von Lyonel Feininger an der Wand hängen?

KNAUR

Das Weimarer Team ermittelt in seinem zweiten Fall

Felix Leibrock

EISESGRÜN

Kriminalroman

In Felix Leibrocks zweitem Weimar-Krimi *Eisesgrün* entdecken zwei Landschaftspfleger merkwürdige Hügelgräber. Das erste, kaum größer als ein Maulwurfshügel, enthält eine Holzkiste mit einer Puppe. Das zweite einen Golden Retriever. Das dritte schließlich zwingt die beiden, die Polizei zu verständigen …